# JOGOS FUNERÁRIOS

MARY RENAULT

# JOGOS FUNERÁRIOS

TRADUÇÃO
Mário Avelar

COPYRIGHT © FUNERAL GAMES © 1981 BY MARY RENAULT
COPYRIGHT © FARO EDITORIAL 2023

Todos os direitos reservados.
Nenhuma parte deste livro pode ser reproduzida sob quaisquer meios existentes sem autorização por escrito do editor.

Diretor editorial **PEDRO ALMEIDA**
Coordenação editorial **CARLA SACRATO**
Preparação **ANGÉLICA BORBA** e **MONIQUE D'ORÁZIO**
Revisão **BÁRBARA PARENTE** e **THAÍS ENTRIEL**
Capa e diagramação **VANESSA S. MARINE**

Dados Internacionais de Catalogação na Publicação (CIP)
Jéssica de Oliveira Molinari CRB-8/9852

Renault, Mary
  Jogos funerários / Mary Renault ; tradução de Mário Avelar. -- São Paulo : Faro Editorial, 2023.
  288 p.

  ISBN 978-65-5957-255-7
  Título original: Funeral games

  1. Ficção inglesa 2. Ficção história I. Título II. Avelar, Mário

22-6561                                                                                    CDD 823

Índices para catálogo sistemático:
1. Ficção inglesa

1ª edição brasileira: 2023
Direitos de edição em língua portuguesa, para o Brasil, adquiridos por FARO EDITORIAL
Avenida Andrômeda, 885 - Sala 310
Alphaville — Barueri — SP — Brasil
CEP: 06473-000
www.faroeditorial.com.br

"Prevejo grandes conflitos nos meus funerais."
— Palavras atribuídas a Alexandre, o Grande, em seu leito de morte.

Embora os personagens principais deste livro sejam reais, assim como os acontecimentos aqui narrados, algumas vezes foram modificados para causar maior impacto à história.

# Personagens principais

Os personagens fictícios aparecem em itálico. Todos os outros são históricos. Os nomes marcados com asterisco são de pessoas que morreram antes do começo da história. Personagens secundários que aparecem brevemente foram omitidos.

| | |
|---|---|
| Alexandre III | O Grande. Todas as menções seguintes a "Alexandre" referem-se a este, a não ser que seja especificado seu filho, Alexandre IV. |
| Alexandre IV | Seu filho póstumo com Roxane. |
| Alcetas | Irmão de Perdicas, o general. |
| *Amintas | Filho do irmão mais velho de Filipe II, o rei Perdicas. Recém-nascido quando Perdicas morreu, foi preterido em favor de Filipe, cujo assassinato levou Amintas à pena de execução por traição. Marido de Cina, pai de Eurídice. |
| Antígono | General de Alexandre, sátrapa da Frígia. Mais tarde, rei e fundador da dinastia Antigônida. |
| Antípatro | Oficial comandante de Alexandre, mais tarde leal a Alexandre IV. |
| Arribas | Nobre macedônio que desenhou o carro fúnebre de Alexandre. Seu nome verdadeiro era Arrideu. Aqui aparece com o nome epirota, muito similar, para distingui-lo de Filipe Arrideu. |
| Arrideu | Veja Filipe III. |

| | |
|---|---|
| *BADIA* | *Antiga concubina do rei Artaxerxes Ochus, da Pérsia.* |
| BAGOAS | Jovem eunuco persa, favorito sucessivamente de Dario III e de Alexandre. Embora um personagem real, ele desaparece da história depois da morte de Alexandre, sendo sua presença nesta história fictícia. |
| CASSANDRO | Filho mais velho de Antípatro, inimigo de Alexandre (tornou-se rei da Macedônia depois do assassinato de Alexandre IV). |
| *CEBES* | *Tutor de Alexandre IV.* |
| CINA | Filha de Filipe II e de uma princesa da Ilíria, com a qual ela aprendeu as artes da guerra. Viúva de Amintas e mãe de Eurídice. |
| CLEÓPATRA | Filha de Filipe II e de Olímpia. Irmã de Alexandre. Casou-se com o rei Alexandro da Molóssia, que ela governou depois que ele morreu na Itália. Seu pai, Filipe, foi assassinado na procissão do seu casamento. |
| *CÔNON* | *Veterano macedônio, amo de Filipe Arrideu.* |
| CRATERO | O oficial mais graduado de Alexandre. Quando este morreu, Cratero estava ausente em uma missão na Macedônia. |
| * DARIO III | O último Grande Rei da Pérsia, assassinado por seus generais depois de ser derrotado por Alexandre em Gaugamela. |
| DEMÉTRIO | Filho de Antígono. (Mais tarde conhecido como Atacante, tornou-se rei da Macedônia depois da morte de Cassandro.) |
| DRIÓPETE | Filha mais nova de Dario III, viúva de Heféstion. |
| ESTATIRA | Filha de Dario III, casada legalmente com Alexandre, em Susa. |
| ÊUMENES | Primeiro secretário e general de Alexandre. Leal à casa real. |
| EURÍDICE | Filha de Amintas e Cina. Recebeu o nome de Adeia; Eurídice é o nome dinástico que lhe foi conferido por seu casamento (ou promessa de casamento) com Filipe III. Era neta de Filipe II e de Perdicas III, irmão dele. |

| | |
|---|---|
| *FILIPE II | Fundador da supremacia macedônia, na Grécia. Pai de Alexandre. |
| FILIPE III | (Filipe Arrideu) Filho de Filipe II com Filina, uma de suas esposas. O nome régio de Filipe lhe foi conferido quando subiu ao trono. |
| *HEFÉSTION | Amigo de Alexandre durante toda a vida, morreu alguns meses antes dele. |
| IOLAU | Filho de Antípatro, regente da Macedônia, irmão mais novo de Cassandro. |
| LEONATO | Oficial do Estado-Maior e parente de Alexandre, prometido em casamento a Cleópatra antes de morrer em batalha. |
| MELÉAGRO | Oficial macedônio, inimigo de Perdicas, aliado de Filipe III. |
| NEARCO | Amigo de infância e comandante de esquadra de guerra de Alexandre. |
| NICAIA | Filha do regente Antípatro, casou-se com Perdicas e se divorciou. |
| NICANOR | Irmão de Cassandro, general do exército de Eurídice. |
| *OCHUS | (Rei Artaxerxes Ochus.) Grande Rei da Pérsia antes do breve reinado de Dario III. |
| OLÍMPIA | Filha do rei Neoptólemo da Molóssia, viúva de Filipe II, mãe de Alexandre. |
| PERDICAS | Segundo em comando de Alexandre, depois da morte de Heféstion. Noivo de Cleópatra depois da morte de Leonato. |
| *PERDICAS III | Irmão mais velho de Filipe II, que o sucedeu depois de sua morte em batalha (ver Amintas). |
| PEUCESTAS | Oficial do Estado-Maior de Alexandre, sátrapa da Pérsia. |
| PÍTON | Oficial do Estado-Maior de Alexandre e, posteriormente, de Perdicas. |
| POLIPERCON | Oficial do Estado-Maior de Alexandre, regente da Macedônia depois da morte de Antípatro. |

| | |
|---|---|
| PTOLOMEU | Oficial do Estado-Maior, parente e suposto meio-irmão de Alexandre. Mais tarde rei do Egito, fundador da dinastia ptolemaica e autor de uma história de Alexandre extensivamente usada por Arrino. |
| ROXANE | Esposa de Alexandre, casada durante a campanha na Báctria, mãe de Alexandre IV. |
| SELEUCO | Oficial do Estado-Maior de Alexandre. (Posteriormente, rei do Império Selêucida, no Oriente Próximo.) |
| SISIGAMBIS | Mãe de Dario III, contava com a amizade de Alexandre. |
| TEOFRASTO | Sucessor de Aristóteles como diretor do Liceu UniBactria, patronizado por Cassandro. |
| TESSALÔNICA | Filha de Filipe II; casa-se com Cassandro. |

# 323 a.C.

O ZIGURATE DE BEL-MARDUK ESTAVA EM RUÍNAS HAVIA UM SÉCULO E meio, desde que Xerxes humilhara os deuses da rebelde Babilônia. As bordas dos seus terraços desmoronados eram escombros de betume e tijolo de adobe. Cegonhas faziam seus ninhos no topo arruinado, onde antes ficava a câmara do deus e de sua concubina sagrada, com o leito de ouro. Mas isso era só aparência. O enorme zigurate desafiava a destruição. Os muros da cidade interna além do Portão Marduk tinham noventa metros de altura, mas o zigurate ainda os dominava com sua estrutura imponente.

Perto, ficava o templo do deus; este, os homens de Xerxes haviam conseguido destruir. O que restava do telhado estava remendado com palha suportada por rústicas vigas de madeira. Na extremidade interna, onde as colunas eram cobertas de esmalte esplêndido, mas lascado, reinava ainda uma obscuridade respeitosa, bem como um cheiro de incenso e de oferendas queimadas. No altar de pórfiro, sob o qual havia um duto aberto para o céu, o fogo sagrado ardia em seu relicário de bronze. A chama estava baixa e a caixa de combustível, vazia. O acólito de cabeça raspada olhou da caixa para o sacerdote. Mesmo em sua distração, ele percebeu.

— Apanhe combustível. O que está esperando? Será que um rei precisa morrer quando convém à sua preguiça? Mexa-se! Você foi concebido quando sua mãe dormia e roncava.

O acólito abaixou a cabeça displicentemente. A disciplina do templo não era rigorosa.

O sacerdote disse:

— Não vai ser agora. Talvez nem mesmo hoje. Ele é forte como um leão da montanha; vai resistir à morte.

Dois vultos altos apareceram na extremidade aberta do templo. Eram dois sacerdotes com as mitras de feltro dos caldeus. Aproximaram-se do altar com os gestos rituais, inclinando-se com as mãos sobre a boca.

— Nada ainda? — indagou o sacerdote marduk.

— Não — respondeu um dos caldeus. — Mas não vai demorar. Ele não pode falar. Na verdade, mal respira, mas quando ouviu o clamor dos soldados da sua terra natal, ordenou que entrassem. Não os comandantes, que já estavam ao lado dele, mas os lanceiros, os soldados comuns. Levaram metade da manhã passando pela câmara, e ele cumprimentou a todos com sinais. Isso o exauriu, e agora está no sono da morte.

Uma porta se abriu atrás do altar, e dois sacerdotes marduk entraram. Por um momento, foi possível entrever a sala luxuosa de onde vinham, as tapeçarias e o brilho do ouro. Um cheiro de carne temperada invadiu o ar. A porta se fechou.

Os caldeus, lembrando um antigo escândalo, trocaram olhares significativos. Um deles afirmou:

— Fizemos o possível para afastá-lo da cidade, mas ele ouviu dizer que o templo não foi restaurado e pensou que estávamos com medo.

Um sacerdote marduk disse secamente:

— O ano não foi bom para grandes obras. Nabucodonosor construiu num ano pouco auspicioso. Seus escravos estrangeiros sempre se rebelavam e atiravam uns aos outros do alto da torre. Quanto a Sikandar, ele estaria ainda feliz, a salvo em Susa, se não tivesse desafiado o deus.

Um dos caldeus acrescentou:

— Parece-me que ele fez o bastante pelo deus, chamando-o de Hércules. — Olhou para o prédio em ruínas. Sua expressão dizia: "Onde está o ouro que o rei deu a vocês para reconstruir o templo? Vocês o comeram e beberam?".

Fez-se um silêncio hostil. Com suave dignidade, o chefe dos sacerdotes marduk disse:

— Sem dúvida sua predição foi acertada. E depois disso, leram outra vez os céus?

As mitras altas inclinaram-se em assentimento. O caldeu mais velho, com a barba prateada no rosto moreno e o manto purpúreo, fez um sinal para o sacerdote marduk, chamando-o para a extremidade desmoronada do templo.

— Isto é o que está previsto para a Babilônia — disse ele, girando no ar o bastão com a estrela de ouro, mostrando as paredes desmoronadas, o telhado remendado, os precários suportes de madeira, o chão calcinado pelo fogo. — Isto por algum tempo e depois... A Babilônia deixará de existir.

Caminhou na direção da entrada e parou para ouvir, mas os ruídos da noite continuaram imutáveis.

— O céu diz que começa com a morte do rei.

O sacerdote pensou no jovem brilhante, que oito anos antes chegara oferecendo um tesouro e incenso da Arábia, e no homem que havia voltado naquele ano, abatido e cheio de cicatrizes, o cabelo vermelho-dourado queimado de sol e grisalho, mas com a mesma chama nos olhos profundos, com o reflexo do encanto descuidado do jovem adorado, ainda terrível em sua ira. O perfume do incenso pairou no ar; o ouro ficou muito tempo mais no cofre. Mesmo nas mãos de homens que gostavam de viver bem, a metade ainda estava guardada, mas para o sacerdote de Bel-Marduk não havia mais prazer naquela riqueza, que falava agora de chamas e de sangue. Seu espírito perdera a força, como o fogo do altar quando o combustível era pouco.

— Nós veremos isso? Aparecerá um novo Xerxes?

O caldeu balançou a cabeça.

— Uma morte, não um assassinato. Outra cidade se erguerá, e a nossa vai desaparecer. Está sob o signo do rei.

— O quê? Então ele vai viver?

— Ele está morrendo, como eu já disse, mas seu signo caminhará entre as constelações durante mais anos do que podemos contar. Vocês não viverão para ver seu ocaso.

— Então é assim? Bem, durante sua vida ele não nos fez nenhum mal. Talvez nos poupe depois de morto.

O astrólogo franziu a testa, como um adulto à procura de palavras que uma criança pudesse entender.

— Está lembrado do fogo que veio do céu no ano passado? Ouvimos dizer onde caiu e fomos até lá, numa jornada de sete dias. Iluminou o céu com mais claridade que a lua cheia, mas quando chegamos, vimos que tinha se partido em pedaços de brasa quente, queimando a terra em volta. Um lavrador levou um deles para casa porque naquela noite sua mulher deu à luz dois filhos gêmeos, mas um vizinho o roubou para usar a luz e o calor. Os homens lutaram e ambos morreram. Outro pedaço caiu aos pés de um menino mudo e ele recuperou a fala. Um terceiro ateou o fogo que destruiu uma floresta, mas o Mago do local ficou com o pedaço maior e construiu nele um altar de fogo, por causa da força da luz quando estava no céu. Tudo isso por uma estrela. Assim será.

O sacerdote inclinou a cabeça. O aroma de comida bem temperada veio da cozinha. Era melhor convidar os caldeus do que deixar a carne estragar com a demora. Não importava o que diziam as estrelas, boa comida era boa comida.

O velho caldeu disse, olhando para as sombras:

— Aqui onde estamos, o leopardo criará seus filhotes.

O sacerdote fez uma pausa adequada. Nenhum som vinha do palácio real. Com sorte, talvez tivessem tempo para comer alguma coisa antes de ouvir os lamentos.

\* \* \*

As paredes do palácio de Nabucodonosor, com 1,80 metro de espessura, eram recobertas de azulejos azuis vitrificados para refrescar, mas o calor do verão penetrava em tudo. O suor pingou do pulso de Êumenes manchando a tinta do papiro. A tábua de cera que ele copiava brilhava úmida, e ele a mergulhou na bacia com água que seu assistente deixara ao lado, com os outros instrumentos, para manter a superfície firme. A argila molhada usada pelos escribas locais endurecia muito depressa; não dava tempo para a revisão. Pela terceira vez ele foi até a porta, procurando um escravo para manejar a corda da panca.[1] Mais uma vez, os sons confusos e abafados — passos macios, vozes furtivas, respeitosas ou lamentosas — o fizeram voltar para trás da cortina, para sua tarefa monótona. Bater palmas, chamar, gritar uma ordem, tudo isso era inconcebível.

Ele não queria o assistente, que falava demais, mas gostaria da ajuda do escravo silencioso e do conforto da panca. Examinou o pergaminho inacabado preso à sua mesa de trabalho. Fazia vinte anos que ele não escrevia uma carta que não fosse extremamente secreta. Por que então estava escrevendo aquela, que só por milagre seria enviada? Milagres aconteciam, mas certamente não naquele momento. Era alguma coisa para fazer, fechando a porta para o futuro desconhecido. Sentou-se outra vez, tirou o tablete de cera da água, enxugou a mão com a toalha deixada pelo assistente e apanhou a pena.

*E os navios comandados por Nearco vão se reunir na foz do rio, onde eu os revistarei, enquanto Perdicas traz o exército da Babilônia. E sacrifícios serão feitos no local para os deuses apropriados. Então assumirei o comando da Força Militar e começarei a marcha para o Oeste. O primeiro estágio...*

---

1. Placa suspensa no teto, que se move por meio de cordas, usada nos países quentes do Oriente como ventilador. (N. T.)

Quando tinha cinco anos, antes de aprender a escrever, ele entrara no escritório do rei.

— Êumenes, o que é isso?

— Uma carta.

— Que palavra é esta que você escreveu tão grande?

— O nome do seu pai. Filipe, rei dos macedônios. Agora estou ocupado, vá brincar.

— Escreva meu nome para mim. Escreva, querido Êumenes, por favor.

Dei a ele seu nome escrito nas costas de um documento inutilizado. No dia seguinte, ele aprendeu as letras do seu nome e o gravou várias vezes na cera da missiva real para Cersobleptes da Trácia. Eu o castiguei com minha régua...

A porta maciça estava aberta por causa do calor. Um passo apressado, semicontido, como tudo o mais, aproximou-se da sala. Ptolomeu puxou a cortina para o lado e a fechou depois de entrar. Linhas profundas revelavam a fadiga no rosto castigado por muitas batalhas. Passara a noite em claro, sem o estímulo da ação. Tinha 43 anos e parecia mais velho. Êumenes esperou, em silêncio.

— Ele deu o anel a Perdicas — disse Ptolomeu.

Silêncio. O rosto alerta do grego Êumenes — não o de um intelectual, pois havia servido como soldado — observou o macedônio, impassivo.

— Para quê? Como suplente? Ou como regente?

— Uma vez que ele não pode falar — ironizou Ptolomeu —, jamais saberemos.

— Se ele aceitou a morte — observou Êumenes —, podemos presumir o segundo. Caso contrário...?

— É tudo igual agora. Ele não vê nem ouve. Está no sono da morte.

— Não esteja tão certo. Ouvi falar de homens considerados mortos e que mais tarde disseram ter ouvido tudo.

Ptolomeu controlou um gesto de impaciência. Esses gregos cheios de ideias. Ou do que ele tem medo?

— Eu vim porque você e eu o conhecemos desde que ele nasceu. Não quer estar ao lado dele?

— Os macedônios querem a minha presença? — A antiga mágoa franziu por um momento os lábios de Êumenes.

— Ora, não diga isso. Todos confiam em você. Logo vamos precisar da sua ajuda.

O secretário começou a arrumar a mesa lentamente. Disse, limpando a pena:

— E nada até agora sobre um herdeiro?

— Perdicas perguntou enquanto ele ainda podia murmurar um pouco. Ele disse apenas: "Para o melhor homem. *Hoti to kratisto*".

Êumenes pensou: D*izem que os agonizantes podem profetizar.* Estremeceu.

— Ou — acrescentou Ptolomeu — pelo menos foi o que Perdicas nos disse. Ele estava inclinado sobre o leito. Ninguém mais podia ouvir.

Êumenes colocou a pena na mesa e ergueu os olhos rapidamente.

— Ou *Cratero*? Disse que ele murmurou, estava respirando com dificuldade.

Entreolharam-se. Cratero, o comandante de mais alta patente do Estado-Maior de Alexandre, estava marchando para a Macedônia, com a intenção de tomar a regência de Antípatro.

— Se *ele* esteve no quarto...

Ptolomeu deu de ombros.

— Quem sabe? — Consigo mesmo, ele pensou: *Se Heféstion estivesse lá... Mas se ele estivesse vivo, nada disso teria acontecido. Ele não teria feito as loucuras que o levaram à morte. Ir para a Babilônia em pleno verão... andar de barco nos charcos imundos do rio... Mas não se pode falar sobre Heféstion com Êumenes.* — Esta porta é pesada como um elefante. Quer que a feche?

Parando à soleira, Êumenes disse:

— Nada sobre Roxane e o filho? Nada?

— Faltam quatro meses. E se for menina?

Saíram para o corredor escuro o macedônio alto e robusto e o grego magro. Um jovem oficial macedônio aproximou-se correndo, quase colidiu com Êumenes e murmurou uma desculpa. Ptolomeu perguntou:

— Alguma mudança?

— Não, senhor, acho que não. — Engoliu em seco e viram que o homem estava chorando.

Quando o oficial se afastou, Ptolomeu disse:

— Aquele jovem acredita na morte dele. Eu ainda não posso acreditar.

— Bem, vamos então.

— Espere. — Ptolomeu segurou o braço dele, levou-o de volta ao escritório e empurrou a porta pesada de ébano, que se abriu com um rangido. — Acho melhor eu dizer isso agora enquanto há tempo. Você devia ter sabido antes, mas...

— Sim, sim — disse Êumenes, impaciente.

Ele havia brigado com Heféstion um pouco antes de sua morte e desde então Alexandre o tratava com certa frieza.

Ptolomeu disse:

— Estatira está grávida também.

Êumenes, que dera alguns passos em direção à porta, parou imóvel.

— Quer dizer, a filha de Dario?

— Quem mais poderia ser? Ela é a esposa de Alexandre.

— Mas isso muda tudo. Quando...?

— Não está lembrado? Não, é claro, você estava na Babilônia. Quando ele se recuperou da dor da morte de Heféstion — não podia evitar aquele nome para sempre —, ele partiu para a guerra contra os cossianos. Eu arranjei isso. Contei que eles estavam cobrando pedágio nas estradas e ele ficou furioso. Alguma coisa tinha de ser feita, e ele agiu certo. Depois de derrotá-los, quando voltava para cá, ele passou uma semana em Susa, para visitar Sisigambis.

— Aquela bruxa velha — disse Êumenes, com amargura. *Se não fosse por ela*, pensou, *os amigos do rei jamais teriam de suportar esposas persas*. A cerimônia de casamentos em massa, em Susa, foi como uma peça de magnificência divina, até ele se encontrar de repente sozinho num pavilhão, na cama, com uma dama da nobreza persa, cujos unguentos lhe causavam repulsa e que só sabia dizer em grego: "saudações, meu senhor".

— Uma grande dama — disse Ptolomeu. — Uma pena que a mãe não fosse igual. *Ela* o teria obrigado a casar antes de ir para a Macedônia e teria providenciado um filho. Ele podia ter um herdeiro com quatorze anos agora. *Ela* não o teria feito tomar horror ao casamento quando era ainda uma criança. Ninguém pode ser culpado por ele não estar preparado até encontrar a bactriana.

Era assim que, em particular, a maioria dos macedônios referia-se a Roxane.

— O que está feito está feito, mas Estatira... Perdicas sabe?

— Por isso ele perguntou o nome do herdeiro.

— E mesmo assim ele não disse?

— "Para o melhor", foram suas palavras. Deixou para nós, os macedônios, a escolha, quando eles tiverem idade. Sim, ele é um macedônio até o fim.

— Se forem meninos — lembrou Êumenes.

Ptolomeu, imerso em pensamentos, finalmente disse:

— E se atingirem a idade.

Êumenes ficou calado. Seguiram pelo corredor escuro com as paredes de azulejos azuis, na direção da câmara da morte.

\* \* \*

O quarto de Nabucodonosor, antes tipicamente assírio, fora aos poucos adquirindo o estilo persa, à medida que por ele passavam os reis posteriores a Ciro. Cambises havia enfeitado as paredes com troféus conquistados no Egito. Dario, o Grande, cobrira as colunas com ouro e malaquita. Xerxes estendera num dos lados o manto bordado de Atenas, resultado do saque do Parthenon. Artaxerxes II havia contratado artesãos de Persépolis para fazer o grande leito no qual Alexandre jazia, agonizante.

O estrado sob o leito era coberto por tapeçarias vermelhas tecidas com fios e galões de ouro e prata. O leito tinha 2,75 metros de comprimento, por 1,80 de largura. Dario III, com 2,10 metros de altura, tinha bastante espaço. O dossel alto apoiava-se em quatro *daimons*[2] do fogo de ouro, com asas de prata e olhos de pedras preciosas. Recostado numa pilha de travesseiros, para respirar melhor e parecendo pequeno no meio de todo aquele esplendor, o homem agonizante estava nu. Um lençol fino de linho fora estendido cobrindo parte do seu corpo, quando ele parou de se agitar e contorcer. Molhado de suor, o linho parecia esculpido sobre o corpo.

Num ciclo monótono, a respiração áspera e baixa subia de tom gradualmente e então parava. Depois de uma pausa durante a qual ninguém respirava no quarto, começava novamente, lenta, no mesmo crescendo.

Até pouco tempo mal se ouvia outro som, mas agora que ele não mais respondia à voz nem ao toque, ouvia-se um murmúrio suave, muito baixo e cauteloso, discreto demais para ser localizado. O acompanhamento do forte ritmo da morte.

Perdicas, ao lado da cabeceira, ergueu para Ptolomeu as sobrancelhas espessas. Era alto, como a maioria dos macedônios, mas sua pele tinha coloração diferente e em seu rosto transparecia a autoridade, que lhe era habitual. Seu gesto silencioso significava: "Nenhuma mudança ainda".

O movimento de um leque de penas de pavão chamou a atenção de Ptolomeu. Ali, sentado ao lado do leito, sem dormir há dias, estava o menino persa. Ptolomeu ainda pensava nele assim, embora já tivesse 23 anos. Era difícil calcular a idade de um eunuco. Com dezesseis anos, ele fora levado para Alexandre por um general persa envolvido no assassinato de Dario, para dar testemunho que o exonerava de culpa. O menino persa era bem qualificado para fazer isso, uma vez que fora protegido do rei e sabia tudo o que se passava na corte. Ele ficou para contar sua história aos cronistas e desde então nunca mais se afastou de Alexandre. Não restara muita coisa da famosa beleza que

---

2. Daimons ou demônios: na mitologia grega, deuses secundários, como um herói deificado. (N. T.)

havia encantado dois reis, em dois reinados. Os grandes olhos negros estavam fundos no rosto mais abatido que o do homem na cama, consumido pela febre. Estava vestido como um criado. Por acaso temia ser expulso se notassem sua presença? O que *ele* pensa, imaginou Ptolomeu. Deve ter deitado com Dario neste mesmo leito.

Uma mosca pairou sobre a testa de Alexandre, que estava coberta de suor. O persa a espantou, depois largou o leque, mergulhou uma toalha na água perfumada da bacia e passou no rosto imóvel.

No princípio, Ptolomeu detestava aquela presença exótica e constante nos aposentos de Alexandre, que o encorajava a assumir os trajes reais dos persas e os costumes da corte persa, contando com sua atenção dia e noite, mas era como um objeto com que a pessoa se acostumava. No meio da dor e da sensação de crise iminente, Ptolomeu sentiu uma ponta de piedade. Adiantou-se e tocou o ombro do persa.

— Vá descansar um pouco, Bagoas. Deixe que um dos outros camareiros faça isso.

Um grupo de eunucos da corte, as viúvas de Dario e até mesmo de Ochus avançaram oficialmente. Ptolomeu disse:

— Você sabe que agora ele não notará a diferença.

Bagoas olhou em volta, com a expressão de quem acabava de ser informado da própria execução, uma sentença esperada havia muito.

— Está bem — disse Ptolomeu, gentilmente. — É seu direito, fique, se é o que deseja.

Bagoas tocou a testa com a ponta dos dedos. A interrupção terminara. Mais uma vez, olhando fixamente para os olhos fechados de Alexandre, abanou com o leque, movimentando o ar quente da Babilônia. *Ele tem um grande poder de resistência*, pensou Ptolomeu. Conseguiu até sobreviver à tempestade depois da morte de Heféstion.

Contra a parede mais próxima do leito, numa mesa maciça como um altar, o corpo de Heféstion continuava a ser venerado. Venerado e multiplicado. Lá estavam as estatuetas e os bustos, presentes de amigos no momento de dor, assíduos pretendentes de posições, homens assustados que tiveram desavenças com o morto; encomendados aos melhores artistas encontrados às pressas, para consolar a dor de Alexandre. Lá estava Heféstion em bronze, um Ares nu com escudo e lança. Esplêndido com armadura de ouro, membros e rosto de marfim. Em mármore pintado com uma coroa de louros dourada. Com uma flâmula de guerra prateada para o esquadrão que teria seu nome e como um semideus, a primeira maquete para a estátua que seria cultuada no seu templo em Alexandria. Alguém abrira um espaço para alguns objetos necessários ao doente, derrubando um pequeno Heféstion de bronze dourado. Com um rápido olhar para o rosto imóvel no travesseiro, Ptolomeu levantou a estatueta. *Que esperem até ele ter partido.*

O som muito leve atraiu a atenção de Êumenes, que imediatamente desviou os olhos.

Ptolomeu pensou: *Você não tem nada a temer agora, ou tem? Oh, sim, ele podia ser arrogante uma vez ou outra. Perto do fim, ele pensava que era o único que o compreendia — e talvez estivesse certo. Aceite, Êumenes, ele foi bom para Alexandre. Eu sabia desde que os dois estavam na escola. Ele era alguém e ambos sabiam disso. O orgulho de que você não gostava, foi a salvação de Alexandre. Nunca procurando agradar, nunca se impondo, nunca invejoso, nunca falso. Ele amava Alexandre e jamais o usou, era tão bom quanto ele nas aulas de Aristóteles, nunca perdeu uma competição para ele deliberadamente. Até o fim dos seus dias, ele poderia falar com Alexandre de homem para homem, poderia dizer o que estava errado, e nem por um momento o temeu. Ele o salvou da solidão e quem sabe do que mais? Agora ele se foi, e isso é o que nós temos. Se estivesse vivo, estaríamos todos num banquete, em Susa, não importa o que dizem os caldeus.*

Um médico apavorado, enviado por Perdicas, pôs a mão na testa de Alexandre, encostou os dedos no seu pulso, murmurou alguma coisa de maneira grave e se afastou da cama. Enquanto pôde falar, Alexandre recusara a presença de um médico, e mesmo quando ele estava quase inconsciente não encontraram nenhum disposto a tratá-lo, porque não queriam ser acusados de ministrar veneno ao doente. Agora não tinha mais importância, ele não podia engolir. *Maldito seja aquele charlatão que deixou Heféstion à morte e saiu para assistir aos jogos. Se eu pudesse o enforcava outra vez.*

Durante muito tempo, parecia que a cada mudança a respiração rouca ia se transformar nos últimos haustos de vida, mas como se o contato dos dedos do médico tivesse despertado uma tênue chama, o estridor tomou um ritmo mais regular e as pálpebras moveram-se levemente. Ptolomeu e Perdicas deram um passo em direção ao leito, mas o discreto persa, que todos haviam esquecido, inclinou-se num gesto de intimidade sobre a cabeça no travesseiro, emoldurada pelos cabelos longos. Bagoas murmurou docemente. Os olhos cinzentos de Alexandre se abriram. Algo fez estremecer a cortina de cabelos sedosos.

— Ele moveu a mão — disse Perdicas.

A mão estava outra vez imóvel, os olhos outra vez fechados, mas Bagoas, como num transe, continuava na mesma posição. Perdicas contraiu os lábios. Havia toda espécie de gente naquele quarto, mas antes que ele pudesse se adiantar com uma repreensão, o persa voltou a se sentar no estrado e apanhou o leque. Se não fosse por esse movimento, podia se passar por uma estátua de marfim.

Ptolomeu percebeu que Êumenes estava falando com ele.

— O quê? — perguntou bruscamente. Estava quase chorando.

— Peucestas está chegando.

O grupo de funcionários abriu passagem para o macedônio alto, de corpo bem-feito, vestido como um persa, até mesmo — para desaprovação da maior parte dos seus concidadãos — com a calça típica. Quando deixou a satrapia de Perses, ele adotara o traje nativo para agradar Alexandre, evidentemente sabendo que lhe ficava muito bem. Perdicas foi ao encontro dele.

Ouviu-se um murmúrio geral. Os olhos dos dois homens trocaram suas mensagens. Perdicas disse formalmente para o grupo presente ouvir:

— Recebeu um oráculo de Sarápis?

Peucestas inclinou a cabeça assentindo.

— Fizemos a vigília da noite. De madrugada, o deus disse: "Não tragam o rei ao templo. É melhor para ele ficar onde está".

*Não*, pensou Êumenes, *não haverá mais nenhum milagre*. Por um momento, quando a mão se moveu, ele quase acreditou que ia acontecer.

Voltou-se, procurando Ptolomeu, mas este havia saído para se recompor da dor. Foi Peucestas que, afastando-se do leito, perguntou:

— Roxane já sabe?

\* \* \*

O harém do palácio era um claustro espaçoso construído em volta de um lago com lírios. Ali também as palavras eram apenas murmuradas, mas num tom diferente. Os poucos homens no mundo das mulheres eram eunucos.

Nenhuma das mulheres que viviam no harém conhecia o rei que agora agonizava. Ouviam falar dele, ele as mantinha em conforto e livres de perigos, elas esperavam a visita que jamais tinha sido feita. E isso era tudo, exceto que não sabiam quem as herdaria. Dentro de poucos instantes, não existiria nem mesmo o Grande Rei. O medo secreto abafava a voz delas.

Ali estavam todas as mulheres que Dario havia deixado quando marchara para seu destino em Gaugamela. As favoritas, é claro, foram com ele. As que ficaram formavam um grupo heterogêneo. As velhas concubinas — do tempo em que ele era um nobre sem direito à sucessão real — havia muito tempo viviam em Susa. Aquelas eram as mulheres trazidas para ele depois que subiu ao trono e não o interessaram, ou que haviam chegado tão tarde que nem tinham sido notadas. Havia também as sobreviventes do harém do rei Ochus, que, a bem da decência, não podiam ser postas para fora quando ele morreu. Eram um legado indesejável e formavam, com um ou dois eunucos, um grupo à parte que odiava as mulheres de Dario, o usurpador, cúmplice, segundo elas suspeitavam, do assassinato do seu senhor.

As concubinas de Dario eram diferentes. Quando foram levadas para o harém tinham quatorze, quinze, dezoito anos no máximo. Haviam conhecido o drama real do harém, os rumores e as intrigas, os subornos para ser a primeira a saber de uma visita real, os longos e complicados rituais da toalete, o uso inspirado de uma joia, o desespero invejoso quando a chegada das regras as obrigava ao isolamento, o triunfo quando recebiam o chamado na presença de uma rival, a dádiva de honra depois de uma noite bem-sucedida.

O resultado de poucas dessas noites tinham sido uma ou duas meninas com mais ou menos oito anos, que conversavam à beira do lago dizendo solenemente uma para a outra que o rei estava morrendo. Houve meninos também. Quando Dario foi destronado, eles foram escondidos por meio de todo tipo de estratagema, pois as mães estavam certas de que o novo rei bárbaro ia mandar estrangulá-los, mas ninguém os havia procurado e, agora, todos com idade para sair do meio das mulheres estavam sendo criados como homens por parentes distantes.

Com a longa ausência de um rei da Babilônia, a disciplina do harém não era a mesma. Em Susa, onde morava a rainha-mãe, Sisigambis, tudo era impecável, mas ali, elas quase não viam Dario e Alexandre. Uma ou duas delas haviam conseguido conspirar com homens de fora e fugiram com eles. Os eunucos que Ochus teria mandado empalar por negligência abafaram os casos. Algumas delas, nos dias mais longos e ociosos, faziam sexo umas com as outras. O resultado eram ciúmes e cenas que animavam muitas noites quentes da Assíria. Uma mulher fora envenenada pela rival, mas isso também foi abafado. O guardião começou a fumar haxixe e não gostava de ser perturbado.

Então, depois de anos no Oriente desconhecido — depois de vitórias lendárias, ferimentos, perigos nos desertos —, o rei avisou que ia voltar.

O harém adquiriu vida, como quem acorda de um longo sono. Os eunucos se agitaram. Durante todo o inverno, na estação de clima agradável na Babilônia, a época das festas, todos o esperaram, mas ele não apareceu. Chegou ao palácio a notícia de que um amigo de infância morrera — alguns diziam que era seu amante —, e ele quase enlouqueceu. Então, passada a crise, ele partiu para a guerra contra os montanheses cossianos. O harém mergulhou outra vez na letargia. Finalmente, ele estava de volta, mas parou em Susa. Quando retomou a marcha, foi recebido por embaixadas de todos os povos da terra, que traziam coroas de ouro e pediam seu conselho. Então, quando o fim da primavera começava a se aquecer para o verão, a terra tremeu sob as patas dos cavalos e as rodas dos carros, dos elefantes e dos soldados em marcha. E o palácio entrou no turbilhão, havia muito esquecido, da chegada de um rei.

No dia seguinte, foi anunciado que o eunuco-chefe da câmara do rei inspecionaria o harém. Todas esperaram apreensivas a grande e formidável pessoa, mas não era grande nem formidável, pouco mais do que um menino, nem mais nem menos do que o famoso Bagoas, favorito de dois reis. Ele impressionou. Seus trajes eram de seda, um material jamais visto no harém e cintilava como um pavão. Era persa até a raiz dos cabelos, o que sempre fazia com que os babilônios se sentissem provincianos, e dez anos de vida na corte haviam burilado suas maneiras como prata antiga. Cumprimentou sem constrangimento todos os eunucos que conhecera no tempo de Dario e curvou-se respeitosamente para algumas das mulheres mais velhas. Então disse a que vinha.

Não poderia prever quando os negócios urgentes permitiriam ao rei algum tempo para visitar o harém. Sem dúvida ele encontraria a ordem, que era uma demonstração de respeito. Foram insinuadas uma ou duas falhas ("acredito que esse é o costume em Susa"), mas o passado não foi mencionado. Os guardiões do harém disfarçaram os suspiros de alívio quando ele pediu para ver os quartos das damas reais.

Eles o conduziram aos quartos separados dos outros, com um pátio privativo artisticamente ladrilhado. Embora tivessem desaparecido as plantas secas, o mato crescido, a espuma verde na água e os peixes mortos, no pátio, os quartos conservavam ainda a umidade e o bolor de lugares há muito tempo não usados. Sem uma palavra, apenas dilatando as narinas delicadas, Bagoas denunciou o fato.

Os aposentos da esposa real, apesar de malconservados, continuavam luxuosos. Dario, com toda a sua autoindulgência, sabia ser generoso.

Conduziram Bagoas aos aposentos menores, mas ainda belos, da rainha-mãe. Sisigambis residira ali num dos primeiros anos do curto reinado do filho. Bagoas examinou o ambiente com a cabeça um pouco inclinada para o lado. Sem perceber, durante tantos anos, ele havia adotado aquele maneirismo de Alexandre.

— Muito agradável — disse ele. — Ou pelo menos pode se tornar agradável. Como sabem, a senhora Roxane já saiu de Ecbátana e logo estará aqui. O rei faz questão que sua viagem seja confortável.

Os eunucos ficaram atentos. A gravidez de Roxane não era ainda conhecida pelo público.

— Ela chegará dentro de sete dias. Vou encomendar algumas coisas e mandar bons artesãos. Por favor, providenciem para que façam tudo o que for necessário.

Na pausa que se seguiu, os eunucos olharam para os aposentos da esposa real. Os olhos de Bagoas, inexpressivos, acompanharam os deles.

— Aqueles aposentos permanecerão fechados por enquanto. Devem ser arejados e limpos. Vocês têm a chave? Muito bem. — Ninguém disse nada e ele acrescentou, com voz suave: — Não é preciso mostrar esses aposentos à senhora Roxane. Se ela perguntar digam que estão danificados. — Ele partiu cortesmente, da forma como havia chegado.

Na ocasião, pensaram que Bagoas tinha alguma mágoa de Roxane. Favoritos e esposas sempre eram inimigos. Diziam que, no começo do casamento, Roxane tentara envenenar Bagoas, porém nunca mais tentara nada semelhante, tão terrível tinha sido a ira do rei.

Móveis e acessórios que estavam sendo trazidos eram dispendiosos e nada faltava para o esplendor real dos aposentos.

— Não se espantem com a extravagância — Bagoas dissera. — É do que ela gosta.

A caravana chegou de Ecbátana na data prevista. Quando a ajudaram a descer da carruagem todos viram uma mulher de extrema beleza, com nariz bem-feito, cabelo negro-azulado e olhos escuros e brilhantes. A gravidez mal aparecia, exceto como uma maciez opulenta. Roxane falava persa fluentemente, mas com sotaque bactriano — que seu séquito, todo de bactrianos, não contribuía para corrigir —, e dominava regularmente o grego, uma língua que desconhecia antes do seu casamento. Para ela, a Babilônia era tão estranha quanto a Índia. Instalou-se sem nenhuma objeção nos aposentos reservados a ela, observando apenas que eram menores que os de Ecbátana, mas muito mais belos, com o pátio privado, elegante e arborizado. Dario, que sentia pela mãe uma grande estima e temor respeitoso, nunca se descuidara do seu conforto.

No dia seguinte, um camareiro, desta vez de idade venerável, anunciou a visita do rei.

Os eunucos esperaram ansiosos. E se Bagoas agira sem ordens do rei? Diziam que sua ira era rara, porém terrível, mas ele cumprimentou a todos cortesmente, em seu persa limitado e formal, e não fez nenhum comentário quando entrou nos aposentos de Roxane.

Através de frestas e rachaduras, conhecidas no harém desde o tempo de Nabucodonosor, as concubinas mais jovens viram o rei de relance quando se dirigia para os aposentos da rainha. Todas o acharam belo, pelo menos para um ocidental (pele e cabelos claros não eram admirados na Babilônia), mas não era alto, um defeito grave, embora isso elas já soubessem. Sem dúvida, tinha mais de 32 anos, pois havia fios brancos em seu cabelo, mas admitiram que tinha presença e esperaram sua volta para vê-lo outra vez. Esperavam uma longa vigília, mas ele saiu depois de um tempo que mal daria para uma mulher tomar banho e se vestir.

Esse fato alimentou as esperanças das jovens. Limparam suas joias e verificaram os cosméticos. Uma ou duas que, por tédio, haviam engordado demais, foram ridicularizadas pelas outras o dia todo. Durante uma semana, cada manhã trazia uma nova promessa. Mas, quem apareceu foi Bagoas e confabulou em particular com o guardião. A porta pesada do quarto da esposa real foi aberta e os dois entraram.

— Sim — disse Bagoas. — Não é preciso fazer muita coisa. Apenas aqui e ali, novas tapeçarias. Os potes de cosméticos estão guardados no tesouro, eu espero?

O chefe do harém, agradecendo por ter resistido tantas vezes à tentação, mandou trazer os potes, requintados e artísticos, de prata, com incrustações em ouro. Uma arca para roupas, feita de madeira de cipreste, estava encostada na parede. Quando Bagoas abriu a tampa, uma fragrância antiga espalhou-se no ar. Ele retirou uma echarpe bordada com pérolas e pequenas contas de ouro.

— Isto, eu suponho, pertenceu à rainha Estatira?

— São as coisas que ela não levou. Dario achava que nada disso era bom o suficiente para ela.

*Exceto sua vida*, pensaram ambos, no silêncio embaraçado que se seguiu. A fuga de Dario para Isso tinha feito com que a rainha terminasse seus dias sob a proteção do seu inimigo. Sob a echarpe havia um véu egípcio, enfeitado com asas de escaravelho. Bagoas segurou-o delicadamente.

— Eu nunca a vi. *A mais bela mulher da Ásia, nascida de mortais*: isso é verdade?

— Quem conhece todas as mulheres da Ásia? Sim, pode ser.

— Pelo menos conheci a filha dela. — Guardou a echarpe e fechou a arca. — Deixe tudo isso. A senhora Estatira certamente vai querer.

— Ela já saiu de Susa? — Uma pergunta diferente tremeu nos lábios do guardião.

Bagoas, adivinhando-a, disse deliberadamente:

— Ela virá quando o calor tiver diminuído. O rei quer que sua viagem seja agradável.

O guardião do harém prendeu a respiração por um segundo. Os olhos do velho e gordo camareiro encontraram os do esbelto e resplandecente favorito, numa comunicação tradicional entre os cortesãos. O guardião foi o primeiro a falar.

— Até agora, tudo está correndo muito bem *lá*. — Olhou para os outros aposentos. — Mas, quando estes quartos forem abertos, começarão os comentários. Não se pode evitar. Sabe disso tão bem quanto eu. O rei pretende contar para a senhora Roxane?

Por um momento, a suave educação de Bagoas rompeu-se, deixando entrever uma dor imensa e profunda. Ele se recompôs imediatamente.

— Se eu puder, vou lembrá-lo. Não vai ser fácil. Ele está planejando os funerais do amigo Heféstion, que morreu em Ecbátana.

O guardião gostaria de perguntar se era verdade que a morte do amigo quase levara o rei à loucura, mas a frieza acentuada de Bagoas era uma advertência para não tocar no assunto e, assim, o guardião controlou a curiosidade. Diziam que Bagoas podia ser o homem mais perigoso da corte.

— Nesse caso — disse o guardião, cautelosamente —, podemos atrasar o trabalho por algum tempo? Se me fizerem perguntas, sem a sanção do rei...?

Por um momento, Bagoas pareceu inseguro e muito jovem, mas respondeu em tom frio:

— Não, temos nossas ordens. Ele espera que sejam obedecidas.

Bagoas saiu e não voltou mais. Comentaram no harém que os funerais do amigo do rei foram mais imponentes que o famoso funeral da rainha Semíramis. Diziam que a pira tinha sido um zigurate com sessenta metros de altura. Mas, dizia o guardião para quem quisesse ouvir, isso não passava de uma pequena fogueira comparada à que ele teria de enfrentar quando fossem abertos os aposentos da esposa real e a notícia chegasse aos ouvidos da senhora Roxane.

Em sua casa nas montanhas da Báctria, os eunucos do harém eram empregados domésticos e escravos que conheciam seu lugar. A antiga dignidade dos camareiros do palácio era, para ela, mera insolência. Quando mandou açoitar o guardião do harém e não encontrou ninguém disposto a obedecer a ordem, ela ficou furiosa. O velho eunuco bactriano da sua comitiva, enviado ao rei, voltou dizendo que ele saíra com seus navios, descendo o Eufrates para inspecionar os pântanos. Quando ele voltou, Roxane tentou novamente. Primeiro, ele estava ocupado, e depois, indisposto.

Seu pai sem dúvida teria ordenado a morte do guardião, mas a satrapia conferida a ele pelo rei, ficava na fronteira da Índia. Quando tivesse notícias dele novamente, seu filho já teria nascido. Esse pensamento a acalmou. Disse para suas damas bactrianas:

— Deixe que ela venha, aquele enorme mastro de bandeira de Susa. O rei não a suporta. Se ele precisa fazer isso para agradar os persas, o que me importa? Todos sabem que sou sua verdadeira esposa, a mãe do seu filho.

As damas comentaram em segredo: "Eu não queria ser essa criança se for uma menina".

O rei não apareceu, e os dias de Roxane eram tediosos e arrastados. Ali, no centro do império do seu marido, sentia-se como se estivesse acampada em Drangiana. Se quisesse, podia distrair-se com as concubinas, mas aquelas mulheres viviam havia anos em palácios reais, algumas desde que Roxane era criança, na casa do seu pai, nas montanhas. Atemorizava-a a elegância segura dos persas, a conversa sofisticada que maliciosamente chegava aos seus ouvidos. Nenhuma delas cruzara o limiar dos seus aposentos. Ela preferia que a julgassem arrogante a assustada. Porém, certo dia encontrou um grupo das mais velhas. Ouvir a conversa delas servia para passar o tempo.

Assim foi que, quando Alexandre estava havia nove dias com a febre dos pântanos, Roxane ouviu um camareiro do palácio conversando com um dos eunucos do harém. Tomara conhecimento de duas coisas. Que a doença atacara o peito do rei e ele podia morrer e que a filha de Dario estava grávida.

Roxane não esperou o fim da conversa. Chamou seu eunuco bactriano e suas damas, cobriu o rosto com um véu, passou rapidamente pelo núbio atônito que guardava o harém e disse, em resposta aos seus gritos estridentes:

— Preciso ver o rei.

Os eunucos do palácio correram atrás dela. Roxane era a mulher do rei, não uma cativa, e estava no harém porque sair era inconcebível. Nas longas marchas para a Índia, de volta à Pérsia e descendo para a Babilônia, quando o rei acampava, eram retirados das carroças que levavam a bagagem de Roxane os biombos de vime para formar um pátio onde ela podia tomar um pouco de ar. Nas cidades, tinha sua liteira com cortinas, seus balcões de treliça. Isso não era uma sentença, mas um direito que lhe assistia. Só as prostitutas eram expostas pelos homens. Agora, naquela ocasião sem precedentes, ninguém pensaria em detê-la à força. Guiada por seu eunuco trêmulo, seguida por olhos atônitos, ela atravessou rapidamente corredores, átrios, antessalas, até chegar à câmara. Era a primeira vez que entrava naquele aposento, ou melhor, em qualquer outro aposento do rei. Alexandre jamais a chamara para seu leito, sempre ia ao dela. Era o costume dos gregos, explicou ele.

Roxane parou sob o alto portal e olhou para o teto alto de cedro, para o leito guardado pelos quatro *daimons*. Parecia um salão de audiências. Generais, médicos, camareiros, paralisados pela surpresa, abriram caminho quando ela se dirigiu ao rei.

A pilha de travesseiros que o sustentava dava ainda a ele um ar de autoridade. Os olhos fechados, a boca entreaberta, a respiração penosa, pareciam indicar uma fuga voluntária. Ela não podia estar em sua presença sem acreditar que tudo estava sob controle.

— Sikandar! — exclamou ela, em seu dialeto nativo. — Sikandar!

As pálpebras, enrugadas e pálidas, afundadas nas órbitas, moveram-se de leve, mas não se abriram. A pele fina se contraiu, como para se defender da luz do sol. Ela viu os lábios rachados e secos. A cicatriz profunda na lateral do corpo, lembrança do ferimento sofrido na Índia, alongava-se e se retraía a cada respiração.

— Sikandar, Sikandar! — chamou, segurando o braço dele.

Alexandre respirou fundo e tossiu. Alguém se aproximou e limpou a espuma sanguinolenta dos lábios ressequidos. Ele não abriu os olhos.

Como se não soubesse a verdade até aquele momento, a compreensão a feriu como uma adaga fria. Ele estava fora do seu alcance. Nunca mais determinaria suas viagens. Nunca mais decidiria nada, nunca mais responderia ao que ela queria perguntar. Para ela, para a criança que trazia no ventre, Alexandre estava morto.

Roxane começou a chorar, como uma carpideira ao lado do ataúde, arranhando o rosto, batendo no peito, rasgando as roupas, sacudindo o cabelo despenteado. Lançou-se para a frente, sobre a cama, escondendo o rosto nas cobertas, mal sentindo o corpo quente e vivo ainda sob elas. Alguém falava. Uma voz leve e jovem, a voz de um eunuco.

— Ele pode ouvir e isso vai lhe fazer mal.

Mãos fortes seguraram seus ombros, puxando-a para trás. Ela teria reconhecido Ptolomeu, visto muitas vezes nas procissões e nas comemorações de vitórias, através da treliça da sua liteira, se não estivesse olhando para o outro lado da cama, para o dono da voz. Sim, ela teria adivinhado, mesmo se não o tivesse visto certa vez na Índia, descendo o rio Indo no navio de Alexandre, em seu traje cintilante de Taxila, escarlate e dourado, ela saberia quem era. Era o odiado menino persa, que conhecia todos os quartos nos quais ela jamais entrara; isso também era um costume grego, embora o marido jamais tivesse lhe contado.

A roupa simples e o rosto abatido e exausto não significavam nada. Não mais desejável, ele tornara-se prepotente. Generais, sátrapas e capitães que deviam obediência a ela, que deviam fazer com que o rei a atendesse, reconhecendo seu herdeiro — ouviam submissos aquele menino dançarino. Quanto a ela, era apenas uma intrusa. Roxane o amaldiçoou com um olhar, mas ele desviara a atenção dela chamando um escravo para levar a toalha manchada de sangue, depois verificou a pilha de toalhas limpas ao seu lado. As mãos fortes de Ptolomeu soltaram os ombros dela; as mãos de suas damas, gentis, suplicantes, insistentes, levaram-na para a porta. Alguém apanhou o véu deixado sobre a cama e o atirou sobre ela.

De volta ao seu quarto, Roxane atirou-se no divã, numa tempestade de fúria e choro, batendo os punhos fechados e mordendo as almofadas. Suas damas, quando ousaram falar, imploraram a ela para se poupar, do contrário poderia perder a criança. Isso a acalmou, e ela pediu leite de égua e figos, seus mais insistentes desejos ultimamente. A noite chegou e ela agitava-se na cama sem poder dormir. Finalmente, com os olhos secos, levantou-se e começou a andar de um lado para o outro, no átrio enluarado, onde a fonte murmurava como um conspirador na noite quente da Babilônia. Sentiu o bebê se mexer. Pousando as mãos sobre o ventre, ela murmurou:

— Quieto, meu pequeno rei. Eu prometo... eu prometo...

Voltou para a cama e mergulhou num sono pesado. Sonhou que estava na fortaleza do pai, no Rochedo Sogdiano, uma caverna fortificada sob o espinhaço da montanha, à beira de um declive íngreme de trezentos metros. Os macedônios sitiavam o forte. Ela olhou para baixo, para o enxame de homens, como grãos escuros sobre a neve, para as fogueiras dos acampamentos com as fracas espirais de fumaça e para as barracas que pareciam contas coloridas espalhadas na paisagem. O vento chegava, gemendo sobre o rochedo. Seu irmão a mandara preparar as flechas com as outras mulheres, sacudindo-a e censurando sua inércia. Ela acordou. A criada largou seu ombro, mas não disse nada. Era tarde, o sol estava quente no átrio, mas o vento continuava enchendo o mundo com seu gemido, subindo e descendo como a voz do inverno proveniente das imensas regiões do Oriente... Mas estavam na Babilônia.

O gemido constante morria e se erguia novamente, e agora chegava mais perto. Era o lamento das mulheres do harém. Percebia agora o ritmo formal. A mulher ao seu lado, vendo que ela estava acordada, começou seu lamento pronunciando as frases antigas oferecidas às viúvas dos chefes bactrianos desde tempos imemoriais. Todas olhavam para ela. Ela devia liderar o lamento fúnebre.

Obedientemente Roxane sentou na cama, despenteou o cabelo, bateu com as mãos no peito. Conhecia as palavras desde a infância.

— Ai de mim, ai de mim! A luz desapareceu do céu, o leão dos homens foi vencido. Quando erguia sua espada, milhares de guerreiros tremiam. Quando abria a mão, dela saía ouro como as areias do mar. Quando se alegrava, a alegria era para todos, como o sol. Como os ventos de tempestade percorrem as montanhas, assim ele partia para a guerra. Como a tempestade que derruba as grandes árvores da floresta, ele entrava na batalha. Seu escudo era um telhado forte protegendo seu povo. As trevas são sua porção, sua casa está desolada. Ai de mim! Ai de mim! Ai de mim!

Descansou as mãos no colo. Cessou seu lamento. As mulheres, assustadas, olharam para ela. Roxane disse:

— Eu lamentei e meu lamento já terminou.

Chamou sua primeira dama de companhia e mandou as outras saírem do quarto.

— Traga meu velho traje de viagem, o azul-escuro.

O traje foi encontrado, e retirada dele a poeira da estrada de Ecbátana. O tecido era resistente, e só depois de um pequeno corte com uma faca ela conseguiu rasgá-lo. Depois de rasgar em vários lugares, ela o vestiu. Sem pentear o cabelo, passou a mão no parapeito empoeirado da janela e depois no próprio rosto. Então mandou chamar seu eunuco bactriano.

— Vá ao harém e peça à senhora Badia para vir até aqui.

— Ouvir é obedecer, senhora.

*Como Roxane sabia o nome da primeira concubina de Ochus?*, pensou o eunuco, mas não era hora de fazer perguntas.

Do seu quarto, Roxane ouvia a agitação no harém. Algumas lamentavam ainda a morte do rei, mas a maior parte tagarelava. Depois de um curto espaço de tempo para se preparar, Badia apareceu, com o traje de luto que usara na morte do rei Ochus, quinze anos atrás, que cheirava a ervas e cedro. Não o usara para Dario.

Ochus havia reinado durante vinte anos e ela fora a concubina de sua juventude. Estava com pouco mais de cinquenta anos, antes graciosa, agora macilenta. Muito antes de sua morte, Ochus a deixara na Babilônia, levando para Susa outras mais jovens. No seu tempo, porém, ela mandava no harém e não esquecera.

Depois das condolências de praxe, Badia louvou o valor do rei, sua justiça, sua generosidade. Roxane respondeu de acordo com o costume, balançando o corpo e gemendo em voz baixa. Então, enxugou os olhos e respondeu com voz embargada. Badia ofereceu o eterno consolo.

— A criança será a lembrança dele. Você a verá crescer para igualar a honra do pai.

Tudo isso fazia parte do ritual. Roxane então o abandonou.

— Se essa criança viver — soluçou ela. — Se os malditos filhos de Dario a deixarem viver, mas certamente a matarão. Eu sei, eu sei... — Segurou os cabelos com as duas mãos e gemeu.

Badia prendeu a respiração, revelando a lembrança terrível no rosto magro.

— Oh, bom Deus! Aqueles dias terríveis voltarão?

Ochus conseguira o trono por meio do fratricídio em massa e morrera envenenado. Roxane não queria ouvir as reminiscências de Badia. Pôs o cabelo para trás.

— Como podem não voltar? Quem assassinou o rei Ochus quando ele estava doente, na cama? E o jovem rei Arses e seus irmãos leais? E o filho pequeno de Arses, ainda sendo amamentado? E depois de tudo isso, quem matou o vizir, sua criatura, para lhe calar a boca? Dario! Alexandre me disse.

("Era o que eu pensava", dissera Alexandre havia pouco tempo, "mas isso foi antes de lutar contra ele. Ele não tinha força suficiente para ser mais do que um instrumento do vizir. Ele o matou depois porque tinha medo dele. Bem como o homem que era.")

— O rei disse isso? Ah, a justiça do leão, o que corrigiu os erros! — Sua voz se elevou, pronta para chorar outra vez. Roxane ergueu a mão rapidamente.

— Sim, ele vingou seu senhor, mas meu filho, quem o vingará? Ah, se você soubesse!

Badia ergueu os olhos negros atentos, ávidos e curiosos.

— Do que se trata, senhora?

Roxane contou. Alexandre, lamentando ainda a morte do amigo de infância, partira na frente, deixando-a em segurança em Ecbátana, a fim de eliminar os bandidos da estrada para a Babilônia. Então, cansado da guerra durante o inverno, havia parado em Susa para descansar e acabou sendo enganado pela rainha Sisigambis, aquela velha feiticeira que, se a verdade fosse dita, tinha sido quem incitara o filho, o usurpador, a cometer todos os seus crimes. Ela levou ao rei a filha de Dario, aquela jovem desajeitada, de pernas compridas com quem ele se casara para agradar os persas. Provavelmente ela dera a ele uma das suas poções mágicas. Levara a neta para o leito de Alexandre e dissera que ela estava grávida dele, pois quem podia saber a verdade? E uma vez que ele se casara formalmente, na presença dos senhores persas e macedônios, como podiam deixar de aceitar o filho dela?

— Mas foi um casamento só para efeito de aparência, por razões políticas. Ele me disse.

(Sim, era verdade que, antes do casamento, impressionado com a fúria de Roxane, ensurdecido com seus gritos e cheio de remorso, Alexandre dissera alguma coisa parecida. Não fez promessas para o futuro, pois tinha por princípio manter o futuro sempre aberto, mas enxugou as lágrimas dela e levou de presente um belo par de brincos.)

— E, assim — prosseguiu ela —, sob este teto ela dará à luz o neto do assassino de Ochus. E quem vai nos proteger, agora que o rei se foi?

Badia começou a chorar. Pensou nos anos longos, tediosos e tranquilos na quietude do harém, onde o mundo perigoso lá fora era apenas um rumor. Superara a necessidade de um homem e até mesmo da variedade, vivendo satisfeita com seu pássaro falante, o pequeno macaco vermelho e os eunucos bisbilhoteiros, desfrutando o conforto garantido pelo rei sempre distante. Agora voltavam as lembranças antigas e temidas de traição, acusações, humilhação, como mortos-vivos do novo dia. Foi uma rival cruel que a substituiu no favor do rei Ochus. Os anos de paz desapareceram. Ela chorou e soluçou, dessa vez por autopiedade.

— O que podemos fazer? — questionou. — O que podemos fazer?

A mão pequena e muito branca de Roxane segurou o pulso de Badia. Os grandes olhos negros, que haviam encantado Alexandre, fixaram-se na outra mulher.

— O rei está morto. Devemos nos salvar do melhor modo possível.

— Sim, senhora. — Voltavam os velhos tempos. Mais uma vez, era uma questão de sobrevivência. — Senhora, o que devemos fazer?

Roxane a fez chegar mais perto e falou em voz baixa, lembrando as frestas nas paredes.

Um pouco depois, um eunuco de Badia entrou silenciosamente pela porta dos criados, carregando uma caixa de madeira polida. Roxane perguntou:

— É verdade que você sabe escrever em grego?

— Certamente, senhora. Eu sempre escrevia para o rei Ochus.

— Tem pergaminho de boa qualidade? É para uma carta real.

— Sim, senhora. — Ele abriu a caixa. — Quando o usurpador Dario cedeu meu lugar para um dos seus homens, eu levei alguns pergaminhos comigo.

— Muito bem. Sente e escreva.

Quando ela deu o nome do destinatário, o eunuco quase estragou o pergaminho, mas ele não ignorava por completo a razão pela qual fora chamado. Badia dissera que se a filha de Dario governasse o harém, todos os que haviam servido a Ochus seriam jogados na rua, como mendigos. Ele continuou a escrever. Roxane ditou uma carta discreta e fluente, com os floreios formais adequados. Terminado o trabalho, deu ao homem um darico de prata e o mandou embora. Não o fez jurar silêncio, estava abaixo da sua dignidade, e Badia trataria disso.

O eunuco havia levado cera, mas ela não a usara na frente dele. Depois que ele saiu, tirou do dedo o anel dado por Alexandre em sua noite de núpcias. A pedra era uma ametista perfeita, violeta escura, na qual Pirgoletes, seu gravador favorito, cinzelara o retrato do rei. Não era nada parecido com o anel real da Macedônia, com a figura de Zeus entronizado, mas Alexandre nunca fora convencional e Roxane achou que seu timbre seria suficiente.

Girou a pedra na luz do dia. Era um trabalho magnífico e, embora um tanto estilizado, lembrava perfeitamente o rosto de Alexandre. Ele o dera quando afinal ficaram sozinhos na câmara nupcial, algo para substituir as palavras, uma vez que falavam línguas diferentes. Alexandre pôs o anel no dedo dela, depois da segunda tentativa para encontrar a medida certa. Roxane beijou a pedra respeitosamente, e então ele a abraçou. Lembrou-se do prazer inesperado do contato com o corpo dele, com o frescor morno da juventude, mas ela esperava um abraço mais ardente. Ele devia ter saído para que trocassem sua roupa pelos trajes nupciais, mas ele apenas se despiu, jogou a roupa para o lado e subiu na cama completamente nu. Roxane ficou chocada demais para pensar em qualquer outra coisa, e Alexandre pensou que ela estava com medo. Foi muito cuidadoso, até mesmo bastante sofisticado. Evidentemente recebera boa instrução a respeito, embora ela não soubesse de quem, mas o que ela queria realmente era ser possuída com ardor desenfreado. Adotou atitudes de submissão, próprias de uma virgem. Por qualquer demonstração de entusiasmo, na primeira noite, qualquer noivo bactriano a teria estrangulado, mas percebeu que ele estava indeciso e teve medo de não poder mostrar na manhã seguinte a mancha de sangue no lençol. Tomando coragem ela o abraçou e a partir daí tudo correu bem.

Roxane pingou a cera quente no pergaminho e pressionou a pedra sobre ela. De repente, lembrou-se de um dia, alguns meses antes, em Ecbátana, uma tarde de verão, ao lado do tanque dos peixes. Ele estava alimentando as carpas, procurando atrair o mal-humorado rei do tanque para fora de seu refúgio sob as folhas de nenúfar. Só fizeram amor depois de ele ter conseguido o que queria. Então ele adormecera e ela se lembrava agora da pele clara e jovem com as cicatrizes profundas, a linha do cabelo na testa. Ela queria sentir a maciez daquele corpo, o cheiro, como se fosse uma coisa boa para comer, como pão saído do forno. Quando encostou o rosto no corpo dele, Alexandre acordou por um segundo, abraçou-a confortavelmente e continuou a dormir. A sensação daquela presença física voltava agora como se fosse real. Finalmente, sozinha e em silêncio, ela chorou com verdadeiro pesar.

Porém, logo enxugou as lágrimas. Precisava tratar de um assunto que não podia esperar.

\* \* \*

Na câmara haviam terminado os longos dias de agonia. Alexandre deixara de respirar. Entre lamentações, os eunucos retiraram os travesseiros. Imóvel no leito enorme, recuperava sua monumental dignidade; mas, para os que o viam, era chocante aquela passividade. Um homem morto, um cadáver.

Os generais, chamados às pressas quando o fim se tornou evidente, apenas olhavam. Durante dois dias tinham pensado no que fariam, mas agora, era como se a certeza dos dias de espera fosse mera contingência com a qual sua imaginação brincava. Olhavam atônitos para o rosto familiar, finalmente tão inexpressivo, sentindo-se quase ofendidos com a ideia de que aquilo podia acontecer a ele sem o consentimento do próprio Alexandre. Como ele podia morrer deixando-os em tamanha confusão? Como podia livrar-se de sua responsabilidade? Não combinava com ele.

Uma voz jovem e embargada gritou na porta:

— Ele se foi, ele se foi!

Era um jovem de dezoito anos, da guarda pessoal do rei que estava de plantão. O jovem começou a chorar histericamente, abafando os lamentos dos eunucos em volta do leito. Alguém o levou embora e sua voz foi aos poucos se distanciando, áspera, na crueza da dor incontrolável.

Era como se ele tivesse invocado o oceano. Entrou correndo, aos soluços, no meio de metade do exército macedônio, reunido em volta do palácio, à espera de notícias.

Muitos deles haviam passado pela câmara no dia anterior, e ele reconhecera quase todos, lembrando-se da maior parte deles. Esses homens, mais do que qualquer outra pessoa, tinham motivo para esperar um milagre. Então ergueu-se um imenso clamor: de dor, de lamento ritual, de protesto, como se alguma autoridade tivesse culpa; de desânimo perante a incerteza do futuro desfeito.

O som despertou a atenção dos generais. Seus reflexos, treinados com perfeição pelo homem morto, entraram em ação. O pânico devia ser evitado imediatamente. Correram para a grande plataforma acima do átrio. Perdicas chamou severamente a atenção de um arauto que cambaleava no seu posto, e o homem, levando aos lábios a trombeta, fez soar o toque de reunião.

A resposta foi desordenada. Ainda na véspera, pensando que o chamado vinha de Alexandre, teriam formado as fileiras e as falanges silenciosa e ordenadamente, cada homem procurando ser o primeiro a entrar na formação. Agora, as leis da natureza não existiam mais. Os que estavam na frente tiveram de gritar para os outros que o chamado era de Perdicas. Desde a morte de Heféstion ele era o segundo em comando. A voz segura e trovejante de Perdicas transmitiu a todos um pouco de segurança, e eles procuraram seus lugares, em uma ordem aparente.

Os soldados persas alinharam-se com os outros. Seus lamentos soavam como contraponto ao clamor dos macedônios. Agora estavam quietos. Eles eram — ou tinham sido — soldados de Alexandre, que os fizera esquecer sua posição de povo conquistado, restituindo seu orgulho, fazendo com que os macedônios os aceitassem. Os conflitos iniciais haviam desaparecido quase por completo. A linguagem coloquial dos gregos misturava-se com palavras persas, e começava uma verdadeira camaradagem. Agora, de repente, sentindo-se outra vez como nativos vencidos, sob as ordens de um exército estrangeiro, entreolhavam-se hesitantes, pensando em desertar.

A um sinal de Perdicas, Peucestas deu um passo à frente, uma figura imponente; um homem famoso por seu valor, que certa vez salvara a vida de Alexandre; na Índia, quando o rei tinha sido gravemente ferido. Agora, alto, belo, com barba, como era costume em sua satrapia, dirigiu-se aos homens em persa tão correto e aristocrático quanto seu traje. Anunciou formalmente a morte do Grande Rei. No tempo adequado, seria proclamado o nome de seu sucessor. Agora podiam debandar.

Os persas acalmaram-se, mas um murmúrio agitado ergueu-se do grupo dos macedônios. Segundo a lei de seus ancestrais, a escolha do rei era prerrogativa deles, da assembleia de todos os macedônios capazes de empunhar armas. Que conversa era aquela de proclamação?

Peucestas recuou, cedendo o lugar a Perdicas. Houve uma pausa. Havia doze anos, os dois vinham observando o modo como Alexandre se entendia com os macedônios. Não eram homens pacíficos, prontos para esperar as determinações das autoridades. Precisavam ser convencidos, e Alexandre sabia como fazer isso; apenas uma vez, em doze anos, não conseguira. Porém, mesmo naquela ocasião, depois que o fizeram voltar da Índia, continuaram fiéis a ele. Agora, enfrentando a possibilidade de desordem, por um momento Perdicas esperou ouvir os passos decididos e rápidos, a reprimenda em voz baixa e seca, depois a voz alta e estridente impondo o silêncio instantâneo.

Mas ele não apareceu, e Perdicas, embora sem o dom da mágica, sabia muito bem o que era autoridade. Começou a falar, como Alexandre fazia quando era necessário, no dialeto da terra natal daqueles homens, o dórico, o idioma da sua infância, antes de aprenderem o grego formal. Disse que todos tinham perdido o maior dos reis, o melhor e mais bravo guerreiro que o mundo conhecera desde que os filhos dos deuses deixaram a Terra.

Foi interrompido por um lamento longo e surdo, não um tributo voluntário, mas uma manifestação de dor e perda. Quando podia ser ouvido novamente, Perdicas disse:

— E os netos de seus netos dirão a mesma coisa. Lembrem-se, então, de que sua perda é medida pela sorte que tiveram de conhecê-lo. Vocês, entre todos os outros homens, do passado ou do futuro, têm sua parte na glória de Alexandre. E agora compete a vocês, os macedônios, a quem ele deu o domínio de metade do mundo, conservar sua coragem e mostrar que são os homens moldados por ele. Tudo será feito de acordo com a lei.

Os homens calados ergueram os olhos esperançosos. Quando Alexandre conseguia fazer com que se calassem, sempre tinha alguma coisa para dizer. Perdicas sabia, mas tudo o que podia dizer naquele momento era que ele era agora efetivamente o rei da Ásia. Era cedo demais. Eles só conheciam um rei, vivo ou morto. Mandou que voltassem para o acampamento e aguardassem as ordens.

Sob sua vigilância, os homens começaram a deixar o átrio, mas assim que Perdicas entrou, voltaram em grupos de dois ou três e se sentaram com as armas ao lado, preparados para a vigília fúnebre daquela noite.

\* \* \*

Na cidade, o som dos lamentos, como fogo no mato levado por vento forte, partia das ruas próximas do palácio e percorria os subúrbios, chegando às casas construídas ao longo dos muros. Acima dos templos, as finas plumas de fumaça que subiam dos fogos sagrados foram desaparecendo uma a uma, à medida que era jogada água nos braseiros. Ao lado das cinzas molhadas do braseiro de Bel-Marduk, os sacerdotes lembraram-se de que era a segunda vez, em pouco mais de um mês. O rei mandara apagar os fogos sagrados no dia dos funerais do seu amigo.

— Nós o avisamos do presságio, mas ele não quis ouvir. Afinal de contas, ele era um estrangeiro.

O fogo de Bel-Marduk foi o primeiro a ser apagado. No templo de Mitra, guardião da honra dos guerreiros, senhor da lealdade e da palavra dada, um jovem sacerdote parou no santuário com uma ânfora de água na mão. Acima do altar estava gravado o símbolo do sol alado, em guerra com as trevas, era·após era, até a vitória final. As chamas erguiam-se ainda altas, pois o jovem as alimentara generosamente, como se com isso pudesse reacender a chama de vida no corpo do rei. Mesmo agora, com ordem para apagar o fogo, pôs a ânfora no chão, correu para um cofre de incenso árabe e atirou um punhado nas chamas. O último oficiante, só depois que sua oferenda subiu para o céu de verão, derramou a água sobre as brasas.

\* \* \*

Na estrada real para Susa, viajava um mensageiro, seu dromedário devorando os quilômetros com passo longo e macio. Antes de o animal precisar descansar, teriam chegado ao primeiro posto de troca, onde outro homem e outro animal levariam a mensagem através da noite.

Sua estalagem era na metade da jornada. O pergaminho em seu alforje lhe fora entregue por outro mensageiro, sem nenhuma pausa para perguntas.

Só a primeira parte da viagem, começada na Babilônia, fora feita por um homem desconhecido que o substituíra. Esse estranho, quando lhe perguntavam se era verdade que o rei estava doente, respondia que talvez estivesse, mas ele não tinha tempo para conversar. Velocidade silenciosa era a primeira regra dos mensageiros. O substituto apenas o saudava e seguia viagem, mostrando, em silêncio para o próximo homem, que a carta estava selada com a imagem do rei.

Diziam que uma carta enviada por mensageiro real era mais veloz do que os pássaros. O próprio boato alado não a vencia na corrida, pois à noite, o boato parava a fim de dormir.

\* \* \*

Dois viajantes que pararam para dar passagem ao mensageiro quase foram atirados ao chão quando seus cavalos relincharam e empinaram, reagindo ao cheiro detestável do camelo. O mais velho, com cerca de 35 anos, forte, sardento e ruivo, dominou primeiro sua montaria, puxando para trás a cabeça do cavalo até o bridão tirar sangue da boca do animal. Seu irmão, uns dez anos mais moço, moreno e convencionalmente bonito, demorou mais porque tentou primeiro acalmar o cavalo. Cassandro observou o irmão com desprezo. Era o filho mais velho de Antípatro, o regente da Macedônia e um estranho na Babilônia. Chegara havia pouco tempo, enviado pelo pai para saber por que Alexandre o havia chamado à Macedônia, enviando Cratero para substituí-lo na Regência.

Iolas, o mais moço, marchara com Alexandre e até pouco tempo atrás era o copeiro do rei. A escolha fora um gesto para acalmar seu pai. Cassandro ficou na guarnição, na Macedônia, porque ele e Alexandre não se davam bem, desde meninos.

Quando seu cavalo se acalmou, Iolas disse:

— Aquele é um emissário real.

— Que ele e seu animal caiam mortos.

— Por que ele está na estrada? Talvez tudo já tenha acabado.

Cassandro, olhando na direção da Babilônia, disse:

— Que o cão de Hades devore sua alma.

Durante algum tempo seguiram em silêncio, Iolas olhando para a estrada à sua frente. Por fim, ele disse:

— Bem, agora ninguém pode demitir nosso pai. Agora ele pode ser rei.

— Rei? — resmungou Cassandro. — Não ele. Ele fez um juramento e vai cumprir. Até mesmo para o filho da mulher bárbara, se for menino.

O cavalo de Iolas sobressaltou-se, respondendo ao espanto do cavaleiro.

— Então, por quê? Por que me fez fazer aquilo?... Não por nosso pai?... Só por ódio! Deus Todo-Poderoso, eu deveria saber!

Cassandro inclinou-se para o lado e bateu com o chicote no joelho do irmão. Iolas gritou de dor e raiva.

— Não se atreva a fazer isso outra vez! Não estamos em casa agora e não sou um menino.

Cassandro apontou para o vergão vermelho.

— A dor serve para avivar a memória. Você não fez nada. Lembre-se, nada. Guarde isso na cabeça.

Um pouco mais adiante, vendo as lágrimas nos olhos de Iolas, Cassandro disse, num relutante pedido de desculpas:

— Provavelmente ele apanhou a febre no ar do pântano. A esta altura, ele já deve ter tomado água suja mais de uma vez. Os camponeses na margem do rio bebem água do pântano, e *eles* não morrem por isso. Mantenha a boca fechada. Ou *você* pode morrer por isso.

Iolas engoliu em seco. Passando a mão nos olhos, sujando o rosto com a poeira negra da planície da Babilônia, ele disse com voz rouca:

— Ele nunca recuperou as forças depois daquele ferimento de flecha na Índia. Não tinha resistência para sobreviver a uma febre... Ele foi bom para mim. Eu só fiz isso por nosso Pai. Agora você diz que ele não será rei.

— *Ele* não será rei, mas seja lá como vão chamá-lo, morrerá como o governante da Macedônia e de toda a Grécia. E agora é um homem velho.

Iolas olhou para o irmão em silêncio, depois esporeou o cavalo e galopou na frente, através dos trigais amarelos, os soluços acompanhando o ritmo das patas do cavalo.

\* \* \*

No dia seguinte, na Babilônia, os generais-comandantes prepararam a assembleia que devia escolher o governante dos macedônios. Sua lei não considerava a primogenitura inalienável. Os soldados tinham direito de escolher entre os membros da família real.

Quando Filipe morreu, a escolha foi simples. Quase todos os soldados ainda estavam na nação, Alexandre, com vinte anos, já era famoso, e nenhum outro pretendente foi citado. Mesmo quando Filipe, um irmão mais jovem, foi escolhido em lugar do filho do rei Perdicas, morto em batalha, também foi simples. Filipe era um comandante experiente; o filho de Perdicas, uma criança ainda, e eles estavam em guerra.

Agora os soldados macedônios estavam espalhados em postos avançados por toda a Ásia. Dez mil veteranos marchavam para casa, a fim de dar baixa, sob o comando de Cratero, um homem jovem, a quem Alexandre concedera o posto abaixo de Heféstion, e que fazia parte da família real. Havia guarnições na Macedônia e nos grandes fortes de pedra que montavam guarda nos passos ao sul da Grécia. Os homens da Babilônia sabiam de tudo isso, mas nenhum questionava seu direito de escolher um rei. Eram o exército de Alexandre e isso era tudo.

Lá fora, na quente praça de armas, eles esperavam, discutindo, fazendo conjecturas, comentando boatos. Às vezes, quando cresciam a impaciência e a inquietação, o vozerio rolava como onda numa praia rochosa.

Os generais lá dentro e o alto comando conhecido como a Guarda Real tentaram reunir os principais oficiais do grupo aristocrático dos Companheiros, com quem queriam conversar sobre seu dilema. Não conseguindo, mandaram o arauto soar o toque de silêncio e chamar cada um pelo nome. O arauto, que não conhecia nenhum toque que fosse só para silêncio, tocou "reunir para receber ordens". Os homens o interpretaram como "venham à Assembleia".

Entraram no salão de audiências aos gritos, enquanto o arauto anunciava em meio ao vozerio os nomes que lhe haviam dado; e os oficiais chamados, que conseguiam ouvir, tentavam abrir caminho no meio da multidão. O excesso de pessoas dentro da sala tornou-se perigoso, as portas foram fechadas em desespero, ficando os que já estavam, autorizados ou não. O arauto, olhando com desânimo para a multidão exaltada, no lado de fora, pensou que, se Alexandre visse aquilo, alguém desejaria nunca ter nascido.

Os primeiros a entrar, porque os outros tinham aberto caminho para eles, foram os homens dos Companheiros, os proprietários de cavalos da Macedônia e os oficiais que estavam perto da porta. O resto era um misto de figuras importantes e pessoas praticamente desconhecidas. Só tinham em comum uma inquietação profunda e a agressividade dos homens preocupados. Compreendiam agora que eram soldados isolados numa terra conquistada, a meio mundo de distância de sua terra natal. Foram levados até ali por sua fé em Alexandre, somente nele. O que queriam agora não era um rei, mas um líder.

Fechadas as portas, todos os olhos se voltaram para a plataforma real. Lá, como outras tantas vezes, estavam os grandes homens, os amigos mais próximos de Alexandre, em volta do trono, do antigo trono da Babilônia, com as figuras de touros assírios gravadas nos braços, no encosto, Xerxes na imagem alada do sol jamais conquistado. Viram ali a figura pequena, compacta e cintilante sobre uma banqueta, brilhando como uma joia num escrínio grande demais, com as asas abertas de Ahura mazda acima de sua cabeça. Agora, o trono estava vazio. Sobre o encosto se via o manto real e, no assento, o diadema.

Um gemido surdo e doloroso percorreu a grande sala das colunas. Ptolomeu, que lia os poetas, pensou que era como o clímax de uma tragédia, quando as portas se abriam no fundo do palco, mostrando ao coro que seus temores haviam se realizado e que o rei estava morto.

Perdicas deu um passo à frente. Todos os amigos de Alexandre ali presentes, disse ele, eram testemunhas de que o rei dera a ele o anel real. Porém, como Alexandre não podia falar, não sabiam quais os poderes que conferia.

— Ele olhou fixamente para mim, era claro que queria falar, mas não conseguiu. Portanto, homens da Macedônia, aqui está o anel. — Tirou-o do dedo e o pôs ao lado da coroa. — Entreguem a quem quiserem, de acordo com a lei ancestral.

Ouviram-se murmúrios de admiração e expectativa, como no teatro. Ele esperou, ainda fora do palco, como um bom ator capaz de calcular exatamente o tempo de sua fala. Foi o que pensou Ptolomeu, olhando para o rosto alerta e arrogante, agora com uma dignidade impassível, uma máscara bem talhada, a máscara de um rei?

Perdicas continuou:

— Nossa perda é imensurável, todos nós sabemos. Sabemos que não devemos pensar em passar o trono para alguém que não seja parente dele. Roxane, sua mulher, está grávida de cinco meses. Rezemos para que seja um menino. Ele precisa antes nascer e depois atingir a idade adequada. Durante esse tempo, quem vocês escolhem para governá-los? Escolham vocês.

Mais murmúrios. Os generais na plataforma entreolhavam-se, inquietos. Perdicas não apresentou outro orador. De repente, sem ser anunciado, Nearco, o almirante, deu um passo à frente; um cretense magro com o rosto bronzeado de sol. As dificuldades da terrível viagem ao longo da costa da Gedrósia o envelheceram dez anos. Aparentava cinquenta anos, mas forte e bem-disposto ainda. Os homens fizeram silêncio para ouvir. Nearco vira monstros do mar alto e os afugentara com toques de trombetas. Desacostumado de falar ao público, em terra, usou o tom de voz com que chamava os navios no mar, sobressaltando-os com seu volume.

— Macedônios, proponho a vocês, como herdeiro de Alexandre, o filho da filha de Dario, Estatira. O rei a engravidou na última vez que parou em Susa. — Ouviram-se murmúrios de surpresa e ele ergueu a voz, acima deles, como faria numa tempestade. — Todos viram o casamento. Viram que foi uma cerimônia real. Alexandre pretendia trazê-la para cá. Ele mesmo me disse.

A notícia completamente inesperada sobre uma mulher que, vista de relance no dia do casamento, desaparecera imediatamente no harém em Susa, provocou confusão e incerteza.

A voz clara de um camponês perguntou:

— Ah, mas ele disse alguma coisa sobre o filho?

— Não — respondeu Nearco. — Acredito que ele pretendia criar os dois filhos ao seu lado, se os dois de fato fossem legítimos e escolher o mais adequado, mas ele não está vivo para fazê-lo; e o filho de Estatira tem o privilégio da posição.

Deu um passo para trás; não havia mais nada a dizer. Cumpriu sua obrigação, e isso era tudo. Olhando aquele mar de cabeças, Nearco lembrou como Alexandre, magro e abatido depois da marcha pelo deserto, o saudara quando o almirante trouxera seus navios intactos, abraçando-o com lágrimas de alívio e alegria. Desde pequeno, Nearco o amava, com um amor assexuado, sem exigências, e aquele momento fora o apogeu da sua vida. O que ia fazer com o resto dela, nem queria pensar.

Perdicas rilhou os dentes, furioso. Incitara os homens à escolha de um regente — quem, senão ele mesmo? Agora, eram levados a debater a sucessão. Duas crianças não nascidas, que podiam ser meninas. Era característico da família. Filipe tivera uma horda de filhas e só um filho, a não ser que contassem o idiota. A Regência era a solução. O próprio Filipe começara ainda criança como regente de um herdeiro, mas os macedônios não perderam muito tempo para elegê-lo rei. Perdicas tinha uma boa parte de sangue real... O que se passava na cabeça de Nearco? Era impossível fazer com que os homens voltassem à primeira ideia, agora.

O debate tornou-se exaltado e acrimonioso. Para eles, se Alexandre falhara, era pelo fato de ter se adaptado aos costumes persas. O casamento em Susa, uma manifestação evidente desse fato, provocara maior constrangimento do que o casamento em campanha com Roxane, uma coisa que seu pai costumava fazer com frequência. Foram indulgentes com o caso do menino dançarino, como seriam com um macaco ou um cão de estimação, mas por que Alexandre não podia ter casado com uma mulher descendente de macedônios, em vez de escolher duas representantes de povos bárbaros? Agora, ali estava o resultado.

Alguns achavam que um filho de Alexandre deveria ser aceito, legítimo ou não. Outros diziam que ninguém podia saber se ele os reconheceria ou não, e podiam estar certos de que, se uma daquelas duas mulheres tivesse um aborto ou uma menina, arranjariam um modo de impingir uma criança qualquer. Eles não iam se curvar para nenhum filhote persa...

Ptolomeu observava a cena com pesar e raiva, só desejando sair dali. Logo que teve certeza da morte de Alexandre, ele sabia para onde queria ir. Desde o momento em que o Egito abrira os braços para Alexandre, como seu libertador do domínio persa, Ptolomeu havia se apaixonado por aquela terra, por sua civilização antiga e amadurecida, seus monumentos e templos magníficos, a vida rica do rio que os sustentava. Era tão defensável quanto uma ilha, protegido pelo mar, pelo deserto e pelas florestas. Bastava conquistar a confiança do povo para possuí-lo para sempre. Perdicas e os outros lhe dariam a satrapia de bom grado. Eles o queriam fora do caminho.

Ptolomeu era um homem perigoso, que podia exigir reconhecimento como irmão de Alexandre, mesmo sendo fruto de adultério, quando Filipe era muito jovem ainda. Sua paternidade nunca tinha sido provada nem reconhecida, mas Alexandre sempre reservava um lugar especial para ele, e todos sabiam disso. Sim, Perdicas gostaria de mandá-lo para a África, mas será que o homem pensava que podia ser o herdeiro de Alexandre? Era isso que ele pretendia, bastava olhar para seu rosto para saber. Alguma coisa precisava ser feita, imediatamente.

Quando Ptolomeu se adiantou, os soldados fizeram silêncio para ouvi-lo. Ele fora amigo de infância de Alexandre, tinha presença, sem a arrogância de Perdicas, e os homens que haviam servido sob seu comando gostavam dele. Um grupo de soldados o aplaudiu.

— Macedônios. Vejo que não querem escolher um rei entre os filhos dos povos conquistados.

Aplaudiram ruidosamente. Os homens, todos armados — a prova do seu direito de voto, bateram com as lanças nos escudos e o som metálico ecoou entre as colunas. Ptolomeu ergueu a mão, pedindo silêncio.

— Não sabemos se as esposas de Alexandre terão filhos homens. Se um ou os dois forem homens, quando atingirem a idade adequada deverão ser trazidos perante vocês e seus filhos, para que a Assembleia resolva quem os macedônios aceitarão. Enquanto isso, vocês esperam o herdeiro de Alexandre, mas quem vai agir por ele? Aqui estão os homens a quem Alexandre concedia a honra de sua confiança. Para evitar que um único homem assuma todo o poder, proponho um Conselho de Regência.

Ergueu-se um murmúrio calmo. Lembrando que dentro de quinze anos, em média, podiam rejeitar ambos os pretendentes, compreenderam finalmente a importância real daquela reunião.

Ptolomeu disse, em meio ao novo silêncio:

— Lembrem-se de Cratero. Alexandre confiava nele como em si próprio. Ele o fez governador da Macedônia. Por isso não está presente hoje.

Os homens entenderam. Respeitavam Cratero como subordinado de Alexandre. Ele tinha ascendência real, era capaz, bravo, belo e atento às necessidades deles. Ptolomeu sentia o olhar de Perdicas como ferro em brasa na sua nuca. *Ele que faça o melhor possível. Eu fiz o que deveria fazer.*

Enquanto os homens debatiam e conversavam, Ptolomeu pensou repentinamente: *Até poucos dias atrás éramos todos iguais, amigos de Alexandre, apenas esperando que ele ficasse bom para nos conduzir novamente. O que somos agora e o que sou eu?*

Ptolomeu não via grande vantagem em ser filho de Filipe. Pagara muito caro quando era criança. Quando nasceu, Filipe fora um ninguém, um segundo filho mantido como refém dos tebanos. "Será que não pode fazer com que seu bastardo se comporte adequadamente?", seu pai perguntava para sua mãe, quando ele tinha algum problema. Filipe fora responsável pela maior parte dos castigos infligidos a ele. Mais tarde, quando Filipe se tornou rei e ele, escudeiro real, sua sorte mudou, mas o que ele aprendeu a valorizar não foi o fato de ser filho de Filipe, se é que realmente era. O que conquistou sua afeição e seu orgulho crescente foi o fato de ser irmão de Alexandre. *Não importa*, pensava ele, *seja ou não a verdade da minha ascendência, é a verdade do meu coração.*

Uma nova voz o despertou do devaneio. Aríston, um dos membros da guarda pessoal, adiantou-se a dizer que, independentemente do que Alexandre quisera dizer, o fato é que dera o anel a Perdicas. Ele observou com antecedência e sabia o que estava fazendo. Isso era um fato, não suposição, e Aríston achava que era algo que deviam considerar.

Ele falou com simplicidade e franqueza e, assim, convenceu a Assembleia. Gritaram o nome de Perdicas, e muitos disseram que ele deveria tomar de volta o anel. Com movimentos lentos, observando atentamente os homens, deu alguns passos na direção dele. Por um instante, seus olhos encontraram os de Ptolomeu, com a expressão de um homem que acabava de ganhar um novo inimigo.

Não convinha, pensou Perdicas, parecer ávido demais. Precisava de outra voz para apoiar Aríston.

O salão, repleto de homens suados estava abafado e quente. Ao cheiro deles misturava-se o de urina, pois vários homens haviam se aliviado nos cantos. Os sentimentos de dor, ansiedade, ressentimento, impaciência e frustração assoberbavam os generais na plataforma do trono. De repente, gritando alguma coisa incompreensível, um oficial abriu caminho entre a multidão. O que, pensaram todos, Meléagro terá para dizer?

Meléagro era comandante de falange desde a primeira campanha de Alexandre, mas jamais passara disso. Certa noite, durante o jantar, Alexandre fizera esse comentário com Perdicas, dizendo que ele era um bom soldado desde que não precisasse usar demais a cabeça.

Ele chegou perto da plataforma, muito vermelho de calor, de raiva e, ao que parecia, por causa do vinho também; ergueu a voz furiosa e áspera que surpreendeu a multidão, levando-a ao silêncio quase completo.

— Esse é o anel real! Vão deixar que aquele homem fique com ele? Se o entregarem agora, ele o usará até o fim da vida. Não admira que ele queira um rei que ainda não nasceu!

Os brados dos generais, pedindo ordem, mal eram ouvidos em meio ao verdadeiro trovejar de vozes. Meléagro despertara de uma espécie de torpor um grande número de homens que não havia se manifestado ainda, o grupo dos menos inteligentes. Prestaram atenção, como se se tratasse de uma briga de faca na rua, ou um homem espancando a mulher, ou uma briga de cães ferozes, e gritaram o nome de Meléagro como se ele fosse o vencedor da luta.

No acampamento, Perdicas poderia restaurar a ordem em poucos minutos, mas aquilo era uma Assembleia e ele era mais um candidato do que um líder. A repressão podia parecer um anúncio de tirania. Fez um gesto de desprezo tolerante, como quem dizia, "até mesmo esse tipo de homem deve ser ouvido".

Perdicas viu o ódio estampado no rosto de Meléagro. Seus pais ocupavam postos idênticos, ambos tinham sido escudeiros reais de Filipe. Ambos observaram com inveja o círculo fechado dos cavaleiros em volta do jovem Alexandre. Então, quando Filipe foi assassinado, Perdicas fora o primeiro a alcançar o assassino em fuga. Alexandre o havia elogiado, notado sua presença e o promovido. Com a promoção tinha vindo a oportunidade e ele jamais olhara para trás. Quando Heféstion morreu, Perdicas ocupou sua posição. Meléagro continuou como líder da falange de infantaria, útil se não fosse exigido demais dele. E como Perdicas podia ver, o que o enfurecia era saber que tinham começado como iguais.

— Como sabemos que Alexandre deu qualquer coisa a ele? — gritou Meléagro. — A palavra de quem temos como prova? Dele e dos seus amigos? E o que eles querem? O tesouro de Alexandre, que todos nós ajudamos a conquistar! Vocês vão permitir?

O vozerio se transformou em tumulto. Os generais que pensavam conhecer seus homens viram, incrédulos, que Meléagro começava a liderar um bando numeroso, homens prontos para saquear o palácio como se fosse uma cidade conquistada. O tumulto transformou-se em caos.

Desesperadamente, Perdicas recorreu a todo seu poder de domínio.

— *Alto!* — censurou ele.

A multidão reagiu por reflexo. Ele gritou suas ordens, obedecidas por certo número de homens, que cerraram fileiras com os escudos unidos, na frente das portas internas. Os gritos passaram a protestos resmungados.

— Alegro-me por ver — disse Perdicas, com sua voz sonora — que ainda temos aqui alguns soldados de Alexandre.

O silêncio parecia a resposta ao nome de um deus ofendido. O grupo de desordeiros espalhou-se entre a multidão. Os escudos foram baixados.

Na pausa incerta, uma voz rústica soou no meio do povo.

— Deviam se envergonhar! Como disse o comandante, somos soldados de Alexandre. Queremos que o sangue *dele* nos governe, não regentes de estrangeiras. Não quando temos o verdadeiro irmão de Alexandre bem aqui, entre nós.

Fez-se um silêncio atônito. Ptolomeu, perplexo, sentiu todas as suas decisões anteriores abaladas por um instinto primitivo. O antigo trono da Macedônia, com sua história selvagem de rivalidades tribais e guerras fratricidas, acenava com seu encanto mágico. Filipe — Alexandre — Ptolomeu...

O camponês lanceiro, tendo conseguido atenção de todos, continuou com confiança crescente.

— Seu irmão, reconhecido pelo próprio rei Filipe, como todos sabem. Alexandre sempre o tratou como um dos seus. Ouvi dizer que quando menino ele era retardado, mas não faz um mês que os dois ofereceram sacrifícios pela alma do pai no altar da família. Eu fazia parte da escolta, assim como esses meus companheiros. Ele fez tudo como devia ser feito.

Ouviram-se vozes de apoio. Ptolomeu mal podia controlar a expressão de espanto estupefato. *Arrideu!* Deviam estar loucos.

— O rei Filipe — continuou o soldado — casou-se legalmente com Filina, pois tinha direito a mais de uma esposa. Portanto, eu digo, esqueçam os bebês estrangeiros, e vamos ficar com seu filho, o herdeiro legítimo.

Os homens que obedeciam às leis, e que haviam se escandalizado com as palavras de Meléagro, aplaudiram. Na plataforma, o silêncio era geral e perplexo. Nenhum deles, simples ou astuto, havia pensado nisso.

— É verdade? — Perdicas perguntou rapidamente a Ptolomeu, em meio ao tumulto. — Alexandre o levou *mesmo* ao santuário?

A urgência sobrepujava a inimizade. Ptolomeu sem dúvida devia saber.

— Sim. — Ptolomeu se lembrou das duas cabeças lado a lado, a morena e a loira, a peça do aprendiz e a do escultor. — Ele está melhor ultimamente. Há um ano não tem um ataque. Alexandre disse que ele não deveria esquecer quem era seu pai.

— Arrideu! — gritou a multidão, num crescendo. — Queremos o irmão de Alexandre! Viva a Macedônia! Arrideu!

— Quantos o viram? — perguntou Perdicas.

— A escolta dos Companheiros, a guarda e qualquer outra pessoa que tenha passado por perto. Ele se comportou muito bem. Sempre se comporta... se comportava com Alexandre.

— Não podemos permitir isso. Eles não sabem o que estão fazendo! Isso precisa ser evitado.

Píton era um homem pequeno e forte com rosto severo e agressivo e expressão astuta. Pertencia à guarda pessoal, era um bom comandante, mas não famoso por seu espírito de persuasão. Deu um passo à frente e, antes que Perdicas pudesse falar, disse:

— O irmão de Alexandre! Seria melhor escolherem seu cavalo!

O desprezo em sua voz produziu um silêncio breve e pouco amistoso. Ele não estava na praça de armas agora. Continuou:

— O homem é retardado. Caiu de cabeça quando era pequeno, e tem ataques de cair no chão. Alexandre o tratava como se fosse uma criança, com a ajuda de uma ama. Vocês querem um idiota como rei?

Perdicas controlou-se para não deixar escapar uma palavra mais forte. Por que aquele homem fora promovido? Competente no campo, mas nunca um incentivador da moral nos quartéis. Ele próprio, se aquele idiota não tivesse se intrometido, teria lembrado aos homens a conquista romântica de Roxane, a tomada vitoriosa do Rochedo Sogdiano, a vitória do cavalheirismo, conseguindo que apoiassem o filho de Alexandre.

Agora sentiam-se ofendidos em seus sentimentos. Viam Arrideu como vítima de uma intriga obscura. Eles *viram* o homem, e Arrideu se comportara como qualquer outro.

*Alexandre sempre teve sorte*, pensou Ptolomeu. Já estavam gravando sua imagem em anéis, como talismã. Que destino adverso o teria inspirado, tão perto do fim, àquele gesto de bondade para com o irmão idiota? Mas, é claro, logo teriam uma cerimônia, à qual ele *deveria* comparecer.

Talvez Alexandre tivesse pensado nisso...

— Vergonha! — gritavam os homens para Píton. — Arrideu, Arrideu, nós queremos Arrideu!

Píton respondeu aos gritos, mas as vozes exaltadas abafavam o som de suas palavras.

Ninguém notou, até ser tarde demais, que Meléagro desaparecera.

\* \* \*

Foi um dia longo e tedioso para Arrideu. Ninguém apareceu, a não ser o escravo com suas refeições, malpreparadas e quase frias. Ele gostaria de espancar o escravo, mas Alexandre não permitia. Todos os dias alguém era enviado por Alexandre para saber como ele estava, mas nesse dia sequer pôde se queixar da comida. Até o velho Cônon, que cuidava dele, saíra logo depois que acordaram, de manhã, dizendo que precisava ir a uma reunião, ou coisa parecida e mal ouviu o que Arrideu dizia.

Ele precisava de Cônon para várias coisas. Para providenciar um bom jantar; para encontrar sua pedra listrada favorita, que ele havia perdido; para dizer o que fora aquele terrível barulho de manhã, aqueles lamentos e gritos que pareciam vir de toda parte, como se milhares de pessoas fossem espancadas ao mesmo tempo. De sua janela, no parque, ele viu uma multidão de homens correndo para o palácio. Talvez logo Alexandre o visitasse para contar do que se tratava.

Às vezes, ele passava muito tempo sem aparecer e diziam que ele estava em campanha. Arrideu ficava no acampamento, ou às vezes, como agora, no palácio, à espera dele. Geralmente Alexandre voltava com presentes, doces coloridos, estatuetas de cavalos e leões pintados, um cristal para a sua coleção e, certa vez, um belo manto escarlate. Então os escravos dobravam as tendas e eles continuavam a marcha. Talvez isso fosse acontecer agora.

Enquanto isso, ele queria brincar com o manto escarlate. Cônon dissera que estava quente demais para isso e que ele só ia sujar e estragar o belo manto, que estava trancado na arca e só Cônon tinha a chave.

Arrideu apanhou todas as suas pedras, exceto a listrada e formou figuras com elas, mas sem a melhor de todas, o brinquedo não tinha graça. Num acesso de raiva, ele começou a bater com a pedra maior no tampo da mesa. Uma vara seria melhor, mas era proibido. O próprio Alexandre havia tirado dele.

Havia muito tempo, quando ele morava em casa, passava suas horas com os escravos. Ninguém mais queria vê-lo. Alguns eram bondosos, quando tinham tempo, mas outros zombavam dele e o maltratavam. Depois que começou a viajar com Alexandre, os escravos passaram a tratá-lo melhor, e um deles até o temia. Arrideu achou que era uma boa oportunidade para se vingar e o espancou até o homem cair no chão, com a cabeça ensanguentada. Até então, ele não tinha ideia da própria força. Continuou batendo, até levarem o escravo da sala. Então, Alexandre apareceu de repente, não vestido para o jantar, mas com a armadura, todo sujo de lama e ofegante, uma figura assustadora, diferente do homem que Arrideu conhecia, com os olhos cinzentos parecendo enormes no rosto empoeirado, e fez Arrideu jurar pela alma de seu pai que jamais faria aquilo de novo. Arrideu se lembrou disso nesse dia, quando atrasaram sua refeição. Não queria ser perseguido pelo fantasma do pai. Filipe fora terrivelmente cruel para ele, e Arrideu quase dançara de alegria quando soube de sua morte.

Estava na hora do seu passeio a cavalo no parque, mas não podia ir sem Cônon, que puxava sua montaria pela rédea. Gostaria que Alexandre aparecesse para levá-lo outra vez ao santuário. Ele fizera tudo como devia, derramando o vinho, o óleo e o incenso, depois de Alexandre, e deixando que ele tirasse as taças de ouro de suas mãos, embora quisesse ficar com elas. Depois, Alexandre disse que ele havia feito tudo maravilhosamente bem.

Alguém estava chegando. Pés pesados e o ruído metálico da armadura. O passo de Alexandre era mais rápido e mais leve que o do soldado que havia entrado, e que Arrideu não conhecia; um homem alto, muito corado, com cabelo castanho-claro, carregando o elmo debaixo do braço. Os dois homens entreolharam-se.

Arrideu, que não tinha ideia nem da própria aparência, não podia saber o que Meléagro estava pensando. Grande Zeus! O rosto de Filipe. O que havia por detrás dele? Na verdade, Arrideu tinha muito do pai, o rosto quadrado, sobrancelhas e barba escuras, ombros largos e pescoço curto. Como a comida era seu prazer principal, tinha excesso de peso, embora Cônon cuidasse para que não engordasse demais. Feliz por ter uma visita, finalmente, ele disse, ansioso:

— Você vai me levar ao parque?

— Não, senhor. — Meléagro olhava atentamente para Arrideu que, desconcertado, procurou lembrar se tinha feito algo errado. Alexandre jamais enviara aquele homem. — Senhor, eu vim para escoltá-lo à Assembleia. Os macedônios o elegeram seu rei.

Arrideu olhou para ele alarmado, e logo depois com uma sugestão de astúcia.

— Está mentindo. *Eu* não sou rei, o rei é meu irmão. Ele me disse, Alexandre me disse: "Se eu não tomar conta de você, alguém pode tentar fazê-lo rei e você vai acabar assassinado". — Recuou, olhando para Meléagro com agitação crescente. — Não vou ao parque com você. Vou com Cônon. Traga Cônon aqui. Se não trouxer, conto para Alexandre.

Continuou a recuar até encostar numa mesa. O soldado caminhou diretamente para ele, e Arrideu se encolheu por instinto, lembrando-se das sovas da infância, mas o homem apenas olhou nos olhos dele e disse, falando bem devagar:

— Senhor. Seu irmão está morto. *O rei Alexandre está morto.* Os macedônios chamam pelo senhor. Venha comigo.

Arrideu ficou imóvel. Meléagro segurou o braço dele e o conduziu em direção à porta. Ele se deixou levar sem resistência, tentando adaptar a mente à ideia de um mundo onde Alexandre não reinava.

\* \* \*

Meléagro agiu com tanta rapidez que os homens gritavam ainda "Arrideu!" quando o irmão de Alexandre apareceu na plataforma do trono. A imobilidade perplexa do seu rosto, ante aquele mar de homens que gritavam seu nome, dava a impressão de digna reserva.

A maioria dos generais atônitos não o conhecia, e poucos soldados o tinham avistado de relance, mas todos os macedônios com mais de trinta anos tinham visto o rei Filipe. Depois de um breve e completo silêncio, recomeçaram os gritos.

— Filipe! Filipe! Filipe!

Arrideu olhou para trás, apavorado. Seu pai estava chegando? Então não estava morto de verdade? Meléagro, ao seu lado, percebeu a mudança no rosto dele e murmurou rapidamente.

— Estão aclamando o *senhor.*

Arrideu olhou vagamente em volta, um pouco mais calmo, mas ainda sem compreender. Por que chamavam seu pai? Seu pai estava morto. *Alexandre* estava morto.

Meléagro adiantou-se. Isso é para aquele arrivista do Perdicas e por seu protegido ainda por nascer.

— Aqui, macedônios, está o filho de Filipe, irmão de Alexandre. Aqui está seu rei legítimo.

Ouvindo as palavras ditas ao seu lado, quase em seu ouvido, Arrideu despertou para uma terrível compreensão. Sabia por que aqueles homens estavam ali e sabia o que estava acontecendo.

— Não! — exclamou, a voz aguda e lamentosa contrastando com o rosto grande e hirsuto. — Eu não sou o rei! Eu já disse que não posso ser rei. Alexandre me disse para não ser rei.

Mas falou só para Meléagro. Os homens, que continuavam a gritar seu nome, não o ouviram. Os generais, estarrecidos, viam Meléagro falando em voz baixa com ele. Arrideu escutava, sentindo crescer o medo daquelas vozes estridentes e raivosas. Lembrou-se claramente dos olhos claros de Alexandre fixos nele, dizendo o que aconteceria se tentassem fazer dele um rei. Enquanto Meléagro discutia com o homem alto e moreno, no meio da plataforma, Arrideu correu para a porta desprotegida. Caminhou pelas passagens estreitas do antigo palácio, soluçando, procurando o caminho para o quarto que conhecia.

No salão começou novo tumulto. Era uma situação sem precedentes. Os dois últimos reis haviam sido eleitos por aclamação e conduzidos com os peãs tradicionais ao jazigo real de Aigai, onde cada um deles confirmou sua ascendência, dirigindo os funerais do seu predecessor.

Meléagro, enquanto discutia com Perdicas, só percebeu a fuga do seu candidato quando ouviu os risos e as zombarias dos homens. Começavam a se voltar contra ele. A poderosa presença de Perdicas agradava os homens, que procuravam uma fonte de confiança e força. Meléagro viu que precisava agir depressa. Voltou-se e correu para a porta por onde Arrideu saíra. Seus seguidores mais perceptivos — não a ralé ávida por saques, mas parentes e companheiros de clã e os que não gostavam de Perdicas — o seguiram, apressados.

Não demoraram para encontrar a presa, de pé no cruzamento de duas passagens, tentando resolver qual delas devia tomar. Quando os viu, gritou.

— Não! Vão embora!

Preparou-se para correr, mas Meléagro agarrou-o pelos ombros.

Arrideu não resistiu, visivelmente apavorado. Naquele estado, não podia aparecer para os outros homens. Meléagro gentilmente diminuiu a pressão no ombro dele, transformando-a quase numa carícia protetora.

— Senhor, precisa me ouvir. Senhor, não tem nada a temer. Foi um bom irmão para Alexandre. Ele era o rei legítimo e, como ele disse, seria errado para o senhor tomar o trono dele, mas agora ele está morto, e *o senhor é* o rei legítimo. O trono é seu. — Numa centelha de inspiração, acrescentou: — Há um presente para o senhor no trono. Um belo manto purpúreo.

Arrideu, acalmado pela voz bondosa, ficou visivelmente entusiasmado. Ninguém riu, a situação era por demais urgente e perigosa.

— Posso ficar com ele para sempre? — perguntou, desconfiado. — Não vai trancá-lo na arca?

— Não, claro que não. Assim que o receber poderá usá-lo.

— E ficar com ele o dia todo?

— E a noite toda, se quiser. — Começou a conduzir seu troféu pela passagem e teve outra ideia: — Quando os homens gritaram "Filipe" estavam falando do senhor. Eles o estão honrando com o nome do seu pai. Será o rei Filipe da Macedônia.

*Rei Filipe*, pensou Arrideu, com nova confiança. Seu pai devia estar morto de verdade se podiam dar seu nome a outra pessoa, como o manto purpúreo. Era direito ficar com os dois. Estava ainda eufórico com a ideia, quando Meléagro o levou para o estrado do trono.

Sorrindo para os homens que continuavam a gritar, viu o manto colorido sobre o trono e caminhou rapidamente para ele. Os sons que havia erroneamente interpretado como uma saudação de boas-vindas morreram. A Assembleia, curiosa com aquela mudança de atitude, observou o drama em silêncio quase completo.

— Aqui está, senhor, seu presente — disse Meléagro em seu ouvido.

Com murmúrios inquietos ao fundo, Filipe Arrideu levantou o manto do trono e o segurou à sua frente.

Era o manto de gala, feito em Susa para o casamento de Alexandre com Estatira, filha de Dario, e os casamentos de seus oito amigos de honra com suas noivas persas, perante todo seu exército. Com aquele manto, Alexandre concedera audiências aos enviados de metade do mundo conhecido, durante sua última marcha à Babilônia. Era feito de lã espessa como veludo e macia como seda, tingida com múrex tíreo vermelho suave e brilhante, com um leve tom de púrpura pura como uma rosa vermelha-escura. A parte superior, na frente e nas costas era bordada com rubis vermelho-rosados e ouro, formando o desenho do sol irradiante, o brasão real da Macedônia. Era uma dalmática sem mangas, presa ao ombro por duas máscaras de leão e fora usada por três reis da Macedônia em seus casamentos. A luz do sol quente da tarde, entrando por uma janela alta refletiu nos olhos de esmeralda dos leões. O novo Filipe olhou encantado para o manto.

— Deixe-me ajudá-lo — ofereceu Meléagro.

Ergueu a túnica e a passou pela cabeça de Arrideu, que olhou satisfeito para os homens que o aplaudiam e disse:

— Obrigado. — Como aprendera a dizer, desde pequeno.

Os aplausos redobraram. O filho de Filipe comportava-se com dignidade, como um rei. No começo certamente foi vencido pela modéstia e pela timidez. Agora eles aplaudiam o homem de sangue real contra o mundo todo.

— Filipe! Filipe! Viva Filipe!

Ptolomeu estava quase sufocado de dor e fúria. Lembrou-se da manhã do casamento, quando foi com Heféstion ao quarto de Alexandre, no palácio de Susa, para vestir o noivo. Trocaram as brincadeiras tradicionais e outras particulares, que só os três conheciam. Alexandre, que havia semanas planejava a grande cerimônia de concórdia entre os povos, estava quase incandescente, parecia um homem apaixonado. Foi Heféstion quem se lembrou dos broches de leões e os prendeu na túnica do rei. Vendo-os agora naquele idiota sorridente dava-lhe ímpetos de trespassar Meléagro com sua espada. O que sentia pelo pobre tolo era mais horror do que raiva. Ptolomeu o conhecia bem. Várias vezes, quando Alexandre estava ocupado, ele fora verificar se não haviam negligenciado ou maltratado o irmão idiota. Concordavam tacitamente que coisas como aquela deviam ficar em família. Filipe...! Sim, o nome ficaria.

Voltou-se para Perdicas que estava ao seu lado.

— Alexandre deveria ter mandado sufocá-lo.

Perdicas adiantou-se, fervendo de raiva e tentou em vão se fazer ouvir no meio da gritaria. Apontando para Filipe, fez um gesto largo de rejeição e desprezo.

Gritos de apoio soaram logo abaixo do estrado. Os Companheiros, na frente da multidão, por direito de patente, viam tudo com maior clareza. Tinham ouvido falar do idiota e assistido agora, num silêncio doloroso ou com pura incredulidade, a investidura do manto. Então, manifestaram seu ultraje. Suas vozes fortes, treinadas nos peãs guerreiros das cargas de cavalaria, sobrepujaram todos os outros sons.

Era como se o manto de Alexandre fosse um estandarte de guerra, desfraldado de repente. Os homens começaram a pôr os elmos na cabeça. O som metálico das lanças batendo nos escudos aumentou de volume, como no começo de um assalto. Mais perto, mais ameaçador soava o murmúrio das espadas desembainhadas dos Companheiros.

Alarmado, Meléagro viu a poderosa aristocracia da Macedônia reunindo suas forças contra ele. Até mesmo os que o apoiavam podiam mudar de ideia, a não ser que fossem obrigados a um compromisso irrevogável. Cada soldado comum que gritava agora "Filipe!" pertencia a uma tribo e a um senhor. Ele precisava alienar suas lealdades, criar nova ação. Logo encontrou a resposta, e Meléagro ficou espantado com o próprio gênio. Como Alexandre podia ter ignorado um líder daquele quilate?

Com firmeza imperceptível, ele conduziu o sorridente Filipe para a borda do estrado. Pensando que ele ia falar, os homens fizeram silêncio por um instante, nem que fosse só por curiosidade, mas quem falou foi Meléagro.

— Macedônios! Vocês escolheram seu rei! Pretendem ficar ao lado dele? — Os lanceiros responderam com uma aclamação arrogante. — Então, venham com ele agora para ajudá-lo a confirmar seu direito. Um rei da Macedônia deve sepultar seu predecessor.

Fez uma pausa. O silêncio era completo. Uma onda de choque, quase tangível, passou pelo salão lotado e malcheiroso.

Meléagro ergueu mais a voz:

— Venham! O corpo de Alexandre espera o ritual. Aqui está seu herdeiro para dirigi-lo. Não deixem que roubem dele sua herança. Para a câmara mortuária! Venham!

Começou um movimento confuso e irritado. Os sons eram outros. Os homens mais determinados da infantaria avançaram para a porta, mas sem aplaudir. Muitos ficaram onde estavam, e ouvia-se o murmúrio surdo de protesto. Os Companheiros subiram no estrado do trono para guardar as portas internas do palácio. Os generais, tentando protestar, todos ao mesmo tempo, só contribuíam para aumentar a confusão. De repente, acima de todas as outras, ergueu-se uma voz muito jovem, rouca e furiosa.

— Bastardos! Seus bastardos! Seus bastardos imundos, filhos de escravas!

De um canto do salão, ao lado dos Companheiros, abrindo caminho aos empurrões, sem considerar idade ou posto, gritando como se estivessem entrando numa batalha, apareceram os escudeiros reais.

Estavam de guarda até o momento da morte de Alexandre, muito depois do nascer do sol. Havia vários anos que eles o serviam. Alguns tinham dezoito anos e podiam votar, os outros entraram com eles na Assembleia. Saltaram na plataforma do trono, brandindo as espadas, ferozes, jovens macedônios com os cabelos claros cortados muito rente, em sinal de luto. Eram quase cinquenta.

Perdicas, vendo a fúria fanática nos olhos deles, compreendeu que estavam dispostos a matar. Se não fossem detidos, matariam Filipe, começariam um massacre.

— A mim! — gritou ele. — Sigam-me! Protejam o corpo de Alexandre!

Ele e Ptolomeu correram para uma das portas internas, seguidos de perto pelos generais e depois pelos escudeiros, tão determinados em sua fúria que logo estavam muito à frente dos Companheiros. Seguidos pelos gritos de protesto da oposição, atravessaram as salas de recepção do rei, o santuário particular e chegaram à câmara. As portas estavam fechadas, mas não trancadas. O homem que ia na frente entrou correndo.

Com um estremecimento, Ptolomeu pensou: *Ele está morto desde ontem! Na Babilônia, em pleno verão.* Instintivamente, quando as portas se abriram, ele conteve a respiração.

Pairava no ar o cheiro do incenso quase todo queimado, das flores e das ervas secas que perfumavam os trajes reais e a cama, misturado ao odor da presença viva que Ptolomeu conhecia desde criança. No quarto vazio e imenso, ele repousava no leito entre seus *daimons* coberto por um lençol limpo. Algum líquido aromático borrifado sobre o lençol afugentava até as moscas. No estrado, recostado no leito com um dos braços sobre as cobertas, o menino persa dormia o sono da exaustão.

Despertado pelo clamor, levantou-se atordoado, mal sentindo a mão de Ptolomeu em seu ombro. Ptolomeu aproximou-se do leito e tirou o lençol.

Alexandre jazia em inescrutável serenidade. Até sua cor parecia não ter mudado. O cabelo loiro, com os fios prateados parecia ainda, ao toque, cheio de vida. Nearco e Seleuco, que haviam seguido Ptolomeu, exclamaram que era um milagre, que isso provava a divindade de Alexandre. Ptolomeu, que estudara com ele sob a orientação de Aristóteles, observou em silêncio, imaginando até quando uma centelha secreta daquela vida tão forte queimara no corpo imóvel. Encostou a mão no coração, mas tudo estava acabado, o corpo começava a enrijecer. Cobriu outra vez o rosto marmóreo com o lençol e voltou-se para os homens que cerravam fileiras para impedir que a porta fosse aberta.

Os escudeiros, que conheciam bem o quarto, arrastaram arcas pesadas formando uma barricada, mas não podiam resistir por muito tempo. Os homens, lá fora, estavam acostumados a arrombar portas e portões.

Formados em seis ou sete fileiras, começaram a empurrar as portas como, dez anos antes, haviam empurrado com seus aríetes de cinco metros de comprimento, nas investidas de Dario. E como os persas em Granico, em Isso, em Gaugamela, as portas cederam. As arcas pesadas foram arrastadas e tiradas do caminho.

Quando entrou a primeira leva de atacantes, Perdicas compreendeu que não podia detê-los e que ele seria o maior responsável pelo derramamento de sangue naquele quarto. Chamou seus homens para proteger o leito real. Os atacantes pararam por um momento e olharam em volta. As fileiras dos defensores encobriam o corpo e eles só viam as asas abertas dos *daimon*s de ouro e seus olhos ferozes e estranhos. Ergueram um brado de desafio, mas não avançaram.

Houve um movimento atrás deles e Filipe entrou.

Embora acompanhado por Meléagro, estava ali por vontade própria. Quando uma pessoa morria, a família deveria ir até ela. Ele não sabia os motivos das determinações legais, mas conhecia seus deveres.

— Onde está Alexandre? — perguntou para a barreira de jovens em volta do leito. — Sou seu irmão. Quero sepultá-lo.

Os generais rilharam os dentes em silêncio. Foram os gritos de raiva e os insultos dos escudeiros que quebraram a pausa carregada. Não agiam com reverência pelo morto, porque em sua mente Alexandre ainda estava vivo. Chamaram por ele, como se Alexandre estivesse ferido no campo de batalha, cercado por covardes que jamais o teriam enfrentado se ele estivesse são. Seus gritos e desafios animaram os membros jovens dos Companheiros que se lembraram do seu tempo de escudeiros.

— Alexandre! Alexandre!

Lançado do meio da multidão, um dardo sibilou no ar e bateu no elmo de Perdicas.

Logo outros mais cruzaram o ar. Um companheiro caiu de joelhos, com o sangue jorrando de um ferimento na perna. Um escudeiro que estava sem o elmo foi atingido na cabeça e só se viam os olhos azuis na máscara vermelha de sangue. Até os atacantes se aproximarem, os escudeiros defensores eram presa fácil. Estavam armados apenas com seus sabres curvos de cavalaria, símbolo do seu posto, para uma ocasião que devia ser de paz.

Perdicas apanhou o dardo que atingiu seu elmo e o atirou de volta. Outros, arrancando-os dos corpos dos feridos, os empunharam como se fossem lanças. Ptolomeu, recuando para evitar um dardo, colidiu com alguém, praguejou e voltou-se para ver quem era. Era o menino persa, com a manga da túnica de linho ensopada de sangue. Ele erguera o braço para evitar que o dardo atingisse o corpo de Alexandre.

— Parem! — gritou Ptolomeu. — Somos homens ou animais selvagens?

A desordem continuava do outro lado das portas, mas foi diminuindo aos poucos, acompanhando o silêncio constrangido dos que estavam na frente. Nearco, o cretense, disse:

— Deixe que eles vejam.

Segurando suas armas, os defensores abriram uma brecha nas suas fileiras. Nearco descobriu o rosto de Alexandre e recuou, em silêncio.

Os atacantes ficaram imóveis. Os que estavam atrás e procuravam abrir caminho para ver, sentiram a mudança no ambiente e pararam onde estavam. Um grisalho capitão de falange, na primeira fila, deu um passo à frente e tirou o elmo. Dois ou três veteranos o acompanharam. O primeiro voltou-se para os homens que estavam atrás, ergueu o braço e gritou "Alto!" solenemente, como só então sentindo a dor da perda, os homens se entreolharam.

Os oficiais de alta patente retiraram os elmos e sozinhos ou em duplas deram um passo à frente para serem reconhecidos. Os defensores abaixaram as armas. O velho capitão fez menção de falar.

— Lá está meu irmão! — Filipe, que fora empurrado para o lado, adiantou-se para o leito. Estava ainda com o manto de Alexandre amarrotado e caído de um lado. — Ele precisa ter um funeral.

— *Fique quieto!* — sibilou Meléagro.

Obediente — momentos assim eram frequentes em sua vida —, Filipe se deixou levar para onde não podia ser visto. O velho capitão, vermelho de ira, conseguiu se controlar.

— Cavalheiros — disse ele —, os senhores estão em minoria, como podem ver. Nós todos agimos precipitadamente e posso dizer que estamos arrependidos. Proponho uma conferência.

— Com uma condição — objetou Perdicas. — Cada homem deve jurar pelos deuses das profundezas que o corpo do rei não será violado. Eu juro que, logo que estiverem prontos o esquife e a essa, eu os mandarei levar ao jazigo real na Macedônia. A não ser que todos jurem solenemente, ninguém sairá deste quarto enquanto eu puder lutar.

Os homens concordaram. Todos estavam envergonhados. A menção do jazigo os fez voltar à razão. O que teriam feito com o corpo se o tivessem tomado? Teriam enterrado no parque? Bastou um olhar para o rosto distante e orgulhoso para voltarem à realidade. Era um milagre que não estivesse cheirando mal e parecesse estar vivo. Um arrepio supersticioso passou por muitos. Alexandre seria um fantasma extremamente poderoso.

Nos degraus da praça, um bode foi sacrificado. Os homens tocavam a carcaça ou o sangue, invocando a maldição de Hades se quebrassem o juramento. Devido ao grande número de homens, a cerimônia foi demorada. Quando a noite chegou, eles estavam ainda jurando à luz dos archotes.

Meléagro, o primeiro a jurar sob o olhar de Perdicas, observava soturnamente o ritual. Perdera o apoio dos homens e sabia disso. Apenas uns trinta, os mais fiéis de seus seguidores ainda estavam ao seu lado e, mesmo assim, porque eram homens marcados, com medo de represálias. Precisava manter pelo menos esse apoio. Enquanto o pôr do sol zumbia com os ruídos da ansiedade crescente de todos, Meléagro pensava no seu problema. Se pudesse separar a guarda pessoal... trinta contra apenas oito...

Os últimos homens fizeram apressadamente o juramento. Meléagro aproximou-se de Perdicas, aparentemente calmo e cordato.

— Eu agi precipitadamente. A morte do rei nos deixou perturbados. Amanhã podemos nos reunir e pensar melhor.

— Assim espero — disse Perdicas, franzindo as sobrancelhas.

— Nós todos ficaríamos envergonhados — continuou Meléagro suavemente — se os amigos mais queridos de Alexandre não pudessem fazer a vigília da noite. Eu lhes peço — com um gesto indicou a guarda pessoal —, voltem e façam sua vigília.

— Muito obrigado — disse Nearco sinceramente. Ele esperava receber essa ordem.

Perdicas hesitou, com a desconfiança do soldado experiente.

— Meléagro jurou respeitar o corpo de Alexandre — disse Ptolomeu. — Jurou também respeitar os nossos?

Perdicas olhou para Meléagro, que desviou os olhos, constrangido. Os homens da guarda pessoal, com um olhar de profundo desprezo, foram se juntar aos Companheiros no acampamento no parque real.

Enviaram então mensageiros ao bairro dos egípcios, pedindo a presença dos embalsamadores para começar seu trabalho de madrugada.

\* \* \*

— Onde você esteve o dia todo, Cônon? — perguntou Filipe, quando retiraram suas roupas quentes demais para aquela noite. — Por que não o chamaram quando eu mandei?

Cônon, um veterano que o servia havia dez anos, disse:

— Eu estava na Assembleia, senhor, mas isso não importa, agora vai tomar um bom banho com óleos perfumados.

— Sou rei agora, Cônon. Eles lhe disseram que sou rei?

— Sim, senhor, longa vida para o senhor.

— Cônon, agora que sou rei, você não vai embora, vai?

— Não, senhor, o velho Cônon vai cuidar do senhor. Agora deixe-me tirar esse belo manto para escovar e guardar em lugar seguro. É bom demais para ser usado todos os dias... Ora, deixe disso, senhor, não precisa chorar.

\* \* \*

Na Câmara Real, com o ar fresco da noite, o corpo de Alexandre ficou rígido como pedra. Com uma toalha manchada de sangue enrolada no braço, o menino persa pôs ao lado da cama a mesa de malaquita e marfim e sobre ela acendeu a lamparina. Como resultado do combate, havia escombros esparramados no chão. Alguém esbarrara no consolo, derrubando as imagens de Heféstion, que caíram espalhadas como homens vencidos numa batalha. Bagoas olhou rapidamente para elas e virou as costas, mas quase imediatamente voltou-se e arrumou-as, cada uma em seu lugar. Depois, apanhou uma banqueta, colocou-a na plataforma para que pudesse dormir novamente, cruzou os braços e preparou-se para a vigília, os olhos escuros fixos nas sombras escuras.

\* \* \*

O harém em Susa era persa, não assírio. Era uma construção de linhas elegantemente equilibradas, com os capitéis das colunas estriadas esculpidos com botões de lótus por artesãos da Grécia. As paredes eram recobertas por graciosos ladrilhos esmaltados nos quais o sol, atravessando as treliças de alabastro leitoso, gravava pontos de luz.

A rainha Sisigambis, mãe de Dario, estava sentada em sua poltrona de espaldar alto com uma neta de cada lado. Aos oitenta anos, conservava ainda a linha firme do nariz curvo e a pele cor de marfim da antiga nobreza elamita, a pura raça persa, não misturada com os medos. Era frágil agora. Quando jovem fora alta. Estava com um vestido e uma echarpe azul-escura e usava um colar de rubis polidos sangue de pombo, presente do rei Poro para Alexandre e de Alexandre para ela.

Estatira, a neta mais velha, lia uma carta em voz alta, lentamente, traduzindo do grego para o persa. Alexandre providenciara para que as duas aprendessem a falar e ler em grego. Pela afeição que tinha por ele, Sisigambis permitira esse capricho, embora achasse que ler e escrever fosse uma ocupação desprezível, que deveria ser deixada a cargo dos eunucos do palácio. Entretanto, deveria ser permitido a ele conservar os costumes do seu povo. Ele não tinha culpa de ter sido criado assim e sempre fora atencioso e cortês. Deveria ter nascido persa.

Estatira lia, um pouco hesitante, não por ignorância, mas por agitação.

### ALEXANDRE, REI DOS MACEDÔNIOS E SENHOR DA ÁSIA,
*para sua estimada esposa Estatira.*

> *Desejando ver seu rosto novamente, quero que parta para a Babilônia sem demora, para que seu filho nasça aqui. Se tiver um menino, pretendo proclamá-lo meu herdeiro. Apresse sua viagem. Tenho estado doente, e meu povo me diz que ignorantes divulgam minha morte. Não dê atenção a esses rumores. Meus camareiros têm ordem para recebê-la com todas as honras, como mãe de um futuro Grande Rei. Traga sua irmã Dríopete, que é minha irmã também. Em consideração a alguém que eu amo como a mim mesmo. Espero que tudo esteja bem com vocês.*

Estatira pôs a carta no colo e olhou para a avó. Filha de pai e mãe altos, descalça tinha quase 1,85 metro. Herdara muita coisa da famigerada beleza da mãe. Era uma verdadeira rainha em tudo, exceto no orgulho.

— O que devo fazer? — perguntou ela.

Sisigambis, impaciente, ergueu os olhos sob as sobrancelhas brancas.

— Primeiro, acabe de ler a carta do rei.

— Senhora, minha avó, isso é tudo.

— Não — disse Sisigambis, irritada. — Olhe outra vez, minha filha. O que ele manda dizer para *mim*?

— Senhora, minha avó, esse é o fim da carta.

— Deve estar enganada. Mulheres não devem lidar com essas coisas. Eu disse isso, mas ele não me ouviu. Acho melhor chamar um eunuco para ler melhor.

— É verdade, não há nada mais escrito no papel. *Espero que tudo esteja bem com vocês*. E acaba.

As linhas firmes do rosto de Sisigambis ficaram flácidas. Sua idade apareceu como uma doença.

— O mensageiro ainda está aí? Mande chamá-lo, veja se não trouxe outra carta. Esses homens ficam cansados na estrada e fazem coisas estúpidas.

O mensageiro foi levado à presença da rainha, acabando de engolir sua refeição. Jurou por sua cabeça que recebera uma única carta do rei. Abriu a carteira e mostrou.

Quando ele saiu, Sisigambis disse:

— Ele nunca enviou uma mensagem para Susa sem me avisar. Mostre-me o sinete.

Mas sua vista enfraquecera com a idade e nem segurando a carta com o braço estendido conseguiu ver o desenho do sinete.

— É a imagem dele, senhora minha avó. Igual à que tem na esmeralda que ele me deu no dia do casamento, só que nesta ele tem uma coroa de louros e, na minha, um diadema.

Sisigambis fez um gesto afirmativo e ficou por algum tempo em silêncio. Havia outras cartas guardadas pelo camareiro-mor, mas ela não queria que soubessem que sua vista estava fraca.

— Ele diz que esteve doente — observou ela, por fim. — Isso deve ter atrasado seus negócios e agora está trabalhando muito, como sempre. Quando esteve aqui, notei que respirava com dificuldade... Vá, minha filha, chame suas damas. Você também, Dríopete, preciso dizer a elas o que devem pôr em suas bagagens.

A jovem Dríopete, viúva de Heféstion (com dezessete anos), obedeceu, mas antes de chegar à porta, voltou-se para a avó:

— Vovó, por favor, venha conosco para a Babilônia.

Sisigambis pousou a mão frágil e cor de marfim na cabeça da jovem.

— O rei quer que façam uma viagem rápida. Estou muito velha. Além disso, ele não me chamou.

Depois de dar instruções às mulheres e quando a azáfama passou para os quartos das jovens, ela se sentou na poltrona de espaldar alto com as lágrimas escorrendo pelo rosto e caindo nos rubis do rei Poro.

\* \* \*

Na Câmara Real da Babilônia, redolente agora de especiarias e nitrato, os egípcios, herdeiros da arte milenar do embalsamamento, começaram a pôr em prática o método complicado com que tinham embalsamado o último faraó. Preocupados com a demora que, certamente dificultaria seu trabalho, entraram silenciosamente à primeira luz do dia e olharam com respeito temeroso para o corpo de Alexandre. Quando os escravos entraram com os instrumentos necessários, os frascos e os fluidos aromáticos, o único observador, um jovem persa muito pálido, apagou sua lamparina e desapareceu em silêncio, como um fantasma.

Antes de abrir o torso para remover as vísceras, os egípcios, embora distantes como estavam do Vale dos Reis, lembraram-se de erguer as mãos para a prece tradicional, pedindo permissão para fazer seu trabalho no corpo de um deus.

\* \* \*

As ruas estreitas da antiga Babilônia zumbiam com rumores desencontrados. Lamparinas queimavam a noite toda. Os dias passavam. Os exércitos de Perdicas e Meléagro esperavam numa trégua armada, a infantaria em volta do palácio, a cavalaria no parque real, ao lado das filas de cavalos onde Nabucodonosor guardava suas bigas para a caça ao leão.

Em número menor, na proporção de quatro para um, pensaram em sair para a planície, fora da cidade, onde teriam mais espaço para dispor os cavalos em formação de combate.

— Não — disse Perdicas. — Isso seria conceder a derrota. Vamos lhes conceder tempo para que vejam seu rei idiota. Vão recuperar a razão. O exército de Alexandre nunca foi dividido.

Na praça de armas e nos jardins do palácio, os homens da falange acamparam do melhor modo possível. Obstinados, agarravam-se ao orgulho do seu líder vitorioso e à sua xenofobia arraigada. Nenhum bárbaro governaria seus filhos, diziam uns aos outros, ao lado das fogueiras onde suas mulheres persas, as quais Alexandre os convencera a desposar legalmente, preparavam sua comida. Os dotes dados por Alexandre há muito haviam acabado. Nem um homem em cem pretendia levar para casa sua mulher quando recebesse o soldo.

Pensavam, confusos e ressentidos, nos jovens dos Companheiros, bebendo e caçando ao lado dos filhos dos senhores persas com suas barbas crespas, armas incrustadas e cavalos enfeitados. Para a cavalaria, estava bem; *ele*s podiam se persianizar sem perder o prestígio, mas os homens da infantaria, filhos de fazendeiros, pastores e caçadores, pedreiros e carpinteiros macedônios só possuíam o que a guerra lhes concedera, suas pequenas partes nos saques e, acima de tudo, a justa recompensa por todas as lutas e perigos, a certeza de que seus pais, onde quer que estivessem, eram macedônios de Alexandre, senhores do mundo. Apegando-se ao tesouro da autoestima, falavam bem de Filipe, da sua modéstia, de como se parecia com seu grande pai, do seu puro sangue macedônio.

Seus oficiais, cujos encargos os conduziam à presença real, voltavam cada vez mais taciturnos. Os enormes negócios da administração do império de Alexandre não podiam parar. Emissários, cobradores de impostos, armadores, oficiais do comissariado, arquitetos e sátrapas à procura de arbitragem para suas diferenças apareciam na antecâmara em número cada vez maior, muitos deles à espera de uma audiência desde que Alexandre adoecera. Além da solução dos seus problemas, eles precisavam encontrar um rei confiável, no qual pudessem acreditar.

Antes de cada audiência, Meléagro preparava Filipe cuidadosamente. Ele já sabia caminhar sozinho, diretamente para o trono, sem parar para falar com alguém que atraísse sua atenção. Sabia manter a voz em tom muito baixo, de modo que pudesse ser visto, mas não ouvido, permitindo que Meléagro, ao seu lado, desse, em voz alta, as respostas que julgasse mais convenientes. Aprendera a não pedir limonada ou doces quando estava no trono, nem pedir permissão à sua guarda de honra quando queria sair. Os hábitos de se coçar, enfiar o dedo no nariz e se remexer no trono nunca tinham sido completamente eliminados, mas quando ficava pouco tempo na sala de audiências, de um modo geral, sua atitude era discreta e calma.

Meléagro conferiu a si mesmo o posto de quiliarca, ou Grande Vizir, criado por Heféstion e herdado por Perdicas. De pé, à direita do rei, com uma extravagante armadura de cavaleiro, sabia que era uma figura impressionante, mas também tinha consciência do que significava quando o chefe ao qual o soldado se apresentava para receber ordens falava utilizando-se de um intermediário, sem nunca olhar diretamente para ele. Ele não podia impedir a presença dos oficiais que sempre tiveram acesso a Alexandre, tampouco da Guarda Real. E todos eles, Meléagro sentia, olhavam para aquela figura atarracada no trono, para a boca flácida e o olhar vago, vendo mentalmente a presença dinâmica do rei desaparecido, o rosto alerta e cheio de vida, a autoridade serena que jazia agora na câmara trancada, mergulhado no banho de salitre dos embalsamadores, sendo preparado para atravessar os séculos.

Além de tudo isso, não podia recusar audiência aos oficiais persas escolhidos por Alexandre, que não eram nada tolos. A ideia de uma revolta contra um exército dividido e amotinado enchia de pesadelos as noites de Meléagro.

Como outros homens que alimentavam um ódio duradouro e antigo, ele atribuía todas essas adversidades ao objeto de seu rancor, jamais considerando que fora seu ódio, e não seu inimigo, que criara aquela situação. Como tantos homens antes e outros depois dele, Meléagro só via um remédio e resolveu procurá-lo.

Filipe ocupava ainda seus antigos aposentos que, por terem sido escolhidos por Alexandre, eram agradáveis e relativamente frescos durante o verão da Babilônia. Quando Meléagro propôs que ele passasse para aposentos mais suntuosos, Filipe gritou tão alto que a guarda do palácio apareceu correndo, pensando que alguém estava sendo assassinado. Foi nos antigos aposentos que Meléagro o procurou, acompanhado por um homem chamado Dúris, que levava material para escrever.

O rei estava ocupado com sua coleção. Tinha uma arca cheia de pedras encontradas em várias partes da Ásia, de quando ele acompanhava o exército de Alexandre. Todas escolhidas por ele mesmo, além de partículas de âmbar, quartzo, ágata, sinetes antigos e joias de vidro colorido do Egito, trazidos por Alexandre, Heféstion ou Ptolomeu, sempre que lembravam da sua coleção. O rei as arrumara no chão do quarto, formando um caminho cheio de curvas e estava de quatro, aprimorando-o.

Quando Meléagro entrou ele se levantou rapidamente, com ar de culpa, e escondeu atrás das costas o pedaço de turquesa da Cítia que tinha nas mãos, temendo que o soldado a tomasse.

— Sire! — disse Meléagro, com voz brusca.

Filipe, interpretando o tom como uma censura, correu para a maior madeira da sala e escondeu a turquesa sob a almofada.

— Senhor — disse Meléagro, aproximando-se dele —, vim avisá-lo de que sua vida corre grande perigo. Não, não tenha medo, eu o defenderei. Mas o traidor Perdicas, que tentou roubar o corpo de Alexandre e também seu trono, conspira para tirar sua vida e apossar-se do título de rei.

Filipe levantou-se em um salto, gaguejando incoerentemente. Depois de algum tempo, Meléagro conseguiu compreender as palavras.

— Ele disse... Alexandre *disse*... Ele pode ser rei, se quiser. Não me importo. Alexandre afirmou que eu não deveria ser rei.

Com algum esforço, Meléagro livrou o braço da mão que ameaçava quebrá-lo.

— Senhor, se ele vier a ser o rei, sua primeira atitude será mandar matá-lo. Sua única salvação é *matar Perdicas*. Veja, aqui está o documento

decretando sua morte. — Dúris pôs o papel sobre a mesa, a tinta e a pena.
— Basta escrever *Filipe* aqui, como eu o ensinei. Se quiser, eu o ajudarei.

— E então você o mata antes que ele me mate?

— Sim, e terminarão os problemas. Escreva aqui.

O borrão com que ele começou não prejudicou a escrita, e depois Filipe conseguiu uma assinatura razoável.

\* \* \*

Perdicas estava alojado numa das casas construídas no parque real pelos reis persas e doadas por Alexandre aos seus amigos. Em volta dela estavam acampados os escudeiros reais, todos apoiando Perdicas como o regente escolhido por Alexandre. Embora não tivessem se oferecido para servi-lo pessoalmente, e Perdicas soubesse que não podia pedir nada do tipo, eles levavam suas mensagens e montavam guarda a sua volta, em seus turnos costumeiros de vigilância, noite e dia.

Perdicas conversava com Ptolomeu, quando um dos escudeiros entrou.

— Senhor, um velho pergunta pelo senhor.

— Trinta, pelo menos — disse Ptolomeu, com irreverência e Perdicas disse, secamente:

— E então?

— Senhor, ele diz que é criado de Arrideu. — O nome Filipe não era reconhecido entre os Companheiros. — Disse que é urgente.

— O nome dele é Cônon? — perguntou Ptolomeu. — Perdicas, conheço esse homem. É melhor recebê-lo.

— É o que pretendo fazer — disse Perdicas, com voz firme.

Perdicas achava Ptolomeu por demais descontraído e informal, qualidades que infelizmente Alexandre não desencorajava.

— Pode trazê-lo, mas reviste-o primeiro, para ver se não está armado.

O velho Cônon, profundamente constrangido, fez a saudação dos antigos soldados e ficou em posição de sentido, esperando ordem para falar.

— Senhor, com sua permissão. Eles fizeram meu pobre amo assinar um papel contra o senhor. Eu estava no quarto, arrumando as coisas dele, e não me notaram. Senhor, não o culpe por isso. Estão usando-o. Ele jamais teve intenção de fazer mal ao senhor, não por vontade própria.

— Acredito em você — disse Perdicas, muito sério —, mas parece que o mal está feito.

— Senhor. Se ele cair em suas mãos, não o mate, senhor. Ele jamais criou problemas, não no tempo do rei Alexandre.

— Fique tranquilo, não queremos matá-lo. — Aquele homem podia ser útil, e seu protegido mais útil ainda. — Quando o exército voltar ao serviço, vamos cuidar bem do seu amo. Quer ficar com ele?

— Senhor, sim, senhor. Estou com ele desde que era um menino. Não sei o que faria sem mim.

— Muito bem. Permissão concedida. Se ele puder entender, diga que não tem nada a temer de minha parte.

— Eu direi, senhor, e que Deus o abençoe. — Cônon saiu, fazendo a saudação formal.

— Um favor fácil — Perdicas disse a Ptolomeu. — Será que ele pensou que podia se dar ao luxo de matar o irmão de Alexandre? Quanto a Meléagro...

Mais tarde, terminadas suas tarefas do dia, Perdicas ia começar a jantar, quando soaram vozes exaltadas do lado de fora. Da janela, ele viu uma companhia de cem soldados da infantaria. Os escudeiros em serviço eram dezesseis.

Perdicas era um guerreiro experiente demais para vestir uma túnica para jantar. Num instante, com a rapidez de duas décadas de prática, ele retirou o corselete do suporte, vestiu e o afivelou. Um escudeiro entrou afobado, fazendo a saudação com uma das mãos e com um papel na outra.

— Senhor! Uma ordem dos rebeldes. Uma ordem real de prisão, dizem eles.

— Real, é o que dizem? — perguntou Perdicas, calmamente. A missiva era breve e ele a leu em voz alta.

FILIPE, FILHO DE FILIPE, REI DOS MACEDÔNIOS E SENHOR DA ÁSIA, *para o ex-quiliarca Perdicas.*

**Por meio desta é intimado a apresentar-se a mim, para responder à ameaça de traição. Se resistir, a escolta tem ordens para usar a força.**

— Senhor, nós podemos detê-los. O senhor quer enviar uma mensagem?

Perdicas, com a experiência adquirida nos anos em que servira sob o comando de Alexandre, não se abalou. Pôs a mão firme no ombro do jovem e sorriu, como convinha à situação.

— Meu bom jovem. Não, nenhuma mensagem. Guarda, às armas. Eu falarei com esse esquadrão de Meléagro.

A saudação do escudeiro tinha o reflexo de um ardor lembrado. *Talvez,* pensou Perdicas, *eu possa mostrar ao quiliarca autonomeado, Meléagro, por que eu, e não ele, fui promovido a chefe da guarda pessoal.*

Perdicas tivera doze anos para absorver um preceito básico de Alexandre: faça com estilo. Ao contrário de Alexandre, ele tivera que empreender grande esforço, mas sabia o valor dessa atitude. Por conta própria, sem precisar de nenhuma orientação, era capaz de chamar seus homens à razão.

Com passos firmes e a cabeça descoberta, saiu para o pórtico segurando a intimação, fez uma pausa para efeito e começou a falar.

Reconheceu o oficial — Perdicas tinha a memória de um bom general — e relembrou com detalhes a última campanha em que serviram sob seu comando. Alexandre certa vez os elogiara. O que pensavam que estavam fazendo, agindo daquele modo vergonhoso, eles que haviam sido homens, e até mesmo, que Deus os perdoasse, soldados? Poderiam olhar Alexandre de frente, agora? Mesmo antes de ser rei, o bastardo idiota fora usado para intrigas contra Alexandre. Qualquer outro o teria eliminado, mas Alexandre, com a grandeza do seu coração, o tratava com carinho, como um inocente inofensivo. Se o rei Filipe quisesse que um idiota usasse seu nome, teria dito. Rei Filipe! Rei Asno. Quem acreditaria que homens de Alexandre pudessem se tornar servos de Meléagro, um homem que ele conhecia bem demais e por isso jamais lhe confiara uma divisão, para vender a vida do homem escolhido por ele para comandá-los? Deveriam voltar para seus companheiros, lembrar-lhes do que tinham sido e até que ponto desceram agora. Perguntar o que eles achavam disso. Agora, podiam ir.

Depois de um silêncio embaraçoso, o capitão disse, com voz áspera:

— Meia-volta, volver! Marchar!

Enquanto isso, aos escudeiros que assistiam à cena, juntaram-se todos os que ouviram o discurso de Perdicas. Quando a tropa partiu, eles rodearam Perdicas e o aclamaram. Dessa vez ele retribuiu os sorrisos sem nenhum esforço. Por um momento, sentiu-se quase como Alexandre.

*Não*, pensou ele, entrando em casa. *O povo costumava devorá-lo vivo. Tinham de tocar suas mãos, sua roupa. Eu os vi brigando para chegar perto dele. Aqueles tolos em Opis, quando ele perdoou sua revolta, exigiam o direito de beijá-lo... Bem, esse era seu mistério, que eu jamais terei. Nem eu, nem ninguém.*

* * *

Com grande lentidão, contra a corrente, o esforço do remador aliviado apenas uma vez ou outra por uma rajada de vento proveniente do Sul, a barca coberta navegava no Tigre. As duas princesas, reclinadas nas almofadas de algodão e penas, abanando os leques, como dois filhotes de gatos, desfrutavam o movimento suave e o ar fresco da água, depois do calor e do balanço da carruagem coberta. Sob o toldo, a acompanhante dormia profundamente. Seguindo a barca iam a liteira e o carro com a bagagem, a escolta de eunucos montados e armados, os almocreves e os escravos domésticos. Quando a caravana passava por um povoado, todos os camponeses se reuniam na margem do rio para ver.

— Se ao menos ele não nos tivesse apressado — suspirou Estatira —, poderíamos ter feito toda a viagem por água, descendo até o golfo e depois subindo o Eufrates, até a Babilônia. — Ela ajeitou a almofada para aliviar a dor nas costas provocada pela gravidez.

Dríópete, erguendo um pouco o véu azul-escuro de viúva, olhou para trás, certificando-se de que a acompanhante dormia.

— Será que ele vai me dar outro marido?

— Eu não sei — Estatira olhou para a margem do rio. — Não peça ainda. Ele não vai gostar. Alexandre pensa que você ainda pertence a Heféstion. Não permitiu que mudassem o nome do regimento dele. — Percebendo o silêncio desolado da irmã, ela acrescentou: — Se eu tiver um menino, peço a ele.

— Voltou a reclinar nas almofadas e fechou os olhos.

O sol, esgueirando-se entre as hastes altas dos papiros, traçava desenhos móveis na luz rosa-avermelhada que atravessava suas pálpebras. Era como o reflexo do sol nas cortinas do pavilhão nupcial em Susa. Estatira corou intensamente, como sempre acontecia cada vez que lembrava.

Ela fora apresentada ao rei antes do casamento. Sua avó a ensinara a fazer uma profunda mesura, antes de ele se sentar na cadeira alta e ela, na mais baixa, mas não foi possível evitar o ritual persa. Estatira foi conduzida pelo irmão de sua mãe já falecida, um homem requintado e alto. Então, o rei levantou-se da cadeira real, como deveria fazer o noivo, para recebê-la com um beijo e conduzi-la à cadeira ao lado da sua. Ela dobrou levemente os joelhos, como a avó havia recomendado, para receber o beijo, mas não foi possível manter por muito tempo aquela posição. Estatira era alguns centímetros mais alta do que o rei e quase morreu de vergonha.

Quando soaram os clarins, e o arauto anunciou que eram marido e mulher, foi a vez de Dríópete. O amigo do rei, Heféstion, levantou-se e veio em sua direção, o homem mais belo que ela já vira, imponente e alto — com aquele cabelo loiro-escuro, podia ser um persa — e segurou a mão da sua irmã, ambos exatamente da mesma altura. Todos os amigos do rei, os outros noivos, deixaram escapar um longo suspiro. Ela sabia que quando o rei levantara-se para recebê-la, contiveram a respiração. No fim, ela e o rei lideraram a procissão até os aposentos nupciais. Estatira queria que a terra a engolisse.

No pavilhão cor de carmim com o leito de ouro, ele a comparou a uma Alha dos deuses (Estatira já falava bastante bem o grego), e ela compreendeu que a intenção dele era boa, mas, como nada podia diminuir a tensão daqueles momentos terríveis, preferia que Alexandre se mantivesse em silêncio. A presença dele era poderosa, e ela, tímida demais. Embora a deficiência de altura fosse dele, era a noiva quem se sentia como um varapau desajeitado. Tudo o que ela conseguia lembrar no leito nupcial era que seu pai havia fugido no meio de uma batalha e que sua avó jamais pronunciava o nome dele. Ela devia redimir a honra da casa com sua coragem. Alexandre foi bondoso e delicado, mas foi tudo tão estranho, tão grandioso que ela mal conseguiu dizer uma palavra. Não era de admirar que não tivesse concebido e, embora Alexandre a visitasse cortesmente, quando ainda estava em Susa, levando presentes, nunca mais foi ao seu leito.

Para coroar essas desventuras, ela ficou sabendo que em algum lugar do palácio estava a esposa bactriana do rei, que fora com ele à Índia. Por não conhecer o prazer sexual, Estatira não sentiu ciúmes sexuais, mas os tormentos mais ferozes desse sentimento não podiam ser piores do que aquilo que sentia quando pensava em Roxane, Estrelinha, favorita e confidente. Ela os imaginava deitados lado a lado, fazendo amor ternamente, falando sobre coisas íntimas ou engraçadas, rindo — talvez dela. Quanto a Bagoas, o persa, Estatira não ouvira falar nada sobre ele na corte do seu pai nem depois. Ela havia sido criada com muito cuidado e proteção.

Durante a estadia do rei em Susa pouco se falou sobre os grandes eventos políticos, e o que se comentou quase não foi compreendido. Então ele continuou sua marcha de verão para Ecbátana. Alexandre a visitou para se despedir (será que teria feito isso se não fosse para se despedir de sua avó?), sem uma palavra sobre quando a mandaria chamar, nem para onde. Ele se foi, levando a bactriana. Estatira chorou a noite toda de vergonha e raiva.

Porém, na última primavera, quando ele parou em Susa, depois da guerra nas montanhas, tudo foi diferente, sem cerimônias, sem multidões. Alexandre passou muito tempo conversando em particular com sua avó, e Estatira teve a impressão de ouvi-lo chorar. À noite, jantaram juntos. Eles eram a sua família, disse ele. O rei estava mais magro, cansado e marcado pelas intempéries, mas falou, como jamais falara antes.

Quando viu Dríopete com o véu de viúva, seu rosto se imobilizou numa expressão de dor imensa, mas logo se controlou e ele contou histórias da Índia, das suas maravilhas e costumes. Então falou dos seus planos para explorar a costa da Arábia, da estrada que pretendia construir no norte da África e da sua intenção de estender seu império para o Oeste. E ele disse:

— Tanta coisa para fazer, tão pouco tempo. Minha mãe tinha razão. Há muito tempo eu devia ter concebido um herdeiro.

Olhou para ela e Estatira compreendeu que fora a escolhida, não a mulher bactriana. Ela o recebeu com entusiasmo e gratidão, o que foi tão eficaz quanto qualquer outro tipo de ardor.

Logo depois que ele partiu, Estatira teve certeza de que havia concebido, e sua avó mandou avisá-lo. Foi bom Alexandre tê-la chamado para a Babilônia. Se ele ainda estivesse doente, ela o trataria com as próprias mãos. Ela não faria cenas de ciúme por causa da bactriana. Um rei tinha direito às suas concubinas, e como a avó a havia prevenido, muitos problemas podem ser criados por brigas no harém.

*     *     *

Os soldados enviados para prender Perdicas seguiram o conselho dele, viram a que ponto chegaram e não gostaram. Contaram aos companheiros a coragem de Perdicas e o embaraço do pelotão. Contaram também o que ele primeiramente lhes revelara, que Meléagro queria sua cabeça. Os homens estavam ansiosos, inquietos, inseguros. Enquanto Meléagro digeria ainda o fracasso, ouviu um tumulto no lado de fora de sua porta. Os guardas em serviço abandonaram seus postos e se juntaram aos outros.

Banhado em suor frio, Meléagro vislumbrou a própria morte, como um urso acuado, dentro de um círculo de lanças. Com a velocidade do desespero, correu para os aposentos reais.

À luz clara de um lampião, Filipe jantava seu prato favorito, carne de veado condimentada com abóbora frita. Sobre a mesa estava uma jarra de limonada. Não era prudente permitir que ele tomasse vinho. Quando Meléagro entrou, Filipe expressou seu desagrado com os olhos, uma vez que estava com a boca cheia. Cônon, que servia a mesa, ergueu os olhos rapidamente. Estava com sua antiga espada porque ouvira o clamor dos homens.

— Senhor — disse Meléagro, ofegante —, o traidor Perdicas se arrependeu e os soldados querem que ele seja poupado. Por favor, vá dizer a eles que ele tem o seu perdão.

Filipe engoliu o que tinha na boca e disse:

— Agora não posso. Estou jantando.

Cônon deu um passo à frente e, olhando nos olhos de Meléagro, disse:

— Ele foi usado. — Sua mão pousou, como por acaso, no cinto polido da espada.

Controlando-se, Meléagro disse:

— Meu bom homem, o rei estará mais seguro no trono do que em qualquer outro lugar da Babilônia. Você sabe disso, esteve na Assembleia. Senhor, venha imediatamente. — Ocorreu-lhe um argumento persuasivo. — Seu irmão teria ido.

Filipe largou o garfo e limpou a boca.

— É verdade, Cônon? Alexandre teria ido?

Cônon inclinou a cabeça para o lado.

— Sim, senhor. Sim, ele iria.

Quando foi conduzido para a porta, Filipe olhou tristemente para a comida no prato e perguntou a si mesmo por que Cônon estava enxugando os olhos.

\* \* \*

O exército estava calmo, mas não satisfeito. As audiências na sala do trono não corriam bem. As expressões de pesar dos representantes de outras nações pela morte prematura de Alexandre tornavam-se menos formais e mais significativas. Meléagro sentia seu poder cada vez mais instável e a disciplina desmoronava dia a dia.

Enquanto isso, a cavalaria tomou uma decisão. Certa manhã, descobriram que todos os cavaleiros haviam desaparecido. O parque estava vazio, exceto pelo esterco dos cavalos. Tinham passado além dos muros externos quase em ruínas e tomaram posição para atacar a cidade. A Babilônia estava sitiada.

Grande parte do terreno fora da cidade era pantanoso, assim não precisaram de grande esforço para fechar as estradas e o resto da extensão de terra firme. De acordo com seus planos, os refugiados não foram molestados. Em todos os portões, em meio aos gritos dos homens, o choro das crianças, os roncos dos camelos, balidos das cabras e o cacarejo das galinhas, o povo do campo que temia a guerra entrava na cidade e o povo da cidade, que temia a fome, saía para o campo.

Meléagro podia ter enfrentado um inimigo estrangeiro, mas sabia muito bem que não podia mais confiar em seus homens nem para o mais breve contato com seus antigos companheiros de tropa. Esqueciam a ameaça de herdeiros bárbaros não nascidos e sentiam falta da disciplina dos dias triunfantes, dos oficiais que eram sua ligação com Alexandre. Havia menos de um mês eram membros importantes de um corpo coeso, dirigido por um espírito forte e decidido. Agora cada homem sentia o isolamento numa terra estranha. Logo pensariam em um modo de se vingar.

Dada a situação extrema, ele foi consultar Êumenes.

Durante todo o tumulto que se seguiu à morte de Alexandre, o secretário continuava seu trabalho com discrição. Um homem de origem modesta, descoberto e treinado por Filipe, promovido por Alexandre, Êumenes sempre se mantinha alheio aos conflitos. Não se juntara aos Companheiros, nem os denunciara. Seu trabalho, dizia ele, consistia em pôr em andamento os negócios do reino. Ajudou a elaborar respostas aos emissários e às embaixadas, consultando seus registros e escrevendo cartas em nome de Filipe, mas sem o título de rei (acrescentado nas missivas por Meléagro). Quando pressionado para tomar partido, ele dizia apenas que era grego e que a política era assunto dos macedônios.

Meléagro o encontrou à sua mesa de trabalho, ditando para seu escriba, que anotava na tabuleta de cera.

*No dia seguinte, ele se banhou novamente e ofereceu os sacrifícios indicados e, depois do sacrifício, continuou com uma febre constante. Contudo, mesmo assim, mandou chamar seus oficiais e deu ordens para providenciarem tudo para a expedição. Ele se banhou outra vez à noite e depois disso ficou gravemente doente...*

— Êumenes — disse Meléagro, depois de ficar algum tempo na porta, sem ser notado —, deixe o morto repousar por um momento. Os vivos precisam de você.

— Os vivos precisam da verdade, antes que seja poluída por histórias inventadas.

Fez um sinal para o escriba, que dobrou a tabuleta e saiu. Meléagro descreveu seu dilema, percebendo, enquanto falava, que o secretário havia muito tempo estava a par da situação e esperava impaciente que ele acabasse de falar. Meléagro finalmente se calou.

Êumenes disse, sem emoção:

— Minha opinião, já que você perguntou, é que não é tarde demais para procurar um acordo. E é tarde demais para qualquer outra coisa.

Meléagro já havia pensado nisso, mas queria a confirmação de outra pessoa, a quem pudesse culpar se as coisas saíssem errado.

— Aceito seu conselho. Isto é, se os homens concordarem.

Êumenes disse, secamente:

— Talvez o rei possa convencê-los.

Meléagro ignorou a ironia.

— Há um homem que pode fazer isso: você. Sua honra é inquestionável, sua experiência, conhecida. Estaria disposto a falar aos macedônios?

Há muito tempo Êumenes sabia com quem estava tratando. Só devia lealdade à casa de Filipe e Alexandre, que o haviam tirado da obscuridade e conduzido ao prestígio e poder. Se Filipe Arrideu fosse competente, teria de dividir essa lealdade, mas sabia o que Filipe I pensava a respeito, e era a favor do filho de Alexandre, não nascido, não conhecido. Mas Filipe era filho de Filipe, seu benfeitor, que o reconhecera como filho, e Êumenes o protegeria do melhor modo possível. Era um homem frio e seco, cujos sentimentos mais íntimos poucos conheciam. Não tinha inclinação a objeções. Disse:

— Está bem.

Êumenes foi bem recebido. Tinha cinquenta e poucos anos, era magro e ereto, com os traços delicados do Sul, mas o porte de um soldado. Ele dizia o que precisava ser dito e nada mais. Não tentava competir com Alexandre, que tinha o dom de um artista de se identificar com a plateia. O talento de Êumenes consistia em parecer razoável e não se afastar do assunto. Tranquilizada, vendo suas dúvidas confusas reduzidas à lógica fria, a Assembleia aceitou com alívio suas conclusões. Emissários foram enviados ao campo de Perdicas para combinar os termos do acordo. Uma multidão de babilônios ansiosos os viu atravessar a porta de Ishtar ao nascer do sol.

Voltaram antes do meio-dia. Perdicas levantaria o cerco e reconciliaria os exércitos, assim que Meléagro e seus cúmplices se entregassem à justiça.

A essa altura, a disciplina que restava ainda entre os soldados da Babilônia era autoimposta por sentimentos de dignidade, a depender especialmente da popularidade do oficial em questão. Os emissários gritavam a mensagem para quem quer que os fizesse parar na rua perguntando o resultado. Enquanto Meléagro lia a carta de Perdicas, os soldados invadiam a sala de audiências para a assembleia convocada por eles.

Em sua sala de trabalho, Êumenes ouviu o rumor das vozes conflitantes e os pregos das botas arruinando o mármore. Uma escada embutida na parede dava para uma janela de onde se podia ver o salão. Ele viu que os homens não portavam armas pesadas; mas, apesar do calor, vestiam o corselete e os elmos. Começava uma divisão visível entre eles. De um lado os que eram favoráveis às condições, do outro, alarmados e furiosos, os que haviam se comprometido irrevogavelmente com Meléagro. O resto esperava que os outros resolvessem por eles. *É assim*, pensou Êumenes, *que começam as guerras civis*. Dirigiu-se para os aposentos reais.

Encontrou Meléagro ensinando a Filipe o que ele deveria dizer. Filipe, mais preocupado com o próprio desespero, que o fazia transpirar copiosamente, remexia-se inquieto na cadeira, sem entender uma palavra.

— O que você o está mandando dizer? — perguntou Êumenes, severamente.

Os olhos azul-claros de Meléagro, saltados, estavam injetados.

— A dizer não, é claro.

Com a voz calma, à qual o próprio Alexandre, em seus acessos de fúria, prestava atenção, Êumenes disse:

— Se ele disser isso, as espadas sairão das bainhas antes que você consiga piscar. Já viu o átrio? Vá ver agora.

A mão grande e pesada segurou o ombro de Êumenes. Ele se voltou, surpreso. Nunca imaginara que Filipe fosse tão forte.

— Eu não quero dizer isso. Não consigo lembrar. Diga a ele que eu esqueci.

— Não tem importância — disse Êumenes, com calma. — Vamos pensar em outra coisa.

\* \* \*

Os clarins reais fizeram um breve silêncio no átrio. Filipe adiantou-se, seguido de perto por Êumenes.

— Macedônios! — Fez uma pausa, lembrando as palavras ensinadas pelo homem bondoso e calmo. — Não precisamos lutar. Os pacificadores serão os vencedores.

Ele quase virou para os lados, para os aplausos, mas o homem bondoso o aconselhara a não fazer isso.

Um murmúrio de satisfação percorreu o átrio. O rei falava como qualquer outra pessoa.

— Não condenem cidadãos livres... — murmurou Êumenes.

— Não condenem cidadãos livres se não quiserem uma guerra civil. — Fez outra pausa.

Êumenes, com a mão na frente da boca, murmurou:

— Vamos tentar uma reconciliação. Vamos enviar outra embaixada.

Filipe respirou, triunfante, e Êumenes murmurou:

— Não olhe em volta.

Não houve nenhum sinal de oposição declarada. Aproveitaram a pausa para comentar apenas como a coisa seria feita; mas, quando o volume das vozes aumentou, Filipe lembrou-se do dia terrível em que fugira do átrio e lhe deram o manto para fazê-lo voltar e então... Alexandre estava morto, como se fosse esculpido em mármore. Alexandre dissera...

Levou a mão ao diadema de ouro que sempre o faziam usar quando ia à sala de audiências. Tirou-o da cabeça e, segurando-o na frente do corpo, deu um passo na direção dos soldados.

Atrás dele, Meléagro e Êumenes, em uníssono, deixaram escapar uma exclamação abafada de consternação. Filipe, confiante, estendeu a coroa para os soldados atônitos.

— É porque eu sou rei? Não tem importância. Eu prefiro não ser rei. Olhem, aqui está, podem dar para outra pessoa.

Foi um momento curioso. A tensão fora substituída pelo alívio de saber que tinham ainda um tempo para resolver. Agora, acontecia aquilo.

Sempre propensos à emoção — uma característica que Alexandre usava com muita arte e sempre com bons resultados —, os macedônios foram dominados pelo sentimentalismo. Que homem bom e decente, que rei cumpridor das leis. O fato de viver à sombra do irmão fizera dele um homem extremamente modesto. Ninguém riu enquanto ele procurava alguém que quisesse a coroa. Ouviram-se brados de "Viva Filipe, Filipe para nosso rei!".

Surpreso e feliz, Filipe pôs a coroa outra vez na cabeça. Fizera tudo direito, e o homem bondoso ia ficar satisfeito com ele. Sorria ainda beatificamente quando o levaram para dentro.

\* \* \*

A tenda de Perdicas foi armada à sombra de um pequeno bosque de palmeiras. Ele estava instalado num ambiente muito familiar para um guerreiro. A cama de campanha e a cadeira dobrável, o suporte da armadura, a arca (havia uma porção de arcas no tempo dos saques vitoriosos, mas isso estava acabado), a mesa sobre cavaletes.

Seu irmão, Alcetas, e seu primo, Leonato, estavam com ele quando o emissário chegou. Leonato era um homem alto com cabelos castanho--avermelhados, que fazia o mundo lembrar a Casa Real, imitando o corte de cabelo leonino de Alexandre e, até mesmo, diziam seus inimigos, usando ferros quentes para isso. Suas ambições, embora elevadas, eram ainda incipientes e por enquanto ele apoiava Perdicas.

Os emissários foram convidados a sair da tenda, enquanto eles estudavam a mensagem. A paz era oferecida em nome do rei Filipe, se fosse reconhecido seu direito ao trono, e seu assistente Meléagro fosse designado para partilhar o comando supremo com Perdicas.

Leonato colocou o cabelo para trás, com um movimento de cabeça, um gesto raramente usado por Alexandre, mas que nele já era um maneirismo.

— Insolentes! Será que precisamos perturbar os outros?

Perdicas ergueu os olhos da carta.

— Vejo aqui a mão de Êumenes.

— Sem dúvida — disse Alcetas, surpreso. — Quem mais poderia ter escrito a mensagem?

— Vamos aceitar. Nada poderia ser melhor.

— *O quê?* — questionou Leonato, atônito. — Não pode aceitar aquele bandido no comando!

— Como eu já disse, vejo aqui a mão de Êumenes. — Perdicas passou a mão na barba crescida do queixo. — Ele sabia qual isca atrairia a fera para fora do covil. Sim, vamos tirá-lo de lá. Depois veremos.

\* \* \*

A barca no rio Tigre aproximava-se da curva onde as senhoras desembarcariam para continuar a viagem por terra, com sua caravana.

A noite chegava. A tenda foi armada sobre a relva, longe da umidade do rio e dos mosquitos. Elas pisaram em terra quando os primeiros archotes foram acesos no acampamento. O cheiro de gordura queimada da carne de carneiro sendo preparada enchia o ar.

O eunuco chefe da escolta, quando estendeu a mão para Estatira descer a prancha de desembarque, disse em voz baixa:

— Senhora, os homens do povoado que vendem frutas disseram que o Grande Rei está morto.

— Ele me advertiu sobre isso — respondeu ela, calma. — Disse que corria esse boato entre os camponeses. Está na sua carta. Ele disse que eu não devo dar ouvidos.

Erguendo um pouco a saia do vestido para não encostar na relva úmida de orvalho, ela seguiu para a tenda iluminada.

\* \* \*

Ao som animado das trombetas e flautas, os soldados da infantaria marcharam para fora da cidade, passando sob as torres da porta de Ishtar, observados pelo povo da Babilônia, aliviado, para selar a paz com os Companheiros.

Na frente ia Meléagro, o rei ao lado dele. Filipe era uma figura alegre e correta, com o manto preso ao ombro, presente de Alexandre, montado num cavalo bem treinado, seguindo à frente de Cônon, que segurava a rédea. Filipe cantarolava em voz baixa a música das flautas. O ar estava fresco ainda com o começo da manhã. Tudo ia correr bem, todos seriam amigos outra vez. Agora não haveria mais problemas e ele podia continuar a ser rei.

Os Companheiros esperavam montados em seus cavalos vistosos, inquietos com a longa imobilidade, os bridões brilhando com pingentes de ouro, e no focinho, as rosetas de prata, a moda criada por Alexandre para Bucéfalo. Com a panóplia simples de campanha, elmo trácio, sem enfeites e couraça de couro, Perdicas observava com um sorriso de satisfação a falange em marcha, liderada pelo vistoso cavaleiro. A armadura de gala de Meléagro era agora adornada com uma grande máscara de leão, e o manto franjado de ouro. Muito bem! A fera saíra do covil.

Cumprimentaram Filipe com a saudação real. Bem ensaiado, ele estendeu o braço, e Perdicas, com afabilidade decidida, recebeu o forte aperto da mão enorme. Mas Meléagro, com uma expressão de intimidade ofensiva, adiantou-se, com a mão estendida para a reconciliação. Perdicas apertou a mão dele com grande relutância, lembrando que Alexandre certa vez partilhara a mesa com o traidor Filotas, à espera do momento oportuno. E se ele tivesse recusado, poucos homens do seu comando, incluindo provavelmente Perdicas, teriam sobrevivido. "Foi necessário", dissera Alexandre, então.

\* \* \*

Ficou acertado que o ausente Cratero, considerando seu alto posto e linhagem real, deveria ser nomeado guardião de Filipe. Antípatro conservaria a Regência da Macedônia. Perdicas seria quiliarca de toda a Ásia conquistada e, se Roxane tivesse um filho homem, ele e Leonato seriam seus guardiões. Eles eram da família de Alexandre, o que não acontecia com

Meléagro; porém, uma vez que ele partilharia o alto comando, essa diferença não o perturbava. Já começara a mostrar a eles suas ideias sobre a direção do império.

Quando tudo isso estava acertado, Perdicas apresentou uma última proposta. Era costume na Macedônia, depois de uma guerra civil (outro costume antigo), exorcizar a discórdia com um sacrifício a Hécate. Propôs que todo o exército da Babilônia, cavalaria e infantaria, fosse reunido na planície para a Purificação.

Meléagro concordou de boa vontade. Pretendia fazer uma entrada impressionante, adequada a seu novo posto. Adornaria seu elmo com um penacho duplo, como o de Alexandre em Gaugamela. Ia chamar a atenção e era um bom presságio.

* * *

Um pouco antes do ritual, Perdicas, já de volta a sua casa no parque real, convidou a guarda pessoal para um jantar particular. O general costumava cavalgar ou caminhar no começo da noite sob as árvores ornamentais trazidas de lugares distantes pelos reis persas para adornar o paraíso. O jantar era uma ocasião simples, apenas um encontro de velhos amigos.

Quando os servos os deixaram com o vinho, Perdicas disse:

— Eu escolhi os homens e os instruí. Acho que Filipe... suponho que devemos nos acostumar a chamá-lo assim... aprendeu bem sua parte.

Até que Cratero, o novo guardião, pudesse se encarregar de Filipe, Perdicas o substituiria. Uma vez que Filipe continuava nos mesmos aposentos, com os confortos aos quais estava acostumado, ele quase não notou a mudança, a não ser pela ausência indesejável de Meléagro. Recebia novas lições, mas isso era esperado.

— Ele se afeiçoou a Êumenes — disse Ptolomeu. — Êumenes não o pressiona.

— Ótimo. Ele pode nos ajudar a prepará-lo. Espero que não fique confuso com o barulho, com o espetáculo... e com os elefantes.

— Certamente — disse Leonato. — Ele já viu elefantes?

— É claro que sim — disse Ptolomeu, com impaciência. — Viajou da Índia com eles, no comboio de Cratero.

— Sim, é verdade. — Perdicas fez uma pausa.

Seleuco, comandante da divisão com os elefantes, quebrou o silêncio.

— E então?

— O rei Omfis tinha certa utilidade para eles, na Índia — disse Perdicas, lentamente.

Soou uma exclamação abafada vinda de todos os divãs. Nearco disse, enojado:

— Omfis talvez, mas não Alexandre.

— Alexandre nunca enfrentou um dilema como esse — disse Leonato, afoito.

— Não — concordou Ptolomeu. — Nem deveria enfrentar.

Perdicas interferiu, com brusca autoridade:

— Não importa. Alexandre conhecia muito bem a força do medo.

\* \* \*

Os homens se levantaram de madrugada para marchar até o Campo da Purificação ao nascer do sol e terminar o ritual antes do calor inclemente do meio-dia.

Os férteis trigais, que proporcionavam três colheitas por ano, ceifados havia pouco tempo, cintilavam como uma pelagem dourada, cortada rente, aos primeiros raios do sol proveniente do horizonte. Aqui e ali, flâmulas escarlates marcavam os limites da praça de armas, que eram importantes para o ritual.

Espessos e atarracados, seus tijolos assírios unidos com betume negro, gastos e semidesmoronados pelos séculos e pela lassidão de um povo há muito conquistado, os muros da Babilônia, impassíveis, circundavam a planície. Testemunhas de muitas proezas humanas, nada mais os surpreendia. Uma grande parte de suas ameias fora demolida, formando uma plataforma. Os tijolos escurecidos pela fumaça cheiravam ainda a queimado, com filetes de piche derretido e solidificado nos lados. A vala logo abaixo estava cheia de escombros. Madeira queimada com entalhes quebrados representando leões, navios, asas e troféus, com leves sinais de enfeites de ouro. Eram os restos da pira de sessenta metros, onde, havia pouco tempo, Alexandre cremara os restos de Heféstion.

Muito antes do alvorecer, o povo começou a se reunir ao longo dos muros. Lembravam-se do esplendor da entrada de Alexandre na Babilônia, um espetáculo tranquilo, pois a cidade capitulara pacificamente, e ele proibira o saque dos vitoriosos. Lembravam-se das ruas cobertas de flores, perfumadas com incenso, a procissão de presentes exóticos, cavalos enfeitados de ouro, leões e leopardos em jaulas douradas, as cavalarias persa e macedônica e a carruagem governamental coberta com placas de ouro sobre a qual ia a figura pequena cintilante do vitorioso, como um menino transformado em homem. Alexandre tinha então 25 anos. O povo esperava maior esplendor quando ele voltasse da Índia, mas Alexandre deu-lhes apenas um esplêndido funeral.

Agora eles esperavam para ver os orgulhosos guerreiros macedônios em marcha e depois, oferecendo sacrifícios para apaziguar os deuses. Todos esperavam, os habitantes da cidade, as mulheres e os filhos dos soldados, os ferreiros e os fabricantes de tendas, os vivandeiros, os condutores das carruagens e as prostitutas, os armadores e marinheiros das galeras. Eles gostavam de um espetáculo, mas a excitação escondia a incerteza. Uma época acabava, outra começava e não gostavam dos auspícios desse começo.

A maior parte do exército cruzara o rio durante a noite, passando pela Ponte da Rainha Nitocre, ou nas inúmeras balsas de junco e breu. Dormiram ao ar livre, e aprimoraram seus equipamentos para o dia seguinte. Os espectadores sobre os muros os viam desembarcar à luz dos archotes, o som dos seus movimentos como o murmúrio do mar. A distância, os cavalos dos Companheiros relinchavam.

O tropel dos cavalos ecoou na madeira da Ponte de Nitocre. Os líderes chegaram para conduzir o sacrifício que livraria do mal o coração dos homens.

O ritual era muito antigo. A vítima deveria ser oferecida, morta e eviscerada; suas partes e as entranhas, levadas até os limites do campo. O exército marchava no espaço assim purificado, em passo de parada, cantando um peã.

A vítima do sacrifício era, como sempre, um cão. Fora escolhido o mais alto e belo cão caçador de lobos do canil real, completamente branco e magnificamente enfeitado. Sua docilidade quando um caçador o conduziu ao altar prometia um bom presságio para a aceitação do sacrifício, mas quando a correia foi passada para a mão do executante, ele rosnou e lançou-se sobre o homem. Mesmo para seu tamanho, o animal era excepcionalmente forte. Foi preciso o esforço de quatro homens para segurá-lo e levar a faca ao seu pescoço. No fim, eles tinham mais sangue deles mesmos nas roupas do que do cão. Para piorar as coisas, no meio da luta o rei correu para a frente gritando, e só com muito esforço foi levado de volta ao seu lugar.

Rapidamente, antes que houvesse preocupação quanto ao presságio, os quatro cavaleiros designados para purificar a área galoparam, cada um para um canto marcado, com suas oferendas sangrentas. Os pedaços brancos e vermelhos eram atirados ao ar com invocações para afastar os malefícios da Tríade Hécate e dos deuses infernais, e o campo exorcizado estava pronto para receber o exército de Alexandre.

Os esquadrões e as falanges estavam a postos. Os elmos polidos brilhavam ao sol, e os penachos vermelhos ou brancos, feitos com pelo de cavalo, as flâmulas nas suas lanças, ondulavam com a brisa da manhã. Os pôneis gregos, pequenos e fortes, relinchavam para todos os cavalos dos soldados persas. A maior parte da infantaria persa desaparecera, seguindo em longas caravanas pelas estradas poeirentas, a caminho de seus povoados distantes. A infantaria macedônia estava toda presente, em fileiras cerradas, com a ponta afiada das lanças cintilando ao sol.

Formaram um quadrado sobre a relva curta da praça. A base era o muro da Babilônia; ao lado esquerdo, a infantaria; ao direito, a cavalaria. Entre eles, formando o quarto lado, estavam os elefantes reais.

Os condutores de elefantes, que tinham vindo com os animais e os conheciam como a mãe conhece o filho, haviam trabalhado com eles durante todo o dia anterior nos altos abrigos construídos especialmente entre as palmeiras, falando para acalmá-los, lavando-os no canal, pintando na testa deles, com tinta amarela, vermelha ou verde, símbolos sagrados, emoldurados por volutas e arabescos, cobrindo seus flancos com malhas franjadas de cores vivas e bordadas com fios de ouro, prendendo rosetas em pequenos orifícios feitos nas largas orelhas, cuidando das caudas e das patas.

Fazia um ano que os condutores não tinham oportunidade de enfeitar seus animais. Aprenderam a profissão num *maidan*,[3] em Taxila, onde os elefantes também foram treinados. Falavam suavemente, lembrando aos animais os velhos tempos nas margens do Indo, enquanto pintavam com hena suas patas, como era o costume para tais ocasiões. Agora, à luz rosada do alvorecer, sentados orgulhosos no pescoço dos elefantes, com seus turbantes de gala enfeitados com penas de pavão, as barbas tingidas de azul, verde ou vermelho, cada um segurando o cajado de marfim com ponta de ouro, cravejado de pedras, presente do rei Omfis — um a cada elefante — para o rei Iscandar. Eles haviam servido a dois reis famosos. O mundo veria que eles e seus elefantes sabiam como fazer as coisas.

Os generais, terminando as libações no altar sangrento, dirigiram-se para seus destacamentos. Ptolomeu e Nearco cavalgaram lado a lado, na direção das fileiras dos Companheiros. Nearco limpou uma mancha de sangue do braço e disse:

— Os deuses das profundezas, ao que parece, não querem nos limpar.

---

3. Área aberta e herbórea em (ou próxima a) uma cidade, utilizada para a realização de paradas militares, corridas etc. (N. T.)

— Isso o surpreende? — perguntou Ptolomeu. Seu rosto de traços fortes contraiu-se com desprezo. — Bem, se Deus quiser, logo estarei muito longe daqui.

— E eu, se Deus quiser... Será que os mortos podem nos ver, como dizem os poetas?

— Homero diz que os mortos insepultos podem... Ele nunca facilitou as coisas — acrescentou, mais para si mesmo. — Eu procurarei fazer a melhor reparação possível.

Era chegado o momento de o rei tomar seu lugar tradicional à direita dos Companheiros. Seu cavalo estava pronto. Filipe fora bem ensaiado. Ansioso para apresentar o rei e fazer o que era preciso, Perdicas rilhava os dentes, procurando conter a impaciência.

— Senhor, o exército o espera. Os homens estão olhando. Não pode deixar que o vejam chorando. O senhor é o rei, controle-se. Afinal, o que é um cão?

— Mas era Eós! — Filipe estava rubro, e as lágrimas desciam até sua barba. — Ele me conhecia. Costumávamos brincar de cabo de guerra. Alexandre dizia que ele era bastante forte para se cuidar sozinho. Ele me conhecia!

— Sim, sim — disse Perdicas. Ptolomeu estava certo. Alexandre deveria tê-lo sufocado. A maior parte do povo pensava que ele estava assistindo ao sacrifício, mas todos os presságios tinham sido inquietantes. — Os deuses exigiram que fosse ele. Agora acabou. Venha.

Obediente à autoridade e a uma voz mais imperiosa que a de Meléagro, Filipe enxugou os olhos com a ponta do manto escarlate e deixou que o camareiro prendesse o manto bordado de montaria em seu ombro. Seu cavalo, um veterano de desfiles, acompanhava todas as manobras do animal ao seu lado. Filipe pensava que Cônon continuava a segurar a rédea de sua montaria.

Os soldados esperavam a cerimônia final, o som dos clarins dando a nota para o peã que deviam cantar.

Perdicas, com o rei ao seu lado, gritou para os oficiais que o seguiam:

— Em frente! Marcha lenta!

Em lugar do peã, os instrumentos tocaram a música da marcha de parada da cavalaria. Os animais, belos e elegantes, avançaram com passos delicados, como haviam marchado na época triunfante, em Mênfis, Tiro, Taxila, Persépolis e naquela mesma praça de armas. Na frente marchava Perdicas e, conduzido por seu sábio guardião, o rei.

A infantaria, tomada de surpresa por essa manobra, continuou parada em fileiras, e os homens murmuraram seu descontentamento. As lanças foram abaixadas ou inclinadas para o lado, demonstrando a deterioração da disciplina. Eram lanças leves de desfile, não as longas lanças-aríetes. De repente, os soldados sentiram-se desarmados. A cavalaria avançava, formal e cerimoniosamente. Teria havido algum engano na preparação da cerimônia? Tais dúvidas, antes impossíveis, ultimamente eram comuns. Sob o comando de Meléagro, a moral era baixa; a lealdade, precária.

Perdicas deu uma ordem. As alas da esquerda e do centro pararam. A da direita, o esquadrão real, continuou avançando. Ele disse para Filipe.

— Quando pararmos, senhor, faça seu discurso. Está lembrado?

— Sim! — disse Filipe. — Devo dizer...

— Quieto, senhor, agora não. Quando eu disser "alto!".

Em ordem perfeita, elegantemente, o esquadrão real avançou até ficar a quinze metros da falange. Perdicas ordenou que parassem.

Filipe ergueu o braço. Estava à vontade no cavalo bem-treinado. Montado com firmeza sobre a manta bordada que cobria a sela, com voz profunda que surpreendeu a ele mesmo, gritou:

— Entreguem os amotinados!

Por um momento fez-se silêncio completo e atônito. Aquele era um deles, o rei Macedônio que haviam escolhido. Os homens das primeiras fileiras, incrédulos, viram o rosto do rei contraído no esforço infantil para cumprir corretamente uma lição e, enfim, compreenderam o que tinham feito.

Líderes de Meléagro, que encabeçaram a revolta, ergueram as vozes entre as fileiras, pedindo ajuda. O murmúrio de espanto os isolou dos outros, revelando seu pequeno número.

Vagamente a princípio, parecendo quase acidental, um espaço se abriu em volta deles. Os antigos companheiros começavam a compreender que não corriam perigo. Afinal, de quem era a culpa? Quem impingira a eles aquele pseudorrei, aquele instrumento de qualquer um que o dominasse no momento? Tinham esquecido o lanceiro camponês que propusera o filho de Filipe, lembrando apenas como Meléagro vestira no idiota a túnica de Alexandre e tentara profanar o corpo do rei morto. O que eles deviam às criaturas de Meléagro?

Perdicas fez um sinal para o arauto montado, que se adiantou com um papel na mão. Com sua voz treinada e sonora, ele leu os nomes dos trinta rebeldes. Meléagro não foi chamado.

Em seu lugar de honra, na frente da falange da ala direita, Meléagro sentiu desaparecer os últimos resquícios de lealdade, deixando-o sozinho e indefeso. Se se adiantasse, se desafiasse a perfídia de Perdicas... esse era o sinal que a cavalaria esperava. Meléagro ficou imóvel, a estátua de um soldado, suando frio sob o sol escaldante da Babilônia.

Sessenta homens do esquadrão de Perdicas apearam e formaram pares, um segurando os grilhões, o outro um rolo de corda.

Houve uma pausa crucial. Os trinta viravam de um lado para o outro, protestando. Algumas lanças foram brandidas, algumas vozes incitavam a resistência. Na confusão, o clarim soou outra vez. Em voz baixa, como se estivessem resolvendo alguma coisa, Perdicas ensaiava com Filipe seu próximo discurso.

— Entreguem os homens! — gritou o rei. — Do contrário nós os atacaremos. — Fez menção de segurar as rédeas de seu cavalo.

— Ainda não! — sibilou Perdicas, para alívio de Filipe. Não tinha vontade nenhuma de se aproximar das lanças. No tempo de Alexandre, todas apontavam para o mesmo lugar.

O espaço cresceu em volta dos trinta homens quando outros se aproximaram com os grilhões. Alguns entregaram-se pacificamente, outros lutaram, mas os captores haviam sido escolhidos por sua força física. Logo estavam todos com os pés agrilhoados no espaço entre as fileiras. Não sabiam o que esperar. Havia algo estranho no rosto de seus captores, que não os olhavam de frente.

— Amarrem todos — disse Perdicas.

Seus braços foram amarrados junto do corpo. A cavalaria recuou para sua primeira linha, deixando mais uma vez um quadrado vazio. Os homens que seguravam as correntes dos grilhões empurraram os prisioneiros, e eles caíram para a frente no meio da praça, contorcendo-se, sozinhos sob o céu, no campo consagrado a Hécate.

Numa das extremidades, uma gaita oriental soou estridente, acompanhada pela batida dos tambores.

O sol quente refletia nos cajados de ouro e marfim, presentes do rei Omfis. Os condutores bateram de leve com eles no pescoço de seus elefantes, gritando o antigo comando.

Cinquenta trombas se ergueram ao mesmo tempo, e os homens ouviram com espanto o grito de guerra dos enormes animais. Lentamente, em passos firmes e surdos, os elefantes enfeitados avançaram.

Os condutores bem-treinados quebraram o longo silêncio, batendo com os calcanhares, gritando, dando palmadas no pescoço de suas montarias com as mãos cheias de anéis ou batendo com as pontas dos cajados. Pareciam meninos saindo da escola. Os elefantes abriram as orelhas e, barrindo, excitados, começaram a correr.

Um gemido de horror e fascinação ergueu-se das fileiras. Ouvindo-o, os homens no chão ajoelharam com esforço e olharam em volta. Primeiro olharam para os cajados de marfim e ouro, depois, um deles, girando o corpo, viu as patas pintadas com hena e compreendeu. Ele gritou. Outros tentaram rolar para o lado na terra cinzenta e áspera. Só tiveram tempo para se afastar um ou dois metros.

Contendo a respiração, o exército de Alexandre assistiu ao esmagamento dos seres humanos, como uvas amassadas, a casca se partindo, o suco vermelho jorrando da polpa lacerada. Os elefantes executavam os movimentos bem ensaiados, apanhando os corpos com as trombas e firmando-os para pisoteá-los, soltando seus barridos enquanto o cheiro de guerra enchia o ar.

Do seu posto, ao lado de Perdicas, Filipe soltava pequenos gritos de alegria. Aquilo não era como a morte de Eós. Ele gostava de elefantes — Alexandre o deixava montá-los —, mas ninguém os estava machucando. Olhava extasiado para os adornos esplêndidos, e os barridos orgulhosos dos animais enchiam seus ouvidos. Mal notava a massa sangrenta sob suas patas. Afinal, Perdicas dissera que todos aqueles homens eram malvados.

Os condutores, concluído o trabalho, acalmaram e elogiaram seus animais que, obedientemente, retiraram-se do campo. Haviam feito a mesma coisa nas batalhas, e vários deles tinham ainda as cicatrizes. Dessa vez o trabalho fora indolor e rápido. Seguindo o líder, um elefante mais velho e experiente, entraram em formação, com sangue até os joelhos. Desfilaram na frente de Perdicas e do rei, tocando a testa com a ponta das trombas, numa discreta saudação; depois seguiram para seus abrigos, para a recompensa de frutos da palmeira e melões, o banho frio e agradável para tirar o cheiro da guerra.

Enquanto todos respiravam e o silêncio nas fileiras começava a ser quebrado, Perdicas fez um sinal ao arauto para tocar o clarim e avançou, cavalgando à frente do rei.

— Macedônios! — disse ele. — Com a morte dos traidores, o exército está realmente purificado e pronto outra vez para defender o império. Se algum entre vocês merece a mesma sorte daqueles homens e hoje ficou impune, deve agradecer e aprender a ser leal. Arauto! O peã!

O ar vibrou com as primeiras notas, e a cavalaria começou a cantar. Depois de um momento, a infantaria acompanhou. A ferocidade milenar do canto inspirava segurança como uma canção de ninar, e os levou de volta aos dias em que sabiam quem e o que eram.

A cerimônia terminou. Meléagro saiu do campo sozinho. Seus cúmplices estavam mortos e nenhum dos que o apoiaram antes se aproximou dele. Era como se estivesse com uma peste.

O servo que tinha segurado seu cavalo olhava para ele com uma curiosidade pior do que insolência declarada. Na praça vazia, homens com forcados recolhiam os corpos e os atiravam dentro de duas carroças. Dois primos e um sobrinho de Meléagro estavam entre os mortos. Ele precisava providenciar os funerais, não havia ninguém mais para fazer isso. A ideia de procurar no meio daquele monte de carne triturada era nauseante. Meléagro apeou e vomitou até não ter mais nada em seu estômago. Montou outra vez e viu que dois homens o seguiam. Parou, e eles pararam, um deles fingindo que estava ajustando o manto sobre a sela. Continuou, e eles também continuaram.

Meléagro lutara em muitas batalhas. Ambição, camaradagem, a segurança firme e brilhante que emanava de Alexandre, inimigos dos quais podiam se vingar e aliviar o próprio medo, tudo isso combinado ajudou a fazer dele um guerreiro. Nunca enfrentara um fim solitário. Sua mente disparou, como uma raposa perseguida, procurando um refúgio seguro. Acima dele, espessos e maltratados pelo tempo, escuros como breu, sombrios com o sangue dos escravos que os tinham construído, pairavam ameaçadores os muros da Babilônia e o zigurate semidesmoronado de Bel.

Ele passou sob o pórtico. Os homens o seguiram. Entrou em ruas estreitas onde as mulheres se encostavam nas portas para lhe dar passagem, onde bandos de ladrões olhavam ameaçadoramente para ele. Não via mais os perseguidores. De repente, viu-se na larga Via Marduk, bem na frente do templo. Um lugar sagrado, tanto para gregos quanto para bárbaros. Todos sabiam que Alexandre oferecera sacrifícios a Zeus e a Hércules naquele templo. Santuário!

Amarrou a rédea do cavalo numa figueira no recinto externo. No meio do mato crescido, uma trilha muito usada conduzia à entrada em ruínas. Do interior escuro vinha o cheiro de incenso, típico de todos os templos, de carne queimada e de cinzas de madeira, o cheiro da Babilônia, de unguentos estrangeiros e carne estrangeira. Quando caminhou para o templo, no calor escaldante, viu uma pessoa à luz do sol, olhando para ele. Era Alexandre.

Seu coração parou. Num instante percebeu o que estava vendo, mas não conseguiu fazer um movimento. A estátua era de mármore, pintada com as cores naturais da vida, oferecida havia oito anos por ocasião do primeiro triunfo da Babilônia. Estava no chão, ainda sem o pedestal. Nu, apenas com um clâmide sobre o ombro, segurando a espada de bronze dourada, Alexandre esperava calmamente o novo templo que ele havia doado. Os olhos nas órbitas fundas, com as íris cinzentas enfumaçadas fitavam Meléagro, perguntando: "E agora?".

Ele olhou para o rosto inquisitivo, o corpo macio e jovem, tentando responder com um ar de desafio. Era magro, musculoso e cheio de cicatrizes. Sua testa tinha rugas, olheiras circundavam seus olhos, seu cabelo estava diminuindo. O que é este ídolo? Uma ideia... mas a lembrança, viva agora, trazia de volta toda a força da presença real. Meléagro havia visto a fúria do rei vivo... Entrou no templo.

A escuridão quase o cegou, depois do sol inclemente. Aos poucos, à luz da abertura no teto para a saída da fumaça, começou a perceber nas sombras a imagem colossal de Bel, o Grande Rei dos Deuses, sentado no trono, com as mãos fechadas sobre os joelhos. A mitra enorme quase tocava o teto, e a estátua era flanqueada por dois leões com cabeças de homens barbados. O cetro tinha a altura de um homem; o manto, do qual a camada de ouro começava a se soltar, brilhava fraco. O rosto estava escurecido pelo tempo e pela fumaça, mas os olhos incrustados no marfim cintilavam ferozes e amarelados. Na frente dele estava o altar do fogo, coberto de cinza fria. Aparentemente ninguém dissera a ele que a Babilônia tinha um novo rei.

Não importava, um altar era um altar e ele estava a salvo. A princípio, contentou-se em retomar o fôlego e desfrutar o frescor entre as grossas paredes, mas logo começou a olhar em volta, procurando algum sinal de vida. O lugar parecia deserto, ainda que ele tivesse a sensação de estar sendo observado, analisado, julgado.

Na parede atrás de Bel havia uma porta incrustada nos ladrilhos vítreos escuros. Meléagro sentiu — apesar de nada ouvir — um movimento atrás dela, mas não ousou bater. Não havia mais nele nenhum resquício de autoridade. O tempo passava lentamente. Ele era um suplicante no templo. Alguém devia atendê-lo. Não comia desde o nascer do sol, e atrás da porta de ébano havia homens, comida, vinho, mas não se adiantou para dizer a eles que estava ali. Tinha certeza de que sabiam.

A luz avermelhada do pôr do sol envolveu o átrio lá fora. As sombras intensificaram-se em volta de Bel, deixando visíveis somente os olhos amarelados. Com a chegada da noite, ele começou a sentir medo. O templo parecia cheio de fantasmas de homens de pedra, pisando com os pés o pescoço dos inimigos conquistados, oferecendo seu sangue àquele demônio de pedra. Mais do que alimento, Meléagro desejou estar num santuário a céu aberto nas montanhas da Macedônia, desejou a cor e a luz de um templo grego, a figura graciosa e humana do seu deus.

O último raio de luz desapareceu do átrio, deixando apenas um quadrado de penumbra e, dentro do templo, escuridão completa. Atrás da porta, vozes soaram e se afastaram.

Lá fora, seu cavalo relinchou e pateou, inquieto. Ele não podia ficar ali e apodrecer naquele templo; protegido pela noite, poderia sair. Alguém lhe daria asilo... mas os que podiam fazer isso estavam mortos. Era melhor deixar a cidade agora, ir para o Oeste, alugar sua espada a algum sátrapa na Ásia, mas antes tinha de ir a seus aposentos. Precisava do ouro que recebera como suborno para transmitir pedidos ao rei... A sombra no átrio se moveu.

Dois vultos apareceram e dirigiram-se ao portal desmoronado do templo. Vieram através da entrada em ruínas. Não eram vultos de babilônios. Meléagro ouviu o som das espadas retiradas das bainhas.

— Santuário! — gritou ele. — Santuário!

A porta atrás de Bel entreabriu-se e a luz de uma lamparina brilhou na escuridão. Ele gritou outra vez. A porta se fechou. Os vultos se aproximaram, desaparecendo no interior escuro. Meléagro encostou no altar e desembainhou a espada. Quando os homens se aproximaram, teve a impressão de que os conhecia, mas era apenas o porte e o cheiro familiar dos homens da sua terra. Chamou-os pelos nomes em voz alta, lembrando a velha amizade no exército de Alexandre, mas os nomes estavam errados e, quando seguraram sua cabeça para trás, sobre o altar, foi se lembrando de Alexandre que teve sua garganta cortada.

* * *

Desprovida das flâmulas e plumas, com coroas de cipreste e salgueiro-chorão, a caravana enlutada passou lentamente sob a porta de Ishtar. Perdicas e Leonato, avisados por seus vigias, saíram a cavalo ao encontro da esposa de Alexandre para informar que ela era agora viúva. Com a cabeça descoberta, o cabelo ainda com o corte de luto, seguiram ao lado dos carros fechados que não tinham nenhum ar de cortejo. As princesas soluçavam, suas aias lamentavam e entoavam os cantos fúnebres rituais. Os vigias dos portões ouviram surpresos esses novos lamentos, tantos dias depois do tempo prescrito.

No harém, os aposentos da esposa principal a esperavam, perfumados e imaculados, de acordo com as ordens de Bagoas, dois meses antes. Logo depois da morte de Alexandre, o guardião tivera medo de que Roxane exigisse aqueles aposentos; mas, para seu alívio, ela parecia contente onde estava. Sem dúvida mais calma por causa da gravidez. *Por enquanto*, pensou o guardião, *tudo vai bem*.

Perdicas acompanhou Estatira aos aposentos, disfarçando a surpresa. Supôs que ela preferisse ter o filho na tranquilidade e no conforto de Susa. Ela disse que viera a chamado de Alexandre. Provavelmente ele tinha feito isso sem comunicar a ninguém. Fizera coisas semelhantes depois da morte de Heféstion.

Ajudando-a a descer os degraus do carro fechado, e entregando-a aos cuidados do guardião, Perdicas achou que ela estava mais bela do que por ocasião do casamento, em Susa. Seus traços tinham pureza de linhagem, a beleza delicada dos persas, um pouco abatida pela gravidez e pela fadiga, que desenhavam sombras cor de cobalto sob seus olhos imensos e escuros. As pálpebras, com os cílios longos, pareciam quase transparentes. Os reis persas sempre escolhiam mulheres belas. Seus dedos, na cortina, eram longos, e a pele, macia como creme. Fora um desperdício ter casado com Alexandre. Ele, Perdicas, bem mais alto, teria combinado mais com ela (sua noiva em Susa, uma meda morena, escolhida por sua alta linhagem, foi um desapontamento). Pelo menos Alexandre tivera o bom senso de engravidá-la. Sem dúvida a criança seria bela.

Leonato, ajudando Dríopete a descer, notou que o rosto dela, embora imaturo, prometia grande beleza. Ele também tinha uma esposa persa, mas isso não o impedia de ter ambições mais elevadas. Ele seguiu seu caminho, pensativo.

Um séquito de eunucos obsequiosos e damas de companhia conduziu as princesas pelos corredores intrincados de Nabucodonosor, até os aposentos antes tão familiares. Como na infância, depois do espaço e da luz do palácio de Susa, elas sentiram a força rigorosa da Babilônia, mas então chegaram ao átrio interno cheio de sol, o lago dos peixes onde costumavam brincar com os barcos de bambu nos arquipélagos de folhas de lírio, ou mergulhar o braço até o ombro para apanhar as carpas. No quarto que fora de sua mãe, as damas as banharam, perfumaram e serviram o jantar. Nada parecia ter mudado desde aquele verão, oito anos antes, aquele divisor do tempo, quando o pai as deixara ali antes de partir para se encontrar com o rei da Macedônia. Até o guardião lembrava-se delas.

Terminada a refeição, as aias e os servos dispensados para seus alojamentos, elas exploraram a arca de roupas de sua mãe. O perfume das echarpes e dos véus despertavam lembranças. Reclinadas lado a lado num divã, olhando para o lago banhado de luar, elas lembraram daquela outra vida; Estatira, com doze anos então, ajudou a memória de Dríópete que só tinha nove. Falaram do pai cujo nome a avó jamais pronunciava, lembrando-se dele na casa da montanha antes de ser rei, rindo e atirando-as para o alto, no ar. Pensaram no rosto perfeito da mãe, emoldurado pela echarpe de pérolas e contas de ouro. Todos desaparecidos — até Alexandre —, exceto a avó.

O sono começava a chegar quando um vulto apareceu na porta. Uma criança entrou com duas taças de prata numa bandeja também de prata. Devia ter sete anos, com uma beleza encantadora, um misto de persa e indiana, pele macia, olhos escuros. Dobrou um joelho sem deixar cair nem uma gota das taças.

— Honradas senhoras — disse ela, lentamente. Sem dúvida eram as únicas palavras persas que conhecia, aprendidas de cor. Elas a beijaram e agradeceram. Com um sorriso formando covinhas, a menina disse alguma coisa em babilônio e saiu da sala.

As taças de prata, orvalhadas de frio, eram agradáveis ao tato.

— Ela estava muito bem-vestida, e com brincos de ouro — observou Dríópete. — Não é filha de uma serva.

— Não — concordou Estatira, mais experiente das coisas do mundo. — E nesse caso, você sabe, ela pode ser nossa meia-irmã. Eu me lembro, nosso pai trouxe com ele a maior parte do seu harém.

— Tinha me esquecido.

Dríópete, um pouco chocada, olhou o quarto da mãe. Estatira saíra ao átrio para chamar a menina de volta, mas não encontrou ninguém. Haviam dito às suas aias que não queriam ser perturbadas.

Até as palmeiras pareciam descoradas pelo calor.

Ergueram as taças, admirando os desenhos gravados de pássaros e flores. A bebida tinha gosto de vinho e limão, com um delicado sabor agridoce.

— Delicioso — disse Estatira. — Uma das concubinas deve ter preparado para nos dar as boas-vindas e provavelmente é tímida demais para vir ela mesma. Amanhã a convidaremos para uma visita.

O ar pesado guardava ainda o perfume das roupas de sua mãe, o que gerava uma sensação despretensiosa e segura. A dor pela perda dos pais e de Alexandre tornou-se entorpecida e confusa. Aquele era um bom lugar para ter um filho. Estatira fechou os olhos.

A sombra das palmeiras mal começava a se alongar quando a dor a acordou. Pensou que era um aborto, até ver Dríópete levar a mão ao estômago com um grito lancinante.

\* \* \*

Perdicas, como regente da Ásia, havia se mudado para o palácio. Atendia algumas pessoas na pequena sala de audiências quando o guardião do harém entrou sem ser anunciado, com o rosto pálido de terror, passando pelos guardas livremente quando notaram sua expressão. Perdicas olhou para ele e dispensou todos os que estavam na sala e ouviu a história.

Quando as princesas começaram a gritar por socorro, ninguém ousou se aproximar delas. Todos que ouviram adivinharam o que estava acontecendo. O guardião, desesperado para se eximir da culpa (na verdade, ele não teve ligação nenhuma com o caso), não esperou que elas parassem de gritar. Perdicas correu com ele para o harém.

Estatira estava no divã, Dríópete no chão, para onde tinha rolado nos espasmos da morte. Estatira exalou o último suspiro quando Perdicas entrou. A princípio, em seu terror, ele não notou a presença de ninguém no quarto, mas então viu a mulher sentada numa cadeira de marfim, ao lado da penteadeira.

Perdicas atravessou o quarto e parou na frente dela, em silêncio, contendo-se para não a estrangular. Ela sorriu.

— Você fez isso! — acusou Perdicas.

Roxane ergueu as sobrancelhas.

— Eu? Foi o novo rei. As duas disseram isso. — Não acrescentou que, antes do fim, tivera o prazer de informá-las de que estavam enganadas.

— O rei? — disse Perdicas, furioso. — Quem vai acreditar nisso, sua cadela bárbara?

— Todos os seus inimigos. Vão acreditar porque querem acreditar. Eu direi que ele mandou a bebida para mim também, mas quando as duas começaram a passar mal, eu não tinha tomado ainda.

— Você... — Por um momento, ele descarregou sua raiva com maldições. Roxane ouviu calmamente. Quando Perdicas fez uma pausa, ela levou a mão ao próprio ventre.

Perdicas olhou para a jovem morta.

— O filho de Alexandre.

— *Aqui* — disse ela — está o filho de Alexandre. Seu filho legítimo... Não diga nada e eu também não direi. Ela veio para cá sem nenhuma cerimônia. Poucos saberão da sua presença.

— Foi *você* quem a chamou!

— Oh, sim. Alexandre não se importava com ela. Fiz o que ele desejaria que fosse feito.

Por um momento, Perdicas sentiu medo, e sua mão desceu para o punho da espada. Segurando-o ele disse:

— Alexandre está morto, mas se você disser outra vez o que acaba de dizer, quando seu filho nascer, eu a mato com estas mãos. E se tivesse certeza de que será parecido com você, eu a mataria agora.

Ainda calma, ela replicou:

— Há um velho poço no átrio dos fundos. Ninguém usa, dizem que a água não é boa. Vamos jogá-las lá. Ninguém verá.

Perdicas a acompanhou. A sujeira acumulada que prendia a tampa do poço fora recentemente retirada. Quando ele a ergueu, sentiu o cheiro de bolor muito antigo.

Perdicas não tinha escolha e sabia disso. Orgulhoso como era, ambicioso e amante do poder, era leal a Alexandre, vivo ou morto. Se Perdicas pudesse evitar, o filho dele não chegaria ao mundo com a marca de filho de uma assassina.

Ele voltou em silêncio e aproximou-se primeiro de Dríópete. Depois de limpar o vômito do rosto dela com uma toalha, carregou o corpo para o poço escuro. Quando a soltou, ouviu o farfalhar da fazenda do vestido roçando as paredes de tijolos até chegar ao fundo, a cerca de seis metros dali. Pelo ruído, teve certeza de que o poço estava seco.

Estatira estava com os olhos abertos, os dedos crispados na almofada do divã. Perdicas não conseguiu fechar os olhos dela. Enquanto Roxane esperava impaciente, ele foi até a arca à procura de alguma coisa para cobrir o rosto e apanhou um véu bordado com asas de escaravelho. Quando começou a erguer o corpo, sentiu sangue nas mãos.

— O que você fez com ela? — Perdicas recuou, limpando a mão na coberta do divã.

Roxane deu de ombros. Inclinou-se e ergueu o vestido de linho bordado. Perdicas viu que, a mulher de Alexandre, nos estertores da morte, abortara seu herdeiro.

Perdicas olhou para a figurinha de quatro meses de gestação, já humana, com o sexo definido, até as unhas começando a se formar. Uma das mãos estava fechada, como num gesto de raiva, e o rosto, com os olhos fechados, parecia franzido severamente. Estava ainda ligada à mãe. Estatira morrera antes de expelir a placenta. Perdicas cortou o cordão com sua adaga.

— Vamos, depressa — disse Roxane. — Está vendo que a coisa está morta.

— Sim — disse Perdicas.

O bebê mal enchia a palma de sua mão, o filho de Alexandre, neto de Filipe e de Dario, que levava nas veias o sangue de Aquiles e de Ciro, o Grande.

Perdicas voltou à arca. Uma echarpe estava com a ponta para fora, bordada com pérolas e contas de ouro. Cuidadosamente, como uma mulher faria, ele envolveu a criaturinha na mortalha real e a levou para o túmulo, antes de voltar para apanhar a mãe.

\* \* \*

A rainha Sisigambis jogava xadrez com o camareiro-mor. Ele era um velho eunuco com um passado notável, que remontava ao reinado do rei Ochus. Um esperto sobrevivente de incontáveis intrigas da corte, era astuto no jogo e um desafio maior do que as damas de companhia. Ela o convidara para aliviar o tédio, e a cortesia mais elementar exigia que desse atenção a ele. A rainha olhava pensativa para os exércitos de marfim no tabuleiro. Agora, sem as netas e as damas mais jovens, o harém parecia ter parado no tempo. Todos os seus ocupantes eram velhos.

O camareiro percebeu a tristeza da rainha e adivinhou a causa. Deixou-se apanhar em uma ou duas de suas armadilhas e depois se recuperou, para animar o jogo. Num intervalo, ele disse:

— Quando o rei esteve aqui, a senhora verificou se ele se lembrava de suas instruções? Antes de ele marchar para o Oriente, a senhora disse que ele prometeu se aplicar no xadrez.

Ela respondeu, com um sorriso:

— Eu não verifiquei. Sabia que ele esqueceria. — Por um momento, uma chama distante de vitalidade pareceu percorrer a sala. — Eu costumava dizer a ele que o xadrez é chamado de jogo real de guerra, e para me agradar, ele fingia se importar com quem ganhava ou perdia, mas quando o censurei, dizendo que ele podia fazer melhor, Alexandre respondeu: "Mas, mãe, isso são *coisas*".

— Sim, na verdade, ele não é homem de ficar muito tempo imóvel.

— Mas estava precisando de mais repouso. Não era o tempo certo para ir à Babilônia. A Babilônia sempre foi boa para passar o inverno.

— Ao que parece, ele pretende passar o inverno na Arábia. Vamos vê-lo muito pouco este ano, mas quando sair para a marcha, certamente mandará Suas Altezas de volta para a senhora, assim que a criança nascer e a senhora Estatira puder viajar.

— Sim — disse ela, pensativa. — Ele vai querer que eu veja a criança. — Voltou a atenção para o tabuleiro e moveu um elefante, ameaçando o vizir. *Uma pena*, pensou ela, *que o menino não a tivesse chamado*. A rainha gostava muito dele ainda, mas era verdade o que ela acabava de dizer. Não era boa época para ir à Babilônia, e Sisigambis já estava com oitenta anos.

Terminaram o jogo e tomavam limonada, quando o camareiro foi chamado urgentemente pelo comandante da guarnição. Quando voltou, a rainha olhou para ele e segurou com força os braços da sua poltrona.

— Senhora...

— É o rei — disse ela. — Ele está morto.

Ele inclinou a cabeça. Era como se o corpo dela já soubesse. Ao ouvir a primeira palavra, o frio tocou seu coração. O camareiro adiantou-se rapidamente, pronto para atendê-la se ela desmaiasse, mas depois de um momento ela indicou uma cadeira e esperou que ele falasse.

Ele contou tudo o que sabia, sempre atento ao rosto dela, que tinha agora a cor do pergaminho, mas ela não estava somente lamentando, estava pensando. Voltou-se para a mesa ao lado da cadeira, abriu uma caixa de marfim e tirou de dentro dela uma carta.

— Por favor, leia isto para mim. Não apenas o conteúdo. Palavra por palavra.

A vista dele já não era muito boa, mas aproximando o papel dos olhos, conseguiu ler. Traduziu fielmente. Quando chegou à frase, *tenho estado doente e há boatos de que estou morto*, ele ergueu os olhos.

— Diga-me — pediu ela —, este é o selo dele?

O homem examinou com atenção. Visto de perto, os detalhes eram muito claros.

— Parece com ele, é uma reprodução muito boa, mas não é o selo real. Ele já o usara antes?

Sem responder, ela pôs a caixa nas mãos dele. O camareiro olhou para as cartas escritas em persa elegante, por um escriba. O final de uma delas chamou sua atenção: *Eu a recomendo, querida mãe, tanto aos seus deuses quanto aos meus, se é que não são os mesmos, como eu penso*. Havia cinco ou seis cartas, todas com o selo real, Zeus olímpio sentado no trono, a águia pousada em sua mão. A rainha leu a resposta no rosto dele.

— Quando ele não escreveu nada para mim...

Apanhou a caixa e a pôs na mesa ao seu lado. Seu rosto parecia contraído de frio, mas sem espanto. Ela vivera muitos anos no perigoso reino de Ochus. Seu marido tinha sangue suficientemente real para correr perigo sempre que o rei se sentia inseguro. Não confiava em ninguém, apenas nela, e lhe contava tudo o que acontecia. Intriga, vingança e traição formavam seu ambiente de cada dia. No fim, Ochus o matara. Ela acreditava que ele vivia ainda em seu filho. A fuga dele, de Isso, quase a matara de vergonha. Na tenda desolada, o jovem conquistador foi anunciado para uma visita à família que seu inimigo abandonara. Por causa das crianças, usando toda a dignidade como um animal bem-treinado, ela ajoelhara-se na frente do homem belo e alto. Ele recuou. Ela percebeu, pela expressão em todos os rostos, que cometera um grave erro e começou a se curvar para o homem mais baixo, que quase não notara. Ele segurou suas mãos a fazendo levantar e, pela primeira vez, ela viu seus olhos.

— Não faz mal, mãe...

Seu conhecimento de grego permitiu que compreendesse perfeitamente.

O camareiro, velho sobrevivente, quase tão pálido quanto a rainha, tentava não olhar para ela. Do mesmo modo que alguém desviara os olhos quando seu marido fora chamado à corte pela última vez.

— Eles o assassinaram — disse ela, como se fosse um fato indiscutível.

— O homem disse febre dos pântanos. No verão, é comum na Babilônia.

— Não, eles o envenenaram. Não há nenhuma notícia das minhas netas?

Ele balançou a cabeça. Por um momento ficaram em silêncio, sentindo o desastre atingir sua velhice, uma doença mortal, que não podia ser curada.

Ela disse:

— Ele se casou com Estatira por motivos políticos. A ideia da gravidez foi minha.

— Elas podem estar em segurança, talvez escondidas.

Ela balançou a cabeça. De repente, endireitou o corpo na cadeira, como quem dizia: "Tenho tanto a fazer, por que estou aqui parada?".

— Meu amigo, um tempo se acabou. Vou para meu quarto agora. Obrigada por seu bom serviço durante todos esses anos.

Percebeu o novo temor no rosto dele e compreendeu. Os dois tinham conhecido o reinado de Ochus.

— Ninguém vai sofrer. Ninguém será acusado de nada. Na minha idade, morrer é fácil. Quando você sair, pode mandar virem minhas damas de companhia?

As mulheres a encontraram calma e ocupada, tirando as joias do escrínio. Falou sobre as famílias delas, abraçou uma por uma, deu conselhos e dividiu as joias igualmente, todas, menos os rubis do rei Poro, que conservou com ela.

Ao despedir-se de todas, deitou-se e fechou os olhos. Depois de suas primeiras recusas, elas não insistiram mais em servir comida ou bebida. Não seria um ato de bondade perturbá-la, ou mantê-la viva para a vingança iminente. Nos três primeiros dias, obedeceram a sua ordem de deixá-la sozinha. No quarto dia, vendo que ela começava a esmorecer, uma ou outra ficava ao seu lado. Se a rainha percebia ou não sua presença, não podiam dizer, mas de qualquer modo não as mandava sair. No quinto dia, ao cair da noite, perceberam que ela estava morta. Sua respiração estava tão fraca que não sabiam exatamente quando morrera.

* * *

Galopando dia e noite, montados em dromedários, cavalos ou mulas, de acordo com as exigências do percurso, passando de mão em mão a mensagem breve e espantosa, os mensageiros do rei levaram a notícia da morte, da Babilônia para Susa, de Susa para Sardes, de Sardes para Esmirna, ao longo da Estrada Real que Alexandre estendera até o Mar do Meio. Em Esmirna, durante toda a temporada de navegação, havia sempre um barco preparado para levar suas cartas até a Macedônia.

O último da longa corrida chegou a Pela e entregou a carta de Perdicas a Antípatro.

O homem alto leu em silêncio. Sempre que Filipe partia para a guerra, Antípatro governava a Macedônia e, desde que Alexandre entrara na Ásia, ele governava toda a Grécia. A honra que manteve sua lealdade havia também enrijecido seu orgulho. Antípatro tinha um porte mais real do que Alexandre, que não se parecia com ninguém. Os amigos mais íntimos diziam jocosamente que Antípatro era todo branco por fora e forrado de púrpura por dentro.

Agora, lendo a carta, certo afinal de que não seria substituído por Cratero (Perdicas deixava isso bem claro), seu primeiro pensamento foi de que todo o Sul da Grécia se revoltaria quando soubesse da notícia que, embora chocante, era esperada havia muito tempo. Ele conhecia Alexandre desde o berço. Evidentemente não era o tipo de homem para chegar à velhice, e Antípatro chegou a dizer isso quase claramente, quando Alexandre se preparava para marchar na Ásia, sem ter ainda um herdeiro.

Cometeu também um erro quando insinuou a possibilidade de Alexandre se casar com sua filha. Seria uma ótima aliança para Alexandre, mas a sugestão o fez sentir-se encurralado e usado. "Acha que tenho tempo agora para festas de casamento e para esperar o nascimento de um herdeiro?", perguntara Alexandre. *Ele podia ter um filho crescido*, pensou Antípatro, *com nosso bom sangue nas veias*. E agora? Dois mestiços não nascidos e, nesse intervalo, o orgulho de jovens leões libertos das correntes. Antípatro lembrou, não sem desgosto, seu filho mais velho.

Lembrou-se também de um rumor que aparecera no primeiro ano do reinado do jovem rei. Alexandre teria dito: "Não quero um filho meu criado aqui enquanto eu estiver fora".

E era esse o verdadeiro motivo. Aquela maldita mulher. Durante toda a infância de Alexandre, ela o fizera odiar o pai, que, se não fosse por isso, ele teria admirado. Ela o fez acreditar que o casamento era como a camisa envenenada de Hércules (também, obra de uma mulher!), e, quando ele cresceu e pôde escolher a mulher que queria, ela ficou ofendida porque o filho procurou refúgio na companhia de outro homem. Podia ter sido alguém muito pior que Heféstion — seu pai tinha feito a escolha errada e morrido por isso —, mas ela não conseguiu viver com o que criara e fez um inimigo daquele que podia ser um aliado. Tudo que conseguiu foi ficar em segundo plano. Sem dúvida rejubilara-se quando soubera da morte de Heféstion. Muito bem, ia saber de outra agora e teria de suportar do melhor modo possível.

Antípatro censurou os próprios pensamentos. Não era justo zombar da dor de uma mãe pela morte do filho único. Ele enviaria a notícia. Sentou-se à mesa, onde estava a tabuleta de cera para escrever e, durante algum tempo, procurou palavras decentes e bondosas para seu antigo inimigo, um panegírico adequado. Um homem, pensou Antípatro, que ele não via fazia mais de uma década, que para ele era ainda um menino brilhante e precoce. Qual seria sua aparência depois de todos aqueles anos prodigiosos? Talvez ainda fosse possível ver, ou pelo menos adivinhar. Seria delicado terminar a carta com a informação de que o corpo do rei fora embalsamado, que parecia vivo e estava à espera de um ataúde adequado para iniciar a jornada para o jazigo real em Aigai.

### À Rainha Olímpia, saúde e prosperidade...

Era verão em Épiro. O vale alto na encosta da montanha estava verde e dourado, regado pelas chuvas fartas de inverno, lembradas por Homero. Os bezerros engordavam, a lã macia já fora tosquiada, as árvores curvavam-se ao peso dos frutos. Embora contrário aos seus costumes, os molossianos prosperavam sob o domínio de uma mulher.

A rainha viúva Cleópatra, filha de Filipe e irmã de Alexandre, com a carta de Antípatro na mão, olhava da janela do segundo andar da casa real para as montanhas distantes. O mundo mudara, e era cedo ainda para saber como. Pela morte de Alexandre ela sentia respeito, mas não dor, como sentira respeito temeroso, sem amor, quando ele era vivo. Alexandre chegara ao mundo antes dela para roubar o carinho da mãe, a atenção do pai. Suas brigas tinham cessado cedo, quando ainda eram crianças. Depois disso, nunca estiveram suficientemente próximos. O assassinato do pai, no dia de seu casamento, tinha feito dela um instrumento da política e transformado Alexandre em rei. Logo, Alexandre passou a ser um fenômeno, mais espantoso e mais estranho por causa da distância.

Agora, por um momento, com a carta na mão, ela se lembrou dos dias em que as brigas constantes dos pais aproximaram irmão e irmã, com diferença de apenas dois anos entre si, como forma de defesa instintiva. Lembrou também que, nos acessos de raiva da mãe, era Alexandre quem sempre enfrentava a tempestade.

Cleópatra pôs a carta de Antípatro sobre a mesa, ao lado da outra, para Olímpia. Alexandre não ia enfrentá-la agora, a tarefa competia a ela.

Sabia onde a encontraria. Nos aposentos de hóspedes, no andar térreo, onde ela fora recebida pela primeira vez por ocasião dos funerais do marido de Cleópatra, e de onde nunca mais saíra. O rei morto era seu irmão e, aos poucos, ela havia começado a se encarregar dos negócios do reino, alimentando, por meio de vários agentes, a rivalidade com Antípatro, que tornara impossível sua posição na Macedônia.

Cleópatra ergueu resolutamente o queixo quadrado, herdado de Filipe, e com a carta na mão dirigiu-se aos aposentos da mãe.

A porta estava aberta. Olímpia ditava para seu secretário. Cleópatra parou por um momento e ouviu que ela ditava uma longa acusação contra Antípatro, baseada em fatos ocorridos nos últimos dez anos, um sumário de velhas rixas.

— Pergunte isso quando ele o procurar e não se deixe enganar quando ele alegar que... — Ela andava impaciente de um lado para o outro, enquanto o escriba anotava suas palavras.

Cleópatra estava disposta a se comportar como filha naquela ocasião tão solene. Permitir que a expressão tristonha do rosto servisse de aviso prévio, pronunciar as palavras convencionais de preparação para o choque. Nesse momento, entrou seu filho de onze anos, um menino grande e ruivo como o pai, de volta de seus jogos com os pajens. Vendo-a hesitar na porta, olhou para a mãe com uma expressão de cumplicidade ansiosa, como que partilhando da sua cautela antes de se apresentar ao centro do poder.

Cleópatra o mandou embora gentilmente, querendo abraçá-lo e dizer: "*Você* é o rei!". Da porta, via o secretário escrevendo cuidadosamente na cera. Ela detestava aquele homem, uma das criaturas de sua mãe, do tempo da Macedônia. Ninguém tinha ideia das coisas que ele sabia.

Olímpia tinha pouco mais de cinquenta anos. Ereta como uma lança, esbelta ainda, começara a usar cosméticos como as mulheres que devem ser vistas, mas não tocadas. O cabelo grisalho era lavado com camomila e hena; as pestanas e sobrancelhas, acentuadas com antimônio. A pele era clareada; os lábios, mas não o rosto, levemente pintados de vermelho. Olímpia criara a própria imagem não para atrair Afrodite, mas para ter a atenção de Hera. Quando viu a filha parada na porta, voltou-se, majestosa e ameaçadora, para reclamar da interrupção.

Uma onda de fúria envolveu Cleópatra. Entrou na sala, com o rosto impassível, sem fazer nenhum gesto para dispensar o escriba e disse, bruscamente:

— Não precisa escrever para ele. Ele está morto.

O silêncio absoluto parecia se aprofundar com o menor som que o interrompesse, o estalido do estilo que o escriba deixara cair no chão, o arrulho de uma pomba na árvore lá fora, as vozes das crianças muito distantes. O creme branco no rosto de Olímpia parecia uma camada de giz. Ela ficou imóvel, olhando para a frente. Cleópatra esperou, tensa, a explosão de uma fúria primitiva e terrível, até não poder mais suportar. Cheia de remorso, disse, em voz baixa:

— Não foi na guerra. Ele morreu de febre.

Olímpia, com um gesto, dispensou o escriba. Ele saiu, deixando os papéis em desordem. Ela voltou-se para Cleópatra.

— Essa é a carta? Dê-me.

Cleópatra pôs a carta na mão dela. Olímpia a segurou, sem abrir, esperando. Cleópatra saiu e fechou silenciosamente a porta. Não se ouvia nenhum som na sala. A morte de Alexandre era algo entre eles dois, como fora sua vida. Cleópatra sentiu-se excluída. Isso também era uma velha história.

\* \* \*

Olímpia segurou com força a coluna ao lado da janela, sem sentir os entalhes que marcavam suas palmas. Um empregado que passava viu o rosto imóvel e pensou por um momento que era uma máscara trágica do teatro, suspensa na janela. Apressou o passo, temendo ser notado pelo olhar vazio. Olímpia olhava para o céu, na direção leste.

Fora vaticinado antes do nascimento dele. Talvez, enquanto ela dormia, a criança tivesse se movido em seu ventre — era inquieto, impaciente para começar a vida — e ela sonhou. Asas ondulantes de fogo saíram do seu corpo, batendo e crescendo até terem tamanho suficiente para levá-la até o céu. E o fogo continuava a sair do seu corpo, num êxtase, flutuando sobre as montanhas e os mares, até cobrir toda a Terra. Como um deus, ela via o mundo todo, flutuando no meio das chamas. Então, num instante, tudo desapareceu. Do monte escarpado e desértico onde a abandonaram, ela viu a fumaça subindo da terra negra, com trechos de brasas quentes como uma encosta queimada. Ela acordou assustada e estendeu a mão para o marido, mas estava grávida de oito meses e, havia muito tempo, ele havia encontrado outras camas. Ela ficou deitada até de manhã, pensando no sonho.

Quando, mais tarde, o fogo espalhava-se pelo mundo, ela havia pensado que toda a vida pereceria, que o tempo estava muito longe ainda e que ela não viveria para ver. Agora a profecia se realizava e ela só podia apertar as mãos sobre a pedra e pensar que não precisava ser assim. Não era sua característica aceitar a necessidade.

Na costa, onde as águas do Aqueronte e do Côcito se encontravam, situava-se o Império dos Mortos. Olímpia o procurara havia muito tempo, quando Alexandre, pelos interesses da mãe, desafiara o pai e os dois haviam se exilado ali onde estava agora. Lembrava-se do labirinto escuro e sinuoso, da poção sagrada, da libação de sangue que davam às sombras dos mortos força para falar. O espírito do seu pai, um leve vulto nas sombras, dissera com voz fraca que seus problemas logo terminariam e que a sorte lhe seria favorável.

Era uma longa jornada. Precisava sair ao nascer do dia. Faria a oferenda, tomaria a poção, entraria nas sombras e o filho viria para ela. Mesmo da Babilônia, do fim do mundo, ele podia vir... Seu pensamento foi interrompido. E se os primeiros a chegar fossem os que haviam morrido ali mesmo? Filipe, com a adaga de Pausânias enfiada no peito? Sua nova e jovem mulher, para quem Olímpia oferecera a escolha entre o veneno ou a forca? Mesmo para o espírito, mesmo para Alexandre, a Babilônia ficava a mais de trezentos quilômetros de distância.

Não, ela esperaria a chegada do seu corpo. Então, sem dúvida, o espírito estaria mais próximo. Depois de ver o corpo, o espírito não ia parecer tão estranho. Olímpia temia a estranheza. Quando ele partiu, era ainda um menino para ela e, agora, ia receber o corpo de um homem, quase na meia-idade. Seu espírito a obedeceria? Alexandre sempre a amara, mas raramente a obedecia.

O homem, o espírito, escapava do seu alcance. Ficou ali, completamente vazia. Então, sem ser chamado, vívido à vista e ao tato, veio o menino. O perfume do cabelo encostando em seu pescoço, os leves arranhões na pele fina, os joelhos sujos e esfolados, seu riso, sua ira, os olhos grandes e atentos. As lágrimas vieram então aos olhos dela e desceram pelo rosto, misturadas com a tinta dos cílios. Olímpia mordeu o próprio braço para abafar o grito de dor.

À noite, na frente do fogo, ela contava as antigas histórias sobre Aquiles, transmitidas oralmente, sempre lembrando ao filho que o sangue dos heróis que corria em suas veias vinha do seu lado da família. Quando ele começou a estudar, leu avidamente a *Ilíada*, ilustrando-a com o Aquiles das histórias. Na *Odisseia*, chegou ao relato da visita de Odisseu à terra das sombras. ("Foi na minha terra, Épiro, que ele falou com elas.") De forma lenta e solene, olhando o pôr do sol que tingia o céu de vermelho, ele proferira as palavras:

> *"Achilleus,*
> *Nenhum homem antes foi mais abençoado que você, nenhum jamais será. Antes, quando você estava vivo, nós, os argivos, o honrávamos como honramos os deuses; agora, neste lugar você tem grande autoridade sobre os mortos. Não, não se lamente, nem mesmo na morte, Achilleus."*
>
> *Assim eu falei, e ele me respondeu: "O brilhante Odisseu, jamais tente me consolar por ter morrido. Eu preferiria arar a terra, como servo de outro homem, um homem sem um pedaço de terra seu, com muito pouco para viver, a reinar sobre todos os mortos."*

Porque não chorava quando sentia dor, Alexandre jamais se envergonhava das próprias lágrimas. Ela viu os olhos dele cintilantes, fixos nas nuvens e compreendeu que era uma dor inocente, só por Aquiles, separado da esperança e de qualquer expectativa, mera sombra do seu passado glorioso, reinando sobre as almas dos homens de outrora. Ele não acreditava ainda na própria mortalidade.

E disse, como se fosse ela quem precisasse ser tranquilizada, "mas Odisseu, afinal, o consolou por ter morrido, é o que diz aqui".

Assim eu falei, e a alma do veloz filho de Aiaco afastou-se com passos largos na campina de asfódelos,[4] feliz com o que eu dissera sobre seu filho e sobre o quanto ele era famoso.

— Sim — ela dissera. — E depois da guerra, seu filho veio a Épiro e nós dois descendemos dele.

Depois de pensar por um momento, ele perguntou:

— Aquiles ficaria feliz se nós também fôssemos famosos?

Ela havia se inclinado para afagar a cabeça dele.

— É claro que ficaria. Caminharia com passos largos no meio dos asfódelos, cantando de alegria.

Olímpia tirou a mão da coluna da janela. Sentia-se mal. Foi para o quarto, deitou-se na cama e chorou até sentir-se fraca demais para se levantar. Fechou os olhos e adormeceu. De madrugada, acordou com a lembrança da dor imensa, mas com as forças restauradas. Banhou-se, vestiu-se, pintou o rosto e foi para sua escrivaninha.

PARA PERDICAS, REGENTE DOS REINOS DA ÁSIA, PROSPERIDADE...

\* \* \*

No telhado de sua casa, a pequena distância de Pela, Cina e Eurídice praticavam lançamento de dardo.

Cina, como Cleópatra, era uma das filhas de Filipe, mas de um casamento menos importante. Sua mãe fora uma princesa ilíria e uma guerreira famosa, como permitiam os costumes do seu povo. Depois de uma guerra de fronteira contra seu formidável velho pai Bardelis, Filipe selara o tratado de paz com um casamento, como já fizera tantas vezes antes. A senhora Audata não teria sido a escolha de Filipe, para o próprio bem dela. Era uma mulher atraente; mas, com ela, Filipe tinha dificuldade para se lembrar do sexo da pessoa com quem dormia. Deu a ela atenção suficiente para fazer-lhe uma filha, dar às duas uma casa, mantê-las com conforto, mas raramente as visitava, até Cina ter idade para casar-se. Então ele a oferecera em casamento a seu sobrinho Amintas, filho de seu irmão mais velho, o mesmo que os macedônios haviam preterido, na infância, para dar o trono a Filipe.

Amintas, obediente à vontade que o povo expressara na Assembleia, tinha vivido pacificamente durante todo o reinado de Filipe. Só quando

---

4. Flores não identificadas, da mitologia clássica, que cobriam os prados do Elísio. (N. T.)

conspiradores planejavam o assassinato do rei foi que ele cedera à tentação e concordara em subir ao trono quando o crime fosse perpetrado. Por causa disso, quando descobriram sua parte na conspiração, Alexandre o havia levado a julgamento por traição, e a Assembleia, o condenado.

Cina, sua mulher, saíra da capital e fora viver em sua casa de campo. Ali havia criado a filha, ensinando a ela as artes marciais aprendidas com sua mãe ilírica. Era sua vocação, sua ocupação e ela sentia, instintivamente que algum dia lhe seriam úteis. Ela jamais havia perdoado a morte de Amintas. Sua filha, Eurídice, filha única de filha única, desde que se conhecia por gente sabia que devia ter nascido homem.

O centro da casa era um velho forte do tempo das guerras civis. A residência com telhado de palha fora construída mais tarde. Era no telhado do forte que a mulher e a menina treinavam, atirando os dardos num boneco de palha preso a um poste de madeira.

Um estranho podia pensar que eram irmãs. Cina tinha trinta anos e Eurídice, quinze. As duas tinham os traços do povo da Ilíria: eram altas, de rosto corado, atléticas. Com as túnicas masculinas curtas que usavam para o exercício, o cabelo preso numa trança, pareciam duas meninas de Esparta, uma terra da qual não sabiam quase nada.

O dardo deixara uma farpa de madeira na mão de Eurídice. Ela a retirou, e falando a língua dos escravos da Trácia, chamou o menino tatuado que retirava os dardos do alvo e os devolvia e mandou que ele aplainasse melhor a madeira. Enquanto ele trabalhava, sentaram-se num bloco de pedra construído para um arqueiro, e respiraram fundo o ar da montanha.

— Eu detesto a planície — disse Eurídice. — Isso sempre vai ser mais importante para mim do que qualquer outra coisa.

A mãe não ouviu. Estava olhando para o caminho na montanha que ia do povoado até os portões da sua casa.

— Está chegando um mensageiro. Venha, vamos trocar de roupa.

Desceram os degraus de madeira para o andar inferior e vestiram boas roupas. Um mensageiro era um acontecimento raro e eles sempre contavam o que viam.

A expressão séria e dramática do homem quase fez Cina perguntar do que se tratava, antes de quebrar o selo da carta, mas não seria apropriado, e ela o mandou comer alguma coisa enquanto lia a mensagem de Antípatro.

— Quem morreu? — perguntou Eurídice. — Foi Arrideu? — Havia impaciência em sua voz.

A mãe ergueu os olhos.

— Não. Foi Alexandre.

— *Alexandre!* — espantou-se ela, com mais desapontamento do que mágoa. Então, seu rosto se iluminou. — Se o rei está morto, não preciso me casar com Arrideu.

— Fique quieta! — exclamou a mãe. — Deixe-me ler a carta. — Sua expressão era agora de desafio, decisão, triunfo.

A filha perguntou, ansiosa:

— Não preciso me casar com ele, mamãe! Preciso? Preciso? — Cina voltou para ela os olhos brilhantes.

— Sim! Agora, é claro que precisa. Os macedônios o fizeram rei.

— *Rei?* Como podem fazer uma coisa dessas? Ele está melhor, está normal?

— Ele é irmão de Alexandre, isso é tudo. Vai manter o trono quente para o filho de Alexandre com a mulher bárbara. Se ela tiver um filho homem.

— E Antípatro diz que devo me casar com ele?

— Não, ele não diz. Ele diz que Alexandre havia mudado de ideia. Pode estar mentindo ou não, mas isso não importa.

Eurídice franziu as sobrancelhas grossas.

— Mas, se for verdade, significa que Arrideu está pior.

— Não, Alexandre teria nos avisado. O homem está mentindo, eu sei. Vamos esperar para ouvir o que Perdicas diz, na Babilônia.

— Oh, mamãe, não vamos à Babilônia. Não quero me casar com o idiota.

— Não o chame de idiota, ele é o rei Filipe. Deram a ele o nome do seu avô... Não está vendo? É um presente dos deuses. Eles querem que você corrija o erro cometido contra seu pai.

Eurídice desviou os olhos. Tinha menos de dois anos quando Amintas foi executado e não se lembrava dele. O pai tinha sido um peso durante toda a sua vida.

— Eurídice! — O tom autoritário a fez prestar atenção. Cina, resolvida a ser pai e mãe, saíra-se muito bem na empreitada. — Escute o que vou dizer. Você está destinada a grandes coisas, não a crescer numa aldeia como uma camponesa. Quando Alexandre lhe ofereceu seu irmão para selar a paz entre nossas famílias, eu compreendi que era o seu destino. Você é uma macedônia legítima e tem sangue real dos dois lados. Seu pai deveria ter sido rei. Se você fosse homem, eles a teriam escolhido na Assembleia.

A jovem ouvia com atenção crescente. O descontentamento se transformou num brilho de ambição em seus olhos escuros.

— Nem que eu tenha de morrer para isso — disse Cina —, você será rainha de fato.

\* \* \*

Peucestas, sátrapa da Pérsia, retirou-se da sala de audiências para seu quarto, decorado no estilo da província, exceto pela panóplia macedônica no suporte para armadura. Tirou o traje formal, vestiu uma calça folgada e calçou chinelos bordados. Era um homem alto e claro, com traços aristocráticos e usava o cabelo crespo à moda persa, mas quando Alexandre morreu, seguindo o costume persa, raspara completamente a cabeça, em vez de cortar bem curto como faziam na Macedônia. Para proteger a cabeça do frio, colocava seu barrete de trabalho, a *kyrbasia*, em forma de elmo, que lhe dava uma aparência de autoridade. O homem que ele chamara aproximou-se de olhos baixos e se prostrou para o cumprimento de praxe.

Peucestas olhou surpreso para ele, sem reconhecê-lo imediatamente, e depois estendeu a mão.

— Não, Bagoas. Levante. Sente-se.

Bagoas obedeceu, respondendo com um leve movimento dos lábios ao sorriso de Peucestas. Os olhos pareciam enormes, circundados pelas olheiras profundas, e a ossatura perfeita desenhava-se sob a escassa camada de carne. Não tinha nem um fio de cabelo na cabeça. Certamente quando começou a crescer, ele o raspara outra vez. Bagoas parecia uma máscara de marfim. *Sim, alguma coisa precisa ser feita por ele*, pensou Peucestas.

— Você sabe que Alexandre morreu sem deixar testamento?

O jovem eunuco fez um gesto de assentimento. Depois de uma breve pausa, respondeu:

— Sim. Ele não quis ceder.

— Verdade. E quando compreendeu que o destino comum do homem o reclamava, não podia mais falar. Do contrário, não teria esquecido seus servos fiéis... Você sabe, eu fiz vigília por ele no santuário de Sarápis. Foi uma longa noite, e tive muito tempo para pensar.

— Sim — concordou Bagoas —, aquela foi uma longa noite.

— Certa vez ele me disse que seu pai tinha uma propriedade perto de Susa, que foi injustamente confiscada e ele foi morto quando você era ainda muito jovem. — Não precisava acrescentar que o menino fora castrado, escravizado e vendido como objeto de prazer para Dario. — Se Alexandre pudesse falar, acho que teria deixado para você as terras do seu pai. Portanto, vou comprá-las do homem que as possui e dá-las a você.

— A generosidade do meu senhor é como a chuva no leito seco do rio. — A frase foi acompanhada por um elegante movimento de mão, como um reflexo impensado. Bagoas era cortesão desde os treze anos. — Mas meus pais estão mortos, assim como minhas irmãs, pelo menos assim espero, se tiveram sorte. Não tenho irmão e não terei filhos. Nossa casa foi completamente destruída pelo fogo. Para quem vou reconstruí-la?

*Ele ofereceu sua beleza ao túmulo*, pensou Peucestas, *agora espera a morte*.

— Contudo, seria uma satisfação para a alma do seu pai ver o filho restaurar a honra da sua casa ancestral.

Os olhos sem vida de Bagoas pareceram considerar o assunto como uma coisa infinitamente distante.

— Se o meu senhor, em sua magnanimidade me conceder algum tempo...

*Tudo que ele deseja é se livrar de mim*, pensou Peucestas. *Muito bem, não posso fazer mais do que isso.*

Naquela noite, Peucestas convidou Ptolomeu para jantar em sua casa; este partiria no dia seguinte para sua satrapia no Egito. Uma vez que provavelmente nunca mais se encontrariam, a conversa girou sobre recordações do passado. E então falaram sobre Bagoas.

— Ele fazia Alexandre rir — disse Ptolomeu. — Muitas vezes os vi rindo juntos.

— Não acreditaria se o visse agora. — Peucestas contou a entrevista daquela manhã. Falaram sobre outros assuntos, mas Ptolomeu, cuja mente não perdia nada, alegando ter muito a fazer no dia seguinte, retirou-se cedo.

A casa de Bagoas ficava no paraíso, a pouca distância do palácio. Era pequena, mas elegante, um lugar onde Alexandre costumava passar muitas noites. Ptolomeu lembrou os archotes próximos das portas, o som das harpas, flautas, do riso e, às vezes, o eunuco cantando com seu contralto suave.

À primeira vista, parecia toda escura. Chegando mais perto, notou a fraca luz amarelada numa das janelas. Um pequeno cão latiu. Depois de algum tempo, o criado sonolento espiou pela grade da porta e disse que seu amo já havia se retirado. Depois das cortesias de praxe, Ptolomeu foi até o lado da casa e aproximou-se da janela.

— Bagoas — disse, em voz baixa —, sou eu, Ptolomeu. Vou embora para sempre. Não quer se despedir de mim?

Depois de um momento, a voz leve e suave disse:

— Faça entrar o senhor Ptolomeu. Acenda as lamparinas. Traga vinho.

Ptolomeu entrou, educado, pediu para que fosse dispensada qualquer cerimônia, mas Bagoas insistiu. Quando o criado chegou com a vela, a luz cintilou na cabeça raspada do persa. Ele vestia ainda os trajes formais usados para a visita a Peucestas, amarrotados, como se tivesse dormido com eles, e abotoou rapidamente o casaco. Sobre a mesa Ptolomeu viu um tablete de cera com algumas linhas. O que estava meio apagado parecia o esboço de um rosto humano. Ele o empurrou, abrindo espaço para a bandeja com o vinho e agradeceu a Ptolomeu a honra da visita com maneiras impecáveis, olhando para ele com os olhos profundos e sem vida, entrecerrando-os enquanto o escravo acendia as lamparinas, como uma coruja exposta à luz do dia. *Ele parece louco*, pensou Ptolomeu. *Terei chegado tarde demais?*

— Você lamentou realmente a morte dele — disse Ptolomeu. — Eu também. Alexandre foi um bom irmão.

O rosto de Bagoas continuou impassível, mas as lágrimas desceram silenciosas dos olhos, como sangue de um ferimento aberto. Ele as enxugou com um gesto vago, como quem empurra para trás uma mecha teimosa de cabelo e voltou-se para servir o vinho.

— Devemos lágrimas a ele — afirmou Ptolomeu. — Ele teria chorado por nós. — Fez uma pausa e depois continuou: — Mas se os mortos se importam com as coisas pelas quais se importavam em vida, Alexandre deve estar precisando mais de seus amigos do que lágrimas.

A máscara de marfim, à luz das lamparinas transformou-se num rosto humano. Os olhos, onde o desespero era temperado pelo antigo hábito da fina ironia, fixaram-se em Ptolomeu.

— Sim? — tornou ele.

— Nós dois sabemos o que era mais valioso para ele. Enquanto viveu, honra e amor, e depois, fama imortal.

— Sim — disse Bagoas. — E então...?

A atenção combinava-se com um ceticismo profundo e cansado. *Por que não?*, pensou Ptolomeu. Três anos no labirinto de intrigas da corte de Dario antes de completar dezesseis anos, e ultimamente, sim, por que não?

— O que você viu depois da morte dele? Há quanto tempo está fechado aqui?

Erguendo os olhos escuros, imensos e desiludidos, Bagoas disse em voz baixa e inexpressiva:

— Desde o dia dos elefantes.

Por um momento, Ptolomeu não soube o que dizer. Aquela sombra humana parecia ameaçadoramente empedernida. Finalmente, falou:

— Sim, aquilo o teria enfurecido. Foi o que Nearco disse e eu também, mas estávamos em desvantagem.

— O anel teria ido para Cratero, se ele estivesse presente — observou Bagoas, respondendo às palavras não pronunciadas.

Na pausa que se seguiu, Ptolomeu considerou seu movimento seguinte. Bagoas parecia estar acordando de um longo sono, examinando os próprios pensamentos. Ergueu os olhos bruscamente.

— Alguém foi a Susa?

— Más notícias viajam rapidamente.

— Notícias? — questionou Bagoas, sem disfarçar a impaciência. — O que elas precisam é de proteção.

Então Ptolomeu se lembrou das palavras da sua esposa persa, Artacama, uma dama de sangue real, dada a ele por Alexandre. Ele disse que ia deixá-la com sua família até terminar o que tinha de fazer no Egito. Ptolomeu não gostava da ideia de um harém, não gostava do ambiente sufocantemente feminino e enclausurado, depois das heteras gregas, livres e fáceis. Queria que seu herdeiro fosse um puro macedônio e, na verdade, pedira a mão de uma das várias filhas de Antípatro, mas começaram as intrigas... Os olhos de Bagoas pareciam chegar à sua alma.

— Ouvi dizer... e tenho certeza de que é apenas um rumor infundado... que uma dama persa chegou de Susa para o harém da Babilônia, ficou doente e morreu. Mas...

A respiração de Bagoas sibilou entre os dentes cerrados.

— Se Estatira veio para a Babilônia — disse, em voz baixa —, é claro que ficou doente e morreu. Quando a bactriana soube pela primeira vez da minha existência, eu também teria morrido da mesma doença se não desse alguns dos doces a um cão.

Ptolomeu sentiu uma certeza nauseante. Estava com Alexandre em sua última visita a Susa e jantara com Sisigambis e sua família. Com pena e repulsa pensou que, se isso acontecera com a cumplicidade de Perdicas, seu objetivo estava mais do que justificado.

— A fama de Alexandre não tem sido bem servida desde que os deuses o receberam. Homens que não podem igualar sua grandeza de alma deviam pelo menos honrá-la.

Bagoas olhou pensativo para ele, com uma calma tristonha, como se estivesse no limiar de uma porta, pronto para sair, sem saber ao certo se valia a pena voltar.

— Por que veio me procurar? — perguntou.

*Os mortos não respeitam ninguém*, pensou Ptolomeu. *Ótimo, isso nos poupa tempo.*

— Vou dizer. Estou preocupado com o destino do corpo de Alexandre.

Bagoas mal se moveu, mas seu rosto mudou completamente, passando da letargia para uma expressão tensa e decidida.

— Eles fizeram o juramento! — disse ele. — Juraram no Estige.

— Juramento...? Oh, aquilo já acabou. Não estou falando da Babilônia.

Ptolomeu ergueu os olhos. Seu ouvinte acabara de voltar e a porta da vida se fechou atrás dele. Bagoas ficou atento, com o corpo rígido.

— Estão fazendo um sarcófago de ouro. Nada menos do que isso serviria para ele. Os artesãos vão levar um ano para terminar. Então, Perdicas o enviará para a Macedônia.

— Para a *Macedônia*!

A expressão de profundo choque quase assustou Ptolomeu, que estava falando dos costumes do seu povo. Muito bem, melhor assim.

— Esse é o costume. Ele não contou como sepultou o pai?

— Sim, mas foi *aqui* que eles...

— Meléagro? Um bandido e um idiota, e o bandido está morto, mas na Macedônia isso tudo é diferente. O regente tem quase oitenta anos e pode falecer antes da chegada do corpo. E seu herdeiro é Cassandro, de quem você já ouviu falar.

A mão delgada de Bagoas fechou-se com força.

— Por que Alexandre permitiu que ele vivesse? Se ao menos me tivesse dado permissão. Ninguém saberia.

*Não duvido*, pensou Ptolomeu, olhando para ele.

— Bem, na Macedônia, o rei é sepultado por seu herdeiro legítimo, para confirmar a sucessão. Assim, Cassandro estará à espera. Perdicas também, e ele reclamará a honra em nome do filho de Roxane e, se não houver nenhum filho, talvez em seu próprio nome. Há também Olímpia, que é uma inimiga poderosa. Será uma guerra feroz. Mais cedo ou mais tarde, quem estiver com o ataúde vai precisar do ouro.

Ptolomeu olhou para ele por um momento, depois desviou os olhos. Ele o havia procurado, lembrando o favorito epiceno, elegante, devotado, sem dúvida, mas sempre uma frivolidade, o brinquedo de dois reis. Não esperava encontrar aquela dor profunda e íntima, aquela austeridade quase religiosa. Que lembranças se moviam atrás daqueles olhos enigmáticos?

— Então — disse Bagoas, inexpressivo —, foi por isso que veio?

— Foi. Eu posso evitar isso, se tiver a ajuda de uma pessoa de confiança.

Bagoas disse quase para si mesmo:

— Nunca pensei que fossem levá-lo. — Parecia muito cansado. — O que pretende fazer?

— Se eu souber quando o sarcófago vai partir, marcharei para o Egito, para recebê-lo. Então, se puder contar com a escolta... acho que posso... eu o levarei para a cidade dele, e o sepultarei em Alexandria.

Ptolomeu esperou. Sentiu que era avaliado. Pelo menos não havia ressentimentos entre eles. Embora nada satisfeito quando Alexandre dera a um persa seu coração e sua cama, Ptolomeu sempre mantivera distância do favorito, mas nunca o tratara com insolência. Mais tarde, quando ficou claro que o jovem não era mercenário nem ambicioso, simplesmente uma concubina discreta e educada, seus encontros ocasionais eram descontraídos e calmos. Entretanto, não era possível dormir com dois reis e continuar ingênuo. Evidentemente Bagoas estava examinando suas possibilidades.

— Você está pensando no que vou ganhar com isso; e por que não? Muita coisa, é claro. Pode até me fazer rei, mas... e isso eu juro perante os deuses... jamais rei da Macedônia ou da Ásia. Nenhum homem vivo pode usar o manto de Alexandre, e os que procurarem vesti-lo serão destruídos. O Egito eu posso governar como ele queria que fosse governado. Você nunca esteve lá, foi antes do seu tempo, mas Alexandre orgulhava-se de Alexandria.

— Sim — replicou Bagoas. — Eu sei.

— Eu estava com ele quando foi ao oráculo de Amon, em Siwah, no deserto, para saber o seu destino.

Ptolomeu começou a contar. Quase imediatamente a expressão experiente e alerta desapareceu do rosto de Bagoas, substituída pela atenção absorta de uma criança. Quantas vezes, pensou ele, aquele olhar devia ter encorajado Alexandre a contar a mesma história! A memória do jovem devia ser como um pergaminho escrito. Mas, ouvir de outra pessoa, podia talvez acrescentar algum detalhe novo e precioso, algum ponto de vista diferente.

Assim, Ptolomeu descreveu com detalhes a marcha no deserto, a chuva salvadora, os corvos que serviram de guia, as serpentes, as misteriosas vozes da areia, os grandes oásis com seus lagos, bosques de palmeiras e andarilhos com mantos brancos, a acrópole rochosa onde ficava o templo, com o átrio famoso onde o deus se manifestava.

— Havia uma fonte numa bacia de rocha vermelha, onde fomos lavados, bem como nossas oferendas de prata e ouro, purificando-as e aos nossos corpos para o deus. A água era gelada no ar quente e seco. É claro que não purificaram Alexandre. Ele era o faraó. Tinha divindade própria. Eles o conduziram ao santuário. Lá fora, a luz era branca e trêmula e tudo parecia dançar no ar. A entrada parecia preta como a noite. Pensamos que a diferença ia ofuscá-lo por um momento, mas ele entrou como se tivesse os olhos fixos em montanhas distantes.

Bagoas inclinou a cabeça afirmativamente, como quem diz: "É claro, continue".

— Então ouvimos vozes cantando, harpas, címbalos e sistros, e o oráculo apareceu. Não havia espaço para ele dentro do santuário. Alexandre ficou ali, observando, no escuro.

"Os sacerdotes saíram, quarenta pares, vinte na frente e vinte atrás do deus. Eles o carregavam como se fossem uma liteira, com longas varas sobre os ombros. O oráculo é um barco. Não sei por que o deus tem de falar através de um barco em terra. Amon tinha um santuário muito bom em Tebas. Alexandre dizia que ele devia ter chegado pelo rio."

— Fale sobre o barco — disse Bagoas, como uma criança ouvindo uma história antes de dormir.

— Era longo e leve, como as balsas dos caçadores de pássaros no Nilo, mas todo recoberto de ouro, com oferendas de ouro e prata penduradas, todo o tipo de objetos preciosos, balançando, cintilando e tilintando. No centro estava a Presença do deus. Uma simples esfera.

"O sacerdote saiu para o átrio com a pergunta de Alexandre escrita numa tira de ouro dobrada ao meio. Ele a colocou no chão, na frente do deus, e rezou na sua língua. Então o barco começou a adquirir vida. Ficou onde estava, mas não era mais um objeto inanimado."

— Você viu — disse Bagoas, de repente. — Alexandre disse que estava muito longe.

— Sim, eu vi. Os homens que o carregavam continuavam impassíveis, esperando, mas eram como pedaços de madeira na água parada do remanso de um rio, antes de serem levados pela corrente. O rio ainda não se move, mas você sabe que ele está debaixo de tudo aquilo.

"A pergunta brilha ao sol. Os címbalos passam a um ritmo mais lento, as flautas soam mais alto. Então, os carregadores começam a balançar sem sair do lugar, exatamente como galhos na superfície da água. Você sabe como o deus responde, para trás é não, para a frente é sim. Eles se moveram para a frente como uma tira de alga, uma fileira de folhas, pararam diante da pergunta, e a proa do barco inclinou-se. Então soaram as trombetas, nós sacudimos as mãos no ar e demos vivas.

"Esperamos então que Alexandre saísse do santuário. Fazia calor. Pelo menos era o que pensávamos antes de conhecermos Gedrósia."

Um leve sorriso foi a resposta. Eram ambos sobreviventes daquela marcha terrível.

— Finalmente ele saiu com o sacerdote supremo. Acho que havia acontecido muito mais do que ele pretendia perguntar. Alexandre saiu, mistificado ainda. Então, eu me lembro, ele piscou na luz brilhante e clara e protegeu os olhos com a mão encostada na testa. Ele nos viu, olhou em nossa direção e sorriu.

Alexandre, na verdade, sorrira para Heféstion, mas não precisava dizer isso.

— O Egito o amava. Eles o receberam com hinos, como seu libertador do domínio persa. Ele honrou todos os templos profanados por Ochus. Eu gostaria que você o tivesse visto planejando Alexandria. Não sei em que ponto está a construção. Não confio no governador, mas sei o que ele queria e, quando chegar lá, vou providenciar para que seja feito. Uma única coisa ele não determinou. O jazigo onde devemos honrá-lo, mas conheço o lugar; fica de frente para o mar. Lembro-me dele de pé, olhando para longe.

Os olhos de Bagoas estavam fixos num ponto de luz, na taça de prata. Ele os ergueu.

— O que você quer que seja feito?

Em silêncio, Ptolomeu conteve a respiração. Sim, tinha chegado a tempo.

— Fique aqui, na Babilônia. Você recusou a oferta de Peucestas, ninguém mais lhe dará atenção. Aceite com calma se tomarem sua casa para dar a alguma criatura de Perdicas. Fique até o sarcófago estar pronto e saber quando vai partir. Então procure-me. Você terá uma casa em Alexandria, perto do jazigo dele. Sabe que não pode ter isso na Macedônia.

*Na Macedônia*, pensou ele, *as crianças atirariam pedras nele, na rua, mas ele sabe disso, não preciso ser cruel.*

— Quer selar com um aperto de mão? — perguntou Ptolomeu, estendendo a mão direita, grande e forte, calejada pela lança e pela espada, as linhas bem visíveis quando a abriu perto da luz. Pálida, esguia e gelada, a mão de Bagoas a segurou num aperto firme e decidido. Ptolomeu lembrou que ele fora dançarino.

\* \* \*

Num último e violento espasmo, Roxane sentiu a cabeça da criança sair do seu corpo. Mais suavemente, para seu alívio, manejado pelas mãos hábeis da parteira, o corpo molhado deslizou para fora. Roxane estendeu as pernas, molhada de suor e ofegante, e então ouviu o choro zangado da criança.

Com voz exausta e estridente perguntou:

— Um menino? É um menino?

As vozes ergueram-se em coro, aclamando, elogiando, desejando boa sorte. Roxane deu um gemido de triunfo. A parteira ergueu o bebê, preso ainda no cordão branco-azulado. Perdicas saiu de trás do biombo, de onde assistira atentamente ao parto, verificou o sexo da criança recém-nascida, murmurou a frase convencional de bons presságios e saiu da sala.

O cordão foi cortado, a placenta, expelida, mãe e filho foram lavados com água de rosas, enxugados e ungidos. Alexandre IV, rei da Macedônia e da Ásia, foi posto nos braços da mãe.

Ele se aconchegou, procurando calor, mas Roxane o segurou com os braços estendidos para vê-lo melhor. O menino tinha cabelos escuros.

A parteira, tocando a penugem macia disse que era cabelo de recém--nascido e que cairia com o tempo. O bebê estava ainda vermelho e enrugado, o rosto franzido com a indignação de todo recém-nascido, mas Roxane percebeu a pele morena, não clara e rosada. Ele seria moreno, um bactriano. E por que não? Sozinho no ambiente hostil e estranho, sentindo falta do conforto do ventre, ele começou a chorar.

Ela o deitou sobre o próprio corpo para descansar os braços. Ele se calou. A escrava com o leque de penas voltou para o lado da cama. Depois da azáfama, as mulheres com passos leves e silenciosos começaram a arrumar os aposentos da esposa real. Lá fora, o átrio com o lago dos peixes cintilava ao sol de inverno. A luz refletia na penteadeira e no conjunto de ouro e prata que pertencera a Estatira, ao lado da sua caixa de joias. Tudo era triunfo e tranquilidade.

A ama entrou para ajeitar o berço real antigo, revestido de ouro e marfim amarelado pelo tempo. Roxane cobriu a criança adormecida com a colcha. Sob seus dedos, quase escondida pelo bordado intrincado, havia uma mancha de sangue.

Roxane sentiu náuseas. Quando ela se mudou para o quarto, os móveis, as cortinas e tapeçarias haviam sido trocados. Só a cama, que era muito boa, permanecia a mesma.

Ficara de pé, imóvel, enquanto Estatira contorcia-se de dor, estendendo a mão para ela e pedindo, "ajude-me, ajude-me", enquanto manuseava desajeitadamente suas roupas. Roxane levantou a roupa dela para ver o inimigo derrotado, o rival do seu filho, chegar nu ao mundo que ele jamais governaria. Seria verdade que aquela coisa pequenina tinha aberto a boca e chorado? A criança, ao lado dela, sentindo a pressão dos dedos crispados da mãe, chorou alto.

— Quer que eu o leve comigo, senhora? — indagou a ama, timidamente. — A senhora não quer dormir um pouco?

— Mais tarde. — Ela abriu a mão, a criança parou de chorar, aconchegando-se outra vez ao corpo dela.

Ele era o rei, e ela, a mãe do rei, ninguém podia tirar isso dela.

— Onde está Amestrin? Amestrin, quem pôs esta coberta imunda na minha cama? Cheira mal, está suja. Dê-me outra limpa. Se eu a vir outra vez, suas costas vão sentir.

Depois de muita agitação, encontraram outra coberta. A tradicional, resultado de um ano de trabalho nos tempos de Artaxerxes, desapareceu do quarto. A criança dormiu. Roxane, cansada do trabalho de parto, cochilou. Em sonho, ela viu a criança semiformada com o rosto de Alexandre, em meio ao sangue, os olhos cinzentos olhando furiosos para ela. O medo a acordou, mas tudo estava bem. Ele estava morto e não podia fazer nada. Seu filho governaria o mundo. Roxane voltou a dormir.

# 322 a.C.

O exército do rei Filipe estava acampado nas colinas pisidianas. Perdicas, com a armadura manchada de sangue e suja de cinzas, andava com cuidado por uma trilha de pedra cheia de homens mortos e armas abandonadas. Acima dele, em volta da nuvem de fumaça malcheirosa, os abutres e as águias carniceiras esperavam, uma vez ou outra dando mergulhos exploratórios, seu número aumentando à medida que aumentava o banquete. Os macedônios, mais ousados que os pássaros, saqueavam as ruínas calcinadas de Isaura.

Poupados por Alexandre por terem capitulado sem luta, os isaurianos haviam recebido ordens para demolir o forte por onde costumavam atacar os vizinhos, e viver em paz. Durante a longa ausência de Alexandre, eles mataram o sátrapa e retornaram os costumes antigos. Dessa vez, com remorso, ou talvez por confiarem menos em Perdicas do que em Alexandre, eles defenderam seu ninho no alto da montanha, até o fim. Quando suas defesas externas diminuíram, trancaram em suas casas todos os seus pertences, suas mulheres e filhos, puseram fogo na madeira e na palha e ao som infernal das chamas altas, atiraram-se sobre as lanças dos macedônios.

Depois de quase quinze anos de guerra, Perdicas era quase à prova de pesadelo. Dentro de poucos dias ele estaria contando a história num jantar, mas com o cheiro de carne queimada ainda no ar, achou que era o bastante para aquele dia. Assim, foi com satisfação que recebeu o aviso de que um mensageiro o esperava no acampamento, no sopé da montanha. Seu irmão Alquetas, um homem calejado na guerra e o segundo em comando, providenciaria a raspagem das cinzas para procurar ouro e prata semiderretidos. Seu elmo estava quente como brasa. Ele o tirou e enxugou o suor da testa.

Filipe saiu da tenda real de couro tingido e blasonado e correu em sua direção.

— Nós vencemos? — perguntou ele.

Filipe insistia em usar a couraça e as grevas. No tempo de Alexandre, quando ele acompanhava o exército, usava trajes civis, mas agora que era rei, conhecia os seus direitos. Na verdade, estava ansioso para lutar, mas acostumado a obedecer, não insistiu, uma vez que Alexandre jamais permitira.

— Você está coberto de sangue — disse ele —, deve procurar um médico.

— O que preciso é de um banho. — Sozinho com seu soberano, Perdicas dispensava toda formalidade. Contou a ele só o que o rei precisava saber, foi para sua tenda, lavou-se, vestiu uma túnica e mandou entrar o mensageiro.

O homem foi uma surpresa. A carta que entregou era reticente e formal e ele tinha muito a dizer. Um homem de sessenta e poucos anos, grisalho e forte, com um polegar perdido em Gaugamela, era um pequeno nobre macedônio e não tanto um mensageiro quanto um emissário.

Com um orgulho tingido de desconfiança, Perdicas releu a carta procurando tempo para pensar. *Para Perdicas, regente dos reinos da Ásia, de Cleópatra, filha de Filipe e irmã de Alexandre, saudações.* Depois dos votos de praxe, a carta chamava a atenção para o fato de serem primos, lembrava seus serviços notáveis a Alexandre e propunha uma conferência para discutir *assuntos que dizem respeito ao bem-estar de todos os macedônios.* Os assuntos não eram especificados. O último parágrafo revelava que a rainha já havia partido para Dodona.

O emissário, procurando parecer despreocupado, girava na mão a taça de vinho. Perdicas pigarreou.

— Devo esperar que, se eu pedir a honra da mão da senhora Cleópatra, meu pedido será bem recebido?

O emissário disse, com um sorriso tranquilizador:

— Até agora, os reis têm sido eleitos só pelos macedônios na Ásia. Os que estão na nossa terra natal gostariam de ter sua oportunidade para escolher.

Perdicas tivera um dia terrível e estafante, embora bem-sucedido. Voltara para um banho, um descanso e uma bebida, não para receber, sem aviso prévio, a oferta do trono da Macedônia. Disse, com certa frieza:

— Essa felicidade estava além das minhas esperanças. Eu temia que ela estivesse ainda de luto por Leonato.

O veterano, a quem o empregado de Perdicas servira vinho enquanto ele esperava, recostou-se na cadeira. O vinho era forte, com pouca água, como Perdicas precisava naquele momento. O diplomata cedeu lugar ao soldado.

— Senhor, posso dizer por que ele foi a primeira escolha dela, se é que importa. Ela se lembrava dele do tempo da sua infância, em casa. Certa vez, quando era menino, Leonato subiu em uma árvore para salvar o gato de Cleópatra. Sabe como são as mulheres.

— E no fim, acredito que não chegaram a se encontrar?

— Não. Quando ele veio da Ásia para lutar contra os gregos do Sul, só teve tempo de organizar seu exército na Macedônia e partir para a guerra. Infelizmente ele caiu antes da nossa vitória.

— Uma pena que os soldados tenham sofrido tanto. Ouvi dizer que ele lutou enquanto pôde manter-se de pé. Um homem bravo, mas não na qualidade de rei?

— Foi sorte dela — disse o soldado, sem rodeios. — Todos os amigos disseram isso. Foi um capricho, e ela logo se consolou. Por sorte, agora teve tempo para pensar melhor. — Estendeu a taça, e Perdicas serviu-lhe mais vinho. — Se ela o tivesse visto, senhor, em Gaugamela...

A palavra conduziu a conversa para as reminiscências. Quando voltaram ao assunto da carta, Perdicas disse:

— Suponho que na verdade ela queira se ver livre de Olímpia.

O emissário, corado e descontraído, apoiou o braço na mesa e disse:

— Senhor. Deixe-me lhe dizer, aqui entre nós: aquela mulher é uma górgona. Ela está devorando aquela pobre moça, pedaço por pedaço, a ponto de ela não ser mais dona da sua casa, muito menos do reino. Não que ela seja fraca, mas como está, sem um homem para defendê-la, não pode lutar contra Olímpia. Os molossos a tratam como uma rainha. Ela *é* uma rainha. Parece uma rainha; tem a força de um rei. E é a mãe de Alexandre.

— Ah. Sim... Então Cleópatra quer deixar Dodona e tentar a Macedônia?

— Ela é filha de Filipe.

Perdicas pensou depressa e disse:

— Ela tem um filho do falecido rei. — Não queria tomar conta de um enteado.

— *Ele* será herdeiro em sua terra, a avó se encarregará disso. Agora, a Macedônia... Nenhuma mulher já reinou na Macedônia, mas a filha de Filipe, casada com um parente real que já governou como um rei... — Como se só então tivesse lembrado, ele tirou da bolsa do cinto um pequeno volume envolto em lã bordada. —- Ela mandou isto, uma vez que há muito tempo o senhor não a vê.

O retrato tinha sido pintado artisticamente, com cera sobre madeira. Mesmo descontando as convenções que aplainavam a personalidade como se fosse um defeito, via-se que era filha de Filipe. O cabelo farto, as sobrancelhas espessas e curvas, o rosto quadrado e firme desafiavam a insipidez bem-intencionada do artista. Perdicas pensou, *dois anos mais jovem que Alexandre — com cerca de 31 anos.*

— Uma dama graciosa e de porte régio — disse, em voz alta. — Um belo dote por si mesma, com reino ou não. — Para ganhar tempo, disse mais algumas frases desse tipo. Era grande o perigo, e também a ambição. Alexandre o ensinara havia muito tempo a avaliar, decidir e agir.

— Bem — disse ele —, é um assunto sério. Ela precisa de algo mais do que uma resposta positiva. Deixe-me pensar no assunto. Quando jantar conosco esta noite, direi a todos que trouxe uma carta de Olímpia. Ela sempre escreve.

— Eu trouxe uma. Ela aprova, como o senhor já deve ter imaginado.

Perdicas pôs de lado o pergaminho espesso, chamou o criado para conduzir o hóspede aos seus aposentos e, sozinho, sentou-se apoiado com os cotovelos na mesa rústica de acampamento e colocou a cabeça entre as mãos.

Assim o encontrou o irmão Alquetas, cujos servos carregavam sacos com ouro manchado e semiqueimado, taças, braceletes, colares e moedas. Os isaurianos eram hábeis ladrões. Quando os escravos saíram, ele mostrou a Perdicas o resultado do saque e ficou aborrecido com a distração do irmão.

— Não está ficando fraco, está? — questionou ele. — Você estava na Índia, quando os homens pensaram que Alexandre fora morto pelos homens de Malo. Depois daquilo, devia ter um estômago mais forte.

Perdicas olhou para ele, irritado.

— Conversamos depois. Êumenes já voltou para o acampamento? Vá procurá-lo. Ele pode tomar banho e comer mais tarde. Preciso vê-lo agora.

Êumenes apareceu logo depois, de banho tomado, cabelo penteado e roupa limpa. Estava em sua tenda ditando os eventos do dia para Jerônimo, um jovem estudante que, sob sua orientação, escrevia uma crônica daquele tempo. Seu corpo leve e compacto estava enrijecido e bronzeado por causa da campanha. Logo ele partiria para o Norte, a fim de estabelecer a ordem em sua satrapia da Capadócia. Saudou Perdicas com atitude calma e alerta, sentou-se e leu a carta que Perdicas lhe entregou. No fim, ergueu levemente as sobrancelhas.

Levantando os olhos do papel, ele disse:

— O que ela está oferecendo? A Regência ou o trono?

Perdicas compreendeu perfeitamente a pergunta: o que você pretende aceitar?

— A Regência. Do contrário, não estaria falando com você agora.

— Leonato foi indiscreto — lembrou Êumenes. — E depois achou que eu sabia demais.

Na verdade, Êumenes escapara por pouco da morte quando afirmou sua lealdade ao filho de Alexandre.

— Leonato era um tolo. Os macedônios teriam cortado seu pescoço e cortarão o meu se eu deserdar o filho de Alexandre. Se eles o elegerem, quando atingir a idade, tudo bem, mas é filho da bactriana e nessa época talvez já não o estimem tanto. Então veremos. Enquanto isso, eu terei sido rei em tudo, exceto no nome, por mais de quinze anos e não vou me queixar.

— Não — concordou Êumenes —, mas Antípatro não vai gostar.

Perdicas recostou-se na cadeira de couro de campanha e estendeu as longas pernas para a frente.

— Esse é o ponto crucial. Quero seu conselho. O que devo fazer com Nicaia?

— É uma pena, realmente — disse o grego —, que Cleópatra não tenha escrito alguns meses antes. — Refletiu por algum tempo, como um matemático procurando resolver um teorema. — Você não precisaria dela agora, mas já enviou os presentes de noivado. Ela é filha do regente. E está a caminho.

— Eu a pedi em casamento cedo demais. Tudo parecia um caos. Achei que seria bom fazer um aliado enquanto podia... Alexandre jamais teria se comprometido desse modo. *Ele* só fazia alianças quando podia determinar os termos.

Ultimamente era raro Perdicas fazer autocrítica. *Deve estar perturbado*, pensou Êumenes. Bateu de leve com os dedos na carta. Perdicas notou que até as unhas dele estavam limpas.

— Antípatro lança as filhas como um pescador lança suas iscas.

— Bem, eu mordi a isca. E agora?

— Você mordeu a isca, mas o anzol não está ainda no seu estômago. Vamos pensar.

Êumenes cerrou os lábios numa linha fina. Mesmo em campanha, ele se barbeava todos os dias. Ergueu os olhos e disse, decidido:

— Fique com Cleópatra. Aceite-a agora. Mande uma escolta ao encontro de Nicaia para dizer a ela que você está doente, ferido. Seja delicado, mas faça-a voltar para casa. Faça isso imediatamente, antes que Antípatro tenha tempo de se preparar. Do contrário, se ele descobrir a verdade, não se pode calcular como ou quando ele agirá antes de *você* estar preparado.

Perdicas mordeu o lábio. Parecia uma decisão imediata e decisiva, provavelmente o que Alexandre teria feito, com a diferença de que ele jamais entraria numa situação como aquela. Entre essas dúvidas, surgiu uma ideia perturbadora. Êumenes odiava Antípatro. O regente o tratava com desprezo desde que ele era um simples secretário, promovido por Filipe por causa de sua mente ágil. O velho homem conservava todos os preconceitos do seu povo contra os homens afetados, caprichosos e instáveis do Sul. A lealdade de Êumenes, sua atuação notável na guerra, nada disso fazia diferença para Antípatro. Mesmo quando ele estava na Ásia, como primeiro-secretário de Alexandre, muitas vezes Antípatro tentava ignorar sua autoridade. Alexandre, irritado com essa atitude, fazia questão de enviar suas respostas sempre por meio de Êumenes.

Agora, aconselhado a queimar seus navios, Perdicas hesitava. Êumenes disse a si mesmo que aquilo era uma velha inimizade, do tipo que deforma o julgamento de um homem.

— Sim — disse ele, fingindo gratidão —, você tem razão. Enviarei um emissário com uma carta amanhã mesmo.

— É melhor mandar uma mensagem oral. Cartas podem extraviar-se.

— Mas direi a Cleópatra que já estou casado com Nicaia. Será verdade quando a mensagem chegar. Pedirei a ela para esperar até que eu possa me libertar decentemente. Direi que o palácio de Sardes está à sua disposição e pedirei para nos considerar noivos, em segredo. Isso me dará tempo e espaço para elaborar estratégias.

Vendo que Êumenes o observava em silêncio, Perdicas achou que devia uma explicação.

— Se o único problema fosse Antípatro... mas não me agrada o que tenho ouvido sobre Ptolomeu. Ele está formando um exército muito poderoso no Egito. Basta um sátrapa transformar sua província em reino, e o império desmorona. Devemos esperar um pouco e ver o que ele está planejando.

\* \* \*

O sol fraco de inverno, passando pela janela entre colunas, iluminava a pequena sala de audiências de Ptolomeu. Era uma bela casa, quase um pequeno palácio, construído para sua moradia pelo antigo administrador, executado por Ptolomeu sob acusação de opressão. Ficava numa pequena elevação de onde se avistavam as novas ruas retas e os belos edifícios públicos, com suas pedras claras e conservadas, levemente pintadas e revestidas de ouro. Novos cais e ancoradouros erguiam-se no porto. Guindastes e tapumes circundavam alguns templos quase em final de construção, planejados por Alexandre. Outro templo, não tão adiantado, mas que prometia ser mais imponente, começava a ser erguido perto do porto, de onde controlaria a situação dos navios que chegavam.

Ptolomeu teve uma manhã atarefada, mas gratificante. Tinha conversado com o arquiteto-chefe, Denócrates, sobre as esculturas dos templos, com alguns engenheiros que substituíam canais insalubres por escoadouros cobertos e com os chefes de vários departamentos, aos quais ele restituíra o direito de cobrar impostos. Para os egípcios, que haviam sofrido sob o comando de seu predecessor, significava quase cinquenta por cento de redução de impostos. O antigo administrador, um homem ambicioso, resolvido a executar sua comissão e enriquecer ao mesmo tempo, decretara impostos pesados e trabalho forçado, extorquira fortunas por meio de ameaças de matar os crocodilos sagrados ou demolir povoados inteiros para construir novos edifícios (o que ele faria no final, depois de deixá-los na miséria). Além disso, fizera tudo em nome de Alexandre, o que provocou tamanha fúria em Ptolomeu que ele se envolvera na administração como um fogo consumidor. Tudo isso contribuiu para a sua popularidade.

Agora Ptolomeu estava ocupado com o alistamento. Perdicas só permitira dois mil homens, quando havia assumido a satrapia. Ao chegar, Ptolomeu encontrara a guarnição quase amotinada, com o pagamento atrasado e os homens sem nenhum interesse pela carreira militar. As coisas estavam diferentes agora. Ptolomeu não tinha sido o mais brilhante comandante de Alexandre, mas era confiável, tinha iniciativa, era bravo e leal, qualidades que Alexandre valorizava, e, acima de tudo, sabia como cuidar dos seus homens. Lutara sob o comando de Filipe antes de Alexandre receber seu primeiro comando. Pupilo de dois grandes mestres, aprendeu muito com ambos. Merecedor da confiança dos soldados, suficientemente temido e apreciado, era dado a pequenas demonstrações de interesse pessoal. Antes de completar o primeiro ano, milhares de veteranos instalados em Alexandria começaram a se realistar, e agora voluntários chegavam por terra e mar.

Ptolomeu não permitiu que isso aumentasse suas ambições. Conhecia os próprios limites e não desejava a tensão do poder sem fronteiras. Tinha o que sempre desejara, estava satisfeito e pretendia conservar o que havia conseguido. Com alguma sorte, talvez aumentar um pouco. Seus homens eram bem-pagos, bem-alimentados e, acima de tudo, bem-treinados.

— Ora, Menandro! — disse ele, calorosamente quando entrou o último pretendente. — Pensei que você estivesse na Síria. Muito bem, é uma escalada mais fácil do que a do Rochedo sem Pássaros. Você chegou aqui sem precisar de corda.

O veterano, reconhecido como um herói daquele famoso ataque, sorriu satisfeito, sentindo que, depois de uma guerra incerta, chegara ao seu lugar. Depois da entrevista agradável, Ptolomeu resolveu descansar no seu santuário íntimo. Seu camareiro, um egípcio muito discreto, bateu de leve na porta.

— Meu senhor — murmurou ele —, o eunuco do qual o senhor falou acaba de chegar da Babilônia.

O nariz quebrado, no rosto de linhas fortes de Ptolomeu, apontou como o focinho de um cão de caça sentindo o cheiro da presa.

— Eu falo com ele aqui — comunicou ao camareiro.

Esperou no frescor agradável do quarto decorado no estilo grego. Bagoas entrou.

Ptolomeu viu um cavalheiro persa, sóbrio em seu traje cinza, equipado para viagem com um cinturão para espada, os encaixes alargados pelas armas deixadas lá fora. Deixara o cabelo crescer e as pontas formavam uma franja em volta do chapéu redondo de feltro. Bagoas estava belo, esbelto, distinto e não demonstrava a idade. Ptolomeu supôs que ele devia ter 24 anos.

Ele fez a genuflexão graciosa devida a um sátrapa, foi convidado para se sentar e aceitar um copo de vinho que estava à disposição desde cedo. Ptolomeu fez as perguntas de praxe sobre sua saúde e sobre a viagem. Sabia que não deveria se precipitar com um persa. Era evidente que o encontro noturno no paraíso devia ser lembrado apenas em sua essência. A etiqueta deveria ser obedecida. Lembrou-se dos infinitos recursos diplomáticos de Bagoas, nos velhos tempos.

Observadas à risca as cortesias, ele perguntou:

— Quais são as novidades?

Bagoas pôs a taça de vinho na mesa.

— Vão trazê-lo da Babilônia dentro de dois meses.

— E o comboio? Quem está no comando?

— Arribas. Ninguém se opôs à escolha.

Ptolomeu suspirou, aliviado. Antes de marchar para o Sul, ele propusera àquele oficial desenhar e supervisionar o sarcófago, mencionando seus conhecimentos. Arribas projetara vários santuários importantes para Alexandre e sabia como tratar os artesãos. Não contou que ele servira na Índia sob o comando de Ptolomeu e mantinha um excelente relacionamento com seu comandante.

— Eu esperei — continuou Bagoas — até ter certeza. Eles vão precisar dele, para o caso de algum acidente, para reparar qualquer avaria no sarcófago.

— Então sua viagem foi rápida.

— Eu vim pelo Eufrates, e depois, montado em camelo, até Tiro. O restante, por mar. Quarenta dias ao todo.

— Terá tempo para descansar e estar na Babilônia antes da partida deles.

— Se Deus permitir. Quanto ao sarcófago, em cem dias dificilmente chegará à costa. Os homens já estão trabalhando na estrada para facilitar a passagem. Arribas calcula que poderão percorrer dezesseis quilômetros por dia, em solo plano, ou oito, nas montanhas, se o carro for puxado por 64 mulas. Da Ásia à Trácia, pretendem atravessar o Helesponto.

A loucura tranquila da casa no parque real desaparecera. Ele falava com a concentração de um homem que vinha seguindo seu objetivo. Parecia bem-disposto depois da longa jornada.

— Então você o viu? — perguntou Ptolomeu. — É digno de Alexandre?

Bagoas pensou por um momento e disse:

— Sim, eles fizeram tudo o que os homens podem fazer.

*Arribas devia ter suplantado a própria arte*, pensou Ptolomeu.

— Venha até a janela. Quero que veja uma coisa.

Apontou para o templo que se erguia de frente para o mar, azul pálido sob o céu tranquilo, cintilando entre as colunas inacabadas.

— Lá está o santuário dele.

Por um momento, o rosto reticente se iluminou e refulgiu. Exatamente, lembrou Ptolomeu, como se iluminava e refulgia o rosto do menino persa quando Alexandre passava no desfile da vitória.

— Deve ficar pronto em um ano. Os sacerdotes de Amon gostariam que ele fosse para Siwah, dizem que era o desejo de Alexandre. Pensei no assunto, mas acho que este é o lugar dele.

— Quando vir o sarcófago, senhor, saberá que jamais poderá ir para Siwah. Se as rodas se enterrarem na areia, nem uma parelha de elefantes conseguirá retirá-lo... Aquele é um belo templo. Devem ter trabalhado muito rápido para que a construção esteja tão adiantada.

Ptolomeu esperava isso e disse, com voz suave:

— Começaram antes da minha vinda. O projeto foi aprovado por Alexandre. É o templo que ele encomendou para Heféstion... Não sabia que ele mesmo ia precisar do lugar tão cedo.

O rosto de Bagoas tornou-se outra vez inexpressivo, e ele olhou em silêncio para as pedras iluminadas pelo sol.

— Heféstion o teria dado a ele — disse, com a voz calma. — Teria dado qualquer coisa a Alexandre.

*Exceto seu orgulho*, pensou Ptolomeu. Era esse seu segredo e por isso Alexandre o considerava seu segundo eu, mas só era possível porque haviam passado a infância juntos. Declarou, então:

— A maioria dos homens receberia Alexandre de braços abertos, mesmo na morte. Muito bem, vamos tratar dos nossos planos.

Abriu a fechadura de prata de uma caixa de documentos sobre a mesa.

— Vou lhe dar esta carta quando você partir, além do dinheiro necessário para a viagem. Não a entregue na Babilônia. Quando o sarcófago sair da cidade, ninguém vai estranhar o fato de você querer segui-lo. Faça o possível para acompanhá-lo até Tápsaco; a fronteira da Síria fica próxima, e então entregue a carta para Arribas. Não o compromete de modo algum. Diga apenas que me encontrarei com ele em Isso para prestar minha homenagem à Alexandre. Dificilmente ele pensará que irei sozinho.

— Eu me encarrego de prepará-lo — replicou Bagoas, secamente.

— Não perca a carta na Babilônia. Perdicas mandaria uma escolta de metade do exército.

Economizando palavras, Bagoas apenas sorriu.

— Você fez um bom trabalho. Diga-me, ouviu alguma coisa sobre o filho de Roxane? Ele já deve estar andando. É parecido com Alexandre?

Uma sobrancelha de Bagoas ergueu-se muito de leve.

— Não o vi pessoalmente, mas no harém dizem que é parecido com a mãe.

— Compreendo. E o rei Filipe, como vai ele?

— De saúde, muito bem. Permitiram que montasse num elefante, o que o deixou feliz.

— Sim. Muito bem, Bagoas, você ganhou minha gratidão. Pode confiar nela de hoje em diante. Depois de descansar, visite a cidade que vai ser o seu lar.

Com a elegante prostração de um cavalheiro a um sátrapa, aprendida na corte de Dario, Bagoas retirou-se.

Mais tarde, sob o sol que descia para o deserto a oeste, ele caminhou até o templo. Era o passeio noturno habitual do povo de Alexandria para ver o progresso do trabalho. Lá estavam soldados da Macedônia e do Egito, em seu dia de folga, mercadores e artesãos da Grécia e da Lídia, de Tiro, de Chipre e da Judeia, mães e filhos e heteras na sua ronda. Não era uma multidão opressiva. A cidade ainda era jovem.

Os trabalhadores do templo guardavam suas ferramentas nas sacolas de palha. Os guardas da noite chegavam com suas capas e cestos com comida. Homens desembarcavam dos navios ancorados no porto, os vigias acendiam archotes espalhando sobre a água o cheiro de alcatrão queimado. Quando a noite chegou, um archote na ponta de um mastro foi aceso no terraço do templo. Lembrava o que Alexandre usava na frente da sua tenda, na Ásia central, para identificar seu quartel-general.

Os transeuntes começaram a ir para suas casas, e logo não havia ninguém além do vigia e do silencioso viajante da Babilônia. Bagoas olhou para a casa de Heféstion, onde Alexandre se hospedaria para sempre. Estava certo, era o que ele teria desejado e, afinal, não fazia diferença. O que era, era e sempre fora. Quando Alexandre exalou o último suspiro, Bagoas sabia quem o estaria esperando do outro lado do rio. Por isso não se matou. Não deveria nem pensar em chegar como um intruso àquela reunião, mas Alexandre jamais tinha sido ingrato, jamais desprezara o amor. Algum dia, cumprida sua missão leal, haveria, como sempre houvera, o gesto de boas-vindas.

Voltou à casa de hóspedes do palácio, onde começavam a acender as lamparinas. Alexandre seria servido como deveria. Nada mais importava.

* * *

Na mansão do falecido príncipe Amintas, Cina e Eurídice cortavam os cabelos, preparando-se para a viagem. Até saírem da Macedônia pretendiam viajar vestidas de homem.

O regente Antípatro estava ocupado com o cerco de sitiadores obstinados nas montanhas da Etólia, onde ardiam ainda as últimas brasas da revolta dos gregos. Levara a maior parte do seu exército. Essa era a oportunidade deles.

— Pronto — disse Cina, recuando com a tesoura na mão. — Muitos jovens usam nesse comprimento desde que Alexandre lançou a moda.

Nenhuma das duas teve de cortar muito. Seus cabelos eram fortes e ondulados, mas não compridos. Chamaram uma criada para varrer o chão. Eurídice, que já havia preparado seus alforjes para as mulas, foi até a pilha de lanças num canto e escolheu seus dardos favoritos.

— Não teremos muita oportunidade para treinar durante a viagem.

— Espero que não precisemos deles de repente — disse Cina.

— Oh, ladrões não atacam homens. — Iam levar uma escolta de oito homens. Ela olhou para a mãe e disse: — Você não tem medo de Olímpia?

— Não, ela está muito longe e estaremos na Ásia antes que tome conhecimento da nossa viagem.

— Mamãe, o que a preocupa?

Cina andava de um lado para o outro. Nos aparadores, mesas e estantes estavam os tesouros da família, o que seu falecido marido herdara do pai e partes do seu dote. Seu pai, o rei Filipe, lhe proporcionara um belo casamento. Cina tentava resolver o que deveria levar na viagem. A filha não podia partir com as mãos vazias, mas...

— Mamãe, está preocupada com alguma coisa...? É por que não temos notícias de Perdicas?

— Sim. Não gosto disso.

— Há quanto tempo escreveu para ele?

— Eu não escrevi. O certo seria ele escrever para mim. — Apanhou uma taça de prata da estante.

— Há mais alguma coisa que não me contou. Sei que há. Por que Antípatro é contra esta viagem? Eles comprometeram o rei com outra pessoa... ? Mamãe, não finja que não está ouvindo. Não sou criança. Se não me contar, eu não vou.

Cina voltou-se e, alguns anos antes, sua expressão significaria um castigo. A jovem alta, esperou, impassível.

Cina deixou a taça com a cena de caça ao javali e mordeu o lábio.

— Muito bem, se é o que você quer. Acho que é melhor assim. Alexandre disse francamente que seria um casamento de aparências. Ele ofereceu riqueza e posição. Tenho certeza de que você poderia até voltar para casa que ele não se importaria.

— Você nunca me contou!

— Não, porque você não nasceu para envelhecer numa aldeia. Fique quieta e ouça. Alexandre pretendia apenas reconciliar nossas famílias. Isso porque acreditava no que a mãe dele lhe dissera. Acreditava que o irmão era idiota desde o nascimento.

— Como todos são idiotas. Eu não compreendo.

— Lembra-se de Estráton, o pedreiro?

— Mas isso foi porque uma pedra caiu na cabeça dele.

— Sim. Ele não nasceu gago, nem quando aprendeu a falar pedia uma árvore cada vez que queria pão. Isso foi causado pela pedra.

— Mas toda a minha vida ouvi dizer que Arrideu é idiota.

— E ele foi durante toda a sua vida. Você tem quinze anos e ele, trinta. Quando seu pai aspirava ao trono, me contou muita coisa sobre a casa de Filipe. Contou que, quando Arrideu nasceu, era uma criança forte, saudável e normal. É verdade que seu pai era ainda uma criança naquele tempo, e foi uma conversa entre os criados, mas ele prestou atenção porque dizia respeito a outra criança. Diziam que Filipe estava satisfeito com o filho e que Olímpia sabia disso. Ela jurou que o bastardo de Filina não deserdaria seu filho. Arrideu nasceu no palácio. Talvez ela tenha dado alguma coisa a ele, talvez provocado a queda de algum objeto na cabeça dele. Foi o que seu pai ouviu.

— Que mulher horrível! Pobre criança. Eu não faria isso nem a um cão. Mas está feito, que diferença faz agora?

— Só idiotas de nascença têm filhos idiotas. Os filhos de Estráton são todos perfeitos.

Eurídice conteve a respiração, chocada. Suas mãos apertaram o dardo que segurava.

— Não! Disseram que eu não preciso fazer isso. Alexandre mesmo disse. Você me prometeu!

— Calma, calma. Ninguém está pedindo que faça. Eu só estou contando o que sei. Por isso Antípatro é contra o casamento e Perdicas não escreveu. Não é o que eles querem. É o que eles temem.

Eurídice ficou imóvel, absorta, passando a mão no dardo. Era uma boa arma, de madeira forte e lisa.

— Quer dizer que eles têm medo de que eu venha a fundar uma linhagem real para rivalizar com a de Alexandre?

— Acho que sim.

A mão da jovem apertou o dardo até as articulações ficarem brancas.

— Se é o que tenho de fazer para vingar meu pai, eu farei, uma vez que ele não deixou nenhum filho.

Cina ficou chocada. Sua intenção fora só explicar os perigos que correriam. Rapidamente observou que era apenas conversa de escravos. Estavam sempre falando de Olímpia, que ela fazia sexo com serpentes e concebera Alexandre do fogo do céu. Podia muito bem ser verdade que Filina tivera um filho idiota e que só haviam notado depois de algum tempo.

Eurídice examinou cuidadosamente o dardo e o pôs ao lado dos outros que pretendia levar.

— Não tenha medo, minha mãe. Vamos esperar até chegarmos à Babilônia, onde posso resolver o que vou fazer. E então eu farei.

*O que eu fiz*, pensou Cina, *o que foi que eu fiz?* No momento seguinte, lembrou que fizera exatamente o que havia planejado e resolvido havia muito. Mandou recado aos pastores para separar um cordeiro perfeito que seria sacrificado para o bom êxito de seu empreendimento.

\* \* \*

Arribas, o criador do sarcófago de Alexandre, dirigiu-se à oficina para sua costumeira visita diária. Era um dândi, mas não afeminado, soldado e esteta, parente distante da casa real e evidentemente muito aristocrata para trabalhar como empregado. Alexandre o presenteava generosamente cada vez que ele criava um santuário, uma barca real ou um espetáculo público, mas era uma coisa entre amigos. Alexandre, que adorava esbanjar sua riqueza, ficava ofendido quando a roubavam, e dava tanto valor à sua probidade quanto aos seus dons. Ptolomeu, quando o recomendara a Perdicas, acentuara essa virtude tão necessária num homem que lidaria com uma grande quantidade de ouro.

Na verdade, Arribas cuidava do ouro com ciúmes. Nem um grão ficava pregado na sua mão ou na de qualquer outra pessoa. Ele o pesava ritualmente todos os dias. Desenhista suntuoso, procurado por Alexandre sempre que queria esplendor, usara todo o tesouro que lhe fora confiado em honra de Alexandre e dele mesmo. Quando a estrutura magnífica, inspirada por ele, começou a tomar forma sob os martelos, goivas e cinzéis dos seus artesãos selecionados, o que ele sentiu foi um misto de júbilo e solene respeito e imaginou Alexandre aprovando seu trabalho. *Ele* apreciava coisas como aquela. Arribas não gostava muito de Perdicas.

Fora da oficina, ele notou que Bagoas, o eunuco, estava andando ali por perto outra vez e, com um sorriso cortês, ele o chamou. Embora não fosse uma companhia para ser procurada em público, o persa demonstrara gosto impecável e conhecimento dos pontos principais da sua arte. Sua devoção ao morto era tocante. Era um prazer deixá-lo examinar o trabalho.

— Vai notar uma diferença — disse Arribas. — Ontem eles o montaram na base com rodas. Agora pode ver a peça inteira.

Bateu na porta com o bastão. Trancas foram abertas e uma parte secreta da grande porta se abriu. Entraram na sombra que circundava o brilho glorioso.

A grande tapeçaria presa ao teto para proteger a sala das intempéries e dos ladrões fora retirada, deixando aberta a enorme claraboia. O sol da primavera banhava de luz um templo em miniatura, todo coberto de ouro.

Tinha cerca de cinco metros e meio de comprimento. O telhado em abóbada era feito com filetes de ouro e pedras preciosas, cintilantes rubis-balas, esmeralda e cristal, safira e ametista. A base da abóbada era enfeitada com uma coroa de louros com folhas de placas de ouro. Nos cantos, vitórias inclinavam-se para fora, segurando coroas de triunfo. Apoiava-se em oito colunas de ouro. Em volta da cornija havia grinaldas de flores feitas de fino esmalte. No friso estavam representadas proezas de Alexandre. O chão era de ouro batido. As rodas eram folheadas a ouro, as capas dos eixos com cabeças de leões. Uma rede de fios de ouro protegia três lados do santuário. No quarto lado, dois leões agachados guardavam a entrada.

— Veja, já puseram os sinos.

Os sinos, também de ouro, pendiam dos cordões das grinaldas. Ele ergueu o bastão e tocou num deles. O som claro e musical, com ressonância surpreendente, ecoou no galpão.

— Todos vão saber da chegada dele.

Bagoas passou a mão nos olhos. Agora que entrara outra vez no mundo, envergonhava-se das lágrimas, mas era doloroso pensar que Alexandre jamais veria aquilo.

Arribas não notou. Estava falando com o mestre de obras sobre o reparo das pequenas avarias provocadas pelos guindastes. A perfeição devia ser restaurada.

Num canto distante do galpão, o sarcófago brilhava discretamente, blasonado com os sóis da Macedônia. Seis homens mal eram suficientes para erguê-lo. Era de ouro maciço. Só no dia da partida Alexandre seria tirado do caixão de cedro — onde oco e leve, ele jazia num leito de especiarias e ervas — e passado para o lugar do seu repouso final, no meio de mais especiarias. Verificando que não estava danificado, Arribas saiu do galpão.

Na rua, Bagoas teceu elogios sinceros ao trabalho do artista, o preço da sua entrada, pago prazerosamente.

— Será considerada uma das maravilhas do mundo. — E acrescentou deliberadamente: — Os egípcios orgulham-se da sua arte fúnebre, mas nem no Egito vi algo que se compare a isso.

— Já esteve no Egito? — perguntou Arribas, surpreso.

— Desde que terminou meu serviço com Alexandre, tenho viajado um pouco, para passar o tempo. Ele falava tanto sobre Alexandria que eu quis conhecer pessoalmente... O senhor, é claro, estava lá quando a cidade foi fundada.

Não disse nada mais, apenas respondeu cortesmente às perguntas de Arribas, deixando sempre algo por dizer, provocando, assim, novas perguntas que o levaram à modesta confissão de que o sátrapa lhe concedera uma audiência.

— O fato é que, embora oficiais e amigos de Alexandre tivessem chegado de grande parte da Ásia para se alistar no seu exército, eu era o único viajante da Babilônia, e ele quis saber as últimas notícias. Ele ouviu dizer que o sarcófago de Alexandre seria maravilhoso e perguntou quem estava encarregado de construí-lo. Ao tomar conhecimento, afirmou que nem o próprio Alexandre teria escolhido melhor. "Se ao menos", disse ele, "Arribas estivesse aqui para adornar o templo do Fundador..." Talvez, senhor, eu esteja sendo indiscreto. — Breve, como um reflexo na água, apareceu o sorriso que havia encantado dois reis. — Mas acho que ele não vai se importar.

Conversaram ainda por algum tempo, Arribas com sua curiosidade sobre o Egito aguçada mais do que nunca. De volta a casa, chegou à conclusão de que fora delicadamente sondado, mas não se preocupou com isso. Se soubesse o que Ptolomeu realmente queria, seria seu dever divulgar, mas suspeitava de que isso não lhe traria nenhuma vantagem.

\* \* \*

No palácio de paredes espessas de pedra vermelha, na cidadela de rocha vermelha de Sardes, Cleópatra e suas damas estavam instaladas com conforto modesto, segundo os padrões da Ásia, mas luxuoso pelos padrões de Épiro. Perdicas mandara reformar os aposentos reais e designara um grupo de escravos bem-treinados para servi-la.

Durante a breve lua de mel, ele explicou a chegada da rainha da Molóssia à Nicaia, dizendo que ela estava fugindo da mãe que usurpara o poder e ameaçava sua vida. Uma filha de Antípatro acreditaria em qualquer coisa que viesse de Olímpia. Depois de algumas festividades e cerimônias, próprias da sua posição, ele a despachou para uma de suas propriedades próximas alegando que a guerra continuava e que logo ele partiria para o campo de batalha. De volta a Sardes, ele retomou sua corte a Cleópatra. Suas visitas e presentes caros obedeciam a todas as convenções do contrato de casamento.

A viagem de Cleópatra foi agradável. A inquietação da família a deprimia. Ver novos horizontes a consolou até mesmo da dor de deixar o filho. A avó o trataria como se fosse seu próprio filho, educando-o para ser rei. Quando ela estivesse casada e morando na Macedônia, poderia vê-lo com frequência.

Cleópatra via Perdicas mais como um colega do que um marido. Era um homem dominador, e ela procurava nele alguma indicação de que podia dominá-la ou intimidá-la. Entretanto, aparentemente ele tinha o bom senso de saber que sem a ajuda dela não poderia manter a Regência. Mais tarde, dependendo do seu comportamento, talvez ela o ajudasse a ascender ao trono. Ele seria um rei rigoroso; mas, depois de Antípatro, um rei condescendente seria desprezado.

Com um certo distanciamento, ela se imaginava na cama com ele, mas duvidava de que isso tivesse importância depois que ela lhe desse um herdeiro. Evidentemente seria mais útil e duradouro fazer dele um amigo do que um amante, e isso ela já fazia com algum sucesso.

Naquele dia, no começo da primavera, ia almoçar com Perdicas. Os dois preferiam a informalidade da refeição do meio-dia e a oportunidade de uma conversa ininterrupta. O único prato seria muito bom. Perdicas contratara para ela um cozinheiro da Cária. Ela estudava os gostos dele para quando estivessem casados. Não pretendia agir severamente com a pobre e feiosa filha de Antípatro, como sua mãe fazia com suas rivais. Nicaia podia voltar a salvo para sua família. A mulher persa de Susa fizera isso, muito tempo atrás.

Ele chegou a pé, vindo de seus aposentos na outra extremidade do palácio construído sobre a rocha. Perdicas estava vestido para impressioná-la, com um broche de pedras preciosas no ombro e um bracelete preso com cabeças de grifo. O cinturão da espada era preso com placas cloasonadas persas. *Sim*, pensou Cleópatra, *ele será um rei bastante convincente*.

Ele gostava de falar sobre suas guerras com Alexandre, e ela gostava de ouvir. Apenas fragmentos de notícias chegavam ao Épiro e ele já havia visto de tudo. Mas, antes de tomarem o vinho, o camareiro eunuco de Cleópatra pigarreou discretamente na porta. Acabava de chegar um despacho urgente para Sua Excelência.

— De Êumenes — disse ele, quebrando o selo. Perdicas procurou parecer mais calmo do que estava, sabendo que Êumenes não mandaria nenhuma mensagem urgente sem uma boa causa.

Enquanto ele lia, Cleópatra viu o rosto bronzeado empalidecer e mandou sair da sala o escravo que os servia. Como a maioria dos homens daquele tempo, ele murmurava as palavras à medida que lia (todos julgavam notável da parte de Alexandre ter conseguido dominar esse reflexo), mas os músculos do rosto de Perdicas estavam tensos, e ela só ouvia um resmungo furioso. Olhando para ele quando terminou a leitura, Cleópatra imaginou que essa devia ser sua expressão no campo de batalha.

— O que é? — perguntou.

— Antígono fugiu para a Grécia.

Antígono... enquanto Perdicas olhava para a frente, em silêncio, ela lembrou que Antígono era o sátrapa da Frígia, chamado de Antígono, o Ciclope.

— Ele não estava preso por traição? Suponho que tenha ficado com medo. Perdicas bufou como um cavalo.

— Ele, com medo? Ele fugiu para me trair com Antípatro.

Cleópatra percebeu que ele queria pensar, mas havia mais alguma coisa e era seu direito saber de tudo.

— Qual foi a traição? Por que ele estava preso?

Ele respondeu selvagemente:

— Para calá-lo. Eu descobri que ele sabia.

Cleópatra aceitou o fato com tranquilidade. Afinal, era filha de um macedônio. *Meu pai*, pensou, *não teria feito isso, nem Alexandre. Nos velhos tempos... mas, preciso voltar a eles?* Disse apenas:

— Como ele descobriu?

— Pergunte aos ratos nas paredes. Antígono era o último homem em quem eu confiaria. Sempre foi muito amigo de Antípatro. Deve ter desconfiado de alguma coisa e enviado um espião. É tudo que se sabe; o mal está feito.

Ela fez um gesto afirmativo. Não precisava dizer nada. Precisavam casar-se com uma cerimônia real, antes de voltar para a Macedônia. Não tinham mais tempo agora. Antípatro marcharia para o Norte, partindo de Etólia, assim que recebesse a notícia. Um casamento feito às pressas só serviria para provocar escândalo. Ela pensou: *Isso significaria guerra.*

Perdicas desceu do divã e começou a andar pela sala. Cleópatra pensou vagamente que era como se já estivessem casados. Voltando-se com brusquidão, ele disse:

— E eu ainda tenho de resolver o problema daquelas malditas mulheres.

— Que mulheres? — perguntou Cleópatra, curiosa. Ultimamente ele estava guardando muitos segredos. — Não me disse nada sobre mulheres. Quem são?

Com um murmúrio de impaciência e constrangimento, ele respondeu:

— Não. Não é certo, mas eu deveria ter contado. Filipe, seu irmão...

— Por favor, não se refira àquele idiota como meu irmão!

Cleópatra jamais partilhara a tolerância com que Alexandre tratava o filho de Filina. Sua única desavença com Perdicas foi quando ele quis instalar o rei no palácio, como convinha. "Se ele vier, eu saio." Perdicas vira no rosto dela a centelha da vontade forte de Alexandre, e Filipe continuou na tenda real à qual estava acostumado.

— Em nome de Deus, o que *ele* tem a ver com mulheres?

— Alexandre o prometeu a Adeia, filha do seu primo Amintas. Até concedeu a ela o nome real de Eurídice, que ela faz questão de usar. Eu não sei o que ele pretendia com isso. Um pouco antes da morte de Alexandre, Filipe melhorou um pouco, e Alexandre ficou satisfeito. Você não notaria, pois não o vê há muito tempo. Alexandre o levava consigo, especialmente para mantê-lo a salvo dos que poderiam usá-lo, na Macedônia. Além disso, como me contou uma noite em que bebeu demais, acreditava que Olímpia podia matá-lo se Alexandre o deixasse sozinho. Porém, depois de tomar conta do irmão durante todos esses anos, Alexandre passou a gostar dele. Ficava satisfeito por vê-lo com aparência de homem e gostava que o vissem ao seu lado, ajudando nos sacrifícios e coisas semelhantes. Metade do exército os viu, por isso temos esse problema hoje, mas não havia planos para nenhum casamento. Se Alexandre não tivesse adoecido, teria marchado para a Arábia dentro de um mês. No fim, eu suponho, o casamento seria por procuração.

— Ele nunca me disse nada! — Por um momento, ela pareceu uma criança ofendida. Havia uma longa história naquela expressão, se Perdicas se propusesse a decifrá-la.

— Isso foi por causa da sua mãe. Ele temia que ela fizesse algum mal à moça, se descobrisse.

— Compreendo — disse a filha de Olímpia, sem nenhuma surpresa. — Mas ele não deveria ter feito isso. É claro que agora devemos libertar a pobre criança. — Perdicas não respondeu e, com tom autoritário, ela acrescentou: — Perdicas, elas são minha família. Eu devo resolver.

— Senhora, eu sei. — Ele falou com respeito estudado. Podia se dar a esse luxo. — Mas acho que não compreendeu. Antípatro cancelou o contrato, com meu acordo, alguns meses atrás. Na ausência dele e sem sua permissão, a mãe, Cina, trouxe a menina para a Ásia. Elas exigem que o casamento seja realizado.

A exasperação garantia a verdade de suas palavras.

— Que vergonha! — exclamou ela. — É aí que se vê o sangue dos bárbaros. — Quase podia ser Olímpia falando.

— Certamente. Elas são verdadeiras ilírias. Ouvi dizer que viajaram até Abdera vestidas como homens, carregando armas.

— O que vai fazer com elas? *Eu* não posso lidar com essas criaturas.

— O caso será resolvido. Não tenho tempo. Preciso encontrar Êumenes antes que Antípatro chegue à Ásia. Certamente Cratero se unirá a ele, o que é muito pior. Os homens amam Cratero… Meu irmão terá de ir ao encontro deles e evitar que façam alguma coisa errada.

Perdicas saiu para tratar de seus planos. Um deles consistia em enviar alguém a Éfeso para chamar Roxane e o filho. Evidentemente, ele não queria instalar a bactriana no mesmo lugar em que estava a filha de Olímpia e Filipe. Além disso, se Roxane soubesse de seus planos, podia mandar envená-lo, mas estava na hora de marchar e ela deveria acompanhar o exército. *Pelo menos*, pensou ele, *Roxane estava acostumada a isso.*

\* \* \*

Na estrada que levava à costa da Síria, cintilando ao sol e tocando todos os sinos, o sarcófago de Alexandre viajava a caminho de Isso. As 64 mulas o puxavam, quatro varais ligando cada grupo de quatro. As mulas usavam grinaldas de ouro e pequenos sinos de ouro no focinho. O tilintar dos sinos de ouro das mulas e do sarcófago misturava-se aos gritos dos condutores dos animais.

No santuário, entre as colunas e as redes de ouro, ia o sarcófago coberto com a mortalha purpúrea. Sobre ela estava a panóplia de armas de Alexandre, o elmo de ferro branco, o cinto da espada cravejado de pedras, a espada, o escudo e as grevas. A couraça era a que ele usava nos desfiles. A outra, das batalhas, muito desgastada e com as marcas das batalhas, não combinava com o esplendor do ambiente.

Quando os aros de ferro das rodas revestidas de ouro passavam pelos acidentes do terreno, o sarcófago apenas balançava de leve, protegido pelas molas escondidas sobre os eixos. Alexandre chegaria inteiro ao seu jazigo. Os veteranos da escolta comentavam que se ele tivesse tido com a própria vida a metade do cuidado que estavam destinando agora ao seu corpo, Alexandre ainda estaria com eles.

Em toda a extensão da estrada, curiosos se aglomeravam quando ouviam o som distante dos sinos, para esperar a passagem da maravilha. A fama do sarcófago correu mais depressa do que o cortejo. Camponeses andaram um dia inteiro de seus povoados nas montanhas e dormiram ao relento para vê-lo passar, homens a cavalo ou montados em mulas o acompanhavam por quilômetros e quilômetros, deixando-os, finalmente, com relutância. Meninos paravam imóveis, curvados como cães exaustos, quando a escolta armava o acampamento à noite, esgueirando-se depois para perto do fogo para pedir um pedaço de pão e ouvir, quase como num sonho, as histórias dos soldados.

Em cada cidade por onde passavam eram oferecidos sacrifícios a Alexandre deificado. O bardo local cantava seus feitos, inventando maravilhas quando esgotava o repertório de histórias reais. Arribas presidia essas solenidades com deferência. Recebera a carta de Ptolomeu e sabia o que deveria fazer.

Exceto por uma única visita à tenda de Arribas, Bagoas tornou-se quase invisível. Durante o dia, ele cavalgava entre os grupos sempre variados de curiosos, à noite dormia entre os soldados persas que formavam a retaguarda. Todos sabiam quem ele era e o deixavam em paz. Ele se mantinha leal a seu amo, como era o dever de um verdadeiro seguidor de Mitra. Respeitavam sua peregrinação piedosa e não pensavam mais no assunto.

\* \* \*

Cina e a filha viajaram como homens armados, dormindo no carro de bagagem com os criados até Abdera, região de povoado grego onde havia grande quantidade de navios mercantes; a pergunta usual era se podiam atracar. Cina, que vista de perto não podia enganar ninguém, voltou aos seus trajes femininos e Eurídice viajou como seu filho.

O navio carregava peles no convés, camas macias para os criados, mas à primeira rajada de vento Eurídice ficou nauseada com o cheiro das peles. Finalmente entraram nos braços acolhedores e verdes do longo golfo de Esmirna. A partir dali, a viagem seria diferente.

Esmirna consistia em antigas ruínas, um velho povoado e a cidade nova em folha, refundada por Alexandre, encantado com a beleza local. O comércio cresceu com suas conquistas, e era agora um porto movimentado. Em Esmirna, elas seriam vistas e sua presença, comentada. Embora estivessem ainda longe da Babilônia, precisavam cuidar da aparência. O velho mordomo — ele lembrava ainda do pai de Amintas — seguiu na frente para procurar alojamento decente e alugar transporte para a longa jornada por terra.

Voltou com uma notícia surpreendente. Elas não precisariam viajar para o Oriente. Perdicas e o rei Filipe estavam em Sardes, a cerca de oitenta quilômetros de Esmirna.

Foi um choque para as duas. A crise, que julgavam distante, caminhava rapidamente em sua direção. Então, procuraram se convencer de que a sorte estava a seu favor. Eurídice desembarcou com uma capa longa sobre a túnica curta e, na estalagem, vestiu a túnica grega longa e pregueada.

Agora precisavam viajar com a pompa da noiva de um rei a caminho do casamento. É claro que ela deveria ter sido recebida no porto por um parente ou amigo do noivo, mas quanto maior sua importância aparente, menos perguntas seriam feitas. Para uma viagem tão curta elas podiam ostentar luxo. As propriedades de Amintas jamais foram confiscadas e a vida simples que levavam não era por causa da pobreza.

Dois dias depois, partiram de Esmirna com um séquito imponente. Toas, o mordomo, que comprara criadas e carregadores, disse que, de acordo com o povo do lugar, elas deveriam ter um camareiro eunuco. Cina, ofendida, respondeu que elas eram gregas, bem como o noivo de sua filha e que não haviam viajado à Ásia para adotar os costumes dos bárbaros. Ela sabia que Alexandre cedera extensivamente a esses costumes.

E o fiel Toas, que tratava de todos os preparativos, não fez segredo da posição de suas damas, nem do seu objetivo. Não foi um espião, mas a bisbilhotice normal dos viajantes que anunciou com antecedência sua chegada a Sardes.

* * *

O campo de Isso tinha ainda velhas armas e velhos ossos. Ali, onde Dario fugiu da lança de Alexandre, deixando a mãe, a mulher e os filhos para receber o vitorioso, dois exércitos sacrificaram um touro branco na frente do sarcófago de ouro. Ptolomeu e Arribas espalharam o incenso lado a lado. A escolta ficou muito comovida com o discurso de Ptolomeu, afirmando o desejo do herói divino de que seu corpo fosse devolvido ao seu pai Amon.

Cada homem de Arribas recebeu cem dracmas, uma recompensa digna até de Alexandre. Arribas recebeu, em particular, um talento de prata e, em público, o posto de general do exército do sátrapa, no qual todos os seus soldados macedônicos concordaram em se engajar. Naquela noite, houve uma festa em honra de Alexandre. Cada fogueira do acampamento recebeu um carneiro inteiro para assar no espeto e uma ânfora de vinho. Na manhã seguinte, com o sátrapa e o general cavalgando de cada lado do sarcófago, o cortejo fúnebre seguiu para o Sul, em direção ao Nilo.

Bagoas, cujo nome não fora proclamado em nenhuma citação, cavalgava com a retaguarda. Os outros persas voltaram para casa, mas era longa a fila de soldados egípcios e agora ele estava longe do sarcófago. Quando chegava ao alto de uma colina, ele o via lá embaixo cintilando ao sol, mas estava contente. Sua tarefa estava feita. Seu deus fora servido. Agora teria de cuidar da sua fama na cidade escolhida por ele. Um grego veria nele a serenidade do iniciado, logo depois da celebração do seu mistério.

\* \* \*

A caravana de Cina estava a um dia de viagem de Sardes. Não se apressaram. Pretendiam chegar na manhã seguinte, antes do calor do meio-dia. A fama da riqueza e do luxo do séquito alcançara a Macedônia. A noiva de um rei não podia ser superada em grandeza por seus súditos. Durante a noite, preparariam a entrada na cidade.

Ao longo da estrada, os picos rochosos eram encimados por velhos fortes, há pouco tempo reformados por Alexandre para defender as passagens. Nas rochas lisas havia símbolos gravados e inscrições numa língua desconhecida. Os viajantes com quem cruzavam eram todos bárbaros, suas aparências e seus odores estranhos aos membros da caravana. Fenícios com a barba tingida de azul, cários com brincos longos e pesados, um grupo de carregadores negros, nus até a cintura, a sua cor estranha e terrível para os olhos dos povos do Norte, acostumados aos escravos ruivos da Trácia e às vezes um persa com sua calça larga, o ogro lendário das crianças gregas, com chapéu bordado e espada curva.

Para Eurídice, tudo era aventura e prazer. Ela pensava com inveja em Alexandre e seus homens, que haviam viajado por quase todo o mundo conhecido. Cina, ao lado dela, sob o toldo listrado, procurava parecer satisfeita, mas começava a perder o entusiasmo. A língua estranha dos que passavam por eles, os monumentos inescrutáveis, a paisagem desconhecida, a ausência de tudo que ela imaginara, começavam a enfraquecer sua determinação. Aquelas mulheres com véus negros, carregando a bagagem, a pé, ao lado dos homens montados em burros, se soubessem o seu objetivo, pensariam que ela era louca. O carro de duas rodas sacolejava sobre as pedras, e Cina estava com dor de cabeça. Ela sabia que o mundo era vasto, que Alexandre, em dez anos, não chegara ao seu fim; mas em casa, nas montanhas da sua terra natal, não era possível imaginar o significado disso. Agora, no limiar do Oriente ilimitado, a estranheza indiferente daquela terra era como uma imensa solidão.

Eurídice admirava as defesas dos fortes e, apontando entusiasmada as filas de suportes para archotes, perguntou:

— Será que é verdade que Sardes é três vezes maior do que Pela?

— Acho que sim. Pela existe há apenas duas gerações, Sardes, há dez ou talvez mais.

A ideia a deprimia. Olhou para a filha, confiante e negligente, e pensou, *eu a trouxe para cá, tirei-a de casa, onde ela poderia ter uma vida calma e tranquila. Eurídice só tem a mim. Bem, tenho saúde e sou jovem ainda.*

A noite chegava. Um batedor, que seguia na frente da caravana, voltou dizendo que estavam a dezesseis quilômetros de Sardes. Logo deveriam procurar um lugar para acampar. Depois de uma curva, as rochas altas escondiam a luz do sol poente. As encostas, escuras, contra o céu avermelhado, eram repletas de rochas salientes. Alguém gritou:

— Agora!

Pedras e xisto rolaram para a estrada, deslocados por homens que desciam a encosta correndo. Toas, na frente, gritou:

— Cuidado, ladrões!

Os homens chegaram à estrada, trinta ou quarenta, a pé, armados de lanças. E a comitiva parecia exatamente o que era, um grupo de homens velhos e confusos. Os que haviam lutado, o tinham feito no exército de Filipe, mas eram verdadeiros macedônios, com as virtudes arcaicas dos servos fiéis. Com gritos de desafio, avançaram para os bandidos com suas lanças.

O berro de um cavalo ferido ecoou na encosta rochosa. O velho Toas caiu com sua montaria, e um bando de salteadores caiu sobre eles.

Ouviram um brado longo, sem palavras, apenas um som desafiador. Cina e Eurídice saltaram do carro. As lanças estavam à mão e com a rapidez do soldado bem treinado, prenderam as saias nos cintos. Encostadas no carro, que balançava com o movimento nervoso das mulas, elas enfrentaram o inimigo.

Um temor de exultação percorreu o corpo de Eurídice. Ali afinal acontecia uma verdadeira guerra. O fato de prever as consequências se fossem capturadas vivas era mais um incentivo para a luta. Um homem de pele clara, com a barba crescida de uma semana, avançou em sua direção. Vendo que ele usava uma couraça sob a roupa, Eurídice atacou o braço dele. A lança penetrou com força e ele saltou para trás, gritando: "Sua gata selvagem!", segurando o ferimento com a outra mão. Ela riu e então, de repente percebeu que ali, na Lídia, o bandido falava a língua da Macedônia.

Uma das mulas guias, atingida por uma lança, relinchou e saltou para a frente. As outras a seguiram, carregando o carro que, saltando e balançando, atingiu Eurídice, mas ela conseguiu manter o equilíbrio. Cina caiu. Ela estava encostada no carro quando ele se moveu. Um soldado inclinou-se para ela com uma lança.

Um homem adiantou-se com a mão erguida. Os bandidos em volta dela recuaram. Tudo ficou quieto, exceto pelos zurros das mulas seguras pelos soldados e pelos gemidos de três homens da escolta, feridos. O resto fora dominado, menos o velho Toas, que estava morto.

Cina gemeu, o lamento quase animal de uma criatura lutando para respirar. Seu peito estava manchado de sangue.

O primeiro impulso de Eurídice foi correr para ela, tomá-la nos braços, pedir misericórdia aos bandidos, mas fora bem treinada por Cina. Aquilo também era guerra. A misericórdia não era implorada, somente conquistada. Ela olhou para o chefe, a quem todos haviam obedecido imediatamente, um homem alto e moreno, com o rosto magro e frio, e compreendeu. Eram soldados, não bandidos.

Cina gemeu outra vez, com voz mais fraca. Piedade, raiva e dor combinaram-se como uma chama dentro de Eurídice, como no peito de Aquiles gritando por Pátroclo morto nos muros da cidade. Ela saltou para a mãe e ficou de pé ao lado dela.

— Traidores! Vocês são homens da Macedônia? Esta é Cina, filha do rei Filipe, irmã de Alexandre.

Os homens sobressaltaram-se e olharam para o oficial. Furioso e embaraçado, ele ficou em silêncio. Não dissera a eles quem eram as mulheres.

Eurídice teve uma ideia e começou a falar na língua dos soldados: o dialeto dos camponeses aos quais ela havia ensinado o grego da corte.

— Eu sou neta de Filipe, olhem para mim! Sou filha de Amintas, neta do rei Filipe e do rei Perdicas. — Apontou para o oficial. — Perguntem a ele! *Ele* sabe!

O soldado mais velho, um homem de pouco mais de cinquenta anos, aproximou-se dele.

— Alcetas — disse apenas o nome, sem o título, como os macedônios livres podiam se dirigir aos reis. — É verdade o que ela diz?

— Não! Obedeçam às ordens!

O soldado olhou dele para a jovem e dela para os outros homens.

— Eu acho que é verdade — replicou ele.

Os homens se aproximaram, e um deles disse:

— Não são da Sarmácia, como ele disse. São tão macedônias quanto eu.

— Minha mãe... — Eurídice olhou para Cina que fez um movimento, mas com o sangue escorrendo da boca. — Ela me trouxe aqui, da Macedônia. Sou a prometida de Filipe, seu rei, o irmão de Alexandre.

Cina se moveu outra vez e ergueu-se um pouco, apoiada no braço. Com dificuldade, ela disse:

— É verdade. Eu juro por... — Tossiu, o sangue jorrou de sua boca e ela caiu para trás.

Eurídice largou a lança e ajoelhou-se ao lado dela. Só se via o branco dos olhos de Cina.

O velho soldado que enfrentara Alcetas pôs-se ao lado dela e olhou para os outros.

— Deixem as mulheres em paz!

Mais dois homens juntaram-se a ele. Os outros, apoiados nas lanças, ficaram imóveis, confusos e envergonhados. Eurídice abraçou o corpo da mãe e chorou.

Então, ouviu vozes que se erguiam acima dos seus lamentos, o som de homens amotinados. Ela não sabia, mas era um som que os generais macedônios ouviram com muita frequência. Ptolomeu confidenciara a alguns amigos, no Egito, que queria escolher pessoalmente seus homens e se livrar do exército regular, que o fazia se lembrar do velho cavalo de Alexandre, Bucéfalo, que escoiceava qualquer pessoa que tentasse montá-lo. Como o cavalo, o exército estava havia muito tempo acostumado a um cavaleiro com mãos experientes.

Com maior urgência então, Eurídice pensou em se entregar à mercê dos soldados, pedir que cremassem decentemente o corpo da mãe, dessem a ela as cinzas para levar para casa e a acompanhassem até a costa. Mas, quando limpou o sangue do rosto de Cina, viu o rosto de uma guerreira, que lutara até a morte. Sua alma não podia descobrir que dera à luz uma covarde.

Sob sua mão estava o medalhão que a mãe sempre usava, manchado de sangue. Ela o tirou do pescoço de Cina e ficou de pé.

— Vejam. Aqui está o rosto do meu avô, o rei Filipe. Ele deu para minha avó, Audata, no dia do seu casamento, que deu a minha mãe quando ela se casou com Amintas, o filho do rei Perdicas. Podem ver.

Pôs o medalhão na mão calosa do velho soldado e todos se aproximaram para ver o perfil gravado, o queixo desafiador e a barba do rei Filipe.

— Sim, é Filipe — disse o veterano. — Eu o vi muitas vezes. — Limpou o sangue da joia no saiote tecido à mão e o devolveu para ela. — Deve cuidar bem disso.

Falou como se se dirigisse a uma jovem sobrinha, e isso comoveu os homens. Ela era sua protegida, a órfã salva e adotada por ele. Eles a levariam a Sardes, o veterano disse para Alcetas. A jovem tinha o sangue de Filipe, todos podiam ver isso e se Alexandre prometera a ela seu irmão, o casamento aconteceria; do contrário, o exército ia querer saber por quê.

— Muito bem — disse Alcetas. Ele estava ciente de que a disciplina estava por um fio e, talvez, sua vida também. — Então, desimpeçam a estrada e mexam-se.

Com rude competência, os soldados puseram o corpo de Cina no carro e o cobriram com um cobertor; recolheram os guardas mortos e feridos num de seus carros, apanharam a bagagem que os carregadores haviam largado quando fugiram para as montanhas com as criadas e ajeitaram as almofadas para Eurídice seguir a viagem ao lado do corpo da mãe.

Um dos homens seguiu na frente com a mensagem de Alcetas para seu irmão Perdicas. No caminho, passaria pelo acampamento principal dos exércitos de Perdicas e Êumenes, onde podia contar a novidade.

Assim, quando, depois da última curva da estrada, ela viu a cidade margeando a cidadela de rocha vermelha, viu também um verdadeiro exército de soldados, enfileirados, formando uma avenida de honra, como para a passagem de um rei.

Quando ela se aproximou, eles aclamaram e Eurídice ouvia os murmúrios ao seu lado, na estrada: "Pobre menina". "Perdoe os homens, senhora, ele os enganou." A estranheza, a vaga consumação de seus objetivos, fazia da morte de sua mãe um sonho também, embora bastasse estender a mão para tocar o corpo sem vida de Cina.

\*   \*   \*

Da sua janela, no alto, Cleópatra assistia a tudo ao lado de Perdicas, que bufava de raiva. Viu a impotência dele e bateu com a mão no peitoril da janela.

— Você vai permitir isso?

— Não tenho escolha. Se eu a prender, teremos um motim. Especialmente agora... Eles sabem que ela é neta de Filipe.

— E filha de um traidor! O pai dela planejou o assassinato do meu pai. Vai deixá-la se casar com o filho dele?

— Não se eu puder evitar.

O carro aproximava-se. Ele tentou ver o rosto da filha de Amintas, mas estava muito distante ainda. Precisava descer e fazer alguma coisa para preservar sua dignidade e, com sorte, ganhar tempo. Percebeu um movimento na outra direção. Inclinou-se para fora e, praguejando, recuou.

— O que foi? — A fúria e o desapontamento dele a assustaram.

— Que Hades os leve! Estão levando Filipe para ela.

— O quê? Como podem...

— Eles sabem onde fica a tenda dele. Você não quis que ele ficasse no palácio. Preciso ir. — Saiu apressado, sem a cortesia de um pedido de desculpas, e Cleópatra pensou que por muito pouco ele não a amaldiçoara também.

Lá embaixo, os portões enormes entre os muros espessos estavam abertos. O carro parou. Um grupo de soldados, puxando alguma coisa, saiu correndo pelo portão.

— Se quiser fazer o favor de descer, temos aqui uma coisa mais apropriada para a senhora.

Era uma carruagem antiga e esplêndida, com grifos e leões de ouro na frente e nas laterais. Forrada com couro vermelho filetado, fora feita para Creso, aquela lenda de riquezas incalculáveis, o último rei da Lídia. Alexandre desfilara nela, para impressionar o povo.

A visão daquele trono móvel acentuou a sensação de sonho, mas Eurídice disse que não podia abandonar o corpo da mãe.

— Nós tomaremos conta dela, senhora, com as honras devidas, já providenciamos.

Mulheres simples vestidas de preto adiantaram-se, orgulhosas, mulheres de veteranos que pareciam suas mães, gastas pelo trabalho e pela idade. Um soldado aproximou-se para ajudar Eurídice a descer. No último momento, Alcetas, fazendo da necessidade uma virtude, adiantou-se para ela. Por um momento, Eurídice recuou, mas não era assim que se aceitava a capitulação do inimigo. Ela inclinou a cabeça graciosamente e segurou o braço que ele oferecia. Um grupo de soldados segurou os varais da carruagem e puxou-a para a frente. Eurídice sentou-se como um rei na cadeira de Creso.

De repente, o tom da aclamação ficou diferente. Ela ouviu os antigos brados macedônicos de *"Io Hymen! Euoi!* — Alegria para a noiva! Salve o noivo!".

O noivo caminhava para ela.

O coração de Eurídice deu um salto. Aquela parte do sonho era um tanto obscura.

O homem montava um belo cavalo cinza-mosqueado de passo lento. Um velho soldado o conduzia pela rédea. O rosto do cavaleiro barbado não era muito diferente do rosto do medalhão. Ele olhava em volta, piscando os olhos. O velho soldado apontou para a noiva. Quando o rei olhou diretamente para ela, Eurídice viu que ele estava assustado, morrendo de medo. Entre tudo que imaginara, nas poucas vezes que se permitia imaginar, não havia essa possibilidade.

Incitado pelos soldados, ele desmontou e caminhou para a carruagem, os olhos azuis apreensivos fixos no rosto dela. Eurídice sorriu.

— Como vai, Arrideu? Sou sua prima Eurídice, filha do seu tio Amintas. Acabo de chegar. Alexandre mandou me chamar.

Os soldados murmuravam sua aprovação, admirando as poucas frases de cumprimento e exclamaram:

— Viva o rei!

O rosto de Filipe se iluminou ao ouvir seu antigo nome. Quando era Arrideu, não tinha deveres, nem ensaios cansativos com homens impacientes. Alexandre jamais o pressionava, apenas sabia como deixá-lo satisfeito por fazer a coisa certa. De certo modo, a moça lembrava Alexandre. Cautelosamente, menos assustado agora, ele disse:

— Você vai se casar comigo?

Um soldado explodiu numa gargalhada, mas foi retirado por companheiros indignados. O restante assistia atentamente à cena.

— Se você quiser, Arrideu. Alexandre queria nosso casamento.

Ele mordeu o lábio, numa crise de incerteza. Voltou-se bruscamente para o velho soldado que segurava a rédea do cavalo.

— Cônon, devo me casar com ela? Alexandre mandou que eu me casasse com ela?

Um ou dois soldados taparam a boca com as mãos. Na pausa murmurante, ela viu que o velho servo a examinava com atenção e reconheceu um protetor resoluto. Ignorando as vozes, algumas das quais se tornavam mais atrevidas, incitando o rei a dar uma resposta antes que a moça mudasse de ideia, ela olhou nos olhos de Cônon e disse:

— Serei boa para ele.

A desconfiança nos olhos do velho desapareceu. Inclinando a cabeça para ela, Cônon voltou-se para Filipe, que ainda olhava ansioso para ele.

— Sim, senhor. Esta é a jovem a quem foi prometido. Alexandre a escolheu. É uma dama muito fina e corajosa. Estenda sua mão para ela e peça delicadamente para ser sua esposa.

Eurídice segurou a mão obediente, grande, quente e macia, que parecia não querer mais largar a dela e a apertou com um gesto tranquilizador.

— Por favor, prima Eurídice, quer se casar comigo? Os soldados querem que você se case.

Sem retirar a mão, ela disse:

— Sim, Arrideu. Sim, rei Filipe, eu quero.

Os aplausos e aclamação recomeçaram com novo vigor. Os soldados que estavam com seus chapéus de abas largas, os atiraram para o ar. Os gritos de *"Hymen!"* redobraram de força. Estavam tentando convencer Filipe a entrar na carruagem ao lado dela, quando Perdicas, muito vermelho e ofegante, depois de descer correndo a colina do castelo e atravessar as ruas estreitas da cidade antiga, chegou ao local da cena.

Alcetas foi ao encontro dele, falando só com os olhos. Os dois conheciam muito bem o estado de espírito que tornava os macedônios perigosos. Tinham visto no tempo de Alexandre, que os enfrentara em Opis, saltando da plataforma onde estava e prendendo os líderes da desordem com as próprias mãos, mas essas coisas faziam parte do mistério de Alexandre. Outro qualquer teria sido linchado. Alcetas respondeu o olhar furioso do irmão com um erguer de ombros.

Eurídice adivinhou imediatamente quem era o recém-chegado. Por um momento sentiu-se como uma criança na frente de um adulto poderoso, mas ficou firme, sustentada por forças que nem ela mesma sabia possuir. Sabia que era neta de Filipe e do rei Perdicas, bisneta do ilírio Bardelis, o antigo terror da fronteira, mas não sabia que herdara mais do que o orgulho que sentia por eles, tinha um pouco de sua natureza também. Para ela, que tivera uma infância solitária, alimentada por lendas, não havia nada de absurdo ou obsceno na situação. Tudo que sabia era que os homens que a aclamaram não podiam vê-la com medo.

Filipe estava de pé, com uma das mãos na carruagem, discutindo com os homens que tentavam fazê-lo se sentar ao lado dela. Nesse momento, ele segurou o braço de Eurídice.

— Cuidado! — disse ele. — Aí vem Perdicas.

Eurídice pôs a mão sobre a dele.

— Sim, estou vendo. Venha para cá, fique ao meu lado.

Filipe subiu na carruagem e os soldados a seguraram quando ela balançou ao seu peso. Segurando o pequeno corrimão ele ficou rígido, num desafio temeroso. Enchendo-se de coragem ela ficou de pé ao lado dele. Por um momento, pareciam um casal de vitoriosos, distante de todos, em seu orgulho e poder. Os soldados gritavam para Perdicas o brado de casamento.

Ele se aproximou da carruagem. Houve um breve instante de tensão. Então ele ergueu a mão e saudou.

— Saudações, rei. Saudações, filha de Amintas. Estou satisfeito por ver que o rei apressou-se em recebê-la.

— Os soldados me obrigaram — murmurou Filipe, ansioso.

E, com voz clara, Eurídice disse:

— O rei foi extremamente delicado.

Filipe olhou ansioso de um para o outro. Nenhuma censura de Perdicas. Os soldados também estavam satisfeitos. O rei olhou para eles com um largo sorriso cúmplice. Disfarçando cuidadosamente seu espanto quase incrédulo, Eurídice compreendeu que, naquele momento, era a vencedora.

— Perdicas — disse ela —, o rei pediu a minha mão com a aprovação dos macedônios, mas minha mãe, a irmã de Alexandre, está ali atrás, assassinada. Antes de tudo, preciso permissão para conduzir seu funeral.

Os homens manifestaram sua aprovação em voz alta e respeitosa. Perdicas concedeu, do modo mais gracioso possível. Olhando para os rostos taciturnos, pensando nas forças de Antípatro em marcha para o Helesponto, ele acrescentou que a morte da sua nobre mãe fora um erro chocante, devido à ignorância dos seus homens e ao valor dos que a defendiam. Evidentemente, o assunto seria investigado a fundo.

Eurídice inclinou a cabeça, certa de que jamais saberia quais tinham sido as ordens recebidas por Alcetas. Pelo menos, Cina seria cremada com todas as honras da guerra e um dia suas cinzas voltariam ao Aigai. Nesse meio-tempo, suas oferendas fúnebres deveriam ser coragem e decisão. Quanto ao seu preço de sangue, ficava a cargo dos deuses.

\* \* \*

Mal tinham terminado as cerimônias dos funerais, quando Perdicas foi informado de que o sarcófago de Alexandre estava a caminho do Egito.

A notícia o atingiu como um raio. Todos os seus planos voltavam-se para a ameaça ao Norte, o ofendido sogro para quem ele já devolvera Nicaia. Agora vinha do Sul uma evidente declaração de guerra.

Êumenes estava ainda em Sardes, chamado quando a ameaça vinha do Norte, motivada, ele sabia, por não ter seguido o conselho de se casar publicamente com Cleópatra, enviar Nicaia para casa, ainda virgem e seguir imediatamente para a Macedônia. Não tocaram no assunto. Como Cassandra, Êumenes estava destinado a nunca receber os elogios merecidos quando tinha razão. Um grego entre macedônios não podia saber mais do que eles. Sendo assim, não disse que Perdicas podia ser agora o regente da Macedônia, com uma mulher real, um poder que Ptolomeu não ousaria atacar; disse somente que duvidava de que ele estivesse pensando numa guerra.

— Tudo que ele tem feito até agora no Egito foi se firmar e instalar-se. Ele é ambicioso, sim, mas quais são suas ambições? Foi uma insolência roubar o corpo de Alexandre, mas até isso pode ser apenas para glorificar Alexandria. Acha que nos atacará se não o atacarmos?

— Ele já anexou Cirene, e está formando um exército maior do que precisa.

— Como ele vai saber? Se o senhor marchar contra ele, certamente vai precisar.

— Eu odeio aquele homem — disse Perdicas, com veneno na voz.

Êumenes não disse nada. Lembrou-se de Ptolomeu como um jovem desajeitado, levantando o pequeno Alexandre para sua sela, para um passeio a cavalo. Perdicas tornara-se amigo de Alexandre quando ele já era homem e nunca foi a mesma coisa. Alexandre promovia por mérito — até Heféstion começara de baixo —, e, no fim, Perdicas suplantara Ptolomeu, mas era Ptolomeu que se adaptava a Alexandre como um par de sapatos muito usados e confortáveis. Perdicas, que tinha toda sua confiança, nunca conseguira esse tipo de intimidade. Ptolomeu, por instinto e por observar Alexandre, sabia como tratar os homens, sabia quando relaxar a disciplina e quando apertá-la, quando dar, quando ouvir, quando rir. Perdicas sentia falta desse sexto sentido, como um homem com visão de curto alcance; e a inveja o devorava.

— Ele é como um cão viciado, que devora o rebanho que deve guardar. Se não for espancado e afastado, todos os outros farão o mesmo.

— Talvez, mas não ainda. Antípatro e Cratero devem estar em marcha *neste exato momento.*

O rosto moreno de Perdicas ficou tenso. *Ele mudou,* pensou Êumenes, *depois da morte de Alexandre. Seus desejos mudaram. São orgulhosos, e ele sabe disso. Alexandre continha a todos nós.*

Perdicas disse:

— Não, Ptolomeu não pode esperar. Aquela serpente do Egito precisa ser amassada ainda no ovo.

— Então, vamos dividir o exército? — perguntou com voz neutra. Para um grego entre macedônios, já tinha dito muito.

— A necessidade obriga. Você vai para o Norte, deter Antípatro no Helesponto. Eu resolvo o caso com Ptolomeu e resolvo de uma vez por todas... Mas, antes de partirmos, temos esse maldito casamento. Os homens não partirão antes disso. Eu os conheço muito bem.

\* \* \*

Mais tarde, no mesmo dia, Perdicas passou uma hora discutindo com Cleópatra. No fim, usando lisonja, lógica fria, súplica e todo o charme que conseguiu reunir, ele a convencera a ser dama de honra de Eurídice. Os soldados queriam o casamento, que devia ser realizado com toda boa vontade. Qualquer relutância seria lembrada e usada contra os dois, e não podiam se arriscar a isso agora.

— Ela era um bebê quando assassinaram Filipe — disse ele. — Duvido que Amintas tivesse tomado parte ativa na conspiração. Eu estava presente quando ele foi julgado.

— Sim, eu acredito, mas tudo isso é repulsivo. Será que ela não tem nem um pouco de vergonha? Bem, você já tem muitos problemas para que eu arranje mais algum. Se Alexandre estava disposto a aceitar o casamento, suponho que posso fazer o mesmo.

Êumenes não esperou pela festa. Seguiu imediatamente para enfrentar as forças de Antípatro e de Cratero (outro dos seus genros), à frente dos macedônios, com sua lealdade duvidosa e relapsa ao estrangeiro grego. Para Êumenes, era uma velha história. Perdicas, cuja missão era menos urgente, ficou mais uma semana para oferecer o espetáculo aos seus homens.

Dois dias antes do casamento, uma criada nervosa anunciou a Eurídice em seu quarto — construído para a primeira mulher de Creso — a visita da rainha dos epirotas.

Cleópatra chegou com toda pompa. Olímpia não a privara de meios de vida por ela ter saído de casa. A mesquinharia não era um dos seus pecados. Cleópatra estava vestida como uma rainha, e trazia presentes de uma rainha, um colar de ouro, uma peça de tecido com bordado cariano, feito com lápis-lazúli e ouro. Por um momento, Eurídice ficou encantada, mas Cina lhe ensinara boas maneiras, além da arte da guerra, e sua dignidade ingênua comoveu Cleópatra. Lembrou-se do próprio casamento, aos dezessete anos, com um tio que tinha idade para ser seu pai.

Trocados os cumprimentos de praxe, provados os doces tradicionais, ela seguiu à risca o ritual do casamento. Era uma tarefa árida, uma vez que não podiam nem pensar nas alusões maliciosas, caraterísticas daquele tipo de reunião. O resultado foi uma cena correta e cautelosa. O senso de responsabilidade de Cleópatra a atormentava. O que podia saber uma menina séria e discreta, deixada sozinha no mundo aos quinze anos? Cleópatra alisou o vestido sobre os joelhos e ergueu os olhos dos dedos cheios de anéis.

— Quando esteve com o rei... — Como podia falar sobre uma ocasião tão embaraçosa? — Teve tempo de conversar com ele? Talvez tenha notado que ele é um pouco jovem para a idade que tem?

Eurídice olhou nos olhos dela, resolveu que a intenção era boa e que devia responder educadamente:

— Sim, Alexandre disse para minha mãe, e percebi que ele tinha razão. Isso era promissor.

— Então, quando se casar, o que pretende fazer? Perdicas dará uma escolta para acompanhá-la e aos seus até a Macedônia.

Eurídice pensou: *Só não é uma ordem porque não podem me dar ordens.* Respondeu calmamente.

— O rei tem direito à minha amizade, se é que ele precisa de uma amiga. Ficarei por algum tempo, e depois veremos.

\* \* \*

No dia seguinte, as damas de posição tão alta quanto Sardes podia oferecer — mulheres de oficiais graduados e administradores, com poucas naturais da Lídia, muito enfeitadas e tímidas — apresentaram seus respeitos. Depois, na quietude da tarde, consagrada à sesta desde o tempo de Creso, ela recebeu um visitante diferente. A criada nervosa anunciou um mensageiro da casa do noivo.

O velho Cônon entrou e olhou para as damas de companhia. Eurídice as dispensou e perguntou qual era a mensagem.

— Bem, senhora... desejar saúde e alegria, que Deus lhe dê boa sorte e um dia feliz. — Terminado o discurso preparado, ele engoliu ruidosamente.

O que viria agora? Eurídice, temerosa do desconhecido, ficou preocupada. Cônon, mais nervoso ainda, finalmente conseguiu falar.

— Ele gostou muito da senhora, não há dúvida. Só fala da prima Eurídice e está separando todas as coisas bonitas que tem para lhe mostrar... Mas, senhora, eu cuido dele desde que era menino e o conheço bem, sei que ele dá valor a mim porque era maltratado antes da minha chegada. Por favor, senhora, não me afaste dele. Verá que não tomo liberdades nem me intrometo onde não devo. Peço que fique comigo para experimentar e ver se dá certo. Não peço mais do que isso.

Então, era esse o problema! O alívio foi tamanho que ela podia ter abraçado o velho soldado, mas é claro que não deveria.

— Eu não o vi com o rei? Seu nome é Cônon, não é? Sim, sua presença será bem-vinda. Por favor, diga isso ao rei, se ele perguntar.

— Ele nem pensaria em perguntar, senhora. Seria uma ideia terrível para ele.

Entreolharam-se, mais relaxados, ainda cautelosos. Cônon procurava as palavras, mesmo para o pouco que podia dizer.

— Senhora, ele não está acostumado a grandes festas, não sem Alexandre ao seu lado dizendo o que deve ser feito. Acho que já deve saber, às vezes ele tem maus momentos. Não precisa ter medo. Deixe-o comigo que logo ele fica bom outra vez.

Eurídice disse que faria isso. O silêncio os envolveu. Cônon engoliu em seco outra vez. A pobre menina daria tudo para saber aquilo que ele não sabia como dizer — seu noivo não tinha a menor ideia de que o ato sexual podia ser feito com outra pessoa. Finalmente, muito corado, ele disse:

— Ele está encantado com a senhora, mas não vai incomodá-la. Não é do seu feitio.

Ela não era ingênua a ponto de não entender o que ele dizia. Com a maior dignidade possível, disse:

— Muito obrigada, Cônon, tenho certeza de que eu e o rei resolveremos isso. Você pode ir agora.

* * *

Filipe acordou cedo no dia do seu casamento. Cônon havia prometido que ele podia usar o manto purpúreo com a grande estrela vermelha. Além disso, ele se casaria com a prima Eurídice. Ela teria permissão de ficar com ele, e ele podia vê-la quando quisesse. O próprio Perdicas dissera isso.

Naquela manhã, a água do banho chegou num grande jarro de prata carregado por dois jovens bem-vestidos que ficaram para despejá-la sobre ele, desejando boa sorte. Isso, explicou Cônon, porque ele era o noivo. Ele viu que os jovens trocavam sorrisos maliciosos, mas essas coisas eram comuns.

Muita gente cantava e ria lá fora. Ele não estava mais em sua tenda, mas num quarto do palácio. Contudo, isso não importava, pois haviam permitido que levasse todas as suas pedras. Cônon explicou que na tenda não havia lugar para uma dama, ao passo que no palácio ela podia ficar no quarto ao lado.

Os jovens o ajudaram a vestir o belo manto. Depois foi levado por Perdicas para oferecer sacrifício no pequeno templo de Zeus, construído por Alexandre no topo da colina, onde o fogo caíra do céu. Perdicas orientou em que momento ele deveria jogar incenso na carne queimada e o que deveria dizer ao deus. Filipe fez tudo como devia, e o povo cantou para ele, mas ninguém o elogiou depois, como Alexandre fazia.

Na verdade, Perdicas teve muito trabalho para organizar uma cerimônia convincente. Graças a Alcetas, a noiva não tinha família para oferecer o banquete de casamento. Perdicas ficou muito grato a Cleópatra por consentir em esperar os noivos na câmara nupcial com o archote de boas-vindas. Porém, o mais importante era a procissão nupcial, porque seria vista pelos soldados.

Então, para complicar mais as coisas, ao meio-dia dois homens anunciaram a chegada da senhora Roxane. Desde que começaram a preparar o casamento, Perdicas esquecera completamente a presença dela e nem a convidara para a festa.

Aposentos foram preparados às pressas. A liteira fechada de Roxane atravessou a cidade. O povo de Sardes se aglomerou para ver, e os soldados a receberam com manifestações discretas de boas-vindas. Nunca haviam aprovado os casamentos de Alexandre com mulheres estrangeiras, mas agora que ele estava morto, era como se uma aura a envolvesse. Além disso, era a mãe do seu filho. O menino estava com ela. Uma rainha macedônia o teria mostrado ao povo, mas as damas bactrianas não apareciam em público. O menino estava inquieto e manhoso por causa do nascimento dos primeiros dentes, e todos ouviram seu choro fraco quando a liteira passou.

Vestido em traje adequado para um casamento e com o melhor dos sorrisos, Perdicas a cumprimentou e convidou-a para o banquete, preparado, disse ele, na última hora, devido à iminência da guerra.

— Você não me disse nada! — reclamou ela. — Quem é essa camponesa que vocês arranjaram para ele? Se o rei tem de se casar, deveria se casar comigo.

— Na Macedônia — disse Perdicas friamente —, o herdeiro de um rei morto não herda seu harém. E a dama é neta de dois reis.

Surgiu então um problema de precedência. Alexandre e seus oficiais haviam se casado com mulheres estrangeiras, segundo os ritos locais dos povos. Roxane, ignorando os costumes macedônios, não podia entender por que Cleópatra estava fazendo o papel da mãe da noiva e não podia ser dispensada dele.

— Mas eu sou a mãe do filho de Alexandre! — gritou ela.

— Isso mesmo — respondeu Perdicas, quase gritando também —, você é parente do *noivo*. Vou mandar alguém para explicar o ritual. Procure fazer sua parte de forma adequada, se quiser que os soldados aceitem seu filho. Não esqueça que eles têm o direito de deserdá-lo.

Isso a acalmou. Perdicas mudara, pensou Roxane, estava mais frio, mais rigoroso, mas prepotente. Ao que parecia, não perdoara a morte de Estatira. Não sabia que outras pessoas também haviam notado essa mudança.

\* \* \*

Filipe esperou ansiosamente durante todo o dia o momento da procissão do casamento. Não foi desapontado. Desde o dia em que montara um elefante não se divertia tanto.

Vestia o manto e tinha na cabeça um diadema de ouro. Eurídice, ao lado dele, usava um vestido amarelo e um véu da mesma cor, preso por uma grinalda de flores de ouro. Filipe pensou que ficariam sozinhos no carro, e não gostou quando Perdicas entrou do outro lado. Eurídice estava casada com *ele*, por isso Perdicas não podia se casar com ela. As pessoas próximas apressaram-se a explicar que Perdicas era o padrinho do noivo, mas Filipe só ouvia a prima Eurídice. Agora que estava casado, não tinha tanto medo de Perdicas, e quase o empurrou para fora do carro.

O carro puxado por quatro mulas brancas seguiu pela Via Sagrada, que fazia uma curva e descia a encosta sem escadas. Era adornada com antigas estátuas e santuários lídios, persas e gregos. Havia bandeiras e grinaldas por toda a parte, e quando o sol começou a se pôr acenderam os archotes. Durante todo o percurso o povo aclamava e aplaudia do alto dos telhados das casas.

As mulas cobertas com redes enfeitadas de cequins e pingentes eram conduzidas por soldados com capas vermelhas e grinaldas. Atrás e na frente os músicos tocavam melodias da Lídia com flautas e gaitas, balançavam os sistros com sininhos e retiniam os grandes címbalos. Os votos de felicidade erguiam-se sonoros como ondas, em várias línguas. A luz do sol desaparecera, os archotes eram como estrelas.

Encantado com tudo aquilo, Filipe perguntou:

— Está feliz, prima Eurídice?

— Muito feliz. — Na verdade, jamais imaginara nada igual. Ao contrário do noivo, Eurídice nunca havia provado a pompa da Ásia. A música, os gritos de aclamação a embriagavam como vinho. Essa era sua natureza e só agora sabia. Afinal, era filha de Amintas, um filho do rei que, quando lhe ofereceram a coroa, não resistira à tentação. — E agora — disse ela — não deve mais me chamar de prima. Uma esposa é mais importante do que uma prima.

O banquete foi servido no grande salão, com uma plataforma para as mulheres nas suas cadeiras de honra e um trono enfeitado de flores para a noiva. Os presentes recebidos e seu dote estavam expostos em volta dela. Com um olhar pensativo, ela olhou as joias, as taças e os vasos, as peças de fina lã tingida que Cina trouxera da Macedônia com todo cuidado. Só uma peça faltava, a caixa de prata onde estavam suas cinzas.

Cleópatra a conduziu à mesa elevada do rei para receber a fatia de pão cortada com a espada dele. Era evidente que Filipe nunca usara uma espada antes, mas cortou o pão bravamente, partiu em dois pedaços quando mandaram e, enquanto Eurídice experimentava o dela — o rito central do casamento —, perguntou se estava bom, porque o dele não estava suficientemente doce.

De volta ao seu dossel, Eurídice ouviu o hino cantado por um coro de jovens, a maior parte lídios, pronunciando mal as palavras, as poucas filhas da Grécia tentando valentemente se fazer ouvir. Percebeu então que as mulheres à sua volta conversavam em voz baixa, como se estivessem planejando alguma coisa. Com um aperto no estômago, ela compreendeu que, quando terminasse a canção, seria conduzida à câmara nupcial.

Durante toda a procissão, e quase durante todo o banquete, ela procurou não pensar nesse momento, transportando-se para o mês seguinte, o ano seguinte, ou vivendo apenas o presente.

— Já recebeu suas instruções?

Eurídice voltou-se sobressaltada. A voz, com um forte sotaque estrangeiro, vinha de trás da sua cadeira. Só naquela manhã fora apresentada à esposa de Alexandre, apenas inclinando-se levemente para a mulher pequena cheia de joias, com bordados de pérola e ouro, rubis em formato de ovos de pombo pendendo das orelhas. Eram tantos os enfeites que nem parecia humana, mas um adorno esplêndido da festa. Agora, Eurídice viu os olhos negros, grandes e brilhantes, as pálpebras escurecidas com *kohl*, o escuro cosmético que lhe conferia um ar de extrema malícia.

— Já — respondeu em voz baixa.

— É mesmo? Ouvi dizer que sua mãe era homem, como seu pai. E olhando para você posso acreditar.

Eurídice olhou para ela como a presa fascinada pelo predador. Roxane, colorida como um passarinho, inclinou-se na sua cadeira de honra.

— Se você sabe tudo o que deve saber, certamente terá de ensinar seu marido. — Os rubis cintilaram, a canção chegando ao fim não abafou sua voz. — Para Alexandre, ele era como um cão debaixo da mesa. Ele o ensinou a acompanhá-lo, e depois o mandou de volta ao canil. *Meu* filho é o verdadeiro rei.

A canção terminou. As mulheres agitavam-se, excitadas.

Cleópatra levantou-se, como vira Olímpia fazer tantas vezes. Todas fizeram o mesmo. Depois de um momento, Roxane as imitou, olhando para todas com expressão de desafio. Usando o grego formal da corte de seu pai, olhando para baixo, da sua altura de macedônia para a pequena bactriana, Cleópatra disse:

— Vamos lembrar onde estamos. E quem somos, se for possível. Senhoras, venham. Os archotes. *Io, Hymen!* Alegria para a noiva!

\* \* \*

— Veja! — Filipe disse para Perdicas, sentado ao lado dele, no lugar de honra. — A prima Eurídice está indo embora! — Levantou-se, afobado.

— *Agora não!* — Agarrando-o pelo manto purpúreo, Perdicas o puxou violentamente para baixo, para o divã, e acrescentou, com impaciência contida: — Ela foi trocar de roupa. Logo nós o levaremos até ela.

Os convidados, e até mesmo os servos lídios que entendiam um pouco de grego, falavam com discrição. Perdicas, abaixando a voz, disse:

— Agora, ouça os discursos, e quando olharem para você, sorria. Vamos beber à sua saúde.

Filipe estendeu a taça de vinho com entalhes de ouro, um tesouro aquemênida da época da ocupação persa. Cônon, de pé atrás da cadeira dele, tirou-a rapidamente da mão do servo zeloso demais e a encheu com vinho misturado com água na medida que usavam para as crianças gregas. Ele parecia deslocado entre os lídios graciosos e os pajens macedônios de boa linhagem que serviam a mesa.

Perdicas levantou-se para fazer o discurso do padrinho; lembrou a linhagem heroica do noivo, os feitos do avô cujo nome ele assumira auspiciosamente, a linhagem de sua mãe, a nobre dama do povo amante dos cavalos, de Larissa. Seus elogios à noiva foram adequados, embora um tanto vagos. Filipe, ocupado em alimentar um poodle branco sentado debaixo da mesa, ergueu os olhos a tempo de agradecer os aplausos com um sorriso obediente.

Uma pessoa inofensiva, um parente real muito distante, respondeu pela noiva com frases feitas sobre sua beleza, sua virtude e ascendência. Mais uma vez beberam à saúde com os brados rituais. Assim, chegou a hora de beber de verdade.

As taças eram esvaziadas e imediatamente enchidas, os rostos ficavam vermelhos sob as grinaldas enviesadas, as vozes ficavam mais altas. Capitães de trinta e poucos anos discutiam e contavam vantagens sobre guerras e mulheres. Alexandre morrera jovem, com muitos jovens à sua volta. Para os mais velhos, um verdadeiro casamento macedônio trazia a lembrança dos banquetes de sua juventude. Com nostalgia contavam as piadas fálicas tradicionais ouvidas nas festas de suas famílias.

Os nobres pajens chegaram para sua parte nas comemorações. Um deles disse:

— Pobre homem. O velho Cônon deveria deixar que ele bebesse algo mais forte na noite do seu casamento, para animá-lo um pouco. — Com um companheiro, aproximou-se do divã de Filipe e disse: — Cônon, Aríston, apesar da distância, envia seus cumprimentos.

Com um largo sorriso, Cônon procurou seu admirador. Perdicas conversava com o convidado ao seu lado. O segundo pajem encheu a taça real com vinho puro. Filipe provou a bebida, gostou e tomou quase toda.

Quando Cônon notou e, zangado, diluiu o que restava, Filipe já havia tomado mais da metade.

Um grupo de homens começou a cantar um escólio.[5] Não era mais inconveniente do que permitia uma festa de casamento, mas Perdicas não os acompanhou. Sabia desde o começo que não podiam se exceder. Daria mais um tempo, em honra da hospitalidade, mas logo teria de dar por encerrada a festa. Parou de beber para manter-se alerta.

Com uma sensação de bem-estar, força e alegria, Filipe começou a bater na mesa acompanhando o ritmo do escólio, cantando em altos brados: "Estou casado, casado, casado, casado com Eurídice!". O poodle branco pôs a pata na perna dele. Filipe o apanhou e o pôs na mesa. O animalzinho começou a correr, espalhando taças, frutas e flores, até ser apanhado e levado embora, ganindo estridentemente. Todos riram. Alguns, já bastante "alegres", cantaram antigos encorajamentos para o desempenho na primeira noite.

Filipe fitou-os com um olhar confuso, ocultando ansiedade e suspeita. Sentiu calor dentro de seu manto purpúreo ensopado de suor devido a seu nervosismo. Ele o ergueu, na tentativa de tirá-lo.

---

5. Canção dos gregos antigos, entoada sucessivamente pelos convidados enquanto bebem. (N. T.)

Perdicas notou que já era tarde. Pediu um archote e fez sinal para o condutor levar o noivo.

\* \* \*

Eurídice estava deitada no leito enorme e perfumado com a camisola de seda fina e as damas de honra à sua volta. No começo, elas fizeram tudo que deveriam fazer, ajudando-a a trocar de roupa e deitar-se, mas nenhuma a conhecia, e como a espera da chegada dos homens era sempre tediosa, especialmente porque piadas picantes estavam proibidas, começaram a conversar sem incluir a noiva na conversa. A mais animada era Roxane, que descrevia as cerimônias muito mais esplêndidas do tempo de Alexandre, tratando Cleópatra com condescendência.

Solitária no pequeno grupo, com o odor morno de corpos femininos, das ervas e das arcas de cedro de roupa, essência de laranja e rosas, Eurídice ouvia os sons cada vez mais altos da festa dos homens. Estava quente, mas sentia os pés gelados entre os lençóis de linho. Habituara-se a dormir com roupa de lã. O quarto era enorme, a antiga câmara do rei Creso. As paredes eram de mármore colorido e o assoalho, de pórfiro. Um lustre persa com motivos de lótus dourados pendia do teto sobre a cama, banhando-a de luz. Será que ninguém ia apagá-lo? Eurídice lembrava-se claramente da presença física de Filipe, os membros fortes e musculosos, o cheiro levemente adocicado. O pouco que comera pesava como chumbo em seu estômago. Imagine se vomitasse na cama. Se ao menos sua mãe estivesse ali! Sentindo o verdadeiro impacto daquela perda, Eurídice, apavorada, estava prestes a chorar, mas se Cina estivesse com ela, ficaria envergonhada vendo-a chorar na presença do inimigo. Contraindo os músculos do estômago, Eurídice não permitiu que o primeiro soluço chegasse aos seus lábios.

Atrás das matronas, as damas de honra conversavam em voz baixa. Cantada sua canção, executado o ritual de abrir as cobertas da cama da noiva e perfumá-las, não tinham nada mais para fazer. Irmãs, primas e amigas, falavam e riam, o som quase morrendo quando uma das grandes damas olhava para elas farfalhando outra vez como a brisa leve nas folhas. Eurídice ouvia. Ela também não tinha nada para fazer. Então, percebeu que os sons na antecâmara tinham mudado. Os divãs arranhavam o chão com o movimento dos homens, o canto cessara. Eles estavam se levantando.

Como um soldado livre, afinal, da tensão pelo começo da luta, ela reuniu toda sua coragem. Logo todas aquelas pessoas iriam embora deixando-a sozinha com ele. Ela falaria com Filipe, contaria histórias. O velho Cônon dissera que ele não criaria problemas.

Roxane também ouviu. Voltou-se, tilintando os brincos de rubi.

— Alegria para a noiva! — disse ela.

\* \* \*

No meio dos homens embriagados que carregavam archotes, que riam e o empurravam tropeçando no manto, na escada de degraus estreitos entre os murais pintados, Filipe dirigiu-se à Câmara Real.

Sua cabeça girava e ele suava sob o manto pesado. Estava zangado porque tinham levado embora o cãozinho. Estava zangado com Perdicas que o tirara da mesa, e com todos os homens por zombarem dele. Sim, ele sabia, e agora nem tentavam disfarçar. Riam dele porque sabiam que estava com medo. Ouvira as piadas no átrio. Ele deveria fazer alguma coisa com Eurídice, uma coisa tão má que não se deveria fazer nem consigo mesmo, se houvesse a possibilidade de alguém ver. Muito tempo atrás, levara uma sova porque alguém tinha visto. E agora, tinha certeza — ninguém dissera o contrário —, todos iam ficar e assistir. Ele não sabia como era e tinha certeza de que a prima Eurídice não ia gostar. Se Perdicas não estivesse segurando seu braço, teria fugido.

Filipe disse, com desespero:

— Está na minha hora de dormir. Quero ir para a cama.

— *Nós* vamos levá-lo para a cama — disseram em coro. — Para isso estamos aqui. — Deram gargalhadas.

Era como nos maus tempos, antes de Alexandre tirá-lo de casa.

— Fiquem quietos. — A voz de Perdicas, nem um pouco festiva, severa e autoritária, acabou com os efeitos da bebida em todos.

Levaram Filipe para a antecâmara e começaram a despi-lo. Filipe deixou que tirassem o manto purpúreo, mas quando desataram o cinto de sua túnica molhada de suor ele resistiu e, com dois socos, atirou dois homens para longe. Os outros riram, mas Perdicas, ameaçador e furioso, disse a ele para não esquecer que era um rei. Então, ele deixou que tirassem sua roupa e o vestissem com uma túnica longa e solta com a barra bordada. Deixaram que ele usasse o vaso (onde estava Cônon?) e depois, como não tinham mais nada para fazer, o conduziram para a porta. Filipe ouviu o murmúrio de vozes femininas no quarto. *Elas* também iam assistir!

As portas enormes se abriram. Lá estava Eurídice, sentada no leito enorme. Uma pequena escrava morena passou por ele, rindo, com o longo apagador de velas na mão. Uma onda imensa de raiva, desespero e medo o envolveu, zumbindo e martelando na sua cabeça. Ele lembrou, sabia que logo o facho de luz branca ia aparecer. Oh, onde estava Cônon? Filipe gritou.

— A luz! A luz!

E ela apareceu, atingindo-o como um relâmpago.

Cônon, que estava parado na sombra, no corredor, correu para o quarto. Sem se desculpar, empurrou para o lado o grupo horrorizado, sóbrio agora com o choque, que se inclinava para o homem no chão. Tirou da bolsa do cinto uma pequena cunha de madeira, e com ela manteve os maxilares de Filipe abertos para evitar que a língua enrolasse e o sufocasse. Por um momento, Cônon olhou para os homens com fúria amarga, mas logo seu rosto retomou a máscara impassível do soldado ante a estupidez dos oficiais. Disse para Perdicas:

— Senhor, eu posso tratar dele. Sei o que devo fazer. Se as senhoras quiserem sair, senhor.

Chocados e envergonhados, os homens se afastaram para que as mulheres saíssem primeiro. As jovens, em pânico, esquecendo a etiqueta, correram todas ao mesmo tempo, com as sapatilhas soando apressadas na escada. As matronas, sempre obcecadas pela etiqueta e pelo protocolo, esperaram a saída das rainhas.

Eurídice cobriu-se com a colcha de franjas de ouro e olhou em volta procurando ajuda. Estava vestida só com a camisola fina de seda. Como podia se levantar na frente dos homens, de Cônon, que ia ficar no quarto? Sua roupa estava numa banqueta de marfim, na outra extremidade do quarto. Será que ninguém se lembraria dela, ou ficaria na sua frente, ou levaria alguma coisa para vestir?

Ouviu um som diferente. Filipe, até então completamente rígido, começou a se debater. Num instante foi dominado por espasmos crônicos, agitando o corpo todo, levantando a túnica com o movimento descontrolado das pernas.

— Alegria para a noiva! — disse Roxane, olhando para trás, antes de sair para o corredor.

— Venham, senhoras. — Cleópatra chamou as matronas, evitando olhar para o escândalo. Caminhou até a porta, parou e virou-se para trás. Eurídice viu o olhar de desprezo, a compaixão relutante.

— Você não vem? Arranjamos alguma coisa para você vestir. — Olhou para a banqueta e uma matrona correu para apanhar as roupas.

Eurídice olhou para o corredor, vendo o brilho dos bordados da roupa da viúva de Alexandre, depois para a irmã de Alexandre, para quem ela era como uma prostituta vencida, cuja vergonha devia ser encoberta em honra da casa, e pensou: *O que eu sei, mesmo a respeito dele, a não ser que matou meu pai? Que os deuses amaldiçoem a todos. Nem que tenha de morrer para isso, eu os farei ajoelhar aos meus pés.*

A matrona entregou a ela o *himation* tingido de açafrão, a cor da sorte, da fertilidade e da alegria. Eurídice o apanhou em silêncio, e o vestiu, levantando-se da cama. O tremor de Filipe diminuíra. Cônon segurava a cabeça dele para evitar que batesse no chão. De pé entre ele e os outros, ela disse:

— Não, senhora. Eu não vou. O rei está doente e meu lugar é com meu marido. Por favor, deixe-nos sozinhos agora.

Apanhou um travesseiro da cama e o pôs debaixo da cabeça de Filipe. Agora ele lhe pertencia, os dois eram igualmente vítimas. Ele a fizera rainha, e ela seria rei pelos dois. Enquanto isso, ele deveria ser levado para a cama e agasalhar-se bem. Cônon arranjaria um lugar para ela dormir.

# 321 a.C.

AO SUL, NA ANTIGA ESTRADA DA COSTA QUE ACOMPANHAVA A MARGEM leste do Mar do Meio, o exército de Perdicas marchava com o longo séquito de cavalariços e mercadores, ferreiros e carpinteiros, fabricantes de arreios, os elefantes, a fila interminável de carroças fechadas, as mulheres dos soldados, os escravos. Em Sídon, Tiro e Gaza, o povo olhava do alto dos muros restaurados. Havia onze anos Alexandre marchara por aquele caminho, vivo, e fazia poucos dias que o tinham visto em sua última viagem, seguindo para o Egito, ao som de pequenos sinos. Esse exército não tinha nenhuma ligação com eles, mas significava guerra, e a guerra tendia a se espalhar.

Flanqueado pela guarda de bactrianos e persas armados, o carro fechado de Roxane acompanhava a marcha, como havia acompanhado da Báctria à Índia, Drangiana, Susa, de Persepólis à Babilônia. Cada parte do carro fora reformada várias vezes, à medida que aumentava o número das jornadas, mas parecia o mesmo, como antes, com o cheiro forte do couro tingido que forrava o teto, das essências que em cada cidade os eunucos levavam a ela para escolher. Mesmo agora, o leve perfume de uma almofada podia trazer a lembrança do calor de Taxila. Ali estavam as terrinas pesadas com turquesas e pequenos objetos do seu dote, as taças de ouro cinzeladas de Susa, um turíbulo da Babilônia. Tudo como antes, se não fosse pela presença do seu filho.

O menino estava com quase dois anos e era pequeno para a idade, mas como Roxane dizia, o pai também devia ser assim quando menino. Fora isso, ele era todo parecido com Roxane; o cabelo escuro e macio, os olhos escuros e brilhantes. Era cheio de vida e raramente adoecia, curioso e sempre à procura de novas descobertas, o terror das amas que deviam cuidar de sua segurança colocando em risco suas próprias vidas. Embora ele devesse ser protegido, Roxane não queria que fosse intimidado; deveria aprender, desde pequeno, que era um rei.

Perdicas a visitava regularmente. Era o guardião do menino, como lembrava sempre que se desentendiam, o que acontecia com frequência. Ficava ofendido quando o menino fugia dele e atribuía isso ao fato de ele nunca ver outro homem.

— O pai dele, você deve lembrar, não foi criado entre eunucos.

— Entre *meu* povo, eles deixam o harém aos cinco anos, e mesmo assim são guerreiros.

— Entretanto, ele os venceu. Por isso você está aqui.

— Como se atreve? — exclamou ela. — Como ousa me chamar de cativa da lança! Você foi convidado para o nosso casamento! Oh, se ele estivesse aqui!

— É bem possível que você venha a desejar isso — disse Perdicas, deixando-a para visitar a outra ala do harém.

\* \* \*

Quando o exército acampava, Filipe tinha a sua tenda como antes. Eurídice, como convinha a uma dama da sua posição, tinha o próprio carro, onde ela dormia. Não tinha o esplendor do carro de Roxane, mas como ela não o conhecia, achava o seu confortável, e até bonito quando as peças do seu dote foram arrumadas nele. Tinha um armário espaçoso onde, enroladas em cobertores, escondera suas armas.

Filipe estava satisfeito com a situação. A presença dela na sua tenda, à noite, o teria embaraçado. Ela era capaz até de mandar Cônon sair. Durante o dia ele tinha imenso prazer na companhia dela, cavalgava muitas vezes ao lado do seu carro, mostrando alguns dos lugares por onde passavam. Ele fizera aquela mesma viagem com Alexandre, e uma vez ou outra alguma coisa reavivava sua memória. Ele acampara durante meses na frente dos muros enormes de Tiro.

À noite ela jantava na tenda dele. A princípio, Eurídice não suportava o modo como ele comia, mas aos poucos, com sua orientação, ele melhorou. Às vezes, ao pôr do sol, quando o acampamento era perto da praia, caminhavam juntos sob a guarda de Cônon, e ela o ajudava a procurar pedras e conchas. Então Eurídice contava as lendas da casa real da Macedônia ouvidas de Cina, lendas de um passado distante, até a do menino que aceitara o raio de sol em retribuição a seu trabalho.

— Você e eu — disse ela — seremos rei e rainha da Macedônia muito em breve.

Uma vaga ansiedade toldou o olhar dele.

— Mas Alexandre me disse...

— Isso porque ele era o rei. Isso tudo já acabou. Você *é* o rei. Agora que estamos casados, deve me ouvir. Eu direi o que deve fazer.

\* \* \*

Passaram o Sinai, e em terras do Egito acamparam na planície verde da costa. Alguns quilômetros adiante ficava o porto de Pelusa e, depois dele, o delta do Nilo, com sua rede intrincada de canais e regatos menores. Além do Nilo ficava Alexandria.

No meio das tamareiras, dos pequenos canais de irrigação e das moitas altas de papiro, o exército se espalhava, impaciente. O vento quente e seco das areias do Sul começava a soprar; o Nilo estava baixo, as sementes mergulhavam na lama escura, os bois giravam pacientemente as rodas de água, de madeira. Ao lado dos elefantes, seus condutores despiam as tangas para lavar seus filhos enormes, esfregando-os alegremente à medida que os animais jogavam água no próprio corpo com as trombas, depois da travessia no calor intenso do Sinai. Os camelos, bebendo quantidades enormes de água, reabasteciam seus tanques secretos, enquanto as mulheres dos soldados lavavam suas roupas e as dos filhos. As vivandeiras saíam à procura de suprimentos, os soldados preparavam-se para a guerra.

Perdicas e sua comitiva estudavam o terreno. Ele estivera ali com Alexandre, mas fazia onze anos e, nos últimos, Ptolomeu se instalara naquelas terras. A paisagem plana permitia que avistassem os pontos vitais de acesso, onde numa elevação ou num rochedo saliente estavam os resistentes fortes de tijolo ou madeira. Não podiam ir mais adiante seguindo a costa. Pelusa era bem defendida por entre os terrenos salinos. Perdicas precisava atacar ao Sul, abaixo da rede fluvial do Delta.

O acampamento principal ficaria ali. Ele partiria com uma força móvel, com armamento leve e sem carga. Alexandre ensinara isso. Perdicas cavalgou de volta para sua tenda, ao pôr do sol avermelhado pelo hálito quente do deserto, para elaborar seus planos.

Por todo o vasto acampamento acendiam-se as fogueiras pequenas, para as mulheres as maiores — pois as noites eram frias —, onde vinte ou trinta homens partilhariam a sopa de feijão e a aveia, o pão e as azeitonas, tâmaras, o queijo e o vinho forte.

Era entre a refeição e o repouso da noite, quando os homens falavam em seu descanso, contavam histórias ou cantavam, que as vozes começavam a soar no acampamento, vindas das sombras, fora do alcance da luz das fogueiras. Chamavam suavemente, em bom macedônio, citando nomes conhecidos, lembrando antigas batalhas sob o comando de Alexandre, amigos que haviam tombado na luta, antigas brincadeiras. A princípio não contestado, depois acolhido com hesitação, o homem aproximava-se do fogo para partilhar uma jarra de vinho, levada por ele. No dia seguinte, quem sabe, talvez tivessem de matar uns aos outros, mas por enquanto, boa saúde e nenhum ressentimento. Quanto a ele, só podia falar sobre o que ouvira, agora que Alexandre se fora. Ptolomeu era o segundo melhor. Era um soldado e não se deixava enganar por ninguém, mas importava-se com os soldados, tinha tempo para os problemas deles, e onde mais podiam encontrar outro igual? A propósito, quanto Perdicas pagava aos veteranos? O *quê*? (Balançando a cabeça, soltando um assobio longo de desprezo.)

— Suponho que ele prometeu parte do saque? Oh, sim, está *lá*, mas vocês jamais o terão. Esta terra é uma assassina para os que não conhecem as vias fluviais. Cuidado com os crocodilos, são maiores que os da Índia, e muito astutos.

Para uma audiência crescente, ele continuava a falar dos confortos e prazeres de Alexandria, os navios que chegavam de toda a parte, a comida boa e fresca, as casas de bebida e as mulheres, o ar puro o ano todo, e Alexandre para trazer boa sorte para a cidade.

Esvaziada a jarra de vinho, sua missão cumprida, o visitante se afastava, seus passos mesclados aos sons estranhos da noite egípcia. Caminhando de volta para seu forte, pensava satisfeito que não contara nenhuma mentira, e que fazer uma boa ação para velhos amigos era um bom meio de ganhar cem dracmas.

\* \* \*

Perdicas armou seu último acampamento um pouco acima do pulso da enorme mão do delta do Nilo, onde os longos dedos seguiam para o Norte. Os não combatentes que levara até aquele ponto esperariam por ele, especialmente os Reis que ele queria manter sob sua vigilância. Dali marcharia na direção do rio.

Eles viram Perdicas e seus soldados iniciarem a marcha na neblina da manhã, a cavalo e a pé, a caravana de camelos com as partes das catapultas, os elefantes atrás. Durante longo tempo foram diminuindo de tamanho na planície imensa, desaparecendo finalmente no horizonte baixo de tamargas e palmeiras.

Andando de um lado para o outro na tenda real, Eurídice esperava impaciente as primeiras notícias. Cônon providenciou uma escolta e levou Filipe para um passeio a cavalo. Eurídice também gostaria de cavalgar, livre, nas colinas da Macedônia, montada como um homem, mas agora precisava lembrar o que era aceitável para uma rainha. Perdicas a advertira a esse respeito.

Agora que pela primeira vez ela fazia parte de um exército, no campo, seu treinamento e sua natureza revoltavam-se por ter de ficar com os escravos e as mulheres. Ela encarava o casamento como uma necessidade grotesca, algo para ser manipulado, sem modificar coisa alguma nela mesma. Agora, cada vez mais via as mulheres como uma espécie estranha, cujas leis não se aplicavam a ela.

Ao lado do seu carro, as duas empregadas, sentadas na sombra, conversavam em lídio. Ambas eram escravas. Eurídice recusara damas de companhia, dizendo a Perdicas que não pediria a mulheres criadas com conforto para enfrentar as dificuldades da marcha. A verdade era que ela não suportava o tédio da conversa das mulheres. Eurídice era indiferente em relação ao sexo. Nesse particular, precisava de mulheres ainda menos do que de homens. Sua noite de núpcias eliminara até mesmo isso. Nos seus sonhos de adolescente ela lutava, como Hipólita, ao lado de um herói, mas agora tornara-se mais ambiciosa e seus sonhos eram diferentes.

Na manhã do terceiro dia, estava perdendo a paciência até mesmo com suas ambições, por falta de uma válvula de escape. O dia se arrastou, inútil e enfadonho como a paisagem. Por que tinha de aturar tudo aquilo? Lembrou-se do armário no seu carro onde escondera as armas e sua túnica masculina.

Ela era a rainha. Perdicas deveria ter mandado notícias. Se não aparecesse ninguém, ela teria de sair para ver.

Tudo que sabia da expedição, ouvira de Cônon, que tinha muitos amigos no acampamento. Perdicas, disse ele, saíra sem dizer a ninguém seu objetivo, nem para o comandante do acampamento, nem para os oficiais que foram com ele, porque ouviu dizer que havia espiões no local. Os oficiais ficaram descontentes. Seleuco, que comandava os elefantes, queria saber como os animais seriam usados. Cônon não contou a ela tudo que ouviu. No acampamento diziam que Perdicas ultimamente estava muito mais arbitrário e ditatorial do que Alexandre jamais fora. Alexandre sabia como convencer os soldados.

Mas confiou a Eurídice que, com os suprimentos e mudas de cavalos que haviam levado, calculava que não deveriam marchar mais de cinquenta quilômetros. E essa era a distância do acampamento até o Nilo.

Eurídice vestiu a túnica curta, afivelou o corselete de pele, atou os protetores dos ombros, calçou as botas de montaria e os protetores das pernas. O corselete disfarçava a curva dos seios pequenos. Seu elmo era um barrete de guerra ilírio, simples, sem penacho, o mesmo que sua avó Audata usara na fronteira. Os servos, sonolentos, não a viram sair. No curral, os cavalariços pensaram que ela fosse um dos escudeiros reais e, obedecendo à sua ordem imperiosa, entregaram uma boa montaria.

Mesmo depois de três dias, as pegadas dos soldados eram ainda bem visíveis: a relva amassada, os sulcos na terra, o excremento dos camelos e dos cavalos, as marcas nas margens desbarrancadas dos canais de irrigação com água vazando para os pequenos campos. Os camponeses que trabalhavam para reparar os diques ergueram para ela o olhar repleto de ódio por todos os soldados destruidores.

Depois de uns poucos quilômetros, ela encontrou o mensageiro.

Montado num camelo, o homem coberto de poeira e cansado olhou furioso para ela por não lhe dar passagem, mas ele era um soldado; portanto, Eurídice fez meia-volta e o alcançou. Seu cavalo recuou quando chegou perto do camelo. Ela perguntou:

— Quais são as novas? Houve alguma batalha?

Ele se inclinou para o lado para cuspir, mas sua boca estava seca e só as palavras saíram dos seus lábios.

— Saia do meu caminho, menino. Não tenho tempo para você. Levo despachos para o acampamento. Todos devem se preparar para receber os feridos... o que sobrou deles. — Fez o camelo desviar para o lado; o animal, balançando a cabeça arrogante, passou, deixando uma nuvem de pó.

Uma ou duas horas mais tarde, ela encontrou os carros cobertos. Quando se aproximaram, adivinhou o que traziam ao ouvir os gemidos, viu os carregadores de água nos seus jumentos e o médico inclinado sob a proteção do toldo. Eurídice cavalgou ao lado da fila, ouvindo o zumbido das moscas, um praguejar ou grito quando um dos carros balançava demais.

No quarto carro, os homens conversavam e olhavam para fora, homens com ferimentos nos braços e nas pernas, vivos e alertas. Eurídice viu um rosto conhecido, o veterano que ficara ao seu lado em Sardes quando sua mãe morrera.

— Taulo! — chamou ela, aproximando-se da traseira do carro. — Sinto muito que esteja ferido.

Ela foi recebida com espanto e alegria. A rainha Eurídice! E eles pensaram que era um jovem nobre da cavalaria! O que ela estava fazendo ali?

Ia conduzi-los à luta? Uma filha da casa real — seu avô ficaria orgulhoso. Ah, bem, felizmente ela chegara tarde para a luta do dia anterior. Era um prazer vê-la com eles.

Eurídice não compreendeu que era sua juventude que os encantava. Se tivesse trinta anos em vez de quinze, teria se transformado numa piada da caserna por seus modos masculinos. Ela parecia um belo menino sem perder a feminilidade, Eurídice era sua amiga e aliada. Enquanto cavalgava ao lado do carro, eles desabafavam seu descontentamento com ela.

Perdicas os conduziu a um lugar no Nilo chamado Passo do Camelo, mas o Passo era guardado por um forte, no outro lado de um dos braços do Nilo, com uma paliçada, uma escarpa e o muro do forte bem no topo. Os observadores avançados de Perdicas disseram que era guardado por poucos soldados.

— Mas ele esqueceu que Ptolomeu aprendeu a profissão com Alexandre — disse um jovem veterano, taciturno.

— Perdicas o odeia — afirmou outro —, por isso o subestima. Não se pode fazer isso na guerra. Alexandre sabia.

— Tem razão. É claro que o forte tinha poucos soldados. Ptolomeu estava garantindo a mobilidade de suas forças até saber de onde viria o ataque. Assim que soube, chegou como o vento. Duvido que Alexandre pudesse ser mais rápido. Quando estávamos no meio do caminho, ele estava no forte com seu regimento.

— E mais uma coisa — tornou Taulo —, ele não queria derramar sangue macedônio. Ele podia ter esperado e caído sobre nós quando tivéssemos atravessado a distância toda, pois ninguém o vira chegar ao forte, mas ele ficou de pé sobre o muro ao lado de um arauto e com todos os seus homens gritando, tentando nos fazer recuar. Ptolomeu é um cavalheiro. Alexandre o admirava muito.

Com um gemido surdo, ele mudou de posição sobre a palha, para aliviar a dor na perna ferida. Ela perguntou se ele precisava de água, mas o que todos eles queriam era falar. Os feridos em estado grave estavam nos outros carros.

Perdicas, disseram eles, tinha feito um discurso apelando para a lealdade dos homens. Ele era o guardião dos Reis, nomeado diretamente por Alexandre. Isso eles não podiam negar; além do mais, era ele quem os pagava, e seu salário não estava atrasado.

Os elefantes carregaram as escadas para escalar os muros, e foram eles também que derrubaram as paliçadas na margem do rio, dirigidos pelos condutores, arrancando os postes como se fossem folhas de pequenos arbustos, seu couro grosso mal sentindo os dardos e as flechas que vinham de cima, mas os defensores estavam bem-preparados; a encosta era íngreme, e os homens que caíam das escadas rolavam para baixo, passando sobre as paliçadas destruídas e caindo no rio, onde morriam afogados por causa do peso das armaduras. Foi então que Perdicas deu ordem para os elefantes atacarem os muros.

— Seleuco não gostou. Disse que os elefantes já haviam feito sua parte. Disse que não era sensato os elefantes atacarem, levados por dois homens, para enfrentar uma dúzia de defensores, além de pôr em perigo a vida dos animais, mas Perdicas o fez lembrar, autoritariamente, quem estava no comando. Seleuco também não gostou disso.

Os elefantes receberam ordem para dar seu grito de guerra.

— Mas isso não assustou Ptolomeu. Lá estava ele, no alto do muro do forte com uma lança-aríete, empurrando nossos homens que conseguiam chegar até o alto. Um elefante pode assustar um homem que está no chão, mas não quando ele está sobre um muro alto, muito acima dele.

Os elefantes subiram a encosta escarpada com dificuldade, enfiando os pés pesados na terra até o Velho Plutão, que os conduzia, começar a empurrar as toras de madeira do muro do forte. O Velho Plutão era capaz de manejar um aríete, mas Ptolomeu manteve-se firme, desfez-se dos dardos e do escudo e atingiu os olhos do Velho Plutão com sua lança longa. Alguém derrubou o condutor do segundo elefante. Assim, os dois animais enormes, um cego e o outro sem seu condutor, desceram apavorados a encosta, pisoteando quem estivesse no seu caminho.

— E foi assim — continuou um dos homens — que quebrei meu pé. Não foi o inimigo. E se eu nunca mais puder andar direito, não vou culpar Ptolomeu.

Todos os homens no carro murmuraram furiosos. Feridos logo no começo, pouco viram do resto, mas achavam que a luta durara o dia todo. Eurídice os acompanhou por mais algum tempo, oferecendo compaixão. Depois perguntou o caminho para o Passo do Camelo. Eles a aconselharam a tomar cuidado para não fazer nada precipitadamente, porque não podiam perder sua rainha.

No meio do caminho, Eurídice viu um vulto escuro que saía lentamente de um bosque de palmeiras nas margens de um pequeno lago. Ao aproximar-se, viu que eram dois elefantes, o maior segurando a cauda do menor, que ia na frente. O Velho Plutão voltava para casa, conduzido como fora pela mãe havia quarenta anos, na selva onde nascera para protegê-lo contra os tigres. O condutor chorava, sentado no pescoço do velho animal. Dos olhos feridos do Velho Plutão escorria sangue, como se ele estivesse chorando também.

Para Eurídice era a prova da destreza de Ptolomeu. Em Pela, sua diversão principal era a caça. Aceitava como ponto pacífico o fato de que os animais tinham sido postos no mundo para uso dos homens. Interrogando o outro condutor, que parecia mais calmo, descobriu que Perdicas desistira do ataque no fim do dia e marchara à noite ele não sabia para onde. Evidentemente, se ela continuasse naquela direção, corria o risco de cair nas mãos do inimigo, por isso resolveu voltar ao acampamento.

Cônon, o único a sentir sua falta, reconheceu-a imediatamente, mas seu olhar o advertiu que não cabia a ele censurá-la. Cônon jamais pensaria em denunciá-la. Para todos os outros, o casamento de Filipe fora uma festa passageira, e agora tinham outras coisas com que se preocupar. Eurídice teve de se adaptar e encontrar seu caminho sem a ajuda de ninguém.

O que restava do exército de Perdicas chegou no dia seguinte.

Os extraviados vieram na frente, sem comando, indisciplinados, sujos. A roupa, a armadura e a pele estavam cobertas de lama do Nilo. Podiam ser tomados por negros, não fossem os olhos claros e irados. Entraram no acampamento procurando água para beber e para se lavar, cada um contando uma história de confusão e derrota. A força principal chegou logo depois, um grupo de homens carrancudos, taciturnos, conduzidos por Perdicas, impassível, e seus oficiais calados. Outra vez, na reclusão do seu carro, vestida de mulher, Eurídice mandou Cônon conseguir informações mais precisas.

Depois que ele saiu, os homens começaram a se reunir na frente dos alojamentos reais. Chegavam em grupos, quase sem falar, mas com o ar de homens que haviam chegado a uma decisão. Intrigada e preocupada, Eurídice procurou as sentinelas que deviam estar por perto, mas tinham se unido aos homens silenciosos.

Dominando o medo do primeiro momento, ela foi até a entrada da tenda real, de onde podia ser vista por todos. Os braços se ergueram numa saudação. Tudo estava quieto, e pairava no ar uma sensação de segurança, quase de cumplicidade.

— Filipe — disse ela —, venha para a entrada da tenda e deixe que os homens o vejam. Sorria para eles e cumprimente como Perdicas ensinou. Mostre-me primeiro; sim, isso mesmo. Não diga nada, apenas faça a saudação.

Filipe entrou, satisfeito, dizendo:

— Eles acenaram para mim.

— Eles disseram "Viva Filipe". Lembre-se, quando as pessoas dizem isso você deve sorrir.

— Sim, Eurídice. — Ele foi arrumar suas conchas e algumas contas de vidro vermelho comprado por ela de um vendedor ambulante.

Um vulto apareceu na entrada da tenda. Cônon parou, esperando permissão para entrar. Quando Eurídice viu a expressão dele, olhou para o canto, onde guardavam a lança de cerimônia de Filipe e perguntou:

— O inimigo está vindo?

— Inimigo? — perguntou ele, como se fosse uma palavra absurda. — Não, senhora... Não se preocupe com os homens lá fora. Eles resolveram assumir o comando, em caso de haver problemas. Eu conheço todos eles.

— Problemas? Que tipo de problemas?

Eurídice viu o rosto inexpressivo do soldado.

— Não posso dizer, senhora. No acampamento comentam várias coisas. Foram rechaçados duramente quando tentavam atravessar o Nilo.

— Eu vi o Nilo — Filipe ergueu os olhos —, quando Alexandre...

— Fique quieto e ouça. Sim, Cônon, continue.

Ao que parecia, Perdicas dera aos seus homens algumas horas de descanso depois do ataque ao forte. Então, mandou levantar acampamento e preparar para a marcha noturna.

— Cônon — interrompeu Filipe —, por que aqueles homens estão gritando?

Cônon também estava ouvindo.

— Estão zangados, senhor, mas não com o senhor ou com a rainha. Não se preocupe com isso, eles não virão aqui.

Continuou o relato.

Os homens de Perdicas haviam lutado no calor do dia até o cair da noite. Estavam desanimados e exaustos, mas Perdicas prometeu uma jornada fácil, para o Sul, em Mênfis, seguindo a margem leste do rio.

— Mênfis — disse Filipe, com entusiasmo.

Havia muito tempo, ele assistira de uma janela ao magnífico espetáculo da entronização de Alexandre como faraó, Filho de Rá. Ele parecia todo feito de ouro.

Cônon dizia:

— Alexandre sim, *ele* sabia como entusiasmar os homens.

Lá fora aumentou o volume das vozes dos soldados, como se estivessem recebendo alguma notícia. O som abaixou outra vez.

Noite ainda, antes da aurora, Cônon continuou; haviam chegado ao ponto da travessia onde uma ilha com quase dois quilômetros de comprimento diminuía a força da água. Os dois braços do rio formados por ela eram rasos. Deviam atravessar em dois estágios, reunindo-se primeiro na ilha.

— Mas era mais fundo do que Perdicas imaginara. Na metade do primeiro braço do rio, estavam com a água na altura do peito. Com a corrente puxando seus escudos, alguns caíam na água, o resto fazia o possível para manter-se em pé. Então Perdicas lembrou como Alexandre atravessara o Tigre.

Cônon parou, para ver se ela conhecia a história daquela proeza de Alexandre, mas Eurídice jamais encorajava ninguém a falar de Alexandre em sua presença.

— É um rio rápido, o Tigre. Antes de enviar a infantaria, ele dispôs duas filas de cavalaria, rio acima e rio abaixo do local da travessia. Acima, para quebrar a força da corrente, abaixo para apanhar os homens que fossem levados pela água. Ele foi o primeiro homem a entrar a pé no rio procurando os bancos de areia com a lança.

— Sim — disse Eurídice com frieza. — Mas o que Perdicas fez?

— O que *ele* fez foi usar os elefantes.

— Eles não se afogaram? — perguntou Filipe, ansioso.

— Não, senhor. Quem se afogou foram os homens... Onde está aquele preguiçoso do Sinis? É próprio de um homem da Cária desaparecer numa ocasião como esta. Um momento, senhora.

Cônon levou uma vela até o pequeno recipiente de barro onde uma chama ficava acesa durante o dia todo e acendeu as velas do grande castiçal. Lá fora, um brilho vermelho indicava que os soldados estavam acendendo uma fogueira para cozinhar. A sombra de Cônon, aumentada pela luz atrás dele, desenhava-se imensa e ameaçadora no linho da tenda.

— Ele pôs os elefantes na parte de cima, em fila, de uma margem à outra, a cavalaria na parte de baixo, e mandou a falange avançar. Eles entraram no rio, cada líder com seus homens. E quando chegaram ao meio, era como se o Nilo tivesse começado uma enchente. A água os cobriu; os cavalos, na parte de baixo, tiveram de nadar. Foi o peso dos elefantes que provocou o desastre, levantando a lama do fundo, o que não existia no rio Tigre, mas o pior de tudo, todos dizem, foi ver os companheiros serem apanhados pelos crocodilos.

— Eu já vi um crocodilo — disse Filipe, animado.

— Sim, senhor, eu sei... Muito bem, antes da água ter subido demais, alguns homens tinham conseguido chegar à ilha. Perdicas viu que não podiam continuar e deu ordem para todos voltarem.

— *Voltarem?* — retorquiu Eurídice. Prestou atenção aos ruídos lá fora, o murmúrio de vozes que crescia e diminuía, um gemido longo vindo das tendas onde estavam as mulheres dos soldados. — Ele deu ordem para os homens voltarem?

— Era voltar ou ficar na ilha. Significava jogar fora as armas, o que nenhum macedônio faria sob o comando de Alexandre, e eles não vão esquecer. Alguns gritaram que preferiam arriscar a travessia pelo canal oeste do rio e se entregar a Ptolomeu. Ninguém sabe o que aconteceu com eles. O resto entrou outra vez na água, mais profunda do que nunca, cheia de sangue e de crocodilos. Poucos chegaram ao outro lado. Eu falei com eles. Um deles perdeu a mão na boca de um crocodilo. O que restou do braço está despedaçado, ele não vai sobreviver... Perderam dois mil homens.

Eurídice lembrou-se dos carros que levavam os feridos, uma mera gota no oceano do desastre. Num impulso irresistível, um misto de fúria, pena, desprezo e ambição, como quem agarra uma oportunidade, ela voltou-se para Filipe, fora de si:

— Escute o que vou dizer. — Ele esperou, atento, reconhecendo, como um cão, o tom imperativo do comando. — Vamos sair para falar com os soldados. Eles foram maltratados, mas sabem que somos amigos. Desta vez, *você* deve falar com eles. Primeiro, responda à saudação, depois diga o seguinte. Bem, ouça com atenção: "Homens da Macedônia. O espírito do meu irmão certamente lamenta o que aconteceu neste dia". Não diga nada mais, mesmo que respondam. Depois disso, eu falo com eles.

Filipe repetiu e eles saíram para a noite que chegava, iluminados por trás pela luz do interior da tenda, e pela frente pelas chamas das fogueiras dos soldados.

Foram recebidos com uma aclamação. Uns avisavam aos outros e todos correram para eles. Filipe deu o recado. Eurídice não o sobrecarregara com mais do que ele podia lembrar. Viu a satisfação dele e, temendo que fosse tentado a improvisar, voltou-se rapidamente inclinando a cabeça, numa demonstração de assentimento conjugal. Então ela falou.

Todos estavam atentos. O fato de o rei reconhecer que tinham sido tratados injustamente era animador. Ele não podia ser tão retardado como diziam. Um homem de poucas palavras. Não importava, valia a pena ouvir o que a rainha ia dizer.

Roxane, por perto, em seu carro, pensou que os homens estavam ali para sua proteção. Os eunucos haviam dito que havia problemas no acampamento, mas não falavam bem o grego, e nenhum soldado tinha tempo para falar com eles. Então, com raiva e espanto ouviu a voz jovem e sonora censurando o desperdício das mortes de tantos bravos, prometendo que, quando chegasse o momento de o rei governá-los, ele cuidaria para que não fossem jogadas fora as vidas de seus bons homens.

Roxane ouviu os aplausos. Seus cinco anos de casamento podiam ser contados como anos de aplausos, gritos de aclamação, o rugido ritmado dos desfiles da vitória. Esse som era diferente. Começou com afeição indulgente e terminou com um coro de revolta.

Ali estava uma bruxa assexuada, pensou Roxane. O marido, aquele bastardo idiota, jamais partilharia o trono com o *seu* filho. Nesse momento, o menino, que estivera agitado durante todo o dia, bateu em alguma coisa e começou a chorar. Terminada a aclamação, Eurídice ouviu o choro da criança e disse para si mesma que o filho daquela que vivera entre os bárbaros jamais reinaria na Macedônia.

\* \* \*

Na tenda, Perdicas estava sentado à mesa sobre cavaletes, com um estilo na mão e o tablete de cera à sua frente. Estava sozinho. Deveria ter convocado seu estado-maior para um conselho de guerra, para resolver seu próximo movimento, mas achou que devia dar a eles tempo para recuperarem a calma. Seleuco lhe respondera com monossílabos. Píton olhou de viés para ele, sob as sobrancelhas fartas e vermelhas, disse algumas palavras, mas nada do que realmente pensava. Arquias, embora estivesse no acampamento, não apareceu. Mais uma vez, Perdicas arrependeu-se de ter enviado Alcetas ao Norte com Êumenes. Não havia nada como um parente nos momentos difíceis.

Besouros cor de bronze e traças com asas que pareciam de papel voavam em volta da chama alta da sua vela de cera, num círculo de efêmera morte. Fora da tenda os escudeiros de serviço conversavam em voz baixa. Era uma transgressão à disciplina, mas uma estranha relutância o impedia de sair e chamar a atenção deles. Tudo que podia ouvir era, uma vez ou outra, um nome. A estreita abertura da tenda, como uma fresta de fogo, deixava passar a luz da fogueira em volta da qual os outros estavam reunidos. Ele não tinha — ainda — o direito real de escolher novos escudeiros das casas nobres da Macedônia. Um ou dois haviam morrido de febre ou na guerra; o resto era o seu legado da câmara mortuária da Babilônia. Ultimamente Perdicas não tinha muito tempo para lhes dar atenção, contentando-se em saber que estavam sempre a postos quando os chamava. Estavam com ele no Nilo, à sua disposição com cavalos descansados, esperando que ele estivesse pronto para a travessia.

As vozes pareciam mais próximas e mais altas agora, ou talvez menos cuidadosas.

— Alexandre costumava...

— Alexandre não teria...

— Nunca! Lembram como ele...

Eram vozes não de protesto, mas de julgamento íntimo e privado. Perdicas levantou-se, depois voltou a se sentar, olhando para o pequeno holocausto em volta da luz. *Bem, ele me confiou seu anel, será que se esqueceram disso?* Mas, como se tivesse falado em voz alta, teve a impressão de ouvir um murmúrio: "Mas Cratero estava na Síria. E Heféstion estava morto".

Procurando calor e conforto, sua lembrança voltou aos dias de juventude e glória e, mais adiante ainda, ao momento de exaltação, quando, com o sangue do assassino de Filipe tingindo sua espada, ele, pela primeira vez, olhou naqueles olhos atentos e cinzentos. "Muito bem, Perdicas." (*Ele sabia o meu nome!*) "Depois do ritual dos funerais de meu pai, receberá notícias minhas." Em sua mente desenrolou-se o longo e grandioso espetáculo daqueles curtos anos. Ele desfilou em triunfo em Persépolis.

Os sons lá fora cessaram. Os escudeiros silenciaram. Outras vozes agora, mais velhas, mais ásperas, mais decididas.

— Estão dispensados.

Um único e incerto "Senhor?". Então, um pouco mais alto — Píton, sem dúvida:

— Eu disse que estão dispensados. Vão para seus alojamentos.

Perdicas ouviu o som de armas e armaduras, o ruído dos passos que se afastavam. Nenhum deles entrara para pedir sua permissão, para avisá-lo. Dois anos atrás, eles o haviam aclamado por desafiar Meléagro. Mas, naquele dia, ele acabava de sair do quarto, na Babilônia.

A abertura da tenda foi erguida. Por um momento ele viu a luz brilhante da fogueira, antes dos homens a interceptarem. Píton, Seleuco, Peucestas com sua cimitarra persa. E outras atrás deles.

Ninguém falou, não era preciso. Perdicas lutou enquanto teve forças, ferozmente e em silêncio. Tinha seu orgulho, embora por pouco tempo; fora o segundo em comando no exército de Alexandre. O orgulho fez a escolha

— quando era tarde demais para pensar — de não morrer pedindo uma ajuda que jamais viria.

\* \* \*

Na tenda real, Eurídice ouviu a confusão crescente de rumor e quietude, contenção e vivas selvagens. Seus protetores ficaram inquietos, querendo saber as notícias. Houve um movimento repentino; um jovem chegou correndo, sem o elmo, muito corado e suando pelo esforço e pelo calor do fogo.

— Meu rei, senhora, Perdicas está morto.

Eurídice ficou em silêncio, mais chocada do que teria imaginado. Antes que pudesse dizer alguma coisa, Filipe adiantou-se, com satisfação.

— Ótimo. Isso é bom. Você o matou?

— Não, senhor. — Como se, em seu subconsciente, estivesse respondendo a um homem normal. — Foram os generais, segundo ouvi dizer. Eles...

Ele parou de falar. Um novo som cortou o barulho vago e flutuante, o rugido de linchadores à procura da presa. Logo se misturou aos gritos das mulheres. Pela primeira vez, ela sentiu medo. Uma coisa indefinida movia-se lá fora, algo com que não era possível falar. Ela indagou:

— O que é isso?

O homem franziu o cenho e mordeu o lábio.

— Uma vez começado, alguns querem sempre ir mais longe. Estão atrás dos homens de Perdicas. Não tenha medo, senhora, não farão mal aos homens do rei.

Uma voz forte a sobressaltou.

— Se eles vierem aqui, eu os matarei.

Filipe empunhava a lança de cerimônia. A lâmina ornamentada tinha uma ponta aguda. Só depois de algum tempo Eurídice conseguiu tirá-la da mão do rei.

\* \* \*

Ptolomeu chegou ao acampamento no dia seguinte.

Fora informado da morte de Perdicas imediatamente — alguns diziam, antes mesmo de acontecer — e chegou com uma cavalaria que, embora impressionante, não parecia ameaçadora. Confiando nos seus informantes, preferiu se apresentar como um homem de honra que confiava nos seus pares.

Foi calorosamente recebido, até mesmo aclamado. Os soldados viram naquela intrépida confiança um toque de Alexandre. Píton, Seleuco e Peucestas foram ao seu encontro e o escoltaram até o acampamento.

Arribas cavalgava à direita de Ptolomeu. O sarcófago de Alexandre estava instalado em Mênfis, esperando o fim da construção do mausoléu. Perdicas, do outro lado do rio, podia ter visto o brilho do ouro. O arquiteto saudou os generais amistosamente. Depois de uma breve pausa, eles responderam à saudação. Tinham de aceitar as coisas como elas eram.

Já haviam concordado com os termos de Ptolomeu. O primeiro era que ele falaria ao exército para responder à acusação de traição de Perdicas. Os generais não tinham muita escolha. Ele havia oferecido, num gesto de cavalheirismo, não incitar seus homens contra eles. A necessidade dessa reafirmação, afinal, falava por si mesma.

Os engenheiros, trabalhando rapidamente, haviam erguido um palanque. Como no tempo de Alexandre, eles o puseram ao lado da tenda real. À primeira vista, Eurídice pensou que fosse um cadafalso e perguntou quem seria executado. Disseram que era para o discurso de Ptolomeu.

Filipe, que estava armando com suas pedras uma espiral intrincada, ergueu os olhos, atento.

— Ptolomeu vem para cá? Ele me trouxe um presente?

— Não, ele veio só para falar com os soldados.

— Ele sempre me traz um presente. — Acariciou um pedaço de cristal amarelo da Ásia central.

Eurídice olhava pensativamente para o palanque. Agora que Perdicas estava morto, o único guardião nomeado pelos reis era o distante Cratero, lutando contra Êumenes em algum lugar da Síria. Não havia também nenhum regente da Ásia. Seria aquele o momento apontado pelo destino? "Homens da Macedônia, reivindico o direito de governar em meu próprio nome." Podia ensinar isso a ele, e depois falar ela própria, como fizera na noite anterior. Por que não?

— Filipe, guarde isso agora.

Cuidadosamente ela ensinou as palavras. Ele não devia interromper o discurso de Ptolomeu, mas esperar que ela desse o sinal para começar.

Os soldados em círculo isolaram o alojamento real para protegê-los do movimento da Assembleia, mas abriram um espaço onde podiam ficar de pé e serem ouvidos. Eurídice ensaiou o próprio discurso.

Ptolomeu, entre Píton e Arribas, subiu os degraus do palanque, saudado com vivas.

Eurídice ficou atônita. Ouvira muitas aclamações naquele dia, mas jamais pensou que as ouviria em honra do inimigo recente. Sabia alguma coisa sobre Ptolomeu — afinal ele era mais ou menos um parente distante

—, mas era a primeira vez que o via. Ela era muito nova ainda na história do exército de Alexandre.

Entretanto, embora Perdicas sempre afirmasse que ele era um traidor, os soldados o conheciam como um homem estimado que lutava à frente de seu exército. Desde o começo, nenhum dos soldados queria lutar contra ele. Nas batalhas perdidas, não podiam contar com o reforço do ódio contra o inimigo para manter o moral. Agora o aclamavam como alguém que retornava dos dias melhores, esperando ávidos suas palavras.

Ele começou com um epitáfio para os mortos. Lamentou, como os homens lamentavam, a perda dos bravos companheiros contra os quais seria um sofrimento para ele erguer sua lança. Muitos tinham sido atirados pelas águas na sua margem do rio e, se tivessem sobrevivido, ele se orgulharia de recrutá-los para seu exército. Receberam os rituais fúnebres adequados e ele devolveu suas cinzas aos companheiros. Felizmente, um grande número conseguira fazer a travessia e estava agora ali na Assembleia.

Os homens salvos e devolvidos por Ptolomeu ergueram suas vozes aplaudindo-o. Todos foram libertados sem resgate, todos estavam alistados no exército de Ptolomeu.

E agora, disse ele, ia falar daquele que, enquanto viveu, mantivera unido o exército da Macedônia com orgulho, vitória e glória. Provocando lágrimas em muitos, falou do desejo de Alexandre de voltar à terra de Amon. (*Sem dúvida*, pensou Ptolomeu, *ele teria dito isso se pudesse falar até o fim*.) Por fazer a vontade de Alexandre, ele tinha sido acusado de traição — embora jamais tivesse erguido sua espada contra os reis — por um homem que pretendia ocupar o trono. Estava ali para se submeter ao julgamento dos macedônios. Qual seria o veredicto?

O veredicto foi unânime, afirmado quase em êxtase. Ptolomeu esperou, sem ansiedade nem excessiva confiança, até cessar o brado de aprovação.

Estava satisfeito, disse então, por ver que os soldados de Alexandre lembravam-se dele. Não pretendia subverter a lealdade de ninguém. O exército dos reis marcharia para o Norte com sua aquiescência. Enquanto isso, sabia que, devido a certos infortúnios, havia falta de suprimentos no acampamento. A colheita do Egito naquele ano fora farta. Teria prazer em enviar alguns mantimentos.

Na verdade, as rações estavam um tanto desorganizadas, escassas e começando a apodrecer. Alguns homens não comiam desde o dia anterior. A aclamação foi ensurdecedora. Seleuco subiu no palanque e propôs à Assembleia que Ptolomeu, cuja magnanimidade na vitória chegava a igualar-se à de Alexandre, fosse nomeado regente na Ásia e guardião dos reis.

Os brados de assentimento foram unânimes. Mãos e chapéus ergueram-se com entusiasmo. Nenhuma Assembleia jamais falou com voz tão clara.

Por um momento — todo o tempo de que dispôs —, ele ficou ali como o Aquiles de Homero, considerando a oferta, mas sua escolha fora feita e não havia nenhuma razão para mudá-la. Como regente, teria de abandonar o Egito, próspero e amigo, onde ele era praticamente rei, conduzir seus homens, que gostavam dele e acreditavam em seu julgamento, para uma luta feroz onde ninguém podia confiar em ninguém — veja Perdicas, seu corpo estava ainda quente! Não. Ia ficar com sua boa terra, cultivá-la e deixar como herança para seus filhos.

De forma diplomática, mas firme, recusou a oferta. A satrapia do Egito e a construção de Alexandria eram compromissos suficientes para um homem como ele. Porém, uma vez que o haviam honrado com seu voto, ele indicava dois amigos de Alexandre para partilhar o cargo de guardião. Indicou Píton e Arribas.

Na tenda real, Eurídice ouviu tudo. Os generais macedônios aprendiam a falar para grandes multidões, e a voz de Ptolomeu era extremamente sonora. Ela o ouviu terminar o discurso com uma pequena anedota do exército que não entendeu, mas que os soldados ouviram deliciados. Com a sensação de derrota ela observou a altura de Ptolomeu, sua presença, seu ar de autoridade tranquila, um homem feio e impressionante falando para homens. Filipe disse:

— Seu rosto está machucado?

Só então Eurídice percebeu que estava cobrindo o rosto com as duas mãos.

— Devo fazer meu discurso agora? — perguntou ele, dando um passo à frente.

— Não — disse ela. — Fica para outro dia. Há muitos estranhos aqui.

Filipe voltou para seus brinquedos e Eurídice, ao virar-se, viu Cônon ao seu lado. Ele devia estar ali havia algum tempo, em silêncio.

— Obrigado, senhora — disse o velho soldado. — Acho que é melhor.

\* \* \*

Mais tarde, naquele mesmo dia, um ajudante de ordens anunciou que Ptolomeu logo apresentaria suas deferências ao rei.

Ele chegou, saudou Eurídice secamente e, para grande felicidade de Filipe, abraçou-o com carinho. Era quase tão bom quanto a visita de Alexandre.

— Você me trouxe um presente? — perguntou o rei.

Com um brilho fugaz nos olhos, Ptolomeu respondeu:

— É claro, mas não está aqui. Eu tive de falar para todos aqueles soldados. Você o receberá amanhã... Ora, Cônon! Há quanto tempo, hein? Mas vejo que está cuidando bem dele. Filipe parece tão saudável quanto um cavalo de guerra. Alexandre costumava dizer: "Essa foi uma boa escolha".

Cônon saudou-o com um brilho nos olhos. Ninguém, desde a morte de Alexandre, o elogiara. Ptolomeu voltou-se para sair, mas lembrou-se das boas maneiras.

— Prima Eurídice, espero que tudo esteja bem com você. Vejo que Filipe teve muita sorte. — Olhou para ela pensativo, por algum tempo, depois disse com voz agradável, mas diferente: — Uma esposa sensata como você pode mantê-lo longe de qualquer problema. Ele já foi muito usado em sua vida. Até o pai, se Alexandre não tivesse... bem, isso não importa. Agora que Alexandre se foi, Filipe precisa de alguém para tomar conta dele. Bem... saúde e prosperidade, prima. Adeus.

Ptolomeu saiu, e Eurídice, atônita, não podia compreender o que havia feito com que ela, uma rainha, se despedisse de um mero governador com uma mesura. A intenção de Ptolomeu fora adverti-la, não elogiá-la. Outro da raça arrogante de Alexandre. Pelo menos, ela jamais o veria outra vez.

\* \* \*

Roxane o recebeu com mais formalidade. Ainda o considerava o novo guardião do seu filho e ofereceu doces reservados para as visitas importantes, advertindo-o contra as intrigas da megera macedônica. Ele a desapontou, elogiando Píton e Arribas. Provando um abricó cristalizado, Ptolomeu imaginou onde ela estaria agora se Alexandre estivesse vivo. Quando Estatira desse à luz seu filho homem, será que ele continuaria a suportar o gênio irascível da bactriana?

O filho de Roxane subiu no colo dele, agarrando sua túnica limpa com as mãos lambuzadas. O menino avançara para os doces, jogou alguns no chão, serviu-se de outros, tudo acompanhado por uma branda censura da mãe. Mesmo assim, Ptolomeu o segurou no colo para ver o filho de Alexandre, que levava seu nome. Os olhos negros eram brilhantes e alertas. Melhor do que a mãe, ele sabia que era examinado e deu seu espetáculo, saltando e cantando. O pai sabia representar muito bem, pensou Ptolomeu, mas acontece que tinha muita coisa para mostrar. O que aquele menino teria, no futuro?

— Conheci o pai dele quando tinha essa idade — disse Ptolomeu.

— Ele tem muito das nossas duas casas — disse Roxane, com orgulho.
— Não, Alexandre, não ofereça o doce que você já mordeu... Para ele isso é um cumprimento, você sabe. — O menino apanhou outro, provou e jogou no chão.

Ptolomeu o ergueu com mãos firmes e o pôs no chão. Ele não gostou (*igual ao pai*, pensou Ptolomeu) e começou a chorar em altos brados (igual à mãe). Com mais consternação do que surpresa, viu a mãe pegá-lo no colo, escolher seus doces favoritos e dar a ele, na boca.

— Ah, ele sempre consegue o que quer, como um pequeno rei que já é — disse ela.

Ptolomeu levantou-se e olhou para o menino que retribuiu o olhar com uma seriedade estranha e perturbadora, empurrando a mão da mãe.

— Sim — respondeu ele. — É o filho de Alexandre. Não esqueça que o pai dele podia dominar homens porque aprendeu primeiro a se dominar.

Roxane apertou o filho contra o peito e olhou ressentida para Ptolomeu, que se despediu com uma leve mesura. Na porta da tenda, com os tapetes valiosos e lamparinas enfeitadas com pedras preciosas, voltou-se e viu os olhos escuros do menino fixos nele.

\* \* \*

No palácio de Sardes, na mesma sala em que recebera Perdicas, Cleópatra enfrentou Antípatro, o regente da Macedônia.

A morte de Perdicas abalou-a profundamente. Ela não o amava, mas conferira sua vida a ele, empenhando nesse compromisso todo o seu futuro. Agora, olhava para o vazio. Estava ainda tentando se refazer do choque quando Antípatro chegou de sua campanha na Cilícia.

Cleópatra o conhecia desde pequena. Antípatro tinha cinquenta anos quando ela nasceu. A não ser pelo cabelo e pela barba completamente brancos, parecia o mesmo, formidável como sempre. Sentou-se na cadeira que Perdicas sempre usava, ereto, fixando nela os olhos azuis desbotados, mas com o rigor da autoridade inflexível.

Por culpa dele, pensou Cleópatra, Olímpia deixara a Macedônia para se instalar em Dodona e infernizar sua vida. Por culpa dele, ela estava ali, mas o hábito da juventude era mais forte. Antípatro ainda era o regente. Na presença dele, sentia-se como uma criança que acabara de quebrar propositalmente uma peça antiga e preciosa e esperava o castigo merecido.

Antípatro não a censurou, simplesmente falou como se a desgraça de Cleópatra fosse uma coisa esperada e garantida. O que podia dizer? Ela havia provocado a avalanche. Por causa dela, Perdicas rejeitara a filha do regente, depois de casar-se por motivos políticos. Ele planejava usurpar seu poder, exercido com lealdade durante o reinado de dois reis. Cleópatra, em silêncio, girava no dedo o anel, presente de noivado de Perdicas.

*Afinal*, pensou ela, tentando uma atitude de desafio, *ele não é o regente legítimo*. Segundo Perdicas, Alexandre o achava opressor demais. Por direito, agora era Cratero quem deveria ser o regente.

Antípatro indagou, com sua voz lenta e áspera:

— Eles contaram que Cratero está morto?

— Cratero? — Cleópatra olhou para ele, atônita demais para sentir qualquer coisa. — Não, eu não sabia.

O belo comandante Cratero, o ídolo dos soldados depois de Alexandre, jamais persianizado, macedônio legítimo e leal. Ele havia sido um dos escudeiros de seu pai quando Cleópatra tinha doze anos. Ela o adorava e guardava como um tesouro um pedaço do penacho do elmo dele, feito com crina de cavalo, que ficara preso ao galho de uma árvore.

— Quem o matou?

— É difícil dizer. — Antípatro olhou para ela sob as sobrancelhas brancas espessas. — Talvez ele tenha pensado que foi você. Como sabe, Perdicas enviou Êumenes ao Norte para bloquear os estreitos e impedir nossa passagem. Ele chegou tarde demais para isso. Nós fizemos a travessia, dividimos nossas forças, e foi Cratero quem enfrentou Êumenes. O grego é esperto. Sabia que quando seus macedônios soubessem contra quem iam lutar, certamente se amotinariam, passando para o outro lado. Por isso, não contou. Quando a cavalaria entrou na luta, o cavalo de Cratero caiu. Com o elmo fechado, ninguém o reconheceu e ele foi pisoteado pelos cavalos. Quando a luta terminou, eles o encontraram agonizante. Ouvi dizer que até Êumenes chorou.

Cleópatra não tinha mais lágrimas. A desesperança, a humilhação e a dor pesavam sobre ela como pedras negras. Era um inverno cinzento e, em silêncio, ela teve de suportar o frio.

— Perdicas não teve sorte — Antípatro disse, friamente.

Cleópatra pensou: *Será possível que ainda tem mais?* Antípatro ali sentado parecia um juiz contando as chicotadas do algoz.

— A vitória de Êumenes foi completa. Ele enviou um mensageiro ao Egito para informar Perdicas. Se ele tivesse tomado conhecimento antes, poderia convencer seus homens de que ainda valia a pena defender sua causa. Quando o mensageiro chegou ao acampamento, Perdicas estava morto.

*O que foi que fizemos*, pensou ela, *para enfurecer desse modo os deuses?* Mas conhecia a história do trono da Macedônia e a única resposta: falhamos.

— Assim — disse Antípatro —, tudo que Êumenes ganhou por seu trabalho, e ouvi dizer que ele está ferido, foi condenação à revelia, por traição e pela morte de Cratero. O exército de Perdicas o condenou em Assembleia... além disso, quando os homens se amotinaram, um grupo deles matou Atalante, a irmã de Perdicas. Acho que você a conheceu.

Naquela mesma sala, Atalante, alta e morena como o irmão, embora constrangida por causa da outra união dele, educadamente a ajudou nos planos para o casamento. Uma mulher de grande dignidade. Cleópatra fechou os olhos por um momento. Então, empertigou-se na cadeira. Ela era filha de Filipe.

— Eu sinto muito. Mas, como dizem, o destino governa tudo.

Antípatro disse apenas:

— E agora? Vai voltar a Épiro?

Ele devia saber que era o golpe final. Sabia por que ela deixara a terra do falecido marido, que governava tão bem. Sabia que se oferecera a Leonato e depois a Perdicas, não por ambição, mas para fugir da vida que levava. Ninguém conhecia Olímpia melhor do que ele. Sua falsa filha estava em sua casa, na Macedônia, e a filha de Olímpia, em suas mãos. Se quisesse, podia mandá-la de volta para a mãe, como uma criança fujona. Cleópatra preferiria morrer, ou até mesmo implorar.

— Minha mãe vai governar Épiro até meu filho ter idade para assumir o poder. É a sua terra, ela é molossa. Não existe mais lugar para mim em Épiro. Com sua permissão — as palavras quase queimavam sua garganta —, ficarei aqui em Sardes levando uma vida discreta. Tem minha palavra de que não criarei nenhum problema.

Ele a fez esperar, não como punição, mas para que pudesse pensar. Para qualquer aventureiro de boa linhagem, Cleópatra tinha o mesmo valor que tivera para os dois pretendentes mortos. Em Épiro, ela ficaria inquieta e ressentida. Seria mais prudente mandar matá-la. Antípatro viu o pai no rosto dela. Durante dois reinados ele mantivera seu voto de lealdade a dois reis ausentes; agora o orgulho investia em sua honra. Não podia fazer aquilo.

— Estes são tempos incertos. Sardes tem sido disputada em lutas desde épocas remotas, e ainda estamos em guerra. Se fizer o que me pede, não posso garantir sua segurança.

— Quem está em segurança neste mundo? —questionou ela, e sorriu.

Foi o sorriso que o fez pela primeira vez sentir pena dela.

\* \* \*

O exército dos reis levantou o acampamento no Egito. Generosamente provido de alimentos, depois da despedida gentil de Ptolomeu, marcharia para o Norte, para o encontro com Antípatro.

— Os guardiões dos reis, nomeados depois da morte de Alexandre, estavam mortos, substituídos agora por Píton e Arribas.

Nas duas casas reais, só Roxane sabia da morte de Cratero. Ele a escoltara na volta da Índia, junto com os outros não combatentes, enquanto Alexandre encurtava a própria vida no deserto de Gedrósia. Roxane preferia Cratero a Perdicas e esperava ser escoltada por ele outra vez. Mandou fazer um vestido para recebê-lo. Lamentou sinceramente sua morte. Os novos guardiões não pareciam promissores. Píton, ferozmente devotado a Alexandre, sempre a considerara uma esposa de campanha, que devia se manter em seu lugar. Quanto a Arribas, ela suspeitava de que ele preferia meninos. Além disso, só a haviam visitado juntos, uma precaução tomada de comum acordo.

Para Eurídice, Cratero era só um nome. Sua morte foi um alívio para ela. A fama de Cratero representava a ameaça de uma força poderosa, que, ela pressentia, os guardiões jamais poderiam dominar.

Logo depois do motim, ela sentiu a mudança. O moral do exército fora alterado. Agora eram homens que haviam desafiado seus líderes e alguns deles derramaram sangue. Tinham vencido, mas sua segurança interior fora ferida, não reforçada pela vitória. Foram comandados desastrosamente e não se arrependiam da rebelião, mas o cordão umbilical da confiança mútua que os alimentava fora cortado. Sem ela, sentiam-se inquietos e despojados.

Píton e Arribas não preenchiam esse vazio. A fama de Píton era conhecida, como a dos oito guardas pessoais, mas poucos haviam servido sob suas ordens. Suas qualidades não foram postas à prova e por enquanto não os entusiasmavam. Quanto a Arribas, nada se destacava em seu desempenho no tempo de Alexandre, a não ser no campo da arte, que não os interessava.

Se vissem em qualquer um dos dois a indicação de uma chama secreta, o exército seria todo seu. Os soldados eram como uma matilha de cães vigorosos, aos quais faltava a voz do dono, mas nenhum deles parecia à vontade nos novos postos. Procuravam ansiosamente evitar desordens, qualquer sinal de rivalidade ou a formação de facções. Ambos cumpriam seus deveres com sóbria competência.

Assim o drama se arrastava, os espectadores se inquietavam, tossiam e bocejavam, giravam entre os dedos os restos das maçãs, dos tomates comidos pela metade e as cascas, mas não estavam prontos ainda para atirá-los nos atores. A peça era uma dádiva para qualquer ator secundário talentoso capaz de roubá-la dos astros principais. Eurídice, esperando nos bastidores, sentiu a pausa na representação e compreendeu que era a sua vez.

Se Píton tivesse ao seu lado, os veteranos decididos do seu antigo comando, algum antigo e astuto líder de falange teria chegado à sua tenda e dito: "Senhor, com todo o respeito. Aquela jovem esposa do rei Filipe está criando problemas entre os homens... Oh, não, não esse tipo de problema, ela é uma dama e sabe disso, mas...". Mas os experientes veteranos de Píton haviam marchado com Cratero, carregando o ouro que haviam recebido de Alexandre. Era Eurídice quem tinha aliados e espiões fiéis.

Seu problema principal era Filipe. Por um lado, ele era indispensável, por outro, não podia ser preparado com segurança para mais de alguns minutos. Receber homens sem a presença dele seria um convite ao escândalo, e com ele, um desastre.

*Contudo*, pensava ela, *meu sangue é tão bom, até mesmo melhor. O que é ele senão o bastardo de um filho mais novo, mesmo que seu pai tenha ocupado o trono? Meu pai era o legítimo rei e, mais do que isso, nascido dentro do casamento. Por que devo ficar em segundo plano?*

Escolheu os homens para sua facção, primeiro entre os soldados que já a conheciam; os que a tinham salvado na estrada de Sardes, os homens que guardavam sua tenda no Egito, alguns dos feridos que podiam andar, sobreviventes da batalha do Nilo. Logo, muitos inventavam pretextos para se aproximar do seu carro durante a marcha, saudando-a respeitosamente e perguntando se ela ou o rei precisavam de alguma coisa. Ela ensinou Filipe a sorrir, quando cavalgava ao lado dela, e a seguir um pouco mais à frente. Desse modo, sancionada pelo marido, a conversa não parecia estranha.

Logo, usando meios conhecidos por soldados não submetidos a uma disciplina rígida, formaram uma guarda não oficial para o rei, comandada por sua mulher. Os homens se orgulhavam de fazer parte dela e o número deles crescia.

A marcha prosseguiu a passo lento. Um jovem oficial do grupo de Eurídice, lembrando de Alexandre (todos sempre falavam nele, e Eurídice era bastante inteligente para não os impedir), contou como costumava deixar a coluna apática e sair para caçar com os amigos. A ideia a encantou. Uma vez ou outra, pedia um dia de folga, para voltar ao pôr do sol, levando com ele alguns companheiros, uma concessão comum em uma área pacífica. Eurídice vestia sua túnica masculina e, sem pedir permissão a ninguém, saía com eles.

Como era de esperar, a notícia dessas escapadas correu pelo acampamento, mas não a prejudicou em nada. Agora ela estava desempenhando seu verdadeiro papel, com cooperação dos espectadores. Um menino galante e digno de confiança, uma jovem que recebia sua proteção e apoio, uma rainha realmente macedônia; eles a amavam em todos esses papéis.

Nas pastagens das montanhas, partilhando a primeira refeição do dia, bolo de cevada e vinho suave, ela contava histórias da casa real, desde o tempo do seu bisavô Amintas, dos seus filhos galantes, Perdicas e Filipe, ambos reis, ambos seus avós, lutando contra os ilírios na fronteira quando Perdicas tombou no campo de batalha.

— E por sua bravura, Filipe foi eleito rei. Meu pai era ainda criança e, como não podia ajudá-los, foi ignorado. Ele jamais questionou a vontade do povo, sempre foi leal, mas quando Filipe foi assassinado, falsos amigos o acusaram de traição e a Assembleia decretou sua morte.

Todos ficavam atentos às suas palavras. Na juventude, ouviram histórias distorcidas, fruto da criatividade da família, mas agora ouviam a verdade da boca de uma rainha de linhagem real, orgulhosos, impressionados e profundamente agradecidos. Sua castidade, tão evidente para eles, tão natural para ela, provocava um respeito quase reverente. Todos se gabavam de ter merecido a atenção dela quando, à noite, o odre de vinho passava de mão em mão.

Eurídice falava também sobre Filipe. Quando jovem, dizia ela, ele era frágil, mas depois que cresceu ficou forte. Alexandre estava no apogeu de suas vitórias e o irmão sentia-se diminuído perto dele. Agora, ele gostaria de não ser governado mais por guardiões, mas queria ser o guardião dos macedônios, pelos quais realmente se interessava; mas, devido à sua modéstia, Perdicas usurpara seus direitos, e os novos guardiões não o conheciam, e nem o queriam.

Filipe ficava feliz quando, em seus frequentes passeios pelo acampamento, era saudado com entusiasmo caloroso. Ele retribuía a saudação e sorria. Eurídice acrescentou mais alguma coisa aos ensinamentos. Ele aprendeu a dizer: "Obrigado por sua lealdade", e via com prazer que os soldados gostavam de ouvir isso.

Arribas uma ou duas vezes notou essa troca de cumprimentos, mas não viu nenhum mal nela e não informou a Píton. Este, por sua vez, pagava o preço do seu antigo ressentimento pela atitude autocrática de Perdicas. Durante a marcha ao Egito, dando de ombros, ele se desinteressou de tudo que dizia respeito à administração. Quando a catástrofe levou os homens a assassinar Perdicas, Píton havia perdido o contato com os homens. Depois do motim tinham ficado agressivos, e tudo o que ele queria era unir o exército e partir para seu encontro com Antípatro. Então, logo que conseguissem reunir a Assembleia, podiam eleger um guardião permanente, e ele deixaria o encargo.

Enquanto isso, ele deixava a disciplina a cargo dos oficiais mais novos que, por sua vez, resolveram conduzir as coisas sem grande esforço. A facção de Eurídice cresceu e fermentou. Quando o exército acampou em Triparadiso, a trama estava pronta.

\* \* \*

Triparadiso — Três Parques — ficava ao norte da Síria, criada por algum antigo sátrapa persa, talvez procurando emular o Grande rei. O pequeno rio era canalizado para formar lagos, cascatas e fontes, com pontes de mármore e extravagantes degraus de obsidiana e pórfiro. Rododendros e azaleias enfeitavam as encostas suaves das colinas. Árvores extremamente raras, de grande beleza, transportadas por carros de boi com uma base sólida do solo de sua terra natal, formavam desenhos rendados ou espalhavam suas copas contra o céu da primavera. Havia campinas ornadas com lírios, cujas casas de verão com treliças de desenhos rebuscados construídas para as mulheres do harém tinham uma vista esplêndida da extensão verdejante, ao lado dos pavilhões de caça, de cedro, para o sátrapa e seus convidados.

Durante os anos de guerra, os veados foram caçados furtivamente, os pavões, comidos, e grande parte das árvores da floresta, derrubada — mas, para soldados inquietos e cansados, era um verdadeiro Elísio. Era o acampamento-base ideal para descansar e esperar Antípatro, que estava a dois dias de marcha.

Os generais instalaram-se no principal pavilhão de caça, num ponto central com vista para uma imensa paisagem criada pelo homem. O exército acampou nas campinas e nas clareiras da floresta, banhando-se nos regatos cintilantes, derrubando árvores para suas fogueiras, apanhando coelhos e aves para as refeições.

Arribas ficou encantado e saía com um amigo para longos passeios a cavalo. O posto de Píton era tão superior ao seu que parecia mais delicado, e certamente muito mais agradável, deixar a disciplina a cargo dele.

Píton, que o considerava ineficiente, não sentia sua falta, mas pensava, inquieto, que Alexandre teria providenciado alguma atividade para os homens. Jogos talvez, com prêmios suficientemente valiosos para obrigá-los a alguns dias de treinamento... Pensou em falar com Seleuco, mas este, que achava que tinha mais direito ao cargo de guardião do que Arribas, ultimamente andava muito taciturno. *Bem*, pensou Píton, *é melhor deixar as coisas como estão*.

Filipe e Eurídice ficaram na casa de verão da esposa principal do antigo sátrapa. A essa altura, o oficial da remonta já fazia parte do seu grupo, e ela podia ter um bom cavalo sempre que precisasse. Agora ela cavalgava o dia todo tratando de seus negócios, com a túnica curta masculina. Píton e Arribas, quando olhavam para fora, do alto do pavilhão na encosta, viam apenas um cavaleiro igual a todos os outros.

Agora, todo o acampamento sabia o que acontecia. Nem todos aprovavam, mas Filipe era o rei, isso não podiam negar. Além disso, ninguém amava suficientemente os guardiões para se arriscar ao papel de informante. Não importa, pensavam, logo Antípatro estará aqui.

Porém, aconteceu que uma tempestade vinda do interior provocou a enchente do rio Orontes, impedindo a marcha de Antípatro. Considerando que não precisavam se apressar numa região pacífica, e preferindo manter secos seus ossos de oitenta anos, ele acampou nas terras altas e esperou as águas baixarem.

Em Triparadiso, o tempo estava bom e a temperatura, agradável. No começo do dia, quando o orvalho brilhava nos lírios como globos de cristal e os pássaros cantavam alto nas árvores de 53 anos, Píton foi despertado por um ajudante que entrou em seu quarto, ainda afivelando seu cinturão.

— Senhor, os homens...

Sua voz foi abafada pelo chamado do clarim, e Píton levantou apressado, completamente nu e atordoado. Era o toque real que anunciava a chegada de um rei.

Arribas chegou correndo, com um roupão sobre os ombros.

— Deve ser Antípatro. Algum arauto idiota...

— Não — respondeu Píton. — Escute — espiou pela pequena janela —, o que em nome de todas as Fúrias...? Vistam-se! Apanhem suas armas!

Foi uma manobra rápida para os veteranos de Alexandre. Saíram para a varanda de onde o sátrapa caçava os animais, levados pelos servos até o alcance de suas flechas. A imensa campina à frente deles estava apinhada de soldados. Adiante dos homens, em dois belos cavalos, estavam Filipe e Eurídice. O arauto, como o clarim, estava ao lado deles, desafiador e com a pose de um homem que fazia história.

Eurídice falou. Estava com a túnica masculina e a armadura completa, exceto o elmo. Estava exaltada, cintilante. Sua pele era clara e transparente, o cabelo brilhava, a vitalidade da ousadia circulava em suas veias e emanava dela. Ela não sabia, nem gostaria de saber, que Alexandre cintilava assim em seus grandes dias, mas seus seguidores o sabiam.

Sua voz, jovem, clara e sonora, ergueu-se como a voz grave de Ptolomeu no Egito.

— Em nome do rei Filipe, filho de Filipe! Perdicas, seu guardião, está morto. Ele não precisa de guardião. Tem idade suficiente, trinta anos, e é capaz de reinar sozinho. Ele reivindica seu trono!

Ao lado dela, Filipe ergueu a mão. Sua voz, supreendentemente alta, desconhecida para todos, retumbou na campina.

— Macedônios, vocês me aceitam para seu rei?

A aclamação foi instantânea, assustando os pássaros que voaram das árvores. "Viva o rei Filipe! Viva a rainha Eurídice!"

Um cavaleiro chegou a galope, entregou a rédea para um escravo assustado e subiu para a varanda. Seleuco, cuja coragem era lendária e que sabia disso, não ia deixar que dissessem que ficara escondido no alojamento durante um motim. Era um general estimado. Quando ele apareceu, cessaram os gritos incipientes de "Morte aos guardiões!". Os vivas a Filipe continuaram.

Em meio à gritaria, Seleuco berrou no ouvido de Píton:

— Nem todos estão aí. Procure ganhar tempo. Convoque a Assembleia completa.

Era verdade que um terço dos homens parecia ter desaparecido. Píton deu um passo à frente e os gritos se transformaram num murmúrio.

— Muito bem, vocês são macedônios livres e têm seus direitos, mas lembrem-se: os homens de Antípatro estão a alguns quilômetros daqui e têm os direitos *deles*. Isso diz respeito a todos os cidadãos.

Houve uma reação de descontentamento. Eles estavam excitados, impacientes. Bastava Eurídice dizer "Não! Agora!" para levá-los ao ataque.

Ela percebeu um movimento ao seu lado e, voltando-se, viu Filipe desembainhando a espada. Tinha de deixá-lo usá-la para parecer um homem, especialmente um rei. Mais um pouco, pela expressão dos olhos dele, Filipe estaria partindo para o ataque ao pavilhão. Ela hesitou por um momento. Será que os homens o seguiriam...? Mas Filipe seria um desastre num combate, e tudo estaria perdido.

— Vamos matá-los! — disse ele, ansiosamente. — Podemos matar todos, veja.

— Não. Guarde a espada na bainha.

Ele obedeceu, desapontado.

— Agora, diga para os homens: "Deixem Píton falar".

A ordem foi imediatamente obedecida. Nunca antes Filipe impressionara tanto os soldados. Píton viu que o rei não podia fazer mais nada.

— Eu o ouvi — disse ele. — Sim, vocês podem convocar a Assembleia. Não ponham a culpa em mim se tiverem de fazer tudo outra vez quando o regente chegar. Arauto, você aí. Suba aqui e toque o clarim.

\* \* \*

A Assembleia reuniu-se na campina na frente do pavilhão de caça. Os homens que não haviam tomado parte no motim atenderam à convocação. Eram mais numerosos do que Eurídice imaginara, mas o brilho do sucesso continuou com ela quando, com Filipe, subiu para a varanda que ia servir de tribuna. Com um sorriso, ela olhou para os homens que a aclamavam. Podia passar muito bem sem os silenciosos.

Na extremidade da plataforma, Píton conversava em voz baixa com Seleuco. Eurídice ensaiou mentalmente o que ia dizer.

Píton aproximou-se dela.

— Terá a última palavra. É o privilégio das mulheres.

*Píton está muito seguro*, pensou ela. *Bem, vamos deixar que ele aprenda.*

Píton caminhou com passo firme para a frente da plataforma. Foi recebido com algumas vaias, que logo cessaram. Aquilo era a Assembleia, um costume muito antigo.

— Macedônios! — A voz clara e decidida abafou os últimos murmúrios. — No Egito, em Assembleia geral, vocês escolheram a mim e a Arribas como guardiões dos Reis. Ao que parece, mudaram de opinião, não importa por quê. Assim seja. Nós aceitamos. Não é preciso votar, nós dois concordamos. Nós pedimos demissão do cargo de guardiões.

Fez-se um silêncio completo e atônito. Era como se numa disputa de cabo de guerra, o lado oposto tivesse largado a corda. Píton aproveitou ao máximo a oportunidade.

— Sim, nós nos demitimos, mas o cargo de guardião permanece. Foi decretado em Assembleia geral por ocasião da morte de Alexandre. Lembrem-se, vocês têm dois reis, um deles novo demais para falar por ele mesmo. Se votarem em Filipe para governar por conta própria, o estarão nomeando guardião do filho de Alexandre, até ele ter idade para governar. Antes de votar, considerem tudo isso.

— Sim! Sim!

Eram como o público no teatro, quando os atores demoravam para entrar em cena. Eurídice percebeu a impaciência. Esperavam por ela, e ela estava pronta.

— Aqui está, portanto — continuou Píton —, Filipe, filho de Filipe, reivindicando seu direito de governar. Rei Filipe, venha até aqui.

Obediente, com uma expressão de surpresa, Filipe ficou ao lado dele, no alto dos degraus centrais da varanda.

— O rei — disse Píton, recuando um passo — falará agora com vocês, para expor seu caso.

Eurídice ficou paralisada. O céu acabava de desabar sobre sua cabeça, e ela não havia previsto essa possibilidade.

Ficou arrasada com o choque da própria inconsequência. Não procurou se desculpar, não lembrou a si mesma que só tinha dezesseis anos. Em seu pensamento, ela era um rei, um guerreiro. Cometera um erro, isso era tudo.

Filipe olhou em volta, atordoado, e sorriu vagamente. Foi recebido com aplausos amistosos e encorajadores. Todos sabiam que era um homem de poucas palavras e extremamente modesto.

— Viva Filipe! — gritaram. — Filipe para nosso rei!

Filipe levantou a cabeça. Sabia perfeitamente qual era o objetivo da Assembleia. Eurídice havia explicado, mas dissera também para não dizer uma palavra que não fosse ensinada por ela. Olhou ansiosamente para a mulher, esperando que ela falasse em seu lugar, mas Eurídice olhava fixamente para a frente. Atrás dele, Arribas disse com voz macia e insistente:

— Senhor, fale aos soldados. Eles estão esperando.

— Vamos, Filipe! — gritaram. — Silêncio para o rei!

Ele acenou para os homens e todos se calaram.

— Obrigado por sua lealdade. — Isso não tinha perigo, ele sabia. Sim, todos gostaram. Ótimo. — Eu quero ser rei. Tenho idade para ser rei. Alexandre me disse para não ser rei, mas ele está morto. — Fez uma pausa, procurando ordenar os pensamentos. — Alexandre me deixou segurar o incenso. Ele disse para Heféstion, eu ouvi, que não sou tão retardado como dizem. — Ouviram-se murmúrios vagos, e ele acrescentou, confiante: — Se eu não souber o que devo fazer, Eurídice me ensina.

Depois de uma pausa estupefata, começou o alarido confuso. Os homens discutiam, agressivos, irritados.

— *Bem que eu disse, agora, você está vendo.*

— *Ontem mesmo ele falou comigo como um homem normal.*

— *Ele sofre de ataques que deixam os homens assim.*

— *Bem, ele disse a verdade, isso ninguém pode negar.*

Eurídice, rígida e com o rosto inexpressivo, parecia um condenado na hora da execução. Sua vontade era se desfazer no ar. Por toda parte repetiam a frase, como se fosse uma piada: "Se eu não souber o que devo fazer, Eurídice me ensina".

Encorajado pelo acolhimento às suas palavras, Filipe continuou.

— Quando eu for rei, vou sempre montar um elefante.

Atrás dele, Píton e Arribas trocaram um olhar complacente.

Alguma coisa no tom das risadas fez Filipe desconfiar de que nem tudo ia bem. Lembrou-se da terrível noite do seu casamento. Lembrou-se da frase mágica.

— Obrigado por sua lealdade.

Mas eles não aplaudiram, apenas riram mais alto. Se fugisse, eles o apanhariam? Voltou para Eurídice os olhos cheios de pânico, num pedido de socorro.

A princípio ela se moveu como um autômato, animada somente pelo orgulho. Olhou com desprezo para os guardiões, muito satisfeitos com o que acabavam de fazer. Sem olhar para a multidão barulhenta, aproximou-se de Filipe e segurou a mão dele. Com alívio imenso e confiança, Filipe olhou para ela.

— Eu falei direito? — perguntou.

Erguendo a cabeça, por um momento ela olhou para os homens lá embaixo, antes de responder.

— Falou, Filipe, mas agora acabou. Venha, podemos nos sentar.

Ela o conduziu para os bancos encostados na parede, onde sentavam o sátrapa e seus convidados com suas taças de vinho, esperando o aviso dos caçadores.

A Assembleia continuou sem eles.

Foi uma reunião complicada e agitada. As facções desfizeram-se no absurdo. Algumas centenas de vozes incitavam Arribas e Píton a retomar a responsabilidade de guarda dos reis, mas eles recusaram vigorosamente; Seleuco, por sua vez, recusou o cargo. Enquanto nomes menos importantes eram propostos, uma mensagem chegou ao acampamento e anunciou que Antípatro e seu exército estavam atravessando o rio Orontes e que chegariam dentro de dois dias.

Píton, passando a mensagem para os homens, lembrou que desde a morte de Perdicas os dois reis estavam a caminho da Macedônia, onde era seu lugar. Assim, quem melhor do que o regente para ser seu guardião, agora que Cratero estava morto? Taciturnos, eles aceitaram essa solução, uma vez que ninguém apresentou outra melhor.

Durante o debate, Eurídice calmamente levou o marido para longe da confusão. Enquanto almoçavam, ele repetiu seu discurso para Cônon, que o elogiou evitando olhar nos olhos dela.

Eurídice mal os ouvia. Derrotada, de joelhos, enfrentando a rendição total, sentiu que seu sangue lembrava suas origens. A sombra de Alexandre a perseguia. Aos dezesseis anos, ele era regente da Macedônia e tinha sido vitorioso em várias guerras. A chama da sua ambição crepitava ainda sob as brasas. Por que fora humilhada? Não por tentar muito, mas por querer pouco demais. *Fui ridicularizada*, pensou, *porque não tive coragem o bastante. De agora em diante, reivindicarei meus direitos em meu nome.*

No fim do dia, quando o sol se punha na Ásia, Eurídice vestiu sua túnica masculina, pediu para que trouxessem seu cavalo e percorreu uma grande distância entre as sentinelas.

\*    \*    \*

Dois dias depois, antes do regente e seu exército, Antígono, o Ciclope, chegou ao acampamento de Triparadiso.

Ele era o homem que fugira para a Macedônia a fim de revelar o plano de Perdicas. Alexandre o fizera sátrapa da Frígia, e o regente, agradecido, o nomeara comandante em chefe de todos os exércitos na Ásia. Estava agora a caminho para assumir o novo comando.

Antígono era tão alto que nenhum cavalo grego podia levá-lo muito longe, e por isso montava um dos "grandes cavalos" persas. Exceto pela venda num dos olhos — perdido na batalha em que conquistara a Frígia para Alexandre —, era ainda um belo homem. O filho, jovem e mais belo ainda,

Demétrio, adorava-o e acompanhava-o por toda parte. Cavalgando lado a lado, formavam uma dupla impressionante.

Com a pequena coluna do seu séquito, ele entrou no bosque que circundava o parque. Então, inclinando a cabeça para o lado para ouvir melhor, fez sinal para parar a marcha.

— O que foi, pai? Uma batalha? — Os olhos do menino cintilaram. Tinha quinze anos e nunca estivera em uma.

— Não — retorquiu o pai, atento. — É uma briga. Ou motim. Pelo som, cheguei bem a tempo. Avante, marchem. — Para o filho, ele disse: — O que Píton está fazendo? Ele se saiu muito bem sob o comando de Alexandre. Nunca pense que conhece um homem que viu apenas agindo sob ordens. Bem, seu comando é provisório aqui. Veremos.

A perspectiva não o desagradava. Era grande sua ambição.

Eurídice atraíra para sua causa cerca de quatro quintos do exército. Na frente de seus homens ela se apresentou aos generais no pavilhão, anunciada pela fanfarra real, exigindo, dessa vez, governar junto com Filipe.

Os três generais olharam com desprezo não desprovido de medo para os homens que a acompanhavam. Parecia pior do que um motim, era uma anarquia. Eurídice não tinha experiência para perceber isso. Seu aprendizado no uso das armas não incluía treinamento militar, e não considerou o fato de que seria mais fácil manipular os homens, e a demonstração seria mais impressionante se os organizasse melhor. Há um ano os oficiais juniores (os seniores ficaram de fora) teriam contido os homens para ela, mas muita coisa acontecera desde então e, quase tudo, prejudicial para a disciplina. Assim, uma horda de desordeiros armados a seguia agora. Os homens se empurravam para passar à frente e insultavam os generais aos gritos.

O que Antígono e seu séquito tinham ouvido eram as vaias e apupos abafando a voz de Píton.

Antígono, distante ainda, enviou Demétrio na frente para um reconhecimento. Era um bom treinamento para o menino. Ele galopou alegremente entre as árvores e voltou dizendo que uma horda de homens estava reunida na frente do que parecia ser o quartel-general, mas que não conseguiu falar com ninguém.

Enquanto isso, Eurídice percebeu que os homens atrás dela começavam a ficar enfurecidos. Precisava conduzi-los ao ataque, ou procurar detê-los. O instinto herdado dizia que não seria capaz de comandá-los por muito tempo. Passariam por ela e linchariam os generais. Depois disso, sua frágil autoridade desapareceria.

— Arauto, o toque de parar!

Voltou-se para eles com os braços erguidos. Os homens se agitaram inquietos, mas pararam de avançar. Eurídice ficou outra vez de frente para os generais.

A varanda estava vazia.

Durante a gritaria dos últimos minutos, os generais foram informados de que seu novo comandante em chefe acabara de chegar ao acampamento. Estava no pavilhão, atrás deles.

Pairava na sala de madeira escura e janelas estreitas um ar de perigo e melancolia. Os generais voltaram-se e viram a enorme figura de Antígono sentado na cadeira do sátrapa, olhando para eles com o único olho, como um Ciclope. O jovem Demétrio, uma réstia de luz delineando seu perfil, estava de pé atrás dele, como um espírito protetor.

Em silêncio, Antígono os observou com seu olhar penetrante e esperou.

Quando acabou de ouvir a história lamentável, sua expressão severa transformou-se em pura incredulidade. Depois de uma pausa, ele disse:

— Que *idade* tem essa menina?

Gritando, para sua voz se sobrepor à gritaria lá fora, Seleuco lhe respondeu.

Antígono girou na cadeira, fixando o olho em um de cada vez, terminando em Píton.

— Por todos os trovões de Zeus! — exclamou. — Vocês são soldados ou professores? Nem ao menos professores, por Deus! Fiquem aqui. — Saiu para a varanda.

Quando aquele homem imenso e famoso apareceu no lugar das vítimas que esperavam, fez-se um silêncio completo. Eurídice, que não tinha ideia de quem ele era, fitou-o confusa. Filipe, de quem ela esquecera completamente, disse:

— Aquele é Antígono. Ele...

Foi interrompido pela voz trovejante e poderosa de Antígono. Os soldados que estavam na primeira fila, com relutância, mas por instinto, ficaram em posição de sentido e procuraram manter a forma.

— *Para trás*, filhos de cinquenta pais! — trovejou Antígono. — *Para trás*, que Hades e as Fúrias os carreguem! O que pensam que são, uma horda de selvagens nus? Levantem-se e deixem-me olhar para vocês. São soldados? Já vi soldados melhores assaltando caravanas. Vocês são macedônios? Alexandre não os reconheceria. Suas próprias mães não os reconheceriam; não se pudessem evitar. Se querem fazer uma Assembleia, acho melhor que pareçam macedônios, antes que verdadeiros macedônios apareçam e os vejam. Isso vai acontecer esta tarde. Então poderão convocar a Assembleia, se o restante concordar. Vão se lavar, malditos, vocês fedem como bodes.

Desapontada, Eurídice ouviu os gritos de desafio transformados num murmúrio indefinido. Antígono voltou-se então para ela, como se não a tivesse visto antes.

— Minha jovem — disse ele —, leve seu marido de volta ao alojamento e tome conta dele. Ele precisa de uma mulher, não de um general feminino. Faça o seu trabalho e deixe que eu faça o meu, que aprendi com seu avô, muito antes de você ter nascido.

Depois de uma pausa hesitante, a margem da multidão começou a se dispersar e o centro a se esvaziar. Eurídice gritou.

— Nós teremos nossos direitos! — Algumas vozes a apoiaram, mas não com suficiente ardor.

O gigante odioso a vencera, e ela nem sabia o nome dele.

De volta à tenda, Cônon disse quem ele era. Enquanto considerava o próximo movimento, o cheiro da comida a fez lembrar que seu estômago jovem estava com fome. Esperou Filipe terminar de comer — detestava os modos dele à mesa — e sentou-se para almoçar.

Ouviu uma voz imperiosa lá fora discutindo com o guarda. Cônon, que servia o vinho, ergueu os olhos. Um jovem entrou, extraordinariamente belo e mais ou menos da sua idade. Com traços perfeitos e o cabelo loiro encaracolado, podia posar para a estátua de Hermes. Como Hermes, entrou com passos leves, ficou de pé na frente dela, como um deus com os olhos cheios de desprezo.

— Sou Demétrio, filho de Antígono. — Parecia uma divindade anunciando o próprio nome no começo de uma peça teatral. — Estou aqui para adverti-la, Eurídice. Não é meu costume lutar contra mulheres, mas se tocar num fio de cabelo do meu pai, pagará com a vida. Isso é tudo. Adeus.

Saiu como havia entrado, passando no meio do exército desorganizado, abrindo caminho com sua velocidade, juventude e arrogância.

Eurídice ficou imóvel olhando para o primeiro antagonista de sua idade. Cônon bufou com desprezo.

— O cãozinho insolente! Quem o deixou entrar? "Não é meu costume lutar contra mulheres." Eu só queria saber com quem *ele* está acostumado a lutar. O pai devia dar uma sova nele.

Eurídice comeu depressa e saiu. A visita de Demétrio reacendeu a chama da sua decisão. Antígono era uma força da natureza contra a qual não podia lutar; mas era um homem sozinho. Os soldados estavam ainda amotinados e prontos para a revolta. Não ousava reuni-los, porque podia chamar a atenção de Antígono, mas conversou com eles lembrando que Antípatro, que estava para chegar, não era o regente legítimo; ele temia ser destituído por um rei legítimo. Se permitissem, ele a condenaria à morte, bem como Filipe e seus principais seguidores.

Antígono, por sua vez, enviou um mensageiro de sua comitiva para avisar o regente do problema no acampamento, mas ele e sua escolta haviam cortado caminho atravessando as colinas, e o mensageiro chegou tarde demais na retaguarda da coluna, onde disseram que o velho regente saíra com sua escolta muito antes do meio-dia.

\* \* \*

Ereto na sela do seu cavalo de batalha de andar macio, as pernas rígidas e doloridas sobre a manta, seu rosto, a máscara severa que disfarçava as dores e enfermidades da idade, o regente seguiu para Triparadiso. Seu médico o aconselhara a viajar de liteira. O mesmo dissera, na Macedônia, seu filho Cassandro, que estava à espera da oportunidade para alegar que a idade do pai exigia um assistente no governo — naturalmente, ele mesmo. Antípatro não confiava no filho mais velho, nem gostava muito dele. Ali na Síria, depois da morte de Perdicas, qualquer coisa podia ter acontecido, e ele esperava chegar, com a ajuda dos médicos e dos deuses, com a aparência de um homem que deveria ser obedecido.

O portão principal do parque era adornado com grandes colunas encimadas por lótus de pedra. Antípatro seguiu pela melhor estrada que conduzia diretamente a ele.

Ouviu ruído de vozes, mas para sua surpresa nenhuma escolta foi recebê-lo. Mandou o arauto anunciar sua chegada com o toque de clarim.

No pavilhão, os generais, apreensivos, sabiam que todo o exército de Antípatro não podia ter chegado com tanta rapidez. Seu mensageiro não o alcançara. Quase imediatamente ouviram uma comoção estrondosa, e um líder de esquadrão que não aderira à revolta chegou a galope.

— Senhor! O regente está aqui com no máximo cinquenta cavaleiros, e os rebeldes o estão atacando.

Correram para apanhar os elmos — estavam usando o resto das armaduras — e gritaram por seus cavalos. Jamais faltou coragem a Píton e a Arribas. Eles apanharam rapidamente seus dardos. Antígono disse:

— Não, vocês dois não. Se forem, vão nos atacar avidamente. Fiquem aqui, chamem o maior número de homens possível e defendam o pavilhão. Venha, Seleuco. Vamos falar com eles.

Quando Seleuco montou, segurando a lança, Antígono, no seu enorme cavalo, ao lado dele, por um momento sentiu a antiga euforia dos anos dourados. Era compensador, depois da luta mesquinha no Egito, da qual não se sentia ainda completamente limpo. Porém, quando em todos aqueles anos sentiu-se ameaçado por seus próprios homens?

O regente estava na idade em que o desconforto e a fadiga incomodavam mais do que o perigo. Esperando nada pior que a dissidência, vestia uma túnica leve, na cabeça um chapéu de palha que o protegia do sol e estava armado somente com a espada. Seleuco e Antígono, galopando entre cedros comuns e enormes cedros do Himalaia e através de planícies extensas, viram o pequeno grupo da escolta lutando contra os soldados, o chapéu de palha de abas largas voar entre os elmos, o brilho vulnerável dos cabelos prateados.

— Procure não derramar sangue — Antígono disse para Seleuco. — Do contrário, eles nos matam. — E com um grito de "Alto, vocês aí!" arremeteu contra os atacantes.

A investida firme dos dois, sua fama, o tamanho e a presença impressionante de Antígono abriram caminho, e eles chegaram ao regente que, com os olhos brilhando sob as sobrancelhas brancas, como uma águia velha atacada por corvos, empunhava sua espada antiga.

— O que é isso, o que é isso? — perguntou ele.

Antígono o saudou rapidamente (será que ele achava que tinham tempo para conversar? O velho homem devia estar começando a caducar, finalmente) e dirigiu-se aos soldados.

Não tinham vergonha? Diziam que respeitavam o rei. Não tinham respeito por Filipe, seu grande pai, o fundador da sua nação, que nomeara aquele homem e que confiava nele? Antípatro não fora deposto por Alexandre, apenas convocado para uma conferência enquanto um representante o substituía provisoriamente... Antígono sabia persuadir tão bem quanto dominar. A multidão abriu caminho e o regente e seus salvadores cavalgaram para o pavilhão.

Eurídice preparava seu discurso para a Assembleia e só soube do incidente muito depois. Ficou chocada com o fato de alguns de seus seguidores tentarem linchar aquele velho homem. A ideia ofendia sua imagem poética da guerra. Além disso, deviam dar a impressão de estar sob seu controle. Só demagogos atenienses faziam discursos enquanto outros lutavam.

Uma hora antes do pôr do sol, chegou o exército de Antípatro. Ela ouviu o tropel dos cavalos e o som surdo dos passos nos parques, os gritos e o ranger das rodas dos carros de suprimentos, o movimento dos escravos erguendo as tendas, o ruído metálico das armas sendo empilhadas, o relinchar dos cavalos, farejando os que já estavam no acampamento e, até muito tempo depois, o rumor das vozes animadas dos homens trocando notícias, boatos e opiniões. Era o som da praça do mercado, da casa de bebidas, do ginásio de esportes, do foro, o leitmotiv secular das terras às margens do Mar do Meio.

Depois do pôr do sol, chegaram alguns de seus seguidores para dizer que tinham discutido sua causa com os homens de Antípatro. Alguns deles tinham ferimentos leves e contusões, mas foram pequenas lutas, interrompidas pelas autoridades. Era sinal de que a disciplina começava a ser restaurada, o que não a desagradava de todo. Quando um oficial sênior do estado-maior do regente chegou à sua tenda, todos os soldados o saudaram militarmente.

Ele avisou que no dia seguinte haveria uma Assembleia geral para decidir os problemas do reino. O rei Filipe sem dúvida desejaria estar presente.

Filipe estava construindo um pequeno forte no chão, tentando equipá-lo com formigas que insistiam em desertar. Ouvindo a mensagem, disse, ansioso.

— Preciso fazer um discurso?

— Senhor, só se quiser — disse o emissário, impassível. Voltou-se para Eurídice. — Filha de Amintas, Antípatro envia seus cumprimentos. Diz que embora não seja um costume macedônio as mulheres tomarem a palavra nas Assembleias, a senhora tem permissão para falar. Depois que ele tiver falado, os homens decidirão se querem ou não ouvi-la.

— Diga a ele que estarei lá.

Quando ele saiu, Filipe disse:

— Ele prometeu que se eu não quiser, não preciso fazer um discurso. Por favor não me obrigue a falar.

Eurídice teve vontade de agredi-lo, mas conteve-se, temendo perder seu controle sobre o rei, além disso tinha um pouco de medo da força dele.

A Assembleia reuniu-se no dia seguinte de acordo com o procedimento antigo. Soldados estrangeiros, o legado da mistura caótica de povos feita por Alexandre, não podiam tomar parte. Um palanque enorme foi erguido na maior praça, com lugares de honra logo abaixo. Quando Eurídice tomou seu lugar, murmurando para Filipe ficar quieto, sentiu uma mudança sutil na imensa multidão de soldados. Havia alguma coisa diferente, contudo, familiar. Era a sensação da terra natal, das montanhas nativas.

Antígono foi o primeiro a falar. Na Assembleia, o general irritado cedeu lugar ao estadista, com suficiente talento oratório. Com dignidade ele os fez lembrar o heroico passado do exército sob o comando de Alexandre, advertiu-os para não trazer vergonha para esse exército e apresentou o regente.

O velho homem subiu agilmente no palanque, sob a aclamação do próprio exército. Não se ouviu nenhuma manifestação hostil. Quando ele olhou para os homens e pediu silêncio no momento exato, uma voz indesejável na mente de Eurídice disse: este homem é um rei.

Antípatro reinara na Macedônia e na Grécia durante as guerras de Alexandre. Debelara as revoltas esporádicas no Sul, impusera nas suas cidades os governantes da sua escolha, exilara os oponentes. Derrotara até mesmo Olímpia. Agora estava velho e frágil, a voz profunda um tanto incerta, mas emanava ainda de seu interior a aura de poder e comando.

Ele falou dos fundadores do povo macedônio, falou de Filipe, que libertara seus antepassados da invasão e da guerra civil e que tinha sido o pai de Alexandre que os fizera senhores do mundo. Eles se transformaram em uma árvore com longos galhos — com um gesto largo, indicou as belas árvores que os rodeavam —, mas a maior árvore morre se suas raízes forem arrancadas do solo nativo. Será que pretendiam afundar em meio aos bárbaros que haviam conquistado?

Falou do nascimento de Arrideu, o retardado a quem eles haviam concedido a honra de usar o nome de Filipe. Disse o que Filipe pensava dele, ignorando sua presença numa das cadeiras abaixo do palanque. Lembrou que, em toda a sua história, a Macedônia jamais fora governada por uma mulher. Iam agora escolher uma mulher e um idiota?

Filipe, que acompanhava a peroração, assentiu sensatamente, com uma inclinação de cabeça. Para ele, era bastante tranquilizador. Alexandre dissera que ele não deveria ser rei e agora aquele velho homem sábio concordava. Talvez agora fossem dizer que podia voltar a ser Arrideu.

Os homens de Antípatro estavam ao lado dele desde o começo. Para os rebeldes, foi como despertar lentamente de sonhos inquietos. Eurídice sentiu, como o farfalhar do cascalho na maré vazante, o recuo do mar na praia.

Ela não admitiria a derrota, não podia. Ia falar, tinha esse direito. Tinha conquistado os homens uma vez e o faria novamente. O velho homem logo terminaria seu discurso, e então seria sua vez.

Cruzou as mãos no colo, empertigou o corpo e sentiu a contração dolorosa dos músculos do ventre. A dor se transformou em cólica, um desconforto pesado e rígido que ela tentou ignorar, mas em vão. Suas regras chegavam quatro dias antes da data esperada.

Eurídice sempre contava os dias cuidadosamente, sempre tinha sido bem regulada. Como isso podia acontecer agora? Ia chegar rapidamente, e ela não estava prevenida.

Naquela manhã estava muito tensa. Com todo o movimento, nem pensou no motivo da tensão. Já sentia a primeira umidade. Se ficasse de pé no palanque, todos veriam.

O discurso do regente chegava ao fim. Ele falava sobre Alexandre, e ela mal ouvia. Olhou para os milhares de rostos à sua volta, nas encostas, nas árvores. Por que, entre todos aqueles seres humanos feitos pelos deuses, só ela era vítima dessa traição, só ela era derrotada pelo próprio corpo no momento de uma grande virada do destino?

Ao seu lado estava Filipe, com o dom inútil de um corpo forte e poderoso. Se aquele corpo fosse seu, ele a teria levado até o palanque, dando-lhe uma voz de bronze. Agora, tinha de sair sorrateiramente do campo sem esperar a batalha e até os que a apoiavam iam pensar: "Pobre menina!".

Antípatro terminou. Quando o aplauso silenciou, ele disse:

— A Assembleia quer agora ouvir Eurídice, filha de Amintas, esposa de Arrideu?

Ninguém se opôs. Os homens de Antípatro estavam curiosos, seus seguidores relutavam em votar contra ela. Sua decisão estava tomada, mas queriam pelo menos ouvir o que Eurídice tinha a dizer. Aquele era o momento para um verdadeiro líder reconquistar seus corações... Como a manhã estava fresca, Eurídice estava com uma capa leve sobre os ombros. Cuidadosamente ela a amarrou em volta dos quadris, como as damas elegantes dos afrescos. Levantando-se, ela disse:

— Não desejo me dirigir aos macedônios.

\* \* \*

Na tenda de Roxane, a atmosfera era de tensão, com eunucos assustados e mulheres apavoradas. Sem dúvida, se os amotinados vencessem, o primeiro ato de Eurídice seria matar Roxane e o filho. Para Roxane seria a coisa mais natural.

Só depois de algum tempo, ela ficou sabendo da decisão da Assembleia, uma vez que só os macedônios podiam tomar parte. Finalmente, o condutor do seu carro, um sidônio que falava grego, voltou contando que a mulher de Filipe fora derrotada e não chegara a dizer uma palavra. Que Antípatro, o regente era agora o guardião dos dois reis e que logo que os grandes senhores concordassem com a divisão das satrapias, ele levaria os dois reis para a Macedônia.

— Ah! — exclamou ela, despindo o medo como se fosse uma capa. — Então, tudo vai ficar bem. É o reino do meu marido. Eles conhecem Filipe, o idiota, desde criança. É claro que não vão querer um tolo para seu rei. Vão querer ver meu filho. A mãe de Alexandre estará esperando.

Alexandre jamais leu para Roxane a carta de Olímpia quando ele a informou do seu casamento. Ela o aconselhava que, se a bárbara tivesse um filho homem, Alexandre deveria mandar matá-lo, do contrário, algum dia ele poderia querer o trono. Estava na hora de visitar sua terra natal e gerar um filho macedônio, como ela pedira antes de ele ir para a Ásia. Essa carta não estava nos arquivos reais. Alexandre a mostrara para Heféstion e a queimara em seguida.

# 319 a.C.

AO LADO DO GRANDE PALÁCIO DE ARQUELAU, EM PELA, FICAVA A CASA de Antípatro. Era grande e despretensiosa. Escrupulosamente correto, ele sempre havia evitado o estilo real. Os únicos adornos eram um pórtico com colunas e um terraço.

A casa estava silenciosa e fechada. Palha e junco cobriam o chão do terraço. Pequenos grupos de pessoas, a uma distância respeitosa, observavam a entrada e saída dos médicos e parentes; o povo da cidade, levado pela curiosidade e pelo drama; amigos convidados aguardando o sinal para as condolências e os planos dos funerais; vendedores de coroas fúnebres e de material para o túmulo. Além disso, mais discretamente, ou representados por espiões, estavam os cônsules de cidades freguesas, que tinham muita coisa em jogo.

Ninguém sabia quem herdaria o poder quando o velho homem soltasse os dedos com que se agarrava à vida, nem se sua política continuaria em vigor. Seu último ato, antes de ficar gravemente enfermo, tinha sido mandar enforcar dois emissários que traziam uma petição de Atenas, pai e filho, que Antípatro descobriu que se correspondiam com Perdicas. Nem a idade, nem a doença debilitante conseguiram amenizar o rigor de Antípatro. O povo estudava com atenção o rosto sisudo do seu filho Cassandro, sempre que ele aparecia, tentando ler os presságios.

Perto da casa, no palácio, aquela famosa maravilha do Norte onde os dois reis moravam separados, a tensão era como a corda de um arco pronto para lançar a flecha.

Na janela, atrás da cortina, Roxane observava o povo silencioso. Nunca se sentira em casa na Macedônia. A mãe de Alexandre não estava presente para recebê-la ou admirar seu filho, pois aparentemente jurara não pôr os pés na Macedônia enquanto Antípatro vivesse. Ela continuava em Dodona. O regente sempre tratou Roxane com formal cortesia, mas antes de atravessarem o Helesponto, ele mandou embora seus eunucos. Explicou que a presença deles faria com que a tomassem por bárbara e as pessoas iriam maltratá-los. Ela agora falava grego fluentemente e podia ser atendida por damas macedônias. As damas instruíram-na educadamente sobre os costumes macedônicos. Delicadamente vestiram-na como uma macedônia e muito delicadamente deixaram bem claro que ela estragava o filho com excesso de mimo. Na Macedônia os meninos eram educados para serem homens.

O pequeno Alexandre estava com quatro anos e, no palácio estranho, queria estar sempre perto da mãe. Roxane, na sua solidão, não podia suportar nem um momento longe dele. Logo Antípatro reapareceu — as damas, sem dúvida eram suas espiãs — e disse que era espantoso o filho de Alexandre saber apenas umas poucas palavras em grego. Estava na hora de ele ter um tutor. O tutor apareceu no dia seguinte.

Antípatro resolveu que o tutor convencional, um escravo muito discreto, não era suficiente. Escolheu um nobre jovem e vigoroso, com 25 anos, já veterano da rebelião grega. Antípatro havia notado o rigor da sua disciplina militar, mas não teve oportunidade de notar se ele gostava de crianças.

O sonho de toda a vida de Cebes foi lutar sob o comando de Alexandre. Foi recrutado para partir com o contingente que Antípatro devia levar à Babilônia. Suportou em silêncio a morte de suas esperanças e cumpriu o dever desagradável de lutar contra os gregos, e seus homens o achavam bastante taciturno. Por hábito, mais do que por intenção, aceitou a incumbência com o ar reservado de sempre, embora com o coração exultante.

Ficou desapontado quando viu o menino de cabelos negros, pele macia e gorducho, mas ele não esperava um Alexandre em miniatura. Para a mãe estava preparado. Roxane não tinha dúvida de que, longe dos seus olhos, o filho seria espancado e maltratado. A criança, ao perceber que seria molestada, lutou e esperneou. Levado para fora de casa, com firmeza e sem muito barulho, logo demonstrou uma viva curiosidade e esqueceu as lágrimas.

Cebes conhecia o lema das famosas amas espartanas. *Nunca exponha uma criança ao medo, deixe que ela entre confiantemente na infância.* Em estágios breves ele fez o menino conhecer cavalos, cães de grande porte, o ruído dos soldados no campo de treino. Roxane, esperando em casa para consolar o filho maltratado, o viu chegar muito orgulhoso, tentando descrever as maravilhas da sua manhã, só falando em grego.

Ele aprendeu rapidamente a língua. Logo começou a falar incessantemente no pai. Roxane dissera que ele era filho do rei mais poderoso do mundo, e Cebes lhe contou as façanhas lendárias de Alexandre. Ele era ainda menino quando Alexandre tinha partido para a Ásia. Ele o viu no apogeu de sua juventude gloriosa e imaginou o resto. Se o menino era pequeno demais para emular o pai, podia pelo menos aspirar a ser como ele.

Cebes gostava do seu trabalho. Agora, esperando com os outros na frente dos terraços cobertos de palha, sentia a incerteza do futuro como uma sombra na sua concretização. Afinal, o menino teria alguma coisa mais do que os meninos da mesma idade que conhecera em sua terra natal? Os grandes dias teriam acabado para sempre? Que mundo ele e o menino herdariam?

Cebes pensava nisso quando começaram os lamentos rituais.

\* \* \*

Roxane os ouviu da sua janela, viu as pessoas comentando e começou a andar pelo quarto, parando uma vez ou outra para apertar o filho contra o peito. Alarmado, ele perguntou o que estava acontecendo, mas ela disse apenas:

— O que vai ser de nós agora?

Cinco anos antes, no palácio de verão de Ecbátana, Alexandre falara sobre Cassandro, o herdeiro do regente, que ele havia deixado na Macedônia, temendo ser traído por ele. Quando Alexandre morreu, Cassandro estava na Babilônia. Provavelmente tinha mandado envenenar Alexandre. Em Pela, ele a visitara para apresentar seus respeitos, dizendo que o fazia em nome do pai doente; mas, na verdade, sem dúvida, para ver o filho de Alexandre. Foi cortês, mas frio, apenas se fazendo presente. Roxane detestou o rosto vermelho e sardento e sentiu medo dos olhos duros e pálidos, da expressão de indisfarçada finalidade. Agora, estava mais assustada do que por ocasião do motim na Síria. Se ao menos pudesse ter ficado na Babilônia, num mundo que conhecia, entre pessoas que podia entender!

\* \* \*

Cassandro, na câmara mortuária olhava com fúria amarga para o corpo mirrado do pai. Não tinha coragem de se inclinar e fechar os olhos dele. Uma velha tia, com ar de censura, fechou as pálpebras ressequidas e cobriu o rosto com o lençol.

No outro lado do leito estava Polipercon, impassível em seus 55 anos, a barba grisalha crescida, depois de passar a noite em vigília, fazendo um gesto prosaico de pesar, com a mente já ocupada pelas novas responsabilidades. A ele, não a Cassandro, Antípatro legara o cargo de guardião dos reis. Quase no fim, antes de entrar em coma, ele chamara todos os nobres principais para testemunhar aquele ato, e os fez prometer que votariam a favor dele na Assembleia.

Antípatro estava inconsciente desde o dia anterior. A parada respiratória tinha sido mera formalidade. Polipercon, que o respeitava, ficou satisfeito por ter terminado a vigília cansativa e poder agora voltar aos seus afazeres. Ele não queria aquela nova responsabilidade, e Antípatro implorou para que aceitasse. Foi uma cena terrível. Era como se estivesse vendo o próprio pai humilhando-se aos seus pés.

— Faça isso por mim — disse ele, com voz rouca e sibilante —, velho amigo, eu lhe peço.

Polipercon nem era um velho amigo. Estava na Ásia com Alexandre quando ele voltou com Cratero. Estava na Macedônia quando Alexandre morreu, e contribuiu para apaziguar a rebelião no Sul. Enquanto o regente estava na Ásia, onde foi apanhar os dois Reis, Polipercon o substituiu provisoriamente. Foi assim que tudo começou.

— Eu jurei a Filipe. — O homem agonizante tossiu de leve, com grande esforço. Sua voz era áspera como junco seco, ao vento. — E aos seus herdeiros. Eu *não* — engasgou e fez uma pausa — quero que meu filho quebre meu juramento. Eu o conheço. Eu sei do que... Prometa, amigo. Jure pelo Estige. Eu imploro, Polipercon.

Finalmente Polipercon jurou, só para acabar com a cena e sair dali. Agora, estava preso à sua promessa.

Com o último suspiro de Antípatro ainda no ar, ele sentia o ódio emanando de Cassandro, no outro lado do leito. Bem, ele enfrentara homens mais perigosos quando estava com Filipe, na Queroneia e em Isso e Gaugamela, com Alexandre. Não passou de comandante de brigada, mesmo assim Alexandre o escolhera para a guarda pessoal e não podia haver maior prova de confiança. Polipercon, dissera Alexandre, nunca muda.

Logo precisava se apresentar às duas casas reais na companhia de seu filho mais velho; um Alexandre, pensou ele, que não depreciaria o nome. Podia confiar em Cassandro pelo menos para organizar um funeral digno, porque o filho de Antípatro preocupava-se muito com o que os outros pensavam dele.

\* \* \*

Eurídice estava andando a cavalo quando o regente morreu. Sabia que a hora estava próxima. Quando acontecesse, ela seguiria o ritual sufocante e cansativo do luto, porque não seria decente fazer o contrário.

Estava acompanhada por dois cavalariços e uma dama de companhia jovem, alta e forte, escolhida só porque era montanhesa e montava bem. Os dias da escolta de cavalaria haviam terminado. Antípatro a mantinha sob estrita vigilância para evitar que conspirasse com os soldados. Só as lágrimas de Filipe o convenceram a deixar o velho Cônon em sua companhia. Mesmo assim, às vezes ela era saudada pelos soldados e respondia à saudação.

De volta a Pela, com o sol poente às suas costas, e as sombras das montanhas alongando-se sobre o lago, Eurídice sentiu uma pequena mudança no destino, uma alteração no movimento da roda da fortuna. Não foi sem esperanças que ela esperou ouvir os lamentos das carpideiras.

Cassandro, bem como Roxane, também visitara Eurídice algumas vezes durante a doença do pai. Formalmente, as visitas eram para o rei, seu marido, mas com muita sutileza ele conversava respeitosamente com Filipe, deixando claro que suas palavras eram para ela. A aparência dele que, para Roxane parecia selvagem, era para Eurídice a de um concidadão, não notável pela beleza, mas cinzelada com determinação e força. Sem dúvida devia ter o rigor do pai, mas também sua competência.

Supunha que ele seria o sucessor do pai, uma vez que Cassandro dava a entender isso claramente. Sabia o que ele queria dizer quando afirmava que os macedônios tinham sorte por ter *um* rei e uma rainha, ambos de sangue verdadeiramente real. Cassandro odiava Alexandre, e nunca permitiria que o filho da bárbara ocupasse o trono. Eurídice tinha a impressão de que eles se entendiam.

A notícia da escolha de Polipercon para guardião a deixara desconcertada. Ela só o conhecia de vista. Quando voltou do passeio a cavalo, ela o encontrou nos aposentos reais conversando com Filipe.

Devia estar ali havia algum tempo. Filipe, parecendo muito à vontade, contava uma história complicada sobre serpentes na Índia.

— Cônon a encontrou debaixo da minha banheira. Ele a matou com uma vara. Ele disse que as pequenas são as piores.

— Exatamente, senhor. Elas podem entrar numa bota. Um dos meus homens morreu assim.

Voltou-se para Eurídice, cumprimentou-a pelo excelente estado de saúde do seu marido, pediu para chamá-lo sempre que precisasse de seus serviços e se despediu. Era cedo demais, com o regente ainda insepulto, para perguntar a Polipercon sobre seus planos; mas Eurídice ficou furiosa porque ele não disse nada e porque se apresentou a Filipe, embora ela estivesse ausente.

Durante toda a cerimônia fúnebre longa e pomposa, caminhando na procissão com o cabelo cortado e cinzas no vestido negro, juntando seus lamentos ao canto das carpideiras, Eurídice observava o rosto de Cassandro à procura de um sinal de determinação, mas era apenas a máscara sólida e compenetrada, própria para a ocasião.

Mais tarde, quando os homens foram até a pira para cremar o corpo e ela ficou com as mulheres, ouviu um grito lancinante e um movimento nervoso ao lado do fogo. Cônon correu, passando à frente de todos os homens importantes e logo voltou, acompanhado por dois guardas de honra, carregando Filipe, com as pernas e os braços flácidos e a boca aberta. Com passos lentos, embaraçada, ela os acompanhou até o palácio.

— Se a senhora pudesse falar com o general... — murmurou Cônon. — Ele não está acostumado com o rei, não sabe o que o deixa nervoso. Eu tentei falar, mas ele me disse para não esquecer meu lugar.

— Vou falar com ele. — Eurídice sentia o olhar sarcástico de Roxane em sua nuca. *Um dia*, pensou, *você não vai fazer pouco de mim.*

No palácio, Cônon despiu Filipe, lavou-o — durante o ataque, ele molhara a túnica — e o pôs na cama. Eurídice, em seu quarto, despiu o vestido de luto e, com o pente, retirou as cinzas macias de madeira do cabelo, que fora despenteado para obedecer ao ritual. Pensou: *ele é meu marido. Eu sabia o que ele era antes de aceitá-lo. Fiz por vontade própria, portanto estou ligada a ele por um compromisso de honra. Minha mãe diria exatamente isso.*

Pediu uma bebida quente com ovo, especiarias e um pouco de vinho e a levou para Filipe. Cônon saíra, levando a roupa usada. Filipe voltou para ela os olhos súplices, como um cão doente olhando para o dono severo.

— Veja — disse ela —, eu trouxe uma coisa gostosa para você. Não faz mal o que aconteceu, você não pôde evitar. Muita gente não gosta de ver uma pira funerária.

Com um olhar agradecido, ele começou a tomar a bebida, satisfeito por ela não fazer perguntas. A última coisa de que se lembrava, antes do rufo do tambor em sua cabeça e da terrível luz branca, era da barba do cadáver escurecendo e cheirando mal entre as chamas. Aquilo o fizera se lembrar de um dia, havia muito tempo, antes de começar a viajar com Alexandre. Disseram que era o funeral do rei, mas ele não sabia de quem estavam falando. Cortaram seu cabelo rente, vestiram nele uma túnica negra, sujaram seu rosto e o fizeram andar no meio de uma porção de gente que chorava. E lá estava seu pai assustador, que ele não via fazia anos, deitado numa cama de troncos de árvore e mato seco, com uma coberta enorme, carrancudo e morto. Era a primeira vez que ele via um homem morto. Alexandre estava lá. Ele também estava com o cabelo cortado, os fios loiros e curtos brilhando ao sol. Ele fez um discurso, muito longo, sobre o que o rei tinha feito pelos macedônios. Então, de repente, apanhou um archote da mão de alguém e o enfiou no meio da palha seca. Horrorizado, Filipe viu as chamas crescendo, rugindo e estalando, dando a volta na extremidade do manto bordado, devorando-o, e então o cabelo e a barba... Durante muito tempo depois disso, ele acordava gritando no meio da noite e não podia dizer para ninguém que sonhara com o pai queimando na pira.

* * *

As portas de mármore polido do jazigo de Antípatro se fecharam e uma calma apreensiva envolveu a Macedônia.

Polipercon declarou que não desejava ter poderes arbitrários. Antípatro governara por um rei ausente. Agora, era conveniente que os homens mais importantes partilhassem seu governo. Muitos macedônios aprovavam essa indicação de virtude. Outros disseram que Polipercon era incapaz de tomar decisões, e que desejava se esquivar do excesso de responsabilidade.

A calma contagiou a todos. Os olhos estavam fixos em Cassandro.

Seu pai não o ignorara completamente na sucessão. Ele foi nomeado quiliarca, o segundo em comando, depois de Polipercon, um posto que Alexandre considerava de grande prestígio. Será que se contentaria com isso? Os homens observavam seu rosto fechado e impassível, e comentavam que Cassandro não era do tipo que deixava passar qualquer desconsideração.

Entretanto, depois de sepultar o pai, ele tinha continuado com suas obrigações durante o mês de luto. Então foi visitar Filipe e Eurídice.

— Cumprimente Cassandro quando ele entrar — recomendou ela — e depois não diga mais nada. Pode ser importante.

Cassandro apresentou brevemente seus respeitos ao rei e depois dirigiu-se à rainha.

— Estarei ausente por algum tempo. Vou para o campo. Ultimamente tive de enfrentar muitos problemas. Pretendo organizar uma caçada com amigos e esquecer os negócios públicos.

Eurídice desejou boa sorte. Cassandro percebeu a interrogação nos olhos dela.

— Sua boa vontade — disse ele — tem sido um consolo e uma força para mim. A senhora e o rei podem contar comigo nestes tempos difíceis. Voltou-se então para Filipe: — O senhor é sem dúvida filho do seu pai. A vida de *sua* mãe jamais deu motivo para escândalo público. — Disse então para Eurídice: — Como deve saber, sempre houve dúvida sobre o nascimento de Alexandre.

Quando ele partiu, Filipe perguntou:

— O que ele disse de Alexandre?

— Não importa. Também não sei o que quis dizer. Mais tarde saberemos.

\* \* \*

O palácio de Antípatro no campo era um forte no alto da colina, no centro de uma rica e bem administrada propriedade. Ele morava em Pela, e um intendente dirigia a propriedade no campo. Seus filhos usavam-na para reuniões de caça, como parecia ser a finalidade dessa reunião organizada por Cassandro.

Na sala do andar superior da rústica torre do forte, o fogo estava aceso na lareira redonda sob a abertura no teto, para a saída da fumaça. As noites de outono eram frias nas montanhas. Em volta do fogo, em velhas banquetas forradas com pele de carneiro, estavam cerca de doze jovens com as roupas de couro e lã crua impregnadas com o cheiro dos cavalos que, no andar inferior, pateavam e moviam-se inquietos, guardados por cavalariços que, conversando em trácio, reparavam e lustravam os arreios.

Cassandro, muito ruivo à luz do fogo, estava ao lado do irmão Nicanor. Iolau morrera logo depois de voltar da Ásia, de febre quartã adquirida nos pântanos da Babilônia. Morrera em pouco tempo, aparentemente recusando-se a lutar pela vida. O outro irmão, Alexarco, não tinha sido convidado. Era um intelectual meio louco, ocupado em inventar uma nova língua para o reino utópico de suas visões. Além de sua inutilidade, não podiam confiar em sua discrição.

Cassandro disse:

— Estamos aqui há três dias e não apareceu nenhum espião. Podemos começar a agir. Derdas, Atea, podem começar amanhã?

— Podemos — responderam os dois homens, no outro lado da lareira.

— Arranje cavalos descansados em Abdera, Aino, ou em Anfípole, se for preciso. Tenha cuidado em Anfípole, fique longe da guarnição, alguém pode reconhecê-lo. Simas e Antifonte podem sair no dia seguinte. Mantenham um dia de distância entre um e outro na estrada. Dois homens não chamam atenção, quatro, sim.

Derdas indagou:

— E a mensagem para Antígono?

— Vou lhe dar uma carta. Não correrá perigo se não chamar atenção. Polipercon é um tolo. Eu estou caçando, ótimo, ele pode dormir em paz. Depois que Antígono ler a carta, responda a todas as suas perguntas.

Tinham passado o dia todo entregues à caça do javali, para manter as aparências, e logo depois dessa conversa os homens se recolheram num compartimento, na outra extremidade da sala, atrás de uma cortina de pele. Cassandro e Nicanor continuaram perto do fogo, suas vozes abafadas pelos sons do estábulo no andar inferior.

Nicanor era alto, magro, com cabelo ruivo, um bom soldado, fiel à família e ao clã e sem grandes ambições. Ele disse:

— Tem certeza de que pode confiar em Antígono? Evidentemente ele deseja mais do que tem.

— Por isso confio nele. Enquanto ele estende seu domínio na Ásia, ficará satisfeito se Polipercon estiver ocupado na Grécia. E deixará a Macedônia para mim. Sabe que a Ásia vai tomar todo seu tempo.

Nicanor coçou a cabeça. Quase sempre apanhavam piolho nas caçadas. Ele tirou um e o atirou no fogo.

— E a mulher? Ela seria tão perigosa quanto Antígono se soubesse o que devia fazer. Criou muitos problemas para nosso pai e para Perdicas. Se não fosse por ela, Filipe não seria nada.

— Hum… — murmurou Cassandro, pensativo — por isso pedi para você vigiá-la enquanto eu estiver ausente. É claro que não contei nada a ela. Eurídice ficará do nosso lado para afastar o filho da bárbara. Deixou isso bem claro.

— Sim, até aí, tudo bem, mas ela é a mulher do rei e quer ser rainha de fato.

— Sim. Considerando sua ascendência, acho que terei de me casar com ela.

Nicanor ergueu os olhos pálidos.

— E Filipe?

Cassandro fez um gesto, significando que era caso resolvido.

— Será que ela vai concordar com isso? — questionou Nicanor.

— Oh, acho que não, mas quando estiver feito, ela não vai se sentar na roca e fiar, não é de sua natureza. Certamente se casará comigo. Então, terá de se comportar. Do contrário… — Repetiu o gesto.

Nicanor deu de ombros.

— E Tessalônica? Pensei que seria a sua escolhida. *Ela* é filha de Filipe, não neta.

— Sim, mas só tem sangue real por parte de pai. Eurídice está em primeiro lugar. Quando eu for rei, posso me casar com as duas. O velho Filipe não hesitaria em fazer isso...

— Está muito seguro do êxito — disse Nicanor, preocupado.

— Sim, desde a Babilônia. Foi quando compreendi que havia chegado a minha hora.

\* \* \*

Quinze dias depois, no fim de uma tarde encoberta e chuvosa, Polipercon foi ao palácio e disse que precisava falar urgentemente com o rei.

Mal esperou que o anunciassem. Filipe, ajudado por Cônon, recolhia ainda as pedras com que brincara o dia todo. Eurídice também não teve tempo para esconder a couraça de couro que estava limpando. Olhou irritada para Polipercon, que se curvou formalmente depois de saudar o rei.

— Eu estava acabando de guardar tudo — desculpou-se Filipe. — Era um paraíso persa.

— Senhor, quero pedir sua presença no conselho de estado, amanhã.

Filipe olhou horrorizado para ele.

— Não vou fazer discurso. Não quero fazer discurso.

— Não precisa, senhor. Basta dar seu assentimento depois que todos tiverem votado.

— Votado em quê? — perguntou Eurídice, rapidamente.

Polipercon, um macedônio seguidor das antigas tradições, pensou: *Foi pena que Amintas tivesse vivido o suficiente para gerar essa megera criadora de problemas.*

— Senhora. Soubemos que Cassandro foi para a Ásia e que Antígono o recebeu de braços abertos...

— O quê? — perguntou ela, sobressaltada. — Ouvi dizer que estava caçando em sua propriedade das montanhas.

— Era o que ele queria que todos acreditassem — disse Polipercon, soturnamente. — Devemos nos considerar em guerra. Senhor, por favor, esteja pronto ao nascer do sol. Eu mesmo virei para escoltá-lo. Senhora. — Inclinou-se para os dois.

— Espere! — ordenou Eurídice, furiosa. — Com quem Cassandro está em guerra?

Já na porta, Polipercon voltou-se.

— Com os macedônios. Eles votaram em obediência ao pai dele, que não o considerava apto a governar.

— Desejo comparecer ao conselho.

Polipercon cofiou a barba grisalha.

— Sinto muito, senhora. Não é costume dos macedônios. Tenha uma boa noite.

Polipercon saiu, reconhecendo seu erro por não ter mandado vigiar Cassandro, mas pelo menos não precisava aturar a insolência de uma mulher.

\* \* \*

O conselho de Estado estudou os perigos que o reino corria e os considerou muito sérios. Evidentemente Cassandro ficaria na Ásia apenas o tempo necessário para reunir as forças. Então, marcharia para a Grécia.

Durante os últimos anos do reinado de Filipe e todo o reinado de Alexandre, os Estados gregos tinham sido governados pela Macedônia. Líderes democratas tinham sido exilados; o direito de voto, confiado a homens de posses, cujos líderes oligarcas tinham de ser a favor da Macedônia. Durante a longa ausência de Alexandre, Antípatro havia conduzido o governo à sua vontade. Uma vez que os homens que o apoiavam enriqueceram à custa do confisco dos bens dos exilados, a consternação foi geral quando Alexandre, retornando de suas guerras distantes, ordenou a volta de todos e a restituição de seus bens. Chamou o regente à Babilônia para uma conferência, mas Antípatro enviou Cassandro em seu lugar. Quando Alexandre morreu, os gregos se sublevaram, mas Antípatro debelou a revolta. Assim, as cidades eram ainda governadas por seus satélites, que naturalmente apoiariam seu filho.

Durante todo esse tempo, os emissários gregos continuavam em Pela, esperando, como faziam desde os funerais, informações sobre a política do novo regime para seus vários Estados. Foram então convocados com urgência e receberam uma proclamação real. Segundo a proclamação, muita coisa fora feita na Grécia sem a permissão de Alexandre. Agora, com a boa vontade dos reis, seus herdeiros, os Estados gregos podiam restaurar suas constituições democráticas, expulsar os oligarcas, ou executá-los, se preferissem. Todos os direitos dos cidadãos seriam defendidos, em troca da lealdade aos reis.

Polipercon, escoltando Filipe na saída da câmara do conselho, explicou cuidadosamente essas decisões para Eurídice. Como Nicanor, ele a considerava uma grande criadora de problemas. Não devia ser provocada sem necessidade.

Eurídice ouviu sem muitos comentários. Enquanto o conselho deliberava, teve tempo para pensar.

— Um cão entrou na sala — disse Filipe, assim que seu mentor se afastou. — Tinha na boca um osso grande com carne. Eu disse que ele devia ter roubado da cozinha.

— Sim, Filipe. Fique quieto agora. Preciso pensar.

Então, sua suposição estava certa. Quando Cassandro a visitara, estava oferecendo uma aliança. Se ele vencesse aquela guerra, deserdaria o filho de Roxane, assumiria o cargo de guardião, colocaria ela e Filipe no trono. *Ele* falara de igual para igual. Cassandro faria dela uma rainha.

— Por que fica andando de um lado para o outro? — perguntou Filipe, melancólico.

— Você precisa tirar sua túnica de passeio, para não sujá-la. Cônon, você está aí? Por favor, ajude o rei.

Eurídice continuou a andar na sala com janelas ornadas com entalhes e na parede um mural em tamanho natural do saque de Troia. Cassandra era levada do santuário por Agamemnon, o cavalo de madeira aparecia ameaçador entre as torres do portão e no fundo, no altar doméstico, Príamo jazia banhado em sangue. Andrômaca apertava ao peito o filho morto. Todo o fundo era luta, chamas e sangue. Era uma peça antiga, pintada por Zêuxis, encomendada por Arquelau quando construiu o palácio.

Na lareira, com pedras gastas e antigas pairavam odores vagos e aromáticos, uma emanação de antigas combustões formando uma singular coloração. Durante muito tempo tinha sido o quarto da rainha Olímpia e diziam que muita mágica fora feita ali. Ali tinham seus cestos as cobras sagradas, ali os encantamentos tinham seus esconderijos. Na verdade, um ou dois permaneciam onde ela os deixara para quando voltasse, como pretendia. Eurídice sabia somente que o quarto tinha uma personalidade própria.

Caminhando de um lado para o outro, lembrava-se do seu acordo tácito com Cassandro e, pela primeira vez, pensou: *E depois?*

Só o filho da mulher bárbara podia começar uma nova geração. Quando ele fosse tirado do caminho e Filipe reinasse sozinho, quem o sucederia?

Quem mais indicado do que a neta de Filipe e Perdicas para continuar sua linhagem? Para isso, ela estava disposta a enfrentar os inconvenientes de ter um filho. Por um momento, com repulsa, pensou em ensinar Filipe. Afinal, em todas as cidades havia muitas mulheres que, por uma dracma, suportavam coisas muito piores, mas não, ela não podia. Além disso, e se tivesse um filho idiota?

*Se eu fosse homem!*, pensou. As chamas do tronco de macieira coberto de líquen seco crepitavam na lareira, pois o inverno se aproximava. Das pedras escurecidas emanava o cheiro de incenso antigo. *Se eu fosse rei, poderia me casar duas vezes, se quisesse, nossos reis sempre fizeram isso.* Lembrou a presença forte de Cassandro. Ele oferecera sua amizade... Mas, havia Filipe.

Por um instante, lembrando aquela quase cumplicidade tácita, Eurídice esteve muito perto da compreensão. Para a antiga ocupante daquele quarto seria muito simples, uma questão de modas e meios. Ela sentiu a aparição indistinta da ideia, e recusou considerá-la, o que significaria uma escolha positiva ou negativa, e ela não faria isso. Disse apenas a si mesma que talvez pudesse depender de Cassandro e que era inútil pensar no que viria depois. Contudo, o cheiro de mirra antiga nas pedras era como a fumaça de pensamentos secretos escondidos sob as brasas, esperando o momento adequado.

# 318 a.C.

Sentado em sua tenda no clima ameno da costa da Cilícia, Êumenes olhava para as colinas distantes do Chipre, além do oceano. A planície quente e fértil era um paraíso depois do espaço limitado do forte, no alto do Monte Taurus, onde, obrigado por Antígono, passara todo o inverno, castigado pelo vento gelado das montanhas. Pouco mais do que uma fonte de água limpa e um farto suprimento de cereais era o que tinham. As gengivas dos soldados sangravam e inflamavam por falta de vegetais. Com muita dificuldade, ele impedira que comessem os cavalos, dos quais podia depender a vida de todos. Ele exigia que exercitassem os animais, suspendendo, uma vez por dia, seus quartos dianteiros numa tipoia, enquanto os cavalariços gritavam e os chicoteavam, fazendo-os andar até ficarem cobertos de suor. Houve um momento em que Êumenes estava disposto a ceder e permitir o sacrifício dos cavalos, mas então Antígono enviou um emissário com os termos de um acordo. O regente estava morto, era cada um por si, e Antígono queria um aliado.

Ele exigira um juramento de lealdade para levantar o cerco. Lealdade a Antígono e ao rei, dissera o emissário. Chegado o momento, Êumenes mudou seu juramento, prometendo lealdade a Olímpia e aos reis. O emissário ignorou. Antígono não gostou, mas ao tomar conhecimento, todos já haviam saído do forte. Não fez grande diferença. Êumenes recebeu uma mensagem de Polipercon indicando, em nome do rei, para o comando de Antígono que, por sua vez, como não tinha a intenção de renunciar, teria de ser tomado à força. Enquanto isso, ele devia tomar o tesouro provincial de Cilícia e o comando da guarnição do regimento, os Escudos de Prata.

Estava agora no acampamento com os soldados que se instalavam no conforto dos bens roubados, adquiridos através de estratagemas desonestos conhecidos pelos soldados, alguns deles há cinquenta anos lutando em várias campanhas. Nenhum deles tinha menos de quarenta anos de serviço, homens calejados e cruéis que o próprio Alexandre considerava velhos demais para lutar, e dos quais nem ele conseguiu se livrar sem um motim. Eram o legado de seu pai, Filipe, homens da falange, experientes no uso da longa lança-aríete, todos eles lutadores escolhidos a dedo. Eram jovens quando estavam com Filipe, agora, muitos deles seriam mais velhos do que ele, se estivesse vivo. Deviam estar nas fazendas, na sua terra natal, vivendo do resultado da generosidade de Alexandre, mas continuavam no exército, endurecidos como os pregos de suas botas, sua baixa adiada por causa da morte de Cratero e pela própria resistência obstinada; jamais vencidos, prontos para marchar.

Nenhum com menos de sessenta anos, muitos com mais de setenta. Sua arrogância era notória, e Êumenes, uma geração mais jovem e um estranho na Grécia, tinha de comandá-los.

Ele quase recusou, mas depois do cerco, enquanto reunia suas forças dispersas, recebeu uma carta do Épiro, enviada por terra e mar. Era de Olímpia.

*Imploro que nos ajude. Só resta você, Êumenes, o mais leal de todos os meus amigos e o mais capaz de salvar nossa casa esquecida. Eu suplico, não me desaponte agora. Mande-me notícias. Devo entregar a mim e ao meu neto nas mãos de homens que, um após o outro, intitulam-se seus guardiões e depois planejam roubar sua herança? Roxane, a mãe dele, manda-me dizer que teme pela vida do filho quando Polipercon deixar a Macedônia para enfrentar o traidor Cassandro. Seria melhor ela vir para cá com o menino. Ou devo reunir alguns homens e ir à Macedônia?*

A carta o comoveu profundamente. Êumenes era jovem quando conhecera Olímpia, também moça ainda. Muitas vezes, durante a ausência de Filipe, o regente, que a odiava, enviava Êumenes com mensagens para ela, em parte para ofendê-la com seu posto de mensageiro subalterno, em parte para mantê-la fora de seu caminho. Por ocasião das brigas domésticas, Filipe fazia o mesmo. Para o jovem grego, ela era um mito arcaico, uma Ariadne báquica à espera do abraço de um Dioniso que jamais chegou. Êumenes a tinha visto aos prantos, numa alegria selvagem, em fúria destruidora, e às vezes em toda a sua graça régia. Seu desejo por ela era como o desejo pelo espetáculo maravilhoso do relâmpago sobre o mar; mas ele a adorava. Mesmo quando sabia que ela estava errada e tinha de lhe dizer, ele o fazia com o coração ansioso. Na verdade, Olímpia várias vezes falara com ele de igual para igual. Êumenes fora um belo homem e embora jamais tivesse conseguido fazer dele um aliado, ou subverter sua fé em Filipe, sentira prazer com sua admiração.

Êumenes sabia que Olímpia perturbara Alexandre durante toda a campanha na Ásia com os relatos de sua rivalidade com o regente. Lembrou-se de quando entregou uma dessas cartas a Alexandre e ele dissera: "Por Deus, ela cobra um aluguel bem alto pelos nove meses em que fui seu inquilino!". Mas disse com um sorriso. Ele também a amava, apesar de tudo. Quando Alexandre a deixou, Olímpia ainda era bonita e, como Êumenes, ele jamais a viu envelhecida.

De uma coisa ele tinha certeza: Olímpia não devia ir à Macedônia, com ou sem exército. Ela era tão moderada quanto um leopardo à procura da caça. Se fosse à Macedônia, em menos de um mês destruiria a própria causa. Êumenes escreveu-lhe, aconselhando-a a ficar em Épiro até o fim da guerra e garantindo que podia contar com sua fidelidade a ela e ao filho de Alexandre.

Ele não se referiu a Roxane e a seus temores. Quem poderia dizer quais os pensamentos que assustavam a bactriana? Durante sua longa campanha, seguida pelo sítio no inverno, Êumenes havia recebido poucas notícias da Europa. Desde o casamento, em Sardes, mal ouvira falar em Eurídice.

Logo Antígono estaria pronto para atacá-lo — era evidente que pretendia construir o próprio reino na Ásia —, e ele teria de se pôr em marcha com seus recrutas nativos e seus treinadores, os experientes guerreiros Escudos de Prata. De sua tenda ele os via nos grupos estabelecidos havia meio século, enquanto as mulheres preparavam o café da manhã, mulheres da Lídia, de Tiro, da Báctria, da Pártia, da Média e da Índia, espólios de suas campanhas, com umas poucas sobreviventes macedônias trazidas de sua terra natal. Os filhos sobreviventes — talvez um terço dos quais tinham sido concebidos durante as jornadas — conversavam em voz baixa em volta das fogueiras, procurando sempre evitar a ira dos pais, belos morenos e loiros, todos falando a língua dos francos. Quando levantavam acampamento, as mulheres enchiam os carros fechados com os objetos apanhados em várias partes do mundo, e a marcha recomeçava.

Na colina próxima, Êumenes via a tenda dos dois comandantes, Antígenes e Têutamo, experientes cães de guerra, astutos e obstinados, cada um com idade para ser seu pai. Nesse dia precisava convocá-los para um conselho de guerra. Será que o aceitariam sem ressentimento? Ele sabia muito bem que o orgulho ferido gerava a traição. Com um suspiro cansado, lembrara-se do tempo em que ele e seus homens não eram como galhos soltos no fluxo da História, mas aqueles que orgulhosamente determinavam seu curso. *Até aqueles velhos pecadores lá fora*, pensou, *deviam estar lembrados*.

Sua mente, com agilidade adquirida em muitos anos de sobrevivência precária, dera um daqueles saltos que o haviam salvado em situações mais difíceis do que aquela. O dia estava começando, a luz do sol sobre o Chipre ainda era tenra e suave. Êumenes barbeou-se, vestiu-se elegantemente e sem ostentação e chamou o arauto.

— Dê o toque para a reunião dos oficiais.

Mandou os escravos disporem as banquetas e cadeiras de campanha na relva, casualmente, sem ordem de precedência. À medida que os anciãos de pele curtida de sol e de chuva chegavam sem pressa, ele os convidava amavelmente para sentar. Levantou-se então de sua cadeira e disse:

— Cavalheiros, mandei chamá-los para comunicar uma notícia importante. Eu tive um presságio.

Como ele esperava, fez-se um silêncio profundo. Velhos soldados eram tão supersticiosos quanto os marinheiros. Todos sabiam o que o acaso poderia fazer aos homens na guerra.

— Se os deuses alguma vez concederam a um homem um sonho poderoso, foi este que tive antes da alvorada. Um sonho mais real do que se estivesse acordado. Ouvi chamar meu nome. Conheci a voz. Era Alexandre. Ele estava na minha tenda, nessa cadeira que você, Têutamo, ocupa agora. Ouvi-o dizer: *Êumenes!*

Os homens inclinaram-se para a frente. As mãos retorcidas de Têutamo acariciaram os braços da cadeira, como se estivessem tocando um talismã.

— Pedi perdão por estar dormindo em sua presença, como se ele estivesse vivo. Alexandre vestia a túnica branca com a barra purpúrea e uma coroa de ouro. "Vou convocar um conselho de estado", disse ele. "Vocês todos estão aqui?" E olhou em volta. Então foi como se estivéssemos não na minha tenda, mas na dele, na tenda que ele tomou de Dario. Ele estava sentado no trono, cercado pela guarda pessoal, e vocês também estavam, com os outros generais, esperando suas palavras. Ele se inclinou para a frente para se dirigir a nós, mas quando começou a falar, eu acordei.

Versado na arte da retórica, Êumenes não se valeu dela. Falou como um homem lembrando algo espantoso e importante. Surtiu efeito. Os homens entreolhavam-se, não com desconfiança, somente tentando compreender o significado do sonho.

— Eu acredito — continuou Êumenes — ter adivinhado o desejo de Alexandre. Está preocupado conosco. Quer estar presente em nossos conselhos. Se apelarmos para ele, será o guia de nossas decisões. — Parou, esperando perguntas, mas ninguém falou. — Portanto, não vamos recebê-lo mesquinhamente. Temos aqui o ouro de Koyinda que os senhores, cavalheiros, guardaram fielmente para ele. Vamos chamar artesãos para fazer um trono de ouro, um cetro e um diadema, vamos lhe dedicar uma tenda, com a insígnia no trono e oferecer incenso ao seu espírito. Então, nos reuniremos em sua presença, como nosso comandante supremo.

Os olhos astutos nos rostos marcados por muitas batalhas examinaram-no com atenção. Aparentemente não parecia se colocar acima deles, não tinha intenção de roubar o tesouro. Alexandre aparecera só para ele porque o conhecia bem. E Alexandre gostava de ver suas ordens obedecidas.

Em uma semana estavam prontos o trono, a tenda e a insígnia. Encontraram até tinta purpúrea para pintar o dossel. Quando chegou o momento da marcha à Fenícia, reuniram-se na tenda para discutir a campanha seguinte. Antes de se sentar, cada homem ofereceu incenso no pequeno altar portátil, dizendo: "Divino Alexandre, ajudai-nos". Todos aceitaram a autoridade de Êumenes, cuja visão se manifestava nos objetos que os rodeavam.

Não importava o fato de poucos deles terem visto Alexandre no trono. Lembravam dele com as velhas couraças e grevas polidas, tirando o elmo para que todos o vissem, cavalgando ao lado dos homens formados antes de entrar em ação, lembrando as vitórias anteriores e contando como obteriam as próximas. Não importava que o artesão local não fosse um grande artista. O brilho do ouro e o cheiro do incenso despertavam a lembrança coberta pelo sedimento das intempéries, da guerra e da fadiga de treze anos; de um carro de ouro desfilando triunfalmente pelas ruas da Babilônia enfeitadas com flores; as trombetas, os peãs, os turíbulos e a aclamação. Por um curto espaço de tempo, em pé, na frente do trono vazio, era como se fossem outra vez o que eram naqueles dias.

O sol de primavera aquecia as montanhas e derretia a neve, provocando a enchente dos rios, que em pouco tempo voltaram ao normal. A lama secara, e as estradas ficaram firmes outra vez. A terra abria caminho para a guerra.

Cassandro, com os navios e o exército cedidos a ele por Antígono, atravessou o mar Egeu e atracou no Pireu, o porto de Atenas. Antes da morte do pai, enviara um homem de sua confiança para tomar o comando da guarnição macedônia no forte do porto. Enquanto em Atenas, o conselho discutia o decreto real e a recuperação das antigas liberdades, o forte fora tomado de assalto e o porto, ocupado. Cassandro entrou sem encontrar nenhuma resistência.

Polipercon, informado desses fatos, despachou uma parte do exército sob o comando de seu filho Alexandro. A campanha lançada, ele preparou-se para marchar. Começou a mobilizar suas forças e foi ao palácio falar com o rei Filipe.

Eurídice recebeu-o com cortesia formal, resolvida a fazer sua presença notada. Polipercon, com a mesma formalidade, perguntou sobre a saúde dos dois, ouviu o relato de Filipe sobre uma briga de galos a que assistira com Cônon e depois disse:

— Senhor, vim para dizer que logo marcharemos juntos para o Sul. Precisamos deter o traidor Cassandro. Partiremos dentro de sete dias. Por favor, ordene aos seus homens que estejam preparados. Eu falo com seu cavalariço sobre os cavalos.

Filipe assentiu alegremente. Depois de passar quase a metade da vida em marcha, para ele era uma coisa natural. Não compreendia o motivo da guerra, mas Alexandre raramente explicava.

— Eu vou montar o Patas Brancas — disse ele. — Eurídice, que cavalo você quer?

Polipercon pigarreou.

— Senhor, isso é uma campanha. A senhora Eurídice naturalmente ficará em Pela.

— Mas eu *posso* levar Cônon? — perguntou Filipe, ansioso.

— É claro, senhor. — Polipercon não olhou para ela.

Na pausa que se seguiu, ele esperou a tempestade, mas Eurídice não disse nada.

Jamais imaginou que pudesse ser deixada para trás. Esperava se livrar do tédio do palácio e desfrutar a liberdade do acampamento. Quando soube que estava sendo relegada para a ala das mulheres, ficou tão furiosa quanto Polipercon esperava e estava prestes a protestar, quando se lembrou da mensagem tácita de Cassandro. Como podia influenciar os acontecimentos marchando com o exército, vigiada a todo momento? Mas ali em sua casa, com o guardião em marcha para a guerra...

Dominou a raiva e a humilhação e manteve-se calada. Mais tarde, sentiu-se ofendida por Filipe achar Cônon mais necessário do que ela. *Depois de tudo o que fiz por ele*, pensou.

\* \* \*

Polipercon estava na outra extremidade do palácio, para onde o rei Filipe se mudara quando havia deixado o leito de Olímpia. Os aposentos eram suficientemente belos para satisfazer Roxane, e o filho também não se queixava. Davam para um pomar antigo onde ele podia brincar, agora que os dias eram mais quentes. As ameixeiras começavam a florir e a relva cheirava a violeta.

— Considerando sua pouca idade e o quanto ele precisa da mãe — disse Polipercon —, não pretendo expor o rei aos rigores da marcha. Em todos os tratados ou decretos que eu assinar, constará o nome dele ao lado do nome do rei Filipe, como se estivesse presente.

— Então — disse Roxane —, Filipe vai com o exército?

— Sim, ele é um homem adulto, é a nossa tradição.

— Então sua mulher vai também para cuidar dele? — ironizou.

— Não, senhora. Guerra não é para as mulheres.

Roxane arregalou os olhos.

— Nesse caso — redarguiu ela —, quem vai proteger meu filho e a mim?

O que aquela mulher tola estava dizendo? Polipercon franziu as sobrancelhas, irritado, e disse que a Macedônia seria bem guardada.

— A Macedônia? Aqui, nesta casa, quem vai nos proteger daquela loba? Assim que vocês saírem, ela vai nos assassinar.

— Senhora — disse ele, aborrecido —, não estamos na Ásia selvagem agora. A rainha Eurídice é macedônia e obedecerá a lei. Mesmo que desejasse, jamais tocaria no filho de Alexandre. O povo exigiria sua morte.

Polipercon partiu pensando: *Mulheres! Fazem com que a guerra pareça um passeio.* Pensar nisso o desviava um pouco de suas preocupações. Desde o novo decreto, todas as cidades gregas estavam em estado de guerra civil, ou quase. A campanha prometia todo o tipo de confusão e incerteza. A sugestão de Roxane para que ele acrescentasse aos seus problemas a presença daquela jovem desordeira o fazia rir.

\* \* \*

O exército partiu uma semana depois. Da varanda do enorme quarto, Eurídice viu os soldados reunidos na grande praça de armas, onde Filipe e Alexandre haviam treinado seus homens. Viu a coluna marchar lentamente para o lago, para tomar a estrada da costa que ia para o Sul.

Quando a coluna da bagagem se movimentou seguindo os soldados, ela olhou para os horizontes da terra que pretendia governar. Nas montanhas próximas ficava a casa de seu pai, onde Cina a ensinara a lutar. Quando fosse rainha, faria dela seu pavilhão de caça, seu refúgio privado.

Olhou para baixo, para a fachada grandiosa do palácio, com o frontão triangular pintado e as colunas de mármore colorido. Cebes, o tutor, descia os degraus largos com o pequeno Alexandre ao seu lado, puxando um cavalo de madeira pela rédea vermelha. O filho da mulher pertencente aos bárbaros, que não devia reinar. Como Cassandro resolveria isso? Eurídice franziu o cenho.

Roxane, atrás das cortinas, cansou de ver os carros fechados, um espetáculo que havia tanto tempo era familiar para ela. Olhou para o lado e, lá na varanda, mostrando-se indecentemente para o mundo, como uma prostituta à procura de fregueses, estava a mulher masculinizada de Filipe. O que ela fitava com tanta concentração? Roxane ouviu a voz do filho. Sim, era para ele que Eurídice olhava! Rapidamente, Roxane fez o sinal cabalístico contra o mau olhado e correu para uma pequena caixa. Onde estava o talismã de prata recebido de sua mãe para protegê-la da malícia das rivais do harém?

Precisava usá-lo. Ao lado da caixa estava uma carta com o selo real de Épiro. Roxane a releu e resolveu o que ia fazer.

Não foi difícil persuadir Cebes. Eram tempos incertos, assim como seu futuro. Era possível acreditar que o filho de Alexandre corria perigo e não só por causa da falta de disciplina da mãe. Cebes teve pena de Roxane. Ela também podia precisar de proteção. Fazia onze anos que sua beleza atingira Alexandre como uma flecha de fogo atravessando um salão iluminado por archotes, mas estava bem-cuidada, e a lenda dessa beleza vivia ainda em seus traços. O jovem achou que podia fazer parte da lenda, salvando a mulher que Alexandre amara e seu único filho.

Foi ele quem tinha escolhido os homens para carregar a liteira e os quatro da escolta, quem os tinha feito jurar segredo, quem comprara as mulas, quem encontrara um mensageiro para ir na frente e anunciar sua chegada. Dois dias depois, um pouco antes do amanhecer, estavam na estrada da montanha a caminho de Dodona.

* * *

A Casa Real tinha o telhado bem inclinado para escoar a neve do inverno. Na Molóssia, os telhados não podiam servir de plataforma para os curiosos. Olímpia estava na janela do quarto do rei, que ela passara a ocupar quando a filha havia partido, olhando para uma espiral de fumaça no alto da colina mais próxima. Em três elevações, formando uma linha na direção leste, Olímpia instalara sinaleiros para avisar a chegada da nora e do neto. Mandou chamar o capitão da guarda do palácio e ordenou para que fosse recebê-los com uma escolta.

Olímpia não disfarçava mais a idade. No mês de luto por Alexandre, ela lavara a pintura do rosto e cobrira o cabelo com um véu escuro. Terminado o luto, quando tirou o véu, seu cabelo estava completamente branco. Estava com sessenta anos e agora era magra, não mais esbelta. A pele fina, típica dos ruivos, parecia quebradiça como pétalas amassadas; mas, sem a cor, os ossos eram mais aparentes. Debaixo das sobrancelhas brancas, os claros olhos cinzentos podiam ainda chamejar perigosamente.

Fazia muito tempo que esperava por aquele dia. À medida que o vazio da perda se apossava dela, ansiara para tocar aquele último vestígio vivo de Alexandre, mas a criança não nascera ainda e não podia fazer nada senão esperar. Com a demora provocada pelas guerras, o desejo pelo neto amorteceu, e as dúvidas voltaram. A mãe era uma mulher que vivera com os bárbaros, uma esposa de campanha cujo filho Alexandre não pretendia reconhecer como herdeiro do trono — disse isso numa carta para a mãe — se a filha do Grande rei desse à luz um menino. Esse estranho teria alguma coisa dele?

Quando o menino chegou à Macedônia, devido à sua rivalidade com Antípatro, Olímpia tinha apenas dois caminhos para voltar a sua terra: submissão ou guerra. O primeiro era inconcebível, e Êumenes, de quem ela dependia agora, aconselhou-a contra o segundo. Então Roxane escreveu pedindo asilo, e ela respondeu: "Venha".

Chegaram no dia seguinte os resistentes soldados molossos em seus pôneis feiosos, duas damas de companhia extremamente cansadas, em burros de passo duro, e a liteira coberta, puxada por mulas. Com os olhos fixos na liteira, a princípio ela não viu o jovem que levava em sua sela um menino de seis anos. Ele o pôs no chão e falou em voz baixa, apontando para Olímpia. Decidido, com pernas de menino crescido, não de criança, ele subiu os degraus e, com uma saudação militar, disse:

— Longa vida para a senhora, minha avó. Eu sou Alexandre.

Ela segurou o rosto dele com as duas mãos enquanto a companhia a cumprimentava respeitosamente, beijou a testa suja do pó da estrada e olhou outra vez. Cebes fizera um bom trabalho. O filho de Alexandre não era mais a criança flácida e gorducha da tenda do harém. Olímpia viu um belo jovem persa, de traços finos e olhos escuros, com o cabelo cobrindo a nuca, como Alexandre usava, mas liso, pesado e negro. Ergueu para ela os olhos sob as sobrancelhas bem-feitas entre os cílios escuros e espessos e, embora não houvesse nada nele do povo macedônio, ela viu Alexandre naquele olhar. Foi demais e Olímpia levou alguns minutos para se recompor. Então, segurou a mão fina e morena e disse:

— Seja bem-vindo, meu filho. Venha, leve-me à sua mãe.

\* \* \*

As estradas que iam de Pela à Grécia desde o reinado do velho Filipe eram conservadas para facilitar a passagem dos exércitos. As que iam para Oeste eram acidentadas. Desse modo, apesar da diferença na distância, Polipercon, no Peloponeso, e Olímpia, em Dodona, receberam quase ao mesmo tempo a mensagem da Macedônia informando que Eurídice assumira a Regência.

Polipercon recebeu também uma ordem assinada por ela para entregar a Cassandro as forças macedônias do Sul.

Atônito por um momento, o velho soldado manteve a calma, ofereceu vinho ao mensageiro e, sem revelar o teor da mensagem, perguntou quais eram as novidades. Ao que parecia, a rainha convocara a Assembleia e conseguira convencer os homens a seu favor. A mulher pertencente ao povo bárbaro, conforme ela mesma tinha dito, fugiu com o filho, temendo a ira dos macedônios. Seria melhor que não voltasse nunca mais. Todos os que haviam conhecido Alexandre eram testemunhas de que o menino em nada se parecia com ele. Alexandre morreu antes de a criança nascer e por isso nunca o reconheceu. Não havia nenhuma prova de que ele fosse o pai. Ela, entretanto, era herdeira do sangue real da Macedônia por parte de pai e mãe.

Durante algum tempo, os homens ficaram em dúvida, mas Nicanor, o irmão de Cassandro, apoiou-a, acompanhado por todo o seu clã, o que influiu bastante no resultado da votação. Agora ela estava concedendo audiências, recebendo emissários e suplicantes, agindo, sob todos os aspectos, como uma rainha de fato.

Polipercon agradeceu ao homem, deu a ele a recompensa adequada e o dispensou, praguejou então para aliviar o que sentia e sentou-se para pensar. Em pouco tempo resolveu o que ia fazer e, logo depois, o que faria com Filipe.

Houve um tempo em que Polipercon chegara a ter esperanças para Filipe, se pudesse libertá-lo do controle da mulher, mas logo as havia perdido. A princípio, ele se mostrara tão dócil que pareceu seguro prepará-lo com cuidado e sentá-lo majestosamente num trono com dossel de ouro, para receber a delegação de Atenas. No meio de um discurso, Filipe riu como uma criança, interpretando ao pé da letra uma figura de retórica. Mais tarde, quando Polipercon censurou um orador, o rei empunhou ameaçadoramente sua lança de cerimônia. Se Polipercon não o tivesse segurado na frente de todos, ele teria atravessado o homem com a arma.

— Você disse que ele mentiu — protestou Filipe.

Os delegados foram dispensados rapidamente, o que provocou um desastre político e custou algumas vidas.

Agora Polipercon sabia que Filipe só servia para guardar o trono para o filho de Alexandre e que era melhor o menino atingir o mais depressa possível a idade de reinar. Quanto a Eurídice, seu ato era de pura usurpação.

Cônon apareceu só quando foi chamado e cumprimentou secamente. O "bem que eu avisei", implícito em seu silêncio irritou extremamente

Polipercon, depois do acidente com a lança e vários outros. O melhor era se livrar dos dois.

— Eu resolvi mandar o rei de volta à Macedônia — disse Polipercon.

— Senhor.

O general percebeu no rosto impassível o reflexo do fracasso de sua campanha, o conhecimento de que fora obrigado a levantar o sítio importante de Megalópole, de que Cassandro ainda tinha o Pireu e podia muito bem tomar Atenas, e nesse caso as cidades da Grécia se aliariam a ele — isso era irrelevante agora.

— Eu lhes darei uma escolta. Diga à rainha que estou mandando o rei de volta à Macedônia, de acordo com as ordens dela. Isso é tudo.

— Senhor.

Cônon saiu aliviado. Podia ter evitado tudo aquilo se alguém tivesse perguntado. *Agora*, pensou, *todos terão uma chance de viver em paz.*

\* \* \*

Eurídice estava na sala de trabalho real sentada à mesa maciça de pedra trabalhada, com pés de leão de bronze dourado. Havia quase um século, o rei Arquelau desenhara aquela esplêndida sala quando construíra o palácio para deslumbrar os estrangeiros com sua suntuosidade. Daquela sala, sempre que estava em casa, Filipe II governara a Macedônia e todas as terras conquistadas, e Alexandre governara toda a Grécia. Desde que Alexandre havia passado a governar o mundo a partir da sua tenda de campanha, nenhum rei havia sentado àquela mesa sob o mural de Zêuxis representando Apolo e as Musas. Antípatro, inflexivelmente correto, governava da sua casa. Eurídice encontrara tudo limpo, polido, escrupulosamente arrumado e vazio.

Fazia dezessete anos que a sala esperava ser ocupada, o tempo da sua vida. Agora, era dela.

Quando convocou a Assembleia para assumir a Regência, não disse a Nicanor o que pretendia fazer. Imaginou que ele acharia o ato intempestivo e precipitado, mas que daria seu apoio uma vez que o fato estivesse consumado, para não prejudicar a causa do irmão. Mais tarde ela agradeceu a ele, mas recusou seus conselhos. Eurídice pretendia governar sozinha.

Enquanto esperava notícias do Sul, passou a manhã numa de suas atividades favoritas, treinando o exército. Sentia que finalmente realizava seu verdadeiro destino quando cavalgava ao longo de uma fileira de cavaleiros, ou era cumprimentada pela falange com apresentação de suas longas lanças.

Já havia visto muitos exercícios militares e falado com muitos soldados. Conhecia todo o procedimento correto. Os soldados divertiam-se e encantavam-se com ela. Afinal, pensavam, eram apenas um exército de guarnição. Em caso de ação, os generais evidentemente assumiriam o comando. Convencidos disso, eles faziam a vontade dela indulgentemente.

Sua fama começava a se espalhar. Eurídice, a rainha guerreira da Macedônia. Algum dia ela teria a moeda cunhada com seu perfil. Estava farta de ver o rosto de Alexandre, com o nariz de águia, vestido com sua pele de leão. Hércules daria lugar a Atenas, Senhora das Cidadelas.

Todos os dias esperava a confirmação de que Polipercon obedecera a suas ordens, entregando seu exército a Cassandro. Até então, não tinha notícias de nenhum dos dois. Em vez disso, sem se anunciar, Filipe voltara a Pela. Não trazia nenhum despacho e não sabia para onde seu guardião pretendia ir agora.

Feliz por estar em casa, ele contava suas aventuras de campanha, mas tudo o que sabia sobre o desastre de Megalópole era que as pessoas malvadas do forte usavam varas com as pontas agudas enterradas no chão para ferir os pés dos elefantes. Entretanto, se ela tivesse paciência para ouvir suas histórias, poderia ficar sabendo de alguma coisa importante. Filipe estivera presente, para manter as aparências, a vários Conselhos dos quais Cônon fora excluído, mas Eurídice estava ocupada e respondia a ele sem prestar muita atenção. Ela raramente perguntava onde ele estava. Cônon se encarregava de cuidar dele e distraí-lo. Eurídice deixou de dar ordens em nome de Filipe. Todas agora eram em seu nome.

Até recentemente, tudo corria bem. Ela compreendia as disputas da Macedônia, quase todas apresentadas pelos próprios interessados. Porém, de repente, começaram a chegar ao mesmo tempo uma verdadeira tempestade de problemas do Sul, até mesmo da Ásia. Não lhe ocorreu que todos esses casos costumassem ser encaminhados a Polipercon, que só resolvia em nome de Filipe. Agora Filipe estava ali e Polipercon, por bons motivos, não era mais acessível.

Ela examinava com desânimo petições de cidades e províncias cujo nome jamais ouvira, pedindo julgamento de disputas sobre terras, relatórios sobre oficiais delinquentes em terras distantes, cartas longas e obscuras de sacerdotes dos templos fundados por Alexandre, pedindo esclarecimentos sobre os rituais, relatórios de sátrapas da Ásia sobre as usurpações realizadas por Antígono, protestos veementes de pró-macedônios das cidades gregas, exilados ou com os bens confiscados em virtude do novo decreto.

Muitas vezes Eurídice tinha dificuldade para entender as abreviações. Olhando com desânimo para a pilha de documentos, a contragosto ela imaginou que aquilo devia ser uma pequena fração do que Alexandre resolvia nos poucos momentos de descanso da sua tarefa de conquistar um império.

O secretário-chefe que tinha conhecimento de todos esses problemas estava no Sul com Polipercon, de modo que deixara apenas um subordinado em Pela. Ela precisava chamar esse funcionário subalterno e tentar esconder sua ignorância. Tocou o sino de prata com o qual, há muito tempo, seu avô costumava chamar Êumenes.

Esperou. Onde estava o homem? Tocou outra vez. Ouviu um murmúrio nervoso no outro lado da porta. O secretário entrou, trêmulo, sem pedir desculpas pelo atraso, sem perguntar o que ela desejava. Eurídice viu o medo no rosto dele, e o ressentimento de um homem assustado, sabendo que não podia fazer nada para ajudar.

— Senhora. Há um exército na fronteira oeste.

Os olhos de Eurídice cintilaram. A fronteira era o antigo campo de provas dos reis macedônios. Ela se imaginou em pé de guerra, à frente da cavalaria.

— Os ilírios? Onde eles atravessaram?

— Não, senhora. Eles vêm do Sudoeste. Do Épiro. Quer falar com o mensageiro? Ele diz que são comandados por Polipercon.

Eurídice ficou ereta na cadeira, o orgulho dominando o medo.

— Sim, quero falar com ele. Mande-o entrar.

O mensageiro era um soldado ansioso e coberto de pó, da guarnição do forte nos Montes Orestides. Pediu perdão, seu cavalo quebrou a perna e ele teve de terminar a viagem montado numa mula, um pobre animal, o melhor que encontrou. Isso o atrasou um dia. Entregou o despacho do seu comandante, atônito por ver que Eurídice era tão jovem.

Polipercon estava na fronteira e seus arautos anunciavam que seu objetivo era conduzir ao poder o filho de Alexandre. Estava na terra de seu clã e dos seus parentes e muitos tinham se juntado a ele. Infelizmente alguns homens haviam desertado do forte e o posto estava desguarnecido. Nas entrelinhas ela leu a intenção de capitular.

Dispensou o homem e ficou imóvel por algum tempo. Na outra extremidade da sala um jovem Hermes de bronze, com uma lira, parecia olhar para ela de pé no pedestal de mármore, ático, sereno, circunspecto, rigoroso demais para olhos acostumados com a mesquinhez dos tempos modernos. Curiosa com a melancolia daquele rosto, Eurídice perguntara a um velho empregado do palácio quem era ele. "Algum atleta", respondeu o velho, "feito por Policleito, o ateniense". Ouvira dizer que foi durante o grande sítio quando os espartanos venceram a guerra e os atenienses foram dominados. Sem dúvida os agentes do rei Arquelau haviam comprado a estátua por uma ninharia, mais tarde. Depois da derrota, muita coisa podia ser comprada por muito pouco.

Os olhos de lápis-lazúli azul-escuro sobre vidro branco, no rosto de bronze, pareciam fitar os dela, entre as pestanas de fios de bronze, dizendo: "Escute, eu ouço os passos do Destino".

Eurídice levantou-se, desafiadora.

— Você perdeu, mas eu vou vencer.

Logo daria ordens para a mobilização do exército para a marcha. Porém, antes precisava escrever para Cassandro, pedindo ajuda.

* * *

A viagem para o Sul foi rápida. A carta de Eurídice chegou em três dias.

Cassandro estava acampado diante do obstinado forte da Arcádia. Uma vez terminado o sítio, ele pretendia subjugar os espartanos, aquela relíquia de um passado morto. Eles tinham descido para defender a cidade orgulhosa e aberta, cujo único baluarte sempre fora os escudos dos guerreiros. Suas almas estavam abatidas e logo estariam à sua mercê.

Atenas fez um acordo e permitiu que ele nomeasse um governador. O oficial que tomara o Pireu para ele esperava ser escolhido para o posto, mas Cassandro o achava ambicioso demais e mandou matá-lo num beco escuro. O novo governador era um homem inofensivo e obediente. Logo, por meio de Cassandro, ele visitaria o Liceu, onde muita coisa precisava ser feita.

O posto de comandante supremo concedido a ele por Eurídice, embora um ato precipitado, ajudara a conquistar a aliança de muitas cidades gregas, até então indecisas. Mesmo aquelas que tinham executado seus oligarcas e restaurado a democracia pareciam dispostas a repensar o assunto. Ficaria satisfeito quando terminasse sua missão no Sul. Para ele a guerra era um mero instrumento da política. Cassandro não era covarde, sabia impor sua autoridade, era um estrategista competente, e isso era tudo. No fundo de sua alma, guardada desde a juventude, vivia a inveja amarga da mágica de Alexandre. Ninguém ficaria rouco de gritar louvores a Cassandro, ninguém teria orgulho em morrer por ele. Seus homens faziam o que eram pagos para fazer. *Aquele ator vaidoso*, pensou ele, *veremos o que vai pensar dele a nova era.*

A notícia de que Polipercon estava retirando suas forças e dirigindo-se ao Norte não foi surpresa. Polipercon estava velho, cansado e era um perdedor. *Deixemos que vá para casa com o rabo entre as pernas e descanse em seu canil.*

Sendo assim, a mensagem de Eurídice foi um choque para ele. *Aquela garota estúpida e temerária*, pensou Cassandro. Por que achou que era a hora de denunciar o fedelho de Alexandre? A intenção de Cassandro era governar, a princípio como regente do menino, logo que se livrasse de Filipe. Teria muito tempo até ele alcançar a idade para reinar. Agora, em vez de ter algum tempo, como procuraria ter qualquer pessoa com o mais elementar conhecimento dos negócios de Estado, ela jogava o reino numa guerra pela sucessão. Será que não sabia nada de História? Como membro de uma família real, ela deveria ter melhor lembrança dos fatos.

Cassandro tomou uma decisão. Precisava se livrar daquele mau negócio como quem se livrava de um cavalo doente. Depois disso, tudo seria mais simples.

Cassandro escreveu uma carta ao seu irmão Nicanor.

\* \* \*

Com bandeiras e flâmulas ondulando ao vento, com flautas estridentes e os tons profundos dos aulos marcando o tempo, o exército real da Macedônia atravessou as montanhas do Oeste na direção do Épiro.

Chegou o verão. O timo e a salva, amassados pelos pés dos soldados, perfumavam o ar. As samambaias selvagens chegavam à cintura dos homens, a urze e a azedinha coloriam os campos de caça. Os elmos polidos, as plumas de cauda de cavalo tingidas, as pequenas flâmulas nas longas lanças cintilavam e refulgiam em longas linhas móveis de cor, atravessando os passos entre as montanhas. Os pastores no alto das escarpas avisavam a chegada dos soldados e chamavam os irmãos menores para ajudá-los com o rebanho.

Eurídice, com a armadura cintilante, marchava na frente da cavalaria. O ar rarefeito das alturas a enchia de vigor; a paisagem vasta e montanhosa estendia-se à sua frente como mundos para conquistar. Ela sempre soube que essa era a sua natureza e seu destino, marchar para a vitória, como um rei, sua terra natal atrás dela, os cavaleiros ao seu lado. Tinha seus Companheiros, como deviam ter os reis da Macedônia. Antes de iniciar a marcha ela anunciou que, depois de vencerem a guerra, as terras dos traidores do Oeste seriam divididas entre seus seguidores leais. Não muito distante, marchava o clã dos antipátridas, uma força sólida e poderosa.

Seu chefe não tinha aparecido nem enviado qualquer mensagem. Evidentemente, como dissera Nicanor, seu mensageiro fora vítima de algum contratempo e convinha enviar outro despacho. Foi o que ela fez. Precisava se lembrar também de que as tropas do Peloponeso estavam sempre em movimento e que essa podia ser a causa do atraso. De qualquer modo, disse Nicanor, ele estava fazendo o que sabia que Cassandro queria que fizesse.

Filipe, em seu cavalo grande e firme, marchava ao lado dela; ele também com armadura completa. Ainda era o rei e os soldados esperavam vê-lo como tal. Logo, quando alcançassem o inimigo, ele se estabeleceria no acampamento-base, fora do seu caminho.

Filipe estava feliz e calmo, marchando com o exército. Mal podia lembrar do tempo em que sua vida não se resumia àquelas marchas. Cônon o acompanhava, como sempre, mantendo um corpo de distância do cavalo do rei. Filipe queria que ele cavalgasse ao seu lado para poder trocar ideias sobre a paisagem, mas Cônon disse que não era próprio, na frente dos soldados. Vagamente, depois de todos aqueles anos, Filipe sentia falta dos dias de maravilhas estranhas e variadas, quando sua vida se movia com as jornadas de Alexandre.

Cônon estava absorto em pensamentos. Ele também desejava estar com Alexandre por motivos mais urgentes. Desde que seu jovem amo, Arrideu, se transformara no rei Filipe, ele teve certeza de que chegaria o tempo que se fazia presente agora, podia sentir nos velhos ossos. *Muito bem*, pensou, *um antigo provérbio diz que no fim não se deve olhar para trás*. Cônon estava com quase sessenta anos e poucos homens viviam mais do que isso.

Um cavaleiro apareceu brevemente no alto da cadeia de montanhas. *Uma sentinela*, pensou ele. Eurídice teria visto? Olhou para Filipe que, com um sorriso no rosto largo, parecia estar vivendo uma fantasia agradável. Ela deveria ter mais cuidado com ele. Suponha que...

Eurídice viu o cavaleiro. Ela também, bem antes deste, enviara suas sentinelas. Estavam atrasados. Mandou mais dois. O exército continuou, brilhante, cintilando ao sol, as flautas marcando o tempo.

Quando chegassem à escarpa próxima, ela subiria para explorar o terreno. Sabia que esse era o dever de um general. Se avistasse o inimigo, deveria estudar suas posições, depois convocar um conselho de guerra e dispor suas tropas.

Derdas, seu segundo em comando — uma nova promoção porque os outros, de postos mais altos, estavam com Polipercon —, aproximou-se dela, jovem, ágil, compenetrado na nova responsabilidade.

— Eurídice, os observadores já deviam ter voltado. Talvez tenham sido aprisionados. Não acha que deveríamos tomar posição nos pontos mais altos? Podemos precisar.

— Sim. — Aparentemente a marcha galante no ar fresco da manhã prosseguiria indefinidamente até ela resolver parar. — Levaremos a cavalaria para manter a posição até a chegada da infantaria. Dê ordens para a formação, Derdas. Você comanda a ala esquerda e eu, é claro, comando a direita.

Eurídice dava outras ordens quando ouviu uma tosse autoritária de advertência ao seu lado. Voltou-se, sobressaltada e irritada.

— Senhora — disse Cônon —, e o que faremos com o rei?

Eurídice estalou a língua impaciente. Teria sido melhor deixar Filipe em Pela.

— Oh, leve-o de volta ao carro da comitiva e mande erguer uma tenda para ele.

— Vai haver uma batalha? — perguntou Filipe entusiasmado e curioso.

— Vai — disse ela, calmamente, disfarçando a irritação. — Vá para o acampamento agora e espere até nós voltarmos.

— Tenho de fazer isso, Eurídice? — Uma urgência nervosa apareceu no rosto plácido de Filipe. — Eu nunca estive numa batalha. Alexandre nunca deixou. Nenhum deles me deixava. Por favor, deixe-me lutar nesta. Veja, aqui está a minha espada.

— Não, Filipe, hoje não. — Fez um gesto para Cônon levá-lo, mas ele não se mexeu, observando o rosto de Filipe. Então olhou para ela.

— Senhora — disse ele, depois de um curto tempo. — Se o rei deseja lutar, talvez seja melhor.

Eurídice olhou furiosa para os olhos serenos e tristonhos do velho soldado. Compreendendo, conteve a respiração por um momento.

— Como se atreve! Se eu tivesse tempo, mandava açoitá-lo por sua insolência. Falo com você depois. Agora, obedeça às ordens.

Filipe abaixou a cabeça. Percebeu que fizera uma coisa errada e todos estavam zangados. Não iam bater nele, mas a lembrança de antigas punições surgiu clara em sua mente.

— Desculpe — disse ele. — Espero que você vença a batalha. Alexandre sempre vencia. Adeus.

Eurídice não olhou mais para ele.

Conduziram seu cavalo favorito, inquieto, bufando, virando a cabeça, cheio de vida. Eurídice acariciou o pescoço forte, segurou a crina espessa e, com a lança na outra mão, saltou para a sela coberta pela manta escarlate.

O arauto ficou ao lado dela, o clarim pronto, esperando para tocar a ordem de marcha.

— Espere! — disse ela. — Antes vou falar aos homens.

Ele tocou uma breve nota de atenção. Um dos oficiais que observava o alto da cordilheira começou a falar, mas o clarim abafou sua voz.

— Homens da Macedônia! — A voz soou clara e forte como soara na marcha do Egito, em Triparadiso e na Assembleia, quando haviam votado a favor de sua Regência. A batalha estava próxima. Deviam corresponder à sua fama. — Vocês, que foram bravos na luta contra os inimigos estrangeiros, lutarão agora mais gloriosamente, defendendo sua terra, suas mulheres, seus...

Alguma coisa estava errada. Eles não pareciam hostis, simplesmente não a ouviam e olhavam para longe, falando uns com os outros. De repente, o jovem Derdas, a circunspeção transformada em urgência, agarrou os arreios da cabeça do cavalo de Eurídice e a fez virar e olhar para a frente, gritando:

— Olhe!

Era como se uma barba densa e escura estivesse nascendo em toda a extensão do topo da cordilheira. Uma muralha de lanças.

\* \* \*

Os exércitos se defrontaram, um de cada lado do vale. Ao fundo corria o regato, baixo no verão, mas com um vasto leito de pedras e rochas polidas pelas águas de inverno. Os cavaleiros, nas duas margens, olhavam o pequeno rio com preocupação.

A margem elevada a oeste, onde estava o exército do Épiro, era mais alta do que a posição dos macedônios. Entretanto, se todo o seu contingente estivesse à vista, a infantaria macedônia o suplantava em número, na proporção de três para dois, embora fossem um pouco mais fortes na cavalaria.

Eurídice, no alto de uma elevação para inspeção de todo o campo, chamou a atenção de Derdas para esse fato. Os flancos do inimigo estavam em solo acidentado e cheio de mato, o que favorecia sua infantaria.

— Sim — disse ele. — Se deixarem nossa infantaria chegar até lá. Polipercon pode não ser... — Parou, antes de dizer "Alexandre" — ... mas tem bastante experiência.

Polipercon era perfeitamente visível na encosta oposta, confabulando com um grupo de cavaleiros. Os homens de Eurídice apontavam para ele. Não o consideravam uma grande ameaça, mas os fazia lembrar que lutariam contra antigos companheiros.

— Nicanor? — Ele deixara seu contingente para tomar parte no conselho de guerra. — Nenhum aviso do sinaleiro?

Ele balançou a cabeça. O sinaleiro estava no alto de uma montanha atrás deles, de onde se avistava a passagem do sul.

— Provavelmente Cassandro foi detido por alguma emergência. Do contrário estaria aqui. Talvez tenha sido atacado durante a marcha. Você sabe da confusão nos Estados gregos, graças a Polipercon.

Derdas não disse nada. Não gostou da disposição dos homens de Nicanor, mas não era o momento para falar nisso.

No alto do rochedo plano, Eurídice protegeu da luz os olhos com a mão sobre a testa, para olhar o inimigo no outro lado. Com seu elmo brilhante e couraça tachonada de ouro, o saiote plissado de lã vermelha que descia até os joelhos, as grevas polidas protegendo as pernas, era uma figura elegante. Derdas achou que ela parecia um menino numa peça de teatro, vestido para representar o jovem Aquiles. Foi ela a primeira a ver o arauto.

Ele saiu do grupo que cercava Polipercon e cavalgou na direção deles; desarmado, com uma faixa de lã branca atada em volta da cabeça grisalha descoberta, levando na mão um bastão branco com um galho de oliveira enrolado nele. Um homem de presença.

Chegando ao regato, ele desmontou para que o cavalo escolhesse o caminho entre as pedras. Na outra margem, deu alguns passos e esperou. Eurídice e Derdas desceram ao encontro dele. Ela procurou Nicanor para que os acompanhasse, mas ele havia desaparecido no meio dos soldados.

A voz do arauto condizia com sua presença, e a curva da encosta levou suas palavras para o alto, como no recinto vazio de um teatro.

— Para Filipe, filho de Filipe, para Eurídice, sua esposa, e para todos os macedônios! — Muito à vontade na sela do seu cavalo, ele era o tutelado dos deuses, protegido pelo costume de séculos. — Em nome de Polipercon, guardião dos dois reis. — Fez uma pausa, o suficiente para gerar suspense. — E também — acrescentou em voz baixa — em nome da rainha Olímpia, filha do rei Neoptólemo da Molóssia, esposa de Filipe, rei dos macedônios, e mãe de Alexandre.

No silêncio ouviram o latido de um cão num povoado distante.

— Fui encarregado de dizer isso aos macedônios. Filipe os encontrou oprimidos pelo inimigo e assolados por guerras civis. Ele lhes deu paz, reconciliou as facções e fez de vocês senhores de toda a Grécia. E com a própria rainha Olímpia, foi o pai de Alexandre que fez os macedônios senhores do mundo. Ela pergunta: já esqueceram todos esses benefícios e querem expulsar o único filho de Alexandre? Empunharão armas contra a mãe de Alexandre?

Passando por Eurídice e seu estado-maior, sua voz chegou às fileiras dos homens silenciosos. Terminando de falar, ele virou seu cavalo e apontou.

Outro cavaleiro separou-se do grupo e dirigiu-se a eles. Num cavalo negro, com um manto negro e véu, Olímpia cavalgou em passo lento na direção da margem do regato.

Montava como um homem, a saia rodada descendo até as botas de cano alto. Os jaezes na cabeça do cavalo eram enfeitados com rosetas de ouro e placas de prata, os despojos de Susa e Persépolis. Olímpia não usava nenhum ornamento. Aproximando-se do regato, de onde podia ser vista, e Eurídice para vê-la tinha de erguer os olhos, parou e pôs para trás o véu que cobria os cabelos brancos. Não disse uma palavra. Os olhos cinzentos percorreram as fileiras. Os soldados falavam em voz baixa.

Eurídice sentiu o olhar distante pousado nela. A brisa leve levou o véu para trás, ondulou a crina longa do cavalo e os fartos cabelos brancos da guerreira. O rosto era inexpressivo. Um arrepio percorreu o corpo de Eurídice. Era como estar sendo observada por Átropo, a terceira Parca, que cortava o fio da vida.

O arauto, esquecido, ergueu sua voz forte outra vez.

— Macedônios! Aqui, à sua frente está a mãe de Alexandre. Lutarão contra ela?

Fez-se uma pausa como a da onda que se levanta antes de quebrar com estrondo. Então começou um novo som, a princípio, o som da madeira raspando metal. Então, espalhou-se e cresceu, aumentando a cadência, ecoando das encostas das montanhas uma batida trovejante, milhares de lanças batendo nos escudos. Em uníssono, o exército real gritou:

— Não!

Eurídice ouvira aquele som antes, mas nunca tão alto. O som que a aclamara quando foi eleita regente. Por alguns longos segundos, pensou que eles estavam desafiando o inimigo, que gritavam por ela.

Do outro lado do regato, Olímpia ergueu o braço num aceno régio de agradecimento. Então, com um gesto de chamada, virou o cavalo. Subiu a encosta como uma líder de guerreiros que não precisava olhar para trás para saber que eles a seguiriam.

Enquanto ela subia em triunfo, do outro lado as fileiras se fragmentavam. O exército real desfez a formação. A falange, a cavalaria, os soldados com armas leves deixaram de formar um exército, como a rua de uma aldeia assolada por um terremoto deixa de ser uma rua. Era uma massa de homens, com cavalos abrindo caminho entre eles, gritando uns para os outros, gravitando para os grupos dos amigos ou dos membros do seu clã, o grupo unido apenas pelo movimento desordenado, descendo como uma avalanche de pedras na direção do regato.

Por um momento Eurídice ficou desnorteada. Quando começou a gritar ordens para incitá-los à luta, sua voz mal podia ser ouvida. Os homens empurravam-na sem notar sua presença, e os que a viam evitavam seus olhos. Seu cavalo, nervoso com o movimento, empinou, e ela teve medo de cair e ser pisoteada.

Um oficial conseguiu se aproximar e acalmou o animal. Ela o reconheceu. Era um de seus seguidores nos primeiros dias, no Egito, um homem com cerca de trinta anos, loiro, pele amarelada ainda por causa da febre indiana. O oficial olhou preocupado para ela. Ali estava, pensou Eurídice, um homem sensato.

— Como vamos reuni-los? — gritou ela. — Pode encontrar um corneteiro? Precisamos chamá-los de volta!

Ele passou a mão no pescoço suado do cavalo. Lentamente, como quem explica uma coisa simples para uma criança, uma coisa que até uma criança podia ver, ele disse:

— Mas, senhora. Aquela é a mãe de Alexandre.

— Traidor!

Sabia que estava sendo injusta. Não era ele quem merecia sua ira. Finalmente encontrara seu verdadeiro inimigo. Não a mulher terrível no cavalo negro. Ela era terrível só por causa dele, o fantasma cintilante, a cabeça com fartos cabelos nas dracmas de prata, dirigindo seu destino em seu sarcófago de ouro.

— Não se pode fazer nada — disse o oficial, com voz calma, mas apressado. — A senhora não está compreendendo. Isso é porque não o conheceu.

Por um momento, Eurídice segurou o punho da espada, mas não se podia matar um fantasma. Os soldados começavam a atravessar o regato. Os homens de Polipercon recebiam os velhos amigos gritando seus nomes.

O oficial viu um irmão entre os soldados, acenou urgentemente para ele e voltou-se para Eurídice.

— A senhora é muito jovem, isso é tudo. Foi uma boa tentativa, mas... Nenhum homem lhe deseja mal. Tem um cavalo descansado. Vá para as montanhas, antes que os soldados dela atravessem para este lado.

— Não! — exclamou ela. — Nicanor e os antipátridas estão à nossa esquerda. Venha, vamos nos juntar a eles e defender o Passo Negro. *Eles* jamais entrarão em acordo com Olímpia.

O homem acompanhou o olhar dela.

— Não, não entrarão. Mas, estão se retirando, veja.

Eurídice viu então que o exército na elevação coberta de urze começava a se mover. Os escudos brilhantes estavam voltados para o outro lado, e a fileira da frente já desaparecia na direção do horizonte.

Eurídice desmontou e segurou o cavalo, o único ser vivente que ainda a obedecia. Como o homem dissera, ela era jovem demais. O desespero que sentiu não era como a resignação taciturna de Perdicas, pagando o preço do seu erro. Ambos haviam jogado para conquistar o poder e perdido, mas Perdicas jamais apostara tudo o que tinha no amor.

Ela ficou de pé ao lado do cavalo, com a garganta apertada, os olhos marejados de lágrimas.

— Eurídice, venha, depressa. — Um pequeno grupo de seguidores conseguiu chegar perto dela. Enxugando os olhos, Eurídice viu neles não o desafio ousado, mas o medo. Eram todos homens marcados, antigos aliados de Antípatro que haviam desfeito as intrigas de Olímpia, tramado contra ela e ajudado a expulsá-la da Macedônia. — Depressa — disseram eles. — Veja aquela cavalaria lá adiante. São molossos e estão vindo para cá à sua procura. Venha, depressa.

Eurídice galopou com eles atravessando os campos, cortando caminho, deixando o cavalo escolher a trilha no meio da urze, lembrando-se de Nicanor quando disse que estava fazendo o que o irmão queria que fosse feito, de Cassandro com seu cabelo ruivo e olhos claros e inflexíveis. Seus mensageiros não haviam sido assaltados por ladrões. Cassandro recebera seu pedido de ajuda e resolvera que ela era dispensável para seus planos.

Na encosta de uma colina pararam para descansar os cavalos e olharam para trás.

— Ah! — disse um deles. — Era isso que procuravam. Vão saquear os carros com a bagagem. Lá estão eles. Melhor para nós.

Olharam outra vez, agora no silêncio que ninguém queria quebrar. Viram ao longe, entre as carroças cobertas, uma única tenda cercada pelos molossos. Um vulto que a distância parecia pequeno era levado para fora da tenda. Eurídice só então percebeu que, desde o momento em que Olímpia aparecera e seu exército se desfizera, havia se esquecido completamente de Filipe.

*  *  *

Seguiram para o Leste, em direção a Pela, procurando não parecer fugitivos, utilizando o misto de amizade-hospitalidade que existia em toda a Grécia, explicando a falta de criados pela pressa da sua missão. Antes que chegasse a notícia do que realmente havia acontecido, faziam acreditar que fora assinado um tratado na fronteira, e que precisavam chegar a Pela para convocar a Assembleia, a fim de confirmar os termos com os quais o exército do Oeste concordara. Desse modo conseguiram abrigo por várias noites, partindo sempre envoltos numa aura de dúvida.

Perto de Pela, Eurídice avistou a torre alta da casa do seu pai. Com uma saudade quase insuportável, lembrou os anos tranquilos com Cina, as pequenas aventuras adequadas a um menino e os sonhos heroicos antes de entrar para o grande teatro da história, representando a tragédia na qual, nenhum deus descia, no final, para reclamar a justiça de Zeus. Desde a infância aprendera o papel, as falas e vira a máscara que deveria usar, mas a poeta estava morta, e o público vaiara a peça.

Em Mieza, passaram por uma antiga mansão com os jardins tomados pelo mato, mas com perfume de rosa pairando no ar. Alguém disse que era a escola onde Aristóteles ensinava, muitos anos atrás. *Sim*, pensou ela, com amargura, *e agora seus alunos estavam percorrendo a terra para apanhar os restos do companheiro de escola que, agarrando o poder para fins muito além dele, apostara no amor e ganhara todas as partidas.*

Não se aventuraram a entrar em Pela. Tinham viajado ao ritmo de seus próprios cavalos. Um correio com remontas no caminho poderia ter chegado muito antes, e eles não sabiam qual seria a atitude da guarnição quando recebesse notícias do exército do Oeste. Um homem do seu grupo, Pólicles, era irmão do comandante de Anfípole, um antigo forte perto da fronteira da Trácia. Ele os ajudaria a fugir por mar.

Agora deveriam evitar que os vissem. Livrando-se das armas, vestidos com roupas compradas dos camponeses, poupavam os cavalos cansados, passando ao largo da estrada antiga que levara Dario, o Grande, até Maratona, Xerxes até Salamina, Filipe até o Helesponto e Alexandre até a Babilônia. Um a um, alegando doença, ou simplesmente desaparecendo na noite, seu pequeno grupo se dispersou. No terceiro dia só Pólicles estava com ela.

De longe, viram a torre do forte de Anfípole dominando a foz do rio Estrímon. Havia uma balsa e também soldados. Seguiram para o interior à procura de um lugar onde pudessem atravessar o rio, mas lá também eram esperados.

\* \* \*

Quando a levaram para Pela, Eurídice pediu para desatarem seus pés, amarrados sob a barriga da mula que montava, e para deixarem-na se lavar e pentear o cabelo. Responderam que as ordens da rainha Olímpia eram para levá-la exatamente como estava.

Na pequena elevação acima da cidade, Eurídice viu o que parecia ser um pequeno bosque de árvores pequenas, cheias de pássaros. Quando chegaram mais perto, corvos e abutres voaram dos galhos, crocitando furiosos. Era a Colina do Cadafalso, onde os corpos dos criminosos eram pregados em cruzes depois da execução, como carne na despensa de um guarda-caça. Havia muito tempo, o assassino de Filipe fora levado para aquela colina. Os corpos estavam irreconhecíveis — os abutres sabiam como se alimentar —, mas tinham os nomes escritos nos pedaços de madeira pregados aos seus pés. NICANOR, FILHO DE ANTÍPATRO, dizia um deles. Havia mais de cem cruzes e o mau cheiro quase chegava à cidade.

No salão de audiências, Olímpia se sentava no trono onde Eurídice recebera os suplicantes e os emissários. Estava vestida de vermelho com um diadema de ouro na cabeça. Ao lado dela, num lugar especial, estava Roxane e o menino Alexandre numa banqueta aos seus pés. Quando Eurídice entrou, suja e despenteada, com grilhões nos tornozelos e nos pulsos, os olhos escuros do menino a examinaram curiosos.

Os ferros eram forjados para prender homens fortes, e o peso deles faziam pender os pulsos de Eurídice. Só podia andar deslizando um pé de cada vez e, a cada passo, a corrente feria seus tornozelos. Para não tropeçar nos grilhões tinha de andar pesada e lentamente, mas caminhou para o trono com a cabeça erguida.

Olímpia fez sinal a um dos guardas, e ele empurrou a prisioneira, que caiu de bruços, ferindo as mãos nas correntes. Com esforço ela ajoelhou e olhou para as pessoas à sua volta. Alguns riram. O menino riu também, mas logo ficou sério. Roxane sorria. Olímpia observava-a atentamente com os olhos semicerrados, como um gato esperando o movimento do rato.

Ela disse para o guarda:

— Esta desmazelada é a mulher que se diz rainha da Macedônia? — Ele assentiu com um gesto. — Eu não acredito. Você certamente a encontrou no cais do porto. Você, mulher. Qual é o seu nome?

Eurídice pensou: *Estou sozinha. Ninguém quer que eu seja corajosa, ninguém vai louvar minha bravura. Toda coragem que eu demonstrar é para mim mesma.* Disse:

— Sou Eurídice, filha de Amintas, filho de Perdicas.

Olímpia voltou-se para Roxane e disse calmamente:

— O pai, um traidor; a mãe, bastarda de uma mulher bárbara.

Eurídice continuou de joelhos. Se tentasse se levantar, o peso nos pulsos a fariam cair outra vez.

— Entretanto, seu filho, o rei, me escolheu para me casar com o irmão dele.

Olímpia ficou tensa de raiva. Sua expressão tornou-se dura.

— Vejo que ele fez muito bem. A desmazelada combina com o idiota. Não vamos conservá-los separados por mais tempo. — Voltou-se para os guardas e sorriu pela primeira vez.

Eurídice compreendeu por que Olímpia raramente sorria. Um dos seus dentes da frente era preto. Teve a impressão de que os guardas piscaram rapidamente os olhos antes de fazer a saudação.

— Podem ir — disse Olímpia. — Levem a prisioneira para a câmara nupcial.

Depois de tentar por duas vezes ficar de pé, sem conseguir, os guardas a ajudaram. Foi levada ao átrio nos fundos do palácio. Arrastando os grilhões, passou pelos estábulos e ouviu o relincho de seus cavalos; pelos canis onde os cães que caçavam com ela latiram ao ouvirem o som estranho de seus passos. Os guardas não a empurraram nem apressaram. Eles acompanhavam constrangidos seus passos lentos e, quando Eurídice tropeçou, um deles a segurou para evitar a queda, mas não olhavam para ela, nem conversavam.

*Hoje, amanhã ou muito em breve*, pensou ela, *o que importa?* Sentia a morte no seu corpo, a certeza dolorosa como uma doença.

Chegaram a uma cabana baixa de pedra, com telhado em ponta de sapê. Eurídice sentiu o mau cheiro e pensou, uma latrina, talvez, ou um chiqueiro. Os guardas a conduziram para a cabana e ela ouviu os soluços de alguém lá dentro.

Ergueram a tranca da porta rústica de madeira e um deles espiou para o escuro fétido.

— Aqui está a sua mulher — disse o homem.

Os soluços cessaram. Eles esperaram para ver se ela entrava sem ser forçada. Eurídice inclinou-se para passar pela porta. O teto era tão baixo que o sapê encostou no seu cabelo. A porta se fechou e a tranca voltou ao lugar.

— Oh, Eurídice! Eu vou ser bom! Eu prometo. Vou ser bom. Por favor, diga para me tirarem daqui.

À luz que entrava por uma pequena janela na altura do beiral do telhado, ela viu Filipe agrilhoado, com um ombro apoiado na parede. O branco dos olhos brilhava no rosto sujo e molhado de lágrimas. Com um olhar de súplica, ele estendeu as mãos. Os pulsos estavam em carne viva.

Havia somente uma banqueta de madeira e uma esteira de palha como as dos cavalos. Numa das extremidades havia um buraco raso, fétido, cheio de excremento e de moscas-varejeiras.

Eurídice foi para o meio da cabana, sob a parte mais alta do telhado em ponta, e Filipe viu os grilhões. Começou a chorar outra vez, limpando o nariz com as costas da mão. O cheiro do corpo sujo a repugnava mais do que o mau cheiro da latrina. Involuntariamente, ela encostou na parede mais distante dele, sua cabeça bateu no telhado outra vez e ela teve de agachar no chão imundo.

— Por favor, Eurídice, não deixe que batam em mim outra vez.

Ela viu então por que ele não apoiava as costas na parede. A túnica estava grudada na pele com listras escuras de sangue coagulado. Quando ela se aproximou, Filipe gritou:

— Não toque. Dói muito.

As moscas se amontoavam nos ferimentos. Procurando controlar a náusea, ela disse:

— Por que fizeram isso?

Ele conteve um soluço.

— Eu os ataquei quando mataram Cônon.

Tomada por uma grande vergonha, Eurídice cobriu o rosto com as mãos acorrentadas.

Filipe desencostou o ombro da parede e coçou o lado do corpo. Ela já havia sentido a picada de insetos nas pernas.

— Eu não deveria ser rei — disse ele. — Alexandre me disse que eu não deveria. Ele disse que se me fizessem rei, alguém ia me matar. Eles vão me matar?

— Eu não sei. — Uma vez que o havia levado àquela situação, não podia negar-lhe esperança. — Talvez alguém nos salve. Lembra-se de Cassandro? Ele não nos ajudou na guerra, mas agora que Olímpia matou seu irmão e todos os seus, ele virá. Se Cassandro vencer, ele nos libertará.

Eurídice sentou-se na banqueta, com as correntes no colo para diminuir o peso e olhou para a pequena janela por onde se avistava um pedaço do céu e uma árvore distante. Uma gaivota, procurando as sobras da cozinha, voou das águas livres e vastas da lagoa.

Filipe, tristemente, pediu permissão para usar o buraco no canto. Quando Eurídice precisou usá-lo também, as moscas voaram e ela viu os ovos e os vermes depositados por elas.

O tempo passou. Filipe de repente endireitou o corpo.

— Hora do jantar — disse, lambendo os lábios.

Sua aparência não estava diferente somente por causa da sujeira. Estava bem mais magro. Ela ouviu um assobio desafinado aproximando-se da cabana.

Uma mão suja, com unhas quebradas apareceu na janela com um pedaço de pão molhado com gordura, depois mais outro, e uma vasilha com água. Eurídice viu apenas o final da barba do homem. O assobio cessou.

Filipe agarrou seu pão e o despedaçou como um cão faminto. Eurídice tinha a impressão de que nunca mais comeria de novo; mas seus sequestradores lhe haviam dado comida pela manhã. Não havia necessidade de perguntar se Filipe comera naquele dia. Ela disse:

— Pode comer o meu hoje. Amanhã eu como.

Filipe olhou para ela com o rosto iluminado, radiante.

— Oh, Eurídice, estou tão contente por você ter vindo.

Mais tarde ele contou, com muita digressão, a sua história. Com a mente confusa pelo sofrimento, era quase incoerente. Eurídice ouviu distraída. Distantes e abafados, como os que chegam a um quarto de doente, ouviram os sons do anoitecer. Os mugidos do gado, os cavalos voltando dos estábulos, os latidos dos cães, camponeses chamando uns aos outros depois do dia de trabalho, os passos cadenciados da mudança da guarda. Uma carroça carregada aproximou-se. Podiam ouvir o esforço dos bois, o cocheiro praguejando e batendo nos animais. Parou na frente da cabana e descarregou, barulhenta, o que levava. Eurídice ouviu vagamente, exausta, pensando na palha cheia de insetos. Recostou-se na parede e mergulhou num torpor que não era sono.

Passos aproximaram-se. *Será agora?*, pensou ela. Filipe deitado, roncava alto. Ela esperou o ruído da tranca sendo retirada da porta, mas ouvia somente os sons indistintos dos camponeses fazendo algum trabalho pesado. Perguntou em voz alta:

— O que é? O que vocês querem?

O murmúrio cessou. Então, como se obedecendo a um sinal silencioso, recomeçaram o trabalho. Ela ouviu pancadas, como se alguém estivesse arranhando a porta, depois um baque surdo, e mais outro.

Eurídice foi até a pequena janela, mas não dava para ver a porta, só parte de uma pilha de pedra cortada. Sua mente cansada levou algum tempo para compreender, mas então ouviu claramente o ruído do cimento sendo aplicado com uma pá.

\* \* \*

Cassandro inspecionava suas linhas de sítio no planalto úmido da Arcádia, sob os muros de Tegeia. Tijolo espesso, musgoso, comprimido, material que um aríete, capaz de demolir a pedra de cantaria comumente usada, não conseguiria abalar. A cidade tinha uma fonte de água natural. Levaria muito tempo para vencê-los pela fome. Mandaram dizer pelo arauto que tinham a proteção especial da deusa Atena. Num oráculo muito antigo ela prometera que sua cidade jamais seria tomada por força armada. Cassandro estava resolvido a fazer Atenas engolir as próprias palavras.

Não se apressou para falar com o mensageiro da Macedônia. Certamente era outro pedido de ajuda de Eurídice; mas, quando se aproximou, viu a expressão do homem e o levou para a sua tenda.

Era um criado que conseguira escapar do massacre dos antipátridas. À história de morte acrescentou que Olímpia havia mandado destruir o túmulo do seu irmão Iolau e espalhar os ossos para serem comidos pelos animais, alegando que ele envenenara seu filho na Babilônia.

Cassandro, que ouvia num silêncio rígido, levantou-se de um salto. O momento da dor chegaria, mas agora só podia sentir ódio feroz e raiva.

— Aquela loba! Aquela górgona! Como permitiram que ela pusesse os pés na Macedônia? Meu pai os advertiu contra ela em seu último suspiro. Por que não a mataram na fronteira?

O mensageiro disse com voz inexpressiva:

— Não quiseram lutar contra a mãe de Alexandre.

Por um momento, Cassandro pensou que sua cabeça ia estourar. O homem olhou para ele, alarmado. Percebendo, ele se controlou.

— Vá, descanse, coma. Falaremos mais tarde.

O mensageiro saiu sem ter ideia da reação de um homem movido a tal carnificina de parentes tão próximos.

Quando finalmente se acalmou, Cassandro enviou um emissário com termos para um acordo com os tegeanos. Ele os isentava de empenhar sua lealdade se concordassem em não ajudar seus inimigos. Trocaram as fórmulas tradicionais que mantinham o prestígio dos contratantes e o sítio foi levantado. Os tegeanos seguiram em procissão ao velho templo de Atena para agradecer o cumprimento da antiga promessa.

\* \* \*

Atrás da porta emparedada, o tempo passava como os dias de uma doença fatal e lenta, adicionando sofrimento aos poucos. Aumentava o mau cheiro, aumentavam as moscas, os piolhos e as pulgas, piorava a inflamação das feridas, crescia a fraqueza e a fome, mas o pão e a água chegavam todos os dias pela pequena janela.

No início, Eurídice contou o tempo, riscando os dias na parede com uma pedra. Depois do sétimo ou oitavo, perdeu a conta e desistiu. Ela teria mergulhado numa apatia completa, perturbada somente pela luta contra os insetos, se não fosse por Filipe.

A mente dele não podia guardar a extensão da desgraça o tempo suficiente para levar ao desespero. Filipe vivia cada dia. Muitas vezes queixava-se ao homem que levava a comida. Às vezes o criado respondia, não com crueldade, mas como um servo injustamente acusado, dizendo que recebia ordens e isso era tudo. Eurídice se recusava a falar com ele, mas com o tempo o homem ficou um pouco mais comunicativo, murmurando antigos ditados sobre os caminhos da sorte. Certo dia chegou a perguntar a Filipe como ia sua mulher. Filipe olhou para ela e respondeu:

— Ela não quer que eu diga.

Eurídice cochilava parte do dia, mas não podia dormir à noite. Filipe roncava alto e os insetos a atormentavam tanto quanto seus pensamentos. Certa manhã, acordados e com fome, ela disse:

— Filipe, eu o fiz reivindicar o trono. Eu o queria para mim. É por minha culpa que você está preso aqui, por minha culpa eles o espancaram. Você quer me matar? Eu não me importo. Se quiser, eu mostro como fazer.

Mas ele respondeu com a voz chorosa de uma criança doente:

— Os soldados me obrigaram. Alexandre me disse para não aceitar.

Eurídice pensou: *Tudo o que tenho a fazer é dar o meu pão para ele. Ele aceitará de bom grado, mas jamais o roubará de mim. Se não comer, eu morrerei rapidamente.* Mas quando chegou a hora, não resistiu à fome e comeu a sua parte. Com surpresa viu que as porções eram maiores. No dia seguinte, foram maiores ainda, o bastante para guardar para um desjejum frugal.

Ao mesmo tempo, começaram a ouvir as vozes dos guardas no lado de fora. Certamente tinham sido avisados para manter distância — sua história de subversão era bem conhecida. Suas vindas eram apenas medidas de tempo, mas começavam a relaxar a disciplina. Falavam descuidadamente, cansados talvez de guardar um lugar que não tinha saída. Então, uma noite, quando ela, deitada, olhava pela janela uma única estrela, alguém se aproximou de mansinho. Eurídice ouviu o ruído de couro e metal. Uma sombra obscureceu a luz da janela por um instante e, quando se afastou, havia duas maçãs no parapeito. O mero perfume das frutas era pura ambrosia.

Depois, todas as noites alguma coisa era posta na janela e com menor cuidado, como se o chefe da guarda fosse cúmplice dessas dádivas. Ninguém parava na janela para falar com eles — sem dúvida a pena seria enforcamento —, mas conversavam como se quisessem que os ouvissem.

— *Bem, gostando ou não, temos nossas ordens.*

— *Rebeldes ou não, há um limite para tudo.*

— *E grande parte disso tudo é excesso de orgulho e arrogância, e os deuses não gostam dessas coisas.*

— *Sim, e ao que parece, os deuses não vão esperar muito tempo mais.*

Com sua experiência das indicações de motim, Eurídice percebeu mais alguma coisa. Aqueles homens não estavam conspirando, estavam falando abertamente, repetindo a opinião das ruas. Ela pensou, não somos as únicas vítimas daquela mulher. O povo está farto dela. O que significava "os deuses não vão esperar muito tempo mais"? Seria possível que Cassandro estivesse marchando para o Norte?

Naquela noite, receberam queijo e figos e, na jarra, vinho com água. Com a melhora da alimentação, o torpor começou a deixá-la. Ela sonhava com a salvação, com os macedônios olhando com piedade para a sujeira e o sofrimento dos dois, clamando por vingança. Sonhava com sua hora de triunfo quando, lavada, vestida e coroada, reassumisse o trono no salão de audiências.

* * *

A partida precipitada de Cassandro para o Norte gerou grande confusão. Seus aliados abandonados no Peloponeso tiveram de enfrentar sozinhos os macedônios, comandados pelo filho de Polipercon. Quando os mensageiros desesperados alcançaram sua coluna, ele disse apenas que precisava tratar de negócios que não podiam esperar.

Os democratas etólios guardaram as Termópilas para impedir sua passagem. Aqueles desafios não eram nenhuma aventura para ele. Com espírito mais prático que Xerxes, requisitou tudo o que podia mover-se sobre a água no movimentado estreito entre Eubeia e o continente, e atravessou os portões por mar.

Na Tessália, Polipercon esperava por ele, a despeito de Olímpia, fiel ainda ao filho de Alexandre. Cassandro também o evitou. Enviou uma parte do exército para manter o inimigo ocupado e continuou para o Nordeste com a maior parte de seu contingente. Dando a volta no Monte Olimpo, logo chegaram à fronteira da Macedônia.

A fortaleza de Dion, na costa, estava logo adiante. Os emissários de Cassandro prometeram o fim da tirania ilegal das mulheres e a volta aos costumes antigos. Depois de um curto debate no interior da cidade, os portões foram abertos. Ali ele recebeu todos os que ofereciam apoio ou traziam informações. Muitos parentes das vítimas de Olímpia, ou homens exilados por ela, juntaram-se a ele com contas a ajustar e clamando por vingança, mas outros chegaram às escondidas, homens que até pouco tempo não o teriam apoiado, os que haviam recusado lutar contra a mãe de Alexandre, dizendo que agora apenas Alexandre poderia deter aquela mulher. Esses voltavam, espalhando a notícia das promessas de Cassandro e da sua reivindicação à Regência em nome do filho de Roxane.

Certo dia ele se lembrou de perguntar a um desses visitantes:

— E quando eles apanharam a filha de Amintas, como foi que ela morreu?

O rosto do homem se iluminou.

— Finalmente tenho boas novas a esse respeito. Ela estava viva quando eu parti e Filipe também. Estão sendo tratados do pior modo possível, emparedados num chiqueiro. O povo está muito chocado e revoltado com isso. Disseram que eles estavam em péssimo estado, despertando a piedade dos próprios guardas, que procuram dar aos dois um mínimo de conforto. Se se apressar, ainda poderá salvá-los.

Por um momento, Cassandro ficou imóvel.

— É uma vergonha! — disse ele. — Olímpia deveria ter aproveitado melhor a boa sorte. Acha que eles ainda podem estar vivos?

— Pode estar certo, Cassandro. Ouvi de um dos guardas.

— Obrigado pela notícia. — Inclinou-se para a frente na cadeira e falou com animação: — Faça com que todos saibam que pretendo corrigir tudo isso. Eles terão de volta sua dignidade. Quanto a Olímpia, eu a entregarei à rainha Eurídice para a punição que ela achar mais apropriada. Diga isso ao povo.

— Sim, eu direi, todos ficarão contentes. Se for possível, mandarei avisar os prisioneiros. Ficarão mais animados se enfim tiverem esperança.

O homem partiu, sentindo-se importante com sua missão. Cassandro mandou chamar seus oficiais e disse que ia atrasar a marcha por mais alguns dias. Desse modo, disse ele, seus amigos teriam tempo para conseguir maior apoio.

* * *

Três dias mais tarde, Eurídice disse:

— Tudo está tão quieto. Não se ouvem nem os guardas.

A primeira luz do dia iluminava a pequena janela. A noite fora fria; as moscas ainda dormiam. Alimentaram-se bem, com a comida levada pelo guarda da noite. A mudança da guarda tinha sido antes do amanhecer, como sempre, mas não ouviam suas vozes nem o ruído de seus movimentos. Teriam desertado ou se amotinado? Ou talvez sido chamados para ajudar na defesa da cidade, o que significava que Cassandro havia chegado?

Disse para Filipe:

— Sinto que logo estaremos livres.

Coçando a virilha, ele perguntou:

— Posso tomar um banho?

— Sim, vamos tomar banho, vestir roupas boas e limpas e dormir em nossas camas.

— E vão devolver minhas pedras?

— Sim, e você vai ganhar algumas novas.

Muitas vezes, a proximidade dele, o cheiro, o modo como ele comia, arrotava e fazia suas necessidades era quase insuportável. Eurídice o teria de bom grado trocado por um cão, mas sabia que devia justiça a ele. Precisava manter a mente sã para poder governar outra vez. Desse modo, raramente o censurava e quando o fazia, amenizava com uma palavra gentil. Filipe não ficava ressentido, sempre perdoava, ou esquecia, talvez.

— Quando vão nos tirar daqui? — perguntou ele.

— Logo que Cassandro vencer a luta.

— Escute, vem vindo alguém.

Sim, era verdade e, pelo ruído dos passos deviam ser três ou quatro homens. Estavam na frente da porta, onde não podiam ser vistos através da janela. Eurídice ouvia as vozes, mas não distinguia as palavras. Então, o som inconfundível — a pancada de uma picareta no muro que fechava a porta.

— Filipe! — exclamou ela. — Eles vieram nos salvar!

Ele pulou como uma criança e em vão tentou ver os homens pela janela. Eurídice ficou no centro da cabana, sob a parte mais alta do telhado em ponta, ouvindo o som surdo da argamassa e das pedras partidas. Não levou muito tempo para desfazerem o trabalho precário de homens descontentes. Ela perguntou em voz alta:

— Vocês são os homens de Cassandro?

As picaretas pararam por um momento e uma voz com sotaque estrangeiro disse:

— Sim, homens de Cassans.

Eurídice percebeu que eles não tinham compreendido. O homem disse alguma coisa para os companheiros, mas não em grego e então ela reconheceu sua língua.

— São trácios — disse para Filipe. — Escravos mandados para derrubar o muro. Quando terminarem, alguém virá abrir a porta.

A expressão de Filipe mudou. Ele recuou, afastando-se da porta o máximo possível sem cair no buraco da latrina. O passado, antes do reinado benevolente de Cônon, voltava à sua lembrança.

— Não os deixe entrar — pediu ele.

Eurídice começou a tranquilizá-lo, quando ouviu uma risada lá fora.

Ela ficou rígida. Não era a risada de um escravo, condescendente e discreta. Com um arrepio, reconheceu a natureza daquela expressão típica de alegria.

As últimas pedras caíram. A tranca foi retirada. A porta se abriu com um rangido, a luz do sol ofuscante invadiu a cabana escura.

Quatro trácios olharam para dentro.

Como que sufocados, cobriram a boca e o nariz com as mãos. Eram homens criados no ar puro das montanhas, com despenhadeiros íngremes para receber o lixo dos seus povoados. Eurídice viu as tatuagens de guerreiros no rosto e na testa deles, viu os peitorais de bronze com gravações de prata, as capas com as listras das suas tribos, as adagas em suas mãos.

Desanimada, pensou: *Os macedônios não quiseram fazer o trabalho*. Ficou parada, altiva, no centro da cabana, onde o telhado era mais alto.

O trácio que estava à frente usava um bracelete com a serpente de três voltas e protetores para os joelhos com rostos de mulher gravados. As espirais da tatuagem na testa e nas faces, até onde começava a barba ruiva, escondiam a expressão do rosto.

— Pois então, podem me matar! — exclamou ela, erguendo a cabeça. — Podem se vangloriar de terem assassinado uma rainha.

Ele estendeu o braço — não o direito, com a adaga, mas o esquerdo, com a serpente de bronze de três voltas — e a empurrou para o lado. Eurídice perdeu o equilíbrio e caiu.

— Escravo, não se atreva a bater na minha mulher!

Filipe, que estava agachado ao lado da latrina, saltou para a frente sobre o homem. O golpe de surpresa atingiu o trácio na altura do peito, impedindo-o de respirar. Filipe, como um macaco furioso, usando os pés, os joelhos e as unhas, lutava para retirar a adaga da mão do homem. Estava com os dentes cravados no pulso do trácio quando os outros caíram sobre ele.

Entre os rugidos de dor, quando as adagas penetraram seu corpo, Eurídice teve a impressão de ouvir o nome de Cônon. Então, com um grito abafado e gutural, ele inclinou a cabeça para trás, enterrou as unhas na terra suja e ficou imóvel. Um dos homens o empurrou com o pé, mas ele não se moveu.

Os trácios se entreolharam, como se tivessem cumprido sua missão.

Eurídice olhou para eles, apoiada nas mãos e nos joelhos. Um dos homens havia pisado em sua perna com a bota pesada, imobilizando-a. Eles olhavam para o corpo no chão e comparavam as marcas das mordidas e arranhões de Filipe em seus braços e mãos. Ela percebeu um tom de admiração nas palavras que não compreendia. Eles tinham finalmente encontrado um rei.

Percebendo o movimento, voltaram-se para ela. Um deles riu e um novo horror se apossou dela. Até então só pensara nas adagas.

O homem tinha o rosto redondo, pele fina, barba rala e clara. Caminhou para ela sorrindo. O líder que usava grevas disse alguma coisa, e o homem se voltou com um gesto de desprezo, como dizendo que podia ter coisa melhor do que aquela criatura suja e malcheirosa. Limparam o sangue das adagas no manto de Filipe. Um deles o ergueu, descobrindo a virilha, mas o líder o censurou e o abaixou. Eles saíram, escolhendo o caminho entre as pedras espalhadas.

Com esforço, Eurídice ficou de pé, trêmula e gelada. Nem dois minutos haviam se passado desde que os trácios haviam aberto a porta.

A luz clara do sol iluminava através da porta a imundície fétida e o sangue que cobria o corpo no chão. Eurídice piscou os olhos adaptando-os à claridade. Dois vultos desenharam-se à sua frente.

Eram macedônios desarmados. Um deles mantendo-se respeitosamente meio passo atrás do outro, carregava um pacote. O primeiro adiantou-se, um homem forte, de meia-idade, com uma túnica limpa e a capa num dos ombros. Observou o local por um momento, em silêncio, estalando a língua com desaprovação. Voltando-se para o outro, disse:

— Mera carnificina. Uma vergonha.

Parou na porta, olhando para a mulher abatida, para o cabelo emaranhado, os pés e as mãos imundos. Com a voz monótona e pomposa de um funcionário subalterno fazendo seu trabalho, consciente da própria importância, disse:

— Eurídice, filha de Amintas. Estou cumprindo ordens, portanto deve me eximir de culpa perante os deuses. Olímpia, rainha dos macedônios, manda dizer isso por meu intermédio. Porque seu pai nasceu de pais legítimos de sangue real, ela não a condena à execução como o bastardo do seu marido. Ela lhe dá permissão para pôr fim à própria vida e oferece a escolha do meio para fazer isso.

O segundo homem adiantou-se, procurando um lugar para depositar o pacote que carregava. Não encontrando nenhuma mesa, ele o abriu no chão e, como um vendedor ambulante, arrumou a mercadoria sobre o pano. Uma adaga curta e fina, um frasco fechado e uma corda de linho trançado, com laço corrediço.

Eurídice examinou os objetos em silêncio, depois olhou para o corpo de Filipe, ao lado deles. Se tivesse lutado ao lado dele, tudo estaria terminado. Ajoelhou-se e apanhou o frasco. Sabia que o resultado da cicuta ateniense era um frio progressivo, que levava à morte indolor, mas aquele frasco vinha de Olímpia e, se ela perguntasse o que havia nele, os homens provavelmente não diriam a verdade. A adaga era afiada, mas ela sabia que estava fraca demais para se matar desse modo. Semimorta, o que fariam então com ela? Segurou a corda. Era macia, bem-feita e limpa. Olhou para o lugar mais alto do telhado da cabana e disse:

— Fico com isso.

O homem inclinou a cabeça, assentindo.

— Uma boa escolha, senhora, e mais rápida. Num instante nós preparamos tudo. Vejo que tem uma banqueta.

O criado subiu na banqueta e Eurídice viu um gancho de ferro pregado numa das vigas do telhado, como os que havia nos depósitos de ferramentas. Não, eles não demorariam.

*Então*, pensou ela, *não sobrou nada. Nem estilo.* Já vira homens enforcados. Olhou para Filipe no chão imundo como um animal abatido. Sim, restava alguma coisa. A piedade em seu coração. Aquele era o rei, seu marido, que a fizera rainha, lutara e morrera por ela. Quando o homem desceu da banqueta, ela disse:

— Esperem um pouco.

A jarra com vinho e água deixado pelo guarda da noite, estava ainda na janela. Eurídice ajoelhou ao lado de Filipe e com a bainha da sua túnica lavou os ferimentos do melhor modo possível, depois o rosto. Ajeitou as pernas dele, pôs o braço esquerdo sobre o peito e o direito estendido ao lado do corpo, fechou os olhos e a boca e penteou com as mãos o cabelo do morto. Assim composto, ele estava mais apresentável. Viu que os homens olhavam para ela com um novo respeito. Pelo menos isso ela devia a Filipe. Raspando o chão com as unhas, espalhou sobre o corpo o punhado ritual de terra que o livraria para atravessar o rio.

Havia ainda uma coisa, algo para ela mesma. Sua linhagem e seu sangue remontavam aos reis guerreiros macedônios e aos chefes tribais da Ilíria. Uma vez que não podia prosseguir com o ajuste de contas da rivalidade ancestral, os poderes que a comandavam deviam fazer isso por ela. De pé, com as mãos estendidas, palmas para baixo, acima da terra ensanguentada disse em voz alta:

— Que os deuses das profundezas sejam testemunhas de que recebi estas dádivas de Olímpia. Eu os invoco, sobre as águas do Estige, pelo poder do Hades e por este sangue, para que deem a ela um presente igual a este. — Voltou-se para os homens. — Estou pronta.

Derrubou a banqueta com os pés sem se acovardar, sem deixar que fizessem por ela, como vira muitos homens fortes fazerem. Para aqueles homens, Eurídice demonstrara grande coragem, digna de seus ancestrais, e quando perceberam que sua luta contra a morte duraria mais do que o tempo necessário, eles a puxaram para baixo, pelos joelhos, para aumentar a tensão da corda e ajudá-la a morrer.

\* \* \*

Tendo feito tudo o que precisava fazer, Olímpia reuniu o conselho. Poucos eram os homens ligados a ela por lealdade à sua pessoa. Alguns eram rivais antigos dos antipátridas, outros sabiam que Cassandro tinha motivos para se vingar deles, outros, ela imaginava, eram leais somente ao filho de Alexandre. Sentou-se à mesa de pedra recoberta com placas de ouro, onde havia sentado seu marido, Filipe, o rei, jovem ainda, no tempo das guerras civis de que homens de sessenta anos ainda se lembravam e nas quais os homens com mais de setenta haviam lutado. Olímpia não pediu o conselho deles. Seu julgamento era suficiente. Os homens velhos e os soldados sentiam sua solidão impenetrável, o espírito aprisionado pela vontade.

Olímpia disse que não pretendia ficar descansando em Pela enquanto rebeldes e traidores invadiam suas fronteiras. Partiria para Pidna, ao Sul, apenas 24 quilômetros ao norte de Dion, onde Cassandro se instalara insolentemente. Pidna tinha um porto bem fortificado de onde ela dirigiria a guerra.

Os soldados aprovaram, lembrando a vitória incruenta do Oeste.

— Muito bem — disse ela. — Dentro de dois dias vou transferir a corte para Pidna.

Os soldados ficaram perplexos. Isso era outra coisa. Significava um bando de mulheres, criados e não combatentes que ocupariam espaço atrapalhando os movimentos da guarnição e mais pessoas a serem alimentadas. Depois de uma pausa em que cada um aguardava que o outro falasse primeiro, explicaram o fato a ela.

Olímpia não se abalou.

— Nossos aliados podem juntar-se a nós por mar, sem lutas durante a marcha. Quando nossas forças estiverem completas, quando Polipercon estiver conosco, enfrentaremos Cassandro.

Agenor, um veterano do Oriente, comandante em chefe do exército, pigarreou discretamente e disse:

— Ninguém questiona a honra de Polipercon, mas dizem que tem ocorrido deserções. — Fez uma pausa e todos imaginaram se ele ousaria continuar. — E, como a senhora sabe, não podemos esperar nada do Épiro.

Olímpia ficou rígida na cadeira com entalhes de marfim. Os epirotas, que a haviam acompanhado à fronteira, amotinaram-se quando receberam ordens para lutar na Macedônia e voltaram para casa. Sobrara somente alguns molossianos, e Olímpia fechara-se em seus aposentos durante dois dias, para restaurar o orgulho ferido, de modo que os aliados secretos de Cassandro tinham aproveitado a oportunidade. Os conselheiros olharam irados para Agenor. Todos viram a expressão de fúria de Olímpia. Com olhos inflexíveis e ameaçadores no rosto de pedra fixos no soldado, ela disse:

— A corte vai para Pidna. Terminou a sessão.

Os homens deixaram a sala, entreolhando-se em silêncio até saírem do palácio. Agenor disse:

— Deixem que ela faça o que quiser, mas precisa partir antes do inverno.

\* \* \*

O oficial enviado para falar com Polipercon voltou com boas notícias para Cassandro. Evitando a batalha, ele infiltrara o acampamento desorganizado com homens que tinham parentes ou membros do seu clã entre os soldados de Polipercon. Eles espalharam a notícia de que Olímpia, estrangeira e usurpadora do poder, havia derramado o sangue real da Macedônia e ofereceram um prêmio de cinquenta dracmas a todos os bons macedônios que se juntassem ao exército de Cassandro. A cada manhã era menor o número de homens no acampamento de Polipercon e logo os que sobraram mal eram suficientes para defender sua posição. Entrincheirados no melhor dos fortes locais, reforçaram os muros, fizeram provisões e esperaram.

O milho e as azeitonas amadureceram, as uvas foram amassadas, as mulheres foram para as montanhas homenagear Dioniso. No escuro, antes do nascer do sol, o brado estridente das bacantes respondia ao primeiro canto do galo. Em Pidna, as sentinelas no alto dos muros do porto vigiavam o mar, encrespado pelos primeiros ventos do outono. Viam somente as velas dos barcos pesqueiros, voltando para casa.

Antes da chegada dos primeiros vendavais, Cassandro apareceu vindo dos caminhos nas montanhas que ele agora dominava, cercando Pidna com uma paliçada.

# 316 a.C.

Era primavera nos vales. Os cumes do Olimpo cintilavam ainda com a neve do inverno sob o céu azul-claro. Uma única coroa de nuvens escondia o Trono de Zeus. Suas águias abandonaram a pureza sem vida para procurar alimento nos montes mais baixos. Em volta das montanhas, só os rochedos lisos e nus, onde a neve não podia se acumular, riscavam de negro o manto branco.

Nos sopés das montanhas, as águas do degelo invadiam as ravinas e os leitos secos dos regatos com torrentes que se chocavam contra as pedras, como o estalar do trovão. Mais abaixo, sob os muros de Pidna, o sol fraco aquecia os corpos enrijecidos pelo frio, liberando o cheiro fétido de carniça, e os abutres voltavam a eles.

Olímpia, caminhando no alto dos muros da cidade, olhava para além das linhas do sítio, para as montanhas onde os linces e os lobos corriam livres, onde os pinheiros estremeciam, tirando a neve dos ombros como ursos acordando da hibernação.

O rosto magro aparecia numa abertura das camadas informes de agasalhos. Chegara com a temperatura agradável do outono, certa de que a guerra estaria terminada dentro de um mês, e Cassandro, morto. Alexandre sempre realizava o que resolvia. Raramente discutia com ela os cálculos complexos que precediam a ação. Soprava um vento frio e ela estava com seu manto real nos ombros, como um xale. Quando se tinha fome, sentia-se mais o frio.

As outras mulheres estavam agasalhadas, dentro do forte, em volta do fogo fraco. Os homens, nas ameias, com o rosto muito magro, olhavam desanimados para ela quando passava por eles, fracos demais para sentir ódio. Durante todo o inverno não houvera nenhum ataque aos muros.

Os cadáveres na vala eram dos que tinham morrido de fome. Tinham sido atirados ali, não por insensibilidade, mas por necessidade. Não havia mais lugar no forte para cavar sepulturas.

Espalhados entre eles estavam os ossos enormes dos elefantes. Os cavalos e as mulas foram devorados logo no começo do cerco, mas elefantes eram instrumentos de guerra e, além disso, ninguém tinha coragem de abatê-los. Tentaram mantê-los vivos alimentando-os com serragem. Durante algum tempo os gemidos e barridos dolorosos perturbaram as noites; então, um de cada vez foi se deitando em seus currais e a carne que ainda restava, quase só nervos, serviu para enganar a fome por algum tempo. Os condutores, inúteis agora, tinham sido excluídos da lista de rações e também estavam na vala, abaixo dos muros.

Em algum lugar do forte, o filho de uma mulher do acampamento chorava. Recém-nascido, logo estaria morto. O jovem Alexandre estava muito crescido para chorar. Olímpia providenciou para que ele tivesse alimento suficiente. Ele era o rei, e a força da sua idade adulta não podia ser prejudicada na infância. Embora a comida fosse péssima, ele demonstrou uma surpreendente boa vontade, dizendo que seu pai tinha passado fome com seus soldados. Porém, Olímpia muitas vezes olhava para ele pensando no neto crescido que poderia ter se Alexandre a tivesse obedecido e se casado antes de partir para a guerra. *Por quê*, perguntava ela, *por quê?*

No muro que dava para o mar, o ar era mais limpo, com um cheiro acentuado de primavera. O maciço do Olimpo com os picos nevados a chamava como as árvores chamam um pássaro cativo. Pela primeira vez, não passou as festas de outono em honra a Dioniso nas montanhas com suas mênades. Nunca mais os abutres crocitaram no meio dos ossos, na vala. Olímpia recusou o presságio, furiosa.

Assim que o tempo permitisse a navegação, Êumenes, cuja lealdade jamais falhara, viria da Ásia com seu exército.

Notou um movimento no forte. Uma pequena multidão se avolumava e caminhava em sua direção. Olímpia afastou-se da borda do muro e esperou.

O grupo de homens emaciados aproximou-se, sem nenhum sinal de violência. Poucos pareciam ter forças para isso. As roupas pendiam de seus ombros como sacos vazios e vários apoiavam-se nos companheiros para não cair. Homens de trinta anos pareciam ter sessenta, com a pele manchada e a boca desdentada por causa do beribéri; os cabelos caíam. Um deles, que conservava ainda um resquício de comando, dirigiu-se a ela, balbuciando por causa da falta de dois dentes da frente.

— Senhora, pedimos permissão para deixar o forte.

Olímpia olhou para eles sem pronunciar uma palavra. A fúria apareceu em seus olhos e desapareceu rapidamente. A voz envelhecida e fina não era de um homem, mas do Destino.

Respondendo ao seu silêncio, ele disse:

— Se o inimigo atacar, nem precisará de armas para nos vencer. Tudo o que podemos fazer agora é dividir o que resta das provisões e depois ir *para lá*. — Com um gesto cansado mostrou a vala. — Sem nós, a pouca provisão que existe ainda pode durar mais tempo. Temos sua permissão, senhora?

— Mas — disse ela, finalmente — os homens de Cassandro vão matá-los.

— Seja como Deus quiser, senhora. Hoje ou amanhã, qual a diferença?

— Podem ir — respondeu Olímpia.

Ele ficou algum tempo olhando para ela, enquanto os outros se afastavam. Então Olímpia acrescentou:

— Obrigada por seus bons serviços.

Ela entrou por causa do frio, mas logo depois voltou ao alto do muro do forte para vê-los partir.

Haviam tirado os galhos das árvores pequenas e esqueléticas que cresciam entre as pedras e, quando os portões se abriram, acenaram com eles em sinal de paz. Lentamente desceram a escarpa e caminharam com passos pesados pela terra de ninguém, na direção da paliçada do sítio. O portão rústico de madeira foi levantado, eles entraram, um por um, e pararam juntos. Um homem com capacete se aproximou, disse alguma coisa e se afastou. Então ela viu quando os soldados os cercaram com cestos e jarras. Olímpia viu a distribuição do pão e do vinho, os braços magros estendendo-se ávidos e agradecidos.

Ela voltou para o quarto na torre de entrada e agachou ao lado do pequeno fogo. Uma fileira de formigas atravessava o chão da lareira, na direção de um cesto que estava ao lado. Olímpia ergueu a tampa. Viu, coberta de formigas, a serpente morta. A última que restava do santuário de Dioniso, na Trácia, onde ficava seu oráculo. Por que a serpente estava morta? Os ratos e camundongos tinham sido apanhados e comidos, mas ela podia sobreviver comendo os insetos e vermes. Não era muito velha. Olímpia olhou para a massa ondulante das formigas e estremeceu. Depois jogou o cesto no fogo.

\* \* \*

O ar ficou mais quente, as brisas, mais suaves. Era tempo para pôr os barcos no mar, mas as únicas velas eram as dos navios de guerra de Cassandro. A ração no forte sitiado era uma porção por dia quando Olímpia enviou emissários para negociar a rendição.

Do alto dos muros, ela os viu entrar na tenda de Cassandro. Ao seu lado estava a neta Tessalônica, legado de um dos casamentos de campanha de Filipe. A mãe morreu quando ela nasceu, e Olímpia a tolerava no palácio porque não era arrogante, era quieta e bem-educada. Com 35 anos, era alta e magra, mas com um belo porte. Não ousou confessar para a avó que, em Pela, Cassandro a pedira em casamento. Foi para Pidna, deixando que acreditassem que temia pela própria vida. Agora, pálida e com o cabelo sem vida, esperava os emissários, guardando os próprios pensamentos.

Os emissários voltaram, um pouco mais animados pela hospitalidade generosa na tenda.

O emissário de Cassandro que voltou com eles chamava-se Deinias; fizera muitos serviços secretos para Olímpia no passado, sempre bem recompensados. O que ele teria contado para Cassandro? Deinias agiu como se aquele tempo jamais tivesse existido, com uma insolência branda. Corado, bem nutrido, seu corpo era altivo no meio dos outros. Recusou uma conversa particular e exigiu falar com os homens da guarnição. Sem escolha, Olímpia foi ao encontro dele no pátio central, onde os soldados que ainda tinham forças faziam seus exercícios.

— Cassandro, filho de Antípatro, envia saudações. Se seu povo se entregar a ele todos serão poupados, como os que se entregaram agora. Quanto à senhora, seus termos são para que se entregue a ele sem nenhuma condição.

Olímpia empertigou o corpo, embora isso a fizesse lembrar que suas costas estavam rígidas e doloridas.

— Diga a Cassandro para voltar com termos melhores. — Um suspiro de desânimo percorreu as fileiras atrás dela. — Quando Êumenes chegar, seu amo vai correr como um lobo acuado. Nós resistiremos até sua chegada.

O homem ergueu as sobrancelhas com uma surpresa exagerada.

— Senhora, perdoe-me. Eu me esqueci que as notícias não chegam até aqui. Não empenhe suas esperanças num homem morto.

Toda a vitalidade pareceu drenar do corpo dela, como vinho de uma jarra rachada. Olímpia continuou de pé, mas não disse nada.

— Êumenes foi entregue a Antígono. Foi vendido pelos Escudos de Prata que estavam sob seu comando. Durante a batalha, Antígono tomou todo seu trem de bagagem, que transportava o saque de três reinos.

Tomou também as mulheres e os filhos; não se pode dizer o quanto esse tipo de homem se importa com a família. Seja como for, Antígono ofereceu trocar tudo por seu comandante e eles aceitaram.

Um estremecimento percorreu as fileiras. De horror, talvez, por saberem que nada era impossível, ou pela tentação.

O rosto de Olímpia tinha a cor de um pergaminho antigo. Gostaria de ter à mão a bengala rústica que usava para percorrer os trechos mais difíceis do forte.

— Pode dizer a Cassandro que abriremos os portões sem nenhuma condição, somente em troca de nossas vidas.

Sentindo um frio gelado na cabeça e uma nuvem escura na frente dos olhos, ela foi para o quarto e fechou a porta antes de desmaiar.

\* \* \*

— Excelente — disse Cassandro, quando Deinias voltou. — Assim que os homens saírem, alimente-os e recrute os que ainda são capazes. Mande cavar uma vala para a carniça. A cadela velha e seus criados ficarão aqui por algum tempo.

— E depois? — perguntou Deinias, com fingido desinteresse.

— Depois… bem. Ela ainda é a mãe de Alexandre, o que desperta respeito temeroso nos ignorantes. Os macedônios não aceitarão mais sua autoridade, mas mesmo agora… Vou assustá-la e depois oferecer um navio para levá-la a Atenas. Navios naufragam todos os anos.

\* \* \*

Os mortos foram enterrados numa vala comum. As mulheres magras e pálidas saíram do forte para a casa de hóspedes reservada aos visitantes reais. Era espaçosa e limpa. Elas tiraram os espelhos da bagagem e os guardaram imediatamente, disfarçaram com cintos os vestidos largos demais e comeram avidamente frutas e leite coalhado. O menino recuperou logo o peso e as forças. Sabia que acabava de sobreviver a um sítio memorável e que os arqueiros trácios haviam, secretamente, cozinhado e comido a carne dos mortos no alojamento da guarda. As defesas interiores da infância faziam disso tudo uma história interessante. Cebes suportara bem a fome e o frio graças ao seu bom preparo físico e ao fato de não economizar palavras. Os mais atormentados eram aqueles que suportavam tudo em silêncio. Todos os reis da Macedônia eram herdeiros da espada. Era bom saber que a guerra não era só bandeiras e clarins. Assim que recuperaram as forças, o homem e o menino recomeçaram os exercícios.

Quem estava mais mudada era Roxane. Estava com 26 anos, mas em sua terra natal tinha a idade de uma matrona, e ela aceitava a tradição. Como consequência, era agora uma senhora nobre e idosa. Não se considerava a viúva do rei morto, mas a mãe do próximo rei.

Pela se rendeu por ordem de Olímpia, sob condições ditadas por Cassandro. Feito isso, ela mandou perguntar se podia voltar para seus aposentos no palácio. Ele respondeu que no momento não era conveniente. Tinha muitos assuntos para resolver em Pela.

Olímpia se sentava na frente da janela que dava para o Mar de Leste, pensando no futuro. Estava agora exilada de Épiro, mas ainda havia o menino. Olímpia tinha sessenta anos, talvez tivesse mais dez para educá-lo e vê-lo no trono do pai.

*  *  *

Cassandro ministrava audiências em Pela. Tendo os epirotas como aliados, enviara um conselheiro para orientar seu rei, o jovem filho de Cleópatra. Tinha feito os funerais do irmão Nicanor e restaurado o túmulo do irmão Iolau. Então perguntou onde estavam os corpos do casal real, assassinado de modo tão bárbaro. Eles o levaram a um canto do cemitério real, onde, num pequeno túmulo com guarnição de tijolos, Filipe e Eurídice estavam enterrados como camponeses. Os corpos estavam irreconhecíveis, mas ele mandara cremá-los com uma pira cerimonial e guardar os ossos em duas urnas preciosas, enquanto era construído um jazigo digno deles. Não esqueceu que os reis da Macedônia eram sepultados por seus sucessores.

Depois do expurgo de Olímpia, era grande o número de túmulos em Pela. As coroas com flores e folhas secas pendiam ainda das pedras, ornadas com os cabelos dos parentes e amigos que os visitavam com lágrimas e oferendas. Cassandro fez questão de acompanhá-los, lamentando sua perda e perguntando se não tinha chegado a hora de fazer justiça.

Logo foi anunciado que os parentes e amigos dos mortos queriam convocar uma Assembleia para acusar Olímpia de derramar sem julgamento o sangue dos macedônios.

Ela jantava com as outras mulheres quando foi anunciado um mensageiro. Olímpia terminou de comer, tomou um copo de vinho e foi falar com ele.

Era um homem comunicativo, com sotaque do Norte, um estranho, mas muitos eram estranhos depois de sua longa ausência. Ele a avisou de que iam pedir seu julgamento, depois disse:

— A senhora compreende, estou aqui por insistência de Cassandro. Ele prometeu velar por sua segurança quando o sítio foi levantado. Amanhã, antes de o sol nascer, um navio a esperará no porto.

— Um navio? — Era o fim da tarde e as lamparinas ainda não estavam acesas. No rosto encovado, os olhos pareciam poços escuros com uma leve centelha de vida. — Um navio? O que quer dizer?

— A senhora tem bons amigos em Atenas, que a receberão. A senhora apoiou seus democratas. — Fazia parte de sua rivalidade com Antípatro. — Será bem recebida. Deixe que a Assembleia a julgue sem sua presença. Ninguém nunca morreu por isso.

Até então, Olímpia falava em voz baixa, não perdera ainda a lassidão do sítio, mas disse então com voz enérgica e sonora:

— Cassandro pensa que vou fugir dos macedônios? Meu filho faria isso?

— Não, senhora, mas Alexandre não tinha motivo.

— Deixe que me vejam! — exclamou ela. — Deixe que me julguem, se quiserem. Diga a Cassandro para me avisar o dia, e eu estarei lá.

Embaraçado, ele perguntou:

— Acha que é sensato? Mandaram avisá-la de que algumas pessoas querem lhe fazer mal.

— Quando me ouvirem, veremos o que eles realmente querem.

\* \* \*

— Avisar o dia? — indagou Cassandro. — Ela está pedindo demais. Conheço os corações caprichosos dos macedônios. Convoque a Assembleia para amanhã e diga que ela se recusa a comparecer.

\* \* \*

Os parentes e amigos das vítimas compareceram à Assembleia com roupas de luto rasgadas e cobertas de cinzas, os cabelos cortados curtos. Viúvas levavam pela mão os filhos órfãos de pai, homens velhos lamentavam os filhos que eram o apoio de sua velhice. Quando souberam que Olímpia não compareceria, ninguém se levantou para defendê-la. Por unanimidade, a Assembleia votou a favor da sentença de morte.

— Por enquanto está tudo bem — comentou Cassandro, mais tarde. — Nós temos autoridade, mas uma execução pública não é adequada para uma mulher em sua posição. Ela não vai perder a oportunidade de falar ao povo. Acho que devemos fazer outros planos.

\* \* \*

As mulheres estavam ocupadas na pequena casa, em Pidna. Roxane bordava um cinto, Tessalônica lavava a cabeça. (Recebera um recado de Cassandro dizendo que podia voltar ao palácio, uma distinção recebida com temor e não respondida.) Olímpia, sentada na frente da janela, lia o relato de Calístenes dos feitos de Alexandre. Ele mandara um grego da Báctria copiar para ela e enviara o texto pela Estrada Real. Olímpia já o tinha lido muitas vezes, mas naquele dia teve vontade de reler.

Bateram com urgência na porta e Cebes entrou.

— Alguns soldados querem falar com a senhora. Não vieram com boas intenções. Mandei trancar as portas.

Enquanto ele falava, os soldados começaram a bater na porta, praguejando em voz alta. Roxane entrou correndo com o bordado na mão. Tessalônica, com uma toalha na cabeça, disse apenas:

— *Ele* está com eles?

O pequeno Alexandre chegou e perguntou, curioso:

— O que eles querem?

Olímpia apanhou outra vez o livro que havia posto sobre a mesa e o deu para o neto, dizendo:

— Alexandre, guarde isso para mim. — Ele o aceitou, muito sério. As pancadas na porta ficaram mais fortes. Olímpia voltou-se para as mulheres:

— Entrem. Vão para seus quartos. Você também, Cebes. Estão aqui por minha causa. Deixe que falo com eles.

As mulheres saíram. Cebes hesitou, mas Alexandre segurou a mão dele. Se tivesse de morrer, seria pelo rei. Com uma leve mesura, ele também se retirou.

A porta estava cedendo. Olímpia foi até a arca de roupa, trocou o vestido que usava em casa e vestiu a túnica vermelha com a qual dava audiências. O cinto era tecido com fios de ouro e bordado com fios de ouro e rubis. Tirou da caixa de joias o colar de pérolas grandes que Alexandre mandara de Taxila, pôs no pescoço, caminhou com passos lentos para o topo da escada e esperou.

A porta foi derrubada. Um grupo de homens entrou e olhou em volta. Começaram a desembainhar as espadas, prontos para saquear a casa, procurando nos lugares onde, por longa experiência, sabiam que estavam guardados os tesouros. Então, quando se dirigiram para a escada, viram a figura silenciosa olhando para eles, como uma estátua no pedestal.

Os que iam na frente pararam. Os que iam atrás, mesmo os que estavam ainda na porta, também a viram. O clamor morreu no silêncio sepulcral.

— Queriam me ver — disse Olímpia. — Estou aqui.

\* \* \*

— Você ficou louco? — perguntou Cassandro quando o líder dos soldados contou o que tinha acontecido. — Está dizendo que ela estava lá de pé na sua frente e não fizeram nada? Saíram como cachorros expulsos da cozinha? A velha bruxa deve ter enfeitiçado vocês. O que ela disse?

Cassandro escolhera mal as palavras. O homem ficou ofendido.

— Ela não disse nada, Cassandro. O que os homens disseram foi que ela parecia a mãe de Alexandre. E ninguém quis ser o primeiro a atacar.

— Vocês foram pagos para fazer o serviço — replicou Cassandro, zangado.

— Ainda não, senhor. Desse modo, economizei seu dinheiro. Permissão para me retirar, senhor.

Cassandro o deixou ir. A situação era crítica e qualquer problema maior devia ser evitado. Mais tarde, providenciaria para que o homem fosse designado para uma missão perigosa. No momento, precisava pensar em outro plano. Quando finalmente o encontrou, era tão simples que se admirou de ter levado tanto tempo para pensar nisso.

\* \* \*

Era quase noite. Em Pidna todos esperavam a hora do jantar, não tanto por fome — ainda tinham o estômago contraído —, mas porque quebrava o tédio do dia. O tutor de Alexandre lia a *Odisseia* para ele, o livro em que Circe transformava os homens do herói em porcos. As mulheres faziam pequenas alterações nas roupas e nos penteados para preservar as regras da etiqueta. O sol sobre os picos do Olimpo preparava-se para mergulhar atrás deles e trazer a noite para toda a costa.

O pequeno grupo caminhou silenciosamente na estrada, não com o passo pesado das botas do exército, mas com a leveza arrastada, própria de quem lamenta seus mortos, com os cabelos cortados rente, despenteados e cobertos de cinzas, com as roupas rasgadas de acordo com o ritual.

À última luz do sol chegaram à porta quebrada e reparada precariamente por um carpinteiro. Sob os olhares dos curiosos, que se perguntavam quem iam enterrar àquela hora, correram para a porta e arrancaram as tábuas provisórias.

Olímpia ouviu. Quando os criados assustados correram até ela, compreendeu o que ia acontecer, como se já esperasse. Não trocou o vestido de casa que usava. Olhou na caixa onde guardava o livro *Os feitos de Alexandre*. Ótimo, estava com o menino. Caminhou até a escada e viu os rostos sujos de cinzas, como máscaras de tragédia. Não recorreu à farsa de ficar ali de pé, apelando para aqueles olhos inflexíveis. Desceu ao encontro deles.

Não a atacaram imediatamente. Todos queriam dizer alguma coisa.

— *Você matou meu filho, que nunca fez mal a ninguém.*

— *Seus homens cortaram o pescoço do meu irmão, um bom homem que lutou por seu filho na Ásia.*

— *Você crucificou meu marido na frente dos nossos filhos.*

— *Seus homens mataram meu pai e violentaram minhas irmãs.*

As vozes se elevaram, palavras perdidas, um som confuso e raivoso. Parecia que iam fazê-la em pedaços ali mesmo. Olímpia voltou-se para os homens mais velhos, mais comedidos em sua vingança.

— Querem providenciar para que isso seja feito com dignidade?

Embora sem despertar piedade, aquelas palavras tocaram o orgulho. Um deles ergueu o bastão pedindo silêncio e abriu um espaço em volta dela.

Lá em cima, as criadas lamentavam em altas vozes, Tessalônica gemia baixinho, Roxane soluçava selvagemente. Olímpia ouvia como os sons de uma cidade estranha, que nada tinham a ver com ela. Só não queria que o menino visse.

O velho apontou com o cajado. Eles a levaram para um terreno baldio, perto do mar, um pedaço de terra improdutivo para o cultivo, onde entre as pedras cresciam algumas plantas descoradas e o lixo trazido pela água acumulava-se na praia. As pedras eram lisas, gastas pelo embate do mar nas tempestades de inverno. O grupo se afastou dela, formando um círculo a distância, como num jogo infantil. Olharam para o velho, que disse:

— Olímpia, filha de Neoptólemo. Por matar macedônios sem julgamento, contrariando a justiça e a lei, nós a condenamos à morte.

Sozinha, no meio do círculo, ela recebeu de cabeça erguida o impacto das primeiras pedras. Quando sentiu que começava a perder o equilíbrio, ficou de joelhos para não cair sem dignidade. Com isso, o alvo principal era a cabeça, que logo foi atingida por uma pedra grande. Olímpia caiu de costas, olhando para o céu. Uma nuvem de grande beleza refletia a luz do sol que se punha invisível atrás das montanhas. Seus olhos se turvaram, as imagens apareciam duplicadas. Sentiu o corpo se quebrar sob a força das pedras, mas era mais choque do que dor. Estaria morta antes de a dor ter tempo de começar. Olhou para a nuvem fulgurante e pensou: *Eu trouxe para a terra o fogo do céu; eu vivi com glória.* Um relâmpago cortou a abóbada escura e tudo terminou.

# 315 a.C.

O Liceu ficava num subúrbio agradável de Atenas, perto do pequeno rio Ilisso, sombreado por árvores, adorado por Sócrates. Era um prédio novo e belo. O primeiro, mais humilde, onde Aristóteles ensinava com seu método peripatético, era agora um anexo. Colunas coríntias abrigavam o diretor e seus alunos quando eles caminhavam discursando. Dentro predominava o cheiro de pergaminho, tinta e cera para escrever.

Era uma doação de Cassandro, entregue ao povo por seu culto governador ateniense. O diretor, Teofrasto, havia muito tempo queria receber seu benfeitor, e esse dia auspicioso finalmente chegara.

O importante convidado foi conduzido à nova biblioteca, onde havia muitas estantes reservadas para a obra de Teofrasto, um escritor secundário, mas prolífico. Então, voltaram às salas do diretor para uma pequena refeição.

— Agrada-me muito saber que o senhor estuda História e mais ainda saber que compila os fatos históricos. Cabe aos estudiosos livrar cada geração dos seus erros, antes que eles passem para a geração seguinte.

— A filosofia da história de Aristóteles... — começou Teofrasto com entusiasmo.

Cassandro, que aguentara uma hora de monólogo acadêmico, ergueu a mão educadamente.

— Na minha juventude, quando estava na Macedônia, eu me sentei aos seus pés. — Dias odiosos, com gosto de fel, vendo o círculo encantado sempre do lado de fora, exilado da luz quente pela força centrífuga da própria inveja. — Só o seu *melhor* aluno fez bom uso do seu privilégio.

Cautelosamente, o diretor murmurou algo sobre a corrupção dos costumes bárbaros e a tentação do poder.

— Foi uma grande perda para o senhor a morte de Calístenes. Um estudioso brilhante, suponho.

— Ah, sim. Aristóteles a temia, na verdade a pressentiu. Algumas cartas insensatas...

— Estou certo de que ele foi falsamente acusado de instigar os alunos a conspirar para matar o rei. A voz da filosofia tornou-se indesejável.

— Temo que sim... Não temos ninguém aqui que tenha acompanhado Alexandre, e nossos registros sofrem com isso.

— Pelo menos — disse Cassandro sorrindo —, vocês têm um convidado que visitou a corte da Babilônia em suas últimas semanas de vida. Se quiser chamar um escriba, posso descrever algumas das coisas que vi.

O escriba chegou, com uma boa provisão de tabletes. Cassandro ditou num ritmo lento e cuidadoso:

— ... *Mas muito antes disso, ele cedera à arrogância e à imoralidade, preferindo a altivez divina de um Grande Rei persa à moderação sensata da sua terra natal.*

O escriba não precisaria fazer nenhuma revisão. Cassandro preparara o discurso com antecedência. Teofrasto, cuja carreira fora puramente acadêmica, ouvia fascinado a voz vinda diretamente do teatro dos grandes eventos.

— *Ele obrigava seus generais a se prostrar diante do seu trono. Trezentas e sessenta e cinco concubinas, o mesmo número que Dario tinha, moravam em seu palácio. Para não falar no exército de eunucos afeminados, habituados à prostituição. Quanto às suas orgias noturnas...*

Ele continuou por mais algum tempo, notando com satisfação que cada palavra era gravada na cera. Finalmente, agradeceu ao escriba e o dispensou para que pudesse começar a copiar.

— Naturalmente — disse Cassandro —, seus antigos companheiros contarão sobre ele as histórias que visem a sua própria glória.

O diretor assentiu com um gesto, o acadêmico cauteloso ouvindo a advertência contra fontes espúrias.

Cassandro, com a garganta seca, tomou com prazer um gole de vinho. Como o diretor, ele esperara ansiosamente aquele encontro. Jamais conseguira humilhar o inimigo quando ele estava vivo, mas agora começava a macular a fama que tanto o atormentava e a cuja destruição dedicara toda a sua vida.

— Espero — disse Teofrasto gentilmente, quando se despediram — que sua esposa esteja bem.

— Tessalônica está tão bem quanto permite sua condição. Ela tem a boa constituição física do seu pai Filipe.

— E o jovem rei? Deve estar com oito anos e começando sua educação.

— Sim. Para evitar que tenha propensão às falhas do pai, estou dando a ele uma educação bastante modesta. Embora fosse um costume antigo, não foi bom para Alexandre ter, desde a infância, o domínio sobre o grupo de Companheiros, um verdadeiro exército de filhos de nobres que competiam para bajulá-lo. O jovem rei e a mãe estão instalados no castelo de Anfípole, protegidos da traição e da intriga. Ele está sendo criado como qualquer cidadão bem-nascido.

— Muito salutar — concordou o diretor. — Se não for ousadia de minha parte, senhor, gostaria de presenteá-lo com um livro de minha autoria, *Sobre a educação dos reis*. Quando ele tiver mais idade, se o senhor pensar em nomear um tutor...

— Certamente — disse o regente da Macedônia —, no momento certo pensarei nisso.

# 310 a.C.

O castelo de Anfípole ficava no alto de um rochedo, acima da curva do Estrímon, depois da qual o rio alcançava o mar. No passado, fora fortificado por Atenas e Esparta, reforçado e ampliado pela Macedônia, cada conquistador adicionando um bastião ou uma torre. A sentinela do alto do muro de pedra tinha ampla visão de todos os lados. Quando o dia estava claro, os homens mostravam para Alexandre lugares importantes na Trácia ou o cume do monte Atos, e ele falava dos lugares que conhecera quando pequeno, mas o tempo parece longo entre os sete e os treze anos, e as lembranças começavam a desaparecer.

Lembrava-se vagamente do carro fechado de sua mãe, das mulheres e dos eunucos da sua tenda, do palácio em Pela, da casa da avó em Dodona. Lembrava-se perfeitamente de Pidna, quando sua mãe não quis dizer o que havia acontecido com sua avó, mas os criados contaram. Lembrava-se da tia Tessalônica chorando dolorosamente, embora estivesse para se casar, e de sua mãe, chorando também na viagem para Anfípole, embora já estivesse acostumada agora. Havia uma única constante em sua vida. A presença dos soldados sempre à sua volta. Desde que Cebes fora embora, eles eram seus únicos amigos.

Nunca via outros meninos, mas podia sair a cavalo sempre na companhia de dois soldados designados pelo comandante. Parecia que, quando ele chegava a conhecê-los bem, divertir-se, apostar corridas com eles e ouvir suas histórias, eram sempre designados para outros postos e substituídos; mas, durante os cinco anos, muitos tinham voltado, e era possível reatar a amizade.

Alguns, mais taciturnos, não eram bons companheiros para os passeios a cavalo, mas naqueles cinco anos, Alexandre aprendera muito sobre política. Quando Gláucio, o comandante, visitava-o, ele dizia que aqueles soldados eram pessoas muito interessantes, que contavam histórias sobre as guerras na Ásia; e os homens eram imediatamente transferidos. Quando seus amigos eram mencionados, Alexandre demonstrava descontentamento, e eles permaneciam lá por mais algum tempo.

Assim ficou sabendo que Antígono, o comandante em chefe na Ásia, estava lutando por sua causa com o objetivo de tirá-lo de Anfípole e ser seu guardião. Alexandre tinha dois anos quando conheceu Antígono, e se lembrava apenas de um monstro enorme com um olho só que o fizera gritar de pavor. Agora estava mais bem informado; mesmo assim, não queria que ele conseguisse seu intento. Seu guardião atual não era problema, porque nunca aparecia.

Alexandre gostaria que Ptolomeu fosse seu guardião. Não que se lembrasse dele, mas os soldados diziam que, de todos os amigos de Alexandre, ele era o mais querido, e seu comportamento na guerra era quase tão esplêndido quanto o de Alexandre, fato raro naqueles dias. Mas Ptolomeu estava muito longe, no Egito, e não era possível enviar uma mensagem para ele.

Ultimamente, porém, parecia que a guerra tinha terminado. Cassandro, Antígono e outros generais haviam feito as pazes e concordado que Cassandro fosse o guardião de Alexandre até ele ter idade para governar.

— Quando *eu* vou ter idade para governar? — ele perguntou aos seus amigos.

Por algum motivo, a pergunta sobressaltou os dois soldados, e eles o advertiram, com maior ênfase que de costume, para não repetir a ninguém as suas conversas; do contrário, nunca mais os veria.

Eram sempre dois seus acompanhantes, até o dia anterior, quando o cavalo de Peiro mancou, logo no começo do passeio, e ele pediu a Xanto uma corrida com ele, antes de voltarem para casa. Assim, os dois partiram e Peiro ficou esperando. Quando pararam para descansar os animais, Xanto disse:

— Não diga a ninguém, mas fora daqui estão falando muito de você.

— É verdade? — disse Alexandre, imediatamente alerta. — Ninguém fora daqui sabe da minha existência.

— É o que você pensa, mas eles falam, como estamos falando agora. Os homens saem de licença. Estão comentando que na sua idade seu pai já era um homem, e eles acham que você tem idade suficiente para começar a conhecer seu povo. Eles querem vê-lo.

— Diga que eu também quero vê-los.

— Vou dizer isso quando quiser dez chibatadas nas costas. Lembre-se, nem uma palavra.

— Silêncio ou morte! — Essa era a senha secreta entre eles. Voltaram para onde Peiro os esperava.

* * *

Os aposentos de Roxane eram decorados com objetos adquiridos em suas longas viagens. Os esplendores dos aposentos da rainha, na Babilônia, os biombos de treliças e os lagos de peixes com lírios eram coisas de dez anos atrás. Tudo que guardava ainda era a caixa com as joias de Estatira. Há algum tempo, sem saber por quê, ela a escondera, mas tinha muitos ornamentos e conforto. Cassandro permitira que suas coisas fossem levadas para Anfípole por uma caravana de carros cobertos. Disse que os estava mandando para lá para protegê-los, depois dos perigos que tinham enfrentado. Era do seu interesse que Roxane ficasse bem instalada.

Mas a solidão a atormentava. No princípio, as mulheres do comandante e de alguns oficiais tentaram uma aproximação, mas ela era a rainha-mãe; não esperava ficar ali por muito tempo e exigia o tratamento adequado à sua posição. Quando os meses se transformaram em anos, Roxane arrependeu--se dessa atitude e tentou demonstrar certa condescendência, mas era tarde, e a formalidade fria foi mantida.

Preocupava-a o fato de o rei, seu filho, ter somente a companhia das mulheres e dos soldados. Embora soubesse pouca coisa sobre a educação dos gregos, achava que ele deveria estar começando os estudos. De outro modo, quando fosse rei, como poderia se comportar dignamente na corte? Alexandre estava esquecendo o grego aprendido com Cebes e cada vez mais usando o dialeto dórico dos seus acompanhantes. O que seu guardião pensaria dele, quando os visitasse?

E isso ia acontecer naquele dia. Acabava de ser informada de que Cassandro chegara ao palácio inesperadamente e estava em conferência com o comandante. Pelo menos, a ignorância do menino convenceria o regente da necessidade de estudo e de uma companhia adequada. Além disso, ela já deveria estar há muito tempo instalada numa corte com suas damas e criados, não enclausurada entre pessoas insignificantes. Dessa vez ela devia insistir.

Alexandre chegou empoeirado e corado, e ela o mandou lavar-se e trocar de roupa. Nos longos dias de lazer, Roxane fizera belas roupas para ela e o filho. Quando ele voltou, limpo, com o cabelo penteado, com a túnica azul enfeitada com fios de ouro na barra e o cinto bordado, Roxane pensou que ele aliava a beleza clássica grega ao refinamento da Pérsia, e de repente teve vontade de chorar. Alexandre crescia depressa e já estava mais alto do que ela. O cabelo escuro e as sobrancelhas finas e delicadas eram dela, mas os olhos, embora castanhos, tinham na sua intensidade profunda algo que despertava suas lembranças.

Roxane pôs seu melhor vestido e um magnífico colar de ouro com safiras, presente de Alexandre na Índia. Lembrou então que entre as joias de Estatira havia um par de brincos de safira. Tirou a caixa da arca e pôs os brincos.

— Mãe — disse Alexandre enquanto esperavam —, não esqueça, nem uma palavra sobre o que Xanto me disse ontem. Eu prometi. Não contou a ninguém, contou?

— É claro que não, meu querido. No meio desta gente, para quem eu poderia contar?

— Silêncio ou morte!

— Quieto! Ele está chegando.

Acompanhado pelo comandante que ele dispensou com um movimento de cabeça, Cassandro entrou.

Notou que Roxane estava mais gorda, embora conservasse a pele clara como marfim e os olhos esplêndidos. Ela, por sua vez, notou que ele parecia mais velho, que estava magro demais e com manchas vermelhas no rosto. Ele a cumprimentou com cortesia formal, perguntou sobre sua saúde e, sem esperar resposta, voltou-se para o menino.

Alexandre, sentado quando ele entrou, pensou por um momento e só então se levantou. Havia muito tempo, sabia que os reis não se levantavam para ninguém. Por outro lado, ali era seu lar e tinha o dever de agir como anfitrião.

Cassandro notou a hesitação, mas não fez nenhum comentário. Disse, com voz inexpressiva:

— Vejo seu pai em você.

— Sim — concordou Alexandre. — Minha mãe também vê.

— Bem, você cresceu mais do que ele. Seu pai não era muito alto.

— Mas era forte. Faço exercícios todos os dias.

— E o que mais faz para passar o tempo?

— Ele precisa de um tutor — interrompeu Roxane. — Teria esquecido como se escreve se eu não o obrigasse a estudar. O pai dele foi aluno de um filósofo.

— Isso tudo pode ser providenciado. E então, Alexandre?

O menino pensou. Sentiu que era um teste para ver quando teria idade para governar.

— Vou até as ameias do forte, olho os navios e pergunto de onde eles vêm e como são esses lugares e seu povo, quando encontro alguém para me dizer. Todos os dias me exercito cavalgando, acompanhado por dois guardas. No resto do tempo — acrescentou, cautelosamente —, penso em ser rei.

— É mesmo? — disse Cassandro em tom irônico. — E como pretende governar?

Alexandre tinha pensado no assunto e respondeu imediatamente:

— Vou procurar todos os homens em quem meu pai confiava. Vou pedir que me falem sobre ele. E antes de decidir qualquer coisa, perguntarei a eles o que ele faria.

Para surpresa do menino, o guardião empalideceu. As manchas vermelhas no rosto ficaram quase azuis. Alexandre se perguntou se ele estaria doente, mas o rosto ficou corado outra vez, e Cassandro apenas indagou:

— E se eles não concordarem?

— Bem, eu sou o rei. Portanto devo fazer o que achar melhor. Era o que ele fazia.

— Seu pai era um... — Cassandro controlou-se a tempo, embora a tentação fosse muito grande. O menino era ingênuo, mas no passado a mãe demonstrara grande astúcia. Terminou a frase: — ... um homem de muitos aspectos. É o que vai descobrir... Muito bem, vamos pensar nesses assuntos e fazer o que for necessário. Adeus, Alexandre. Roxane, adeus.

— Eu me saí bem? — perguntou Alexandre, quando ele se foi.

— Muito bem. Parece mesmo filho do seu pai. Hoje eu o vi em você mais do que nunca.

O dia seguinte trouxe a primeira geada do outono. Alexandre cavalgou na praia com Xanto e Peiro, os cabelos ao vento, sentindo o gosto da brisa do mar.

— Quando eu tiver idade — disse ele, virando-se para trás —, vou de navio ao Egito.

Voltou para casa pensando nisso.

— Preciso ver Ptolomeu. Ele é meu tio, ou pelo menos em parte. Conheceu meu pai desde que ele nasceu até sua morte. Cebes me contou. Além do mais, o jazigo do meu pai está no Egito, e preciso fazer minhas oferendas no seu sarcófago. Nunca ofereci nada a ele. Deve ir comigo também, minha mãe.

Bateram na porta. Uma jovem escrava da esposa do comandante entrou com uma jarra contendo uma bebida cheirosa e duas taças. Pôs na mesa, fez uma cortesia e disse:

— Madame preparou para a senhora e espera que lhe faça a honra de tomar para combater o frio. — Suspirou aliviada por ter lembrado todas as palavras. Ela era trácia e achava o grego uma língua difícil.

— Por favor, agradeça à sua senhora — disse Roxane, delicadamente —, e diga que tomaremos com prazer. — Quando a jovem saiu, ela disse: — Ela ainda espera ser notada. Afinal de contas, não ficaremos mais muito tempo aqui. Talvez amanhã eu a convide para uma visita.

Alexandre sentia sede depois de cavalgar respirando o ar salgado, e tomou uma taça inteira rapidamente. Roxane, numa parte complicada do seu trabalho, terminou a flor que bordava e tomou também.

Roxane estava contando uma história sobre as guerras do próprio pai — afinal, ele precisava se lembrar de que havia guerreiros também no seu lado da família —, quando viu o rosto dele ficar tenso. Alexandre olhou ansioso para a porta, depois correu para um canto, inclinou o corpo e começou a vomitar. Roxane correu para o filho, segurou as cabeça dele entre as mãos, mas ele a afastou violentamente, como um cão ferido, e teve outro acesso de náusea. O que restava subiu para a boca, com cheiro de vômito das especiarias da bebida e mais alguma coisa que o perfume das especiarias disfarçava.

Vendo os olhos da mãe, Alexandre compreendeu.

Cambaleou até a mesa, derramou o resto da bebida no chão e viu os grãos no fundo. Seu corpo contraiu-se com outro espasmo. De repente, seus olhos cintilaram com pura raiva, não como nos acessos de raiva da infância, mas como a fúria candente que ela havia visto uma vez, uma única vez, nos olhos do pai dele.

— Você contou! — gritou ele. — Você contou!

— Não, não, eu juro!

Alexandre mal a ouviu, em sua agonia. Ele ia morrer, não quando fosse velho, mas agora. Estava sofrendo e com medo, mas suplantando a dor e o medo havia a compreensão de que tentavam roubar sua vida, seu reino, sua glória, a viagem ao Egito e a oportunidade de provar que era filho de Alexandre. Agarrado à mãe, ele ansiava pela presença de Cebes, que havia contado os feitos do seu pai e como ele fora corajoso até o fim, saudando seus homens com os olhos quando não podia mais falar. Se ao menos Xanto e Peiro estivessem ali para testemunhar, para contarem sua história... não havia ninguém, ninguém... O veneno penetrou suas veias, e os pensamentos dissolveram-se em dor e náusea. O menino ficou rígido, olhando para as vigas do teto.

Roxane, sentindo os primeiros efeitos do veneno, deitou sobre o corpo do filho, gemendo e chorando. No lugar do rosto rígido, com os lábios azuis, a testa muito branca e o cabelo coberto de suor, ela viu, com terrível clareza, o filho de Estatira, com a testa franzida, nas mãos de Perdicas.

O corpo de Alexandre se contraiu violentamente, os olhos ficaram parados. Roxane sentiu a dor convulsiva nas entranhas. De joelhos, arrastou-se até a porta e gritou:

— Ajudem-me! Ajudem-me! — Mas ninguém apareceu.

# 286 a.C.

A SALA DOS LIVROS DO REI PTOLOMEU FICAVA NO SEGUNDO ANDAR DO palácio, dando para o porto de Alexandria. Era fresca e arejada. A brisa do mar entrava pelas janelas. O rei estava sentado à sua mesa de trabalho, uma grande superfície de ébano polido, antigamente repleta de papéis da sua administração, pois ele fora um grande projetista e legislador. Agora, na mesa havia apenas alguns livros, material para escrever e um gato adormecido. Os negócios do Egito iam para seu filho, que os despachava com muita eficiência. Ptolomeu lhe havia passado as incumbências aos poucos e com satisfação crescente. Estava com 83 anos.

Olhou para o que acabava de escrever na tabuleta. Sua mão estava um pouco trêmula, mas dava para ler. De qualquer modo, ele esperava viver o suficiente para orientar o escriba.

A despeito da fadiga, da dificuldade nos movimentos e outros desconfortos da idade, Ptolomeu estava aproveitando com prazer sua retirada dos negócios de Estado. Nunca tivera tempo para ler tanto quanto queria e agora estava compensando. Além disso, tinha uma tarefa que havia muito tempo queria terminar. Muitas coisas o haviam interrompido nos primeiros anos. Tivera de exilar o filho mais velho, um homem incuravelmente cruel (sua mãe, casada muito cedo por razões políticas, era irmã de Cassandro) e levara muito tempo para treinar o filho muito mais novo para ser rei. Os crimes do mais velho eram a grande dor de sua velhice e muitas vezes Ptolomeu censurava-se por não o ter matado, mas nesse dia seus pensamentos eram serenos.

Foram interrompidos pela entrada do seu herdeiro. Ptolomeu, o Jovem, estava com 22 anos e era macedônio puro. A terceira mulher de Ptolomeu era sua irmã de criação. Grande como o pai, ele entrou com passos leves, pensando que o pai podia estar cochilando na cadeira, mas o mero peso do seu corpo nas tábuas do assoalho foi suficiente para deslocar dois rolos de pergaminho numa das estantes que cobriam as paredes. Ptolomeu voltou-se com um sorriso.

— Pai, chegou outra mala de Atenas com livros. Onde vão ficar?

— Atenas? Ah, ótimo. Mande trazer para cá.

— Onde? Os livros já estão no chão. Os ratos vão acabar com eles.

Ptolomeu estendeu a mão enrugada e manchada e acariciou o pescoço do gato acima da coleira de pedras preciosas. O animal, esbelto e musculoso, arqueou as costas com pelos cor de bronze e espreguiçou-se, satisfeito, ronronando alto.

— Mesmo assim — disse o filho —, o senhor precisa de uma sala maior para os livros. Na verdade, precisa de uma casa para eles.

— Você pode construir uma quando eu morrer. Eu lhe darei outro livro para guardar nela.

O jovem notou que o pai parecia tão complacente quanto o gato. Estava quase ronronando também.

— O quê? Pai! Quer dizer que terminou *seu* livro?

— Neste exato momento. — Mostrou a tabuleta, onde estava escrito em estilo floreado: *Aqui jaz a história de Alexandre.*

O filho, que era muito carinhoso, abraçou-o.

— Precisamos providenciar a leitura — disse ele. — No odeon, é claro. Já está quase todo copiado. Vou marcar para o próximo mês, assim teremos tempo para avisar a todos.

Para o filho quase temporão, o pai sempre parecera velho, mas nunca insignificante. Aquele trabalho, ele sabia, tinha começado antes do seu nascimento. Queria que o pai saboreasse os frutos do seu esforço. A velhice era muito frágil. Percorreu mentalmente a lista dos oradores e atores famosos pela beleza da voz. Ptolomeu mergulhou outra vez em seus pensamentos.

— Isso — disse ele, de repente — deve anular o veneno de Cassandro. Como todos sabem, eu estive lá do começo ao fim... Deveria ter escrito antes, mas foram tantas as guerras.

— Cassandro? — O jovem se lembrava vagamente daquele rei da Macedônia, morto quando ele era ainda menino, sucedido por filhos calamitosos que já estavam mortos também. Pertencia ao passado distante, ao passo que Alexandre, que morrera antes de ele nascer, era tão real quanto alguém que podia, de um momento para o outro, entrar pela porta daquela sala. Ele não precisava ler o livro do pai. Ouvia as histórias desde a infância. — Cassandro...?

— No covil do Tártaro, onde ele está se os deuses forem justos, espero que fique sabendo. — O rosto, flácido pela idade, ficou tenso e, por um momento, rígido. — Ele matou o filho de Alexandre, eu sei, embora nunca tenha sido provado, escondendo-o durante a infância para que ninguém o reconhecesse ou fosse conhecido dos homens que viriam depois. A mãe de Alexandre, sua mulher e seu filho. E não satisfeito com isso, comprou o Liceu, que jamais será o mesmo outra vez, e fez dele um instrumento para difamar o nome de Alexandre. Bem, ele apodreceu em vida, e seus filhos mataram a mãe... Sim, providencie a leitura. Depois o livro pode ir para a casa de cópia. Quero que seja enviado ao Liceu, à Academia, à escola em Cós. E um para Rodes, é claro.

— É claro — disse o filho. — Não é sempre que os ródios ganham um livro escrito por um deus.

Trocaram um sorriso. O Egito concedera a Ptolomeu honras de divindade por sua ajuda no sítio famoso. Acariciou o gato, que se deitou de costas, oferecendo a barriga para ser acarinhada.

O jovem Ptolomeu olhou pela janela. Uma luz ofuscante o fez fechar os olhos. A coroa de ouro no jazigo de Alexandre refletia o sol. Voltou para perto do pai.

— Todos esses grandes homens. Quando Alexandre estava vivo, eles andaram juntos, como cavalos puxando o carro de guerra. Quando ele morreu, dispararam como os cavalos quando o auriga cai. E como os cavalos, quebraram o dorso.

Ptolomeu inclinou a cabeça, assentindo, e continuou a coçar a barriga do gato.

— Ah. Isso foi Alexandre.

— Mas — disse o jovem, surpreso — sempre o ouvi dizer que...

— Sim, sim. E é tudo verdade. Isso foi Alexandre. Esse foi o motivo. — Apanhou a tabuleta, olhou para ela com carinho e colocou-a na mesa outra vez. — Nós estávamos certos quando lhe oferecemos a divindade. Alexandre tinha um mistério. Podia fazer parecer possível tudo em que acreditava. E nós fazíamos o mesmo. Seu elogio era precioso, por sua confiança teríamos dado a vida. Fizemos coisas impossíveis. Ele era um homem ligado a um deus e nós, homens ligados a ele, mas não sabíamos. Nós também realizamos milagres.

— Sim — disse o filho —, mas eles encontraram a desgraça e o senhor prosperou. Será porque ele está sepultado aqui?

— Talvez. Ele gostava das coisas feitas com grandeza. Eu o livrei de Cassandro, e Alexandre jamais esquecia um favor. Sim, talvez... mas, além disso, quando ele morreu eu sabia que tinha levado o mistério com ele. A partir daquele momento, éramos todos homens comuns, com os limites determinados pela natureza. Conhece a ti mesmo, diz o deus em Delfos. Não é nada demais.

O gato, ressentido com a falta de atenção, saltou para o colo dele e começou a se ajeitar para dormir. Ptolomeu soltou as fivelas de sua túnica, colocando-a sobre a mesa.

— Agora não, Perseu. Preciso trabalhar. Meu filho, chame Filisto, ele conhece a minha letra. Quero ver este livro copiado em papel. Só em Rodes eu sou imortal.

Quando o filho saiu, ele juntou as novas tabuletas com mãos trêmulas, mas determinadas, e as arrumou na ordem certa. Então esperou de pé na frente da janela, olhando para a coroa de louros de ouro que balançava com a brisa do Mar do Meio como se tivesse vida.

# Nota da autora

Entre os vários enigmas da vida de Alexandre, um dos mais estranhos diz respeito à sua atitude com relação à própria morte. Sua coragem era lendária. Frequentemente expunha-se ao maior perigo, em qualquer batalha. Se acreditava ser filho dos deuses, isso, segundo a crença grega, não tornava os homens imortais. Sofreu vários ferimentos sérios e teve doenças quase fatais. Era de se esperar que um homem tão alerta para as contingências da guerra se tivesse precavido contra esta, tão óbvia. Contudo, ele a ignorou completamente, inclusive só concebendo um filho no último ano de sua vida, quando, depois do grave ferimento sofrido na Índia, deve ter sentido uma queda em sua vitalidade e dinamismo. Esse bloqueio psicológico num homem com imensos projetos construtivos que deviam permanecer muito depois de sua morte será sempre um enigma.

Se Heféstion tivesse sobrevivido, provavelmente ocuparia a Regência sem nenhuma oposição. Sua história, além de mostrá-lo como um amigo devotado e provavelmente amante, descreve um homem inteligente, que concordava com todas as ideias de governo de Alexandre. Sua morte súbita deve ter abalado a segurança de Alexandre, e é evidente que ele não estava ainda refeito do choque quando, em parte como resultado disso, sua vida terminou. Mesmo assim, durante sua derradeira doença, ele continuou com os planos para a campanha seguinte, até não poder mais falar. Talvez tivesse a mesma ideia que Shakespeare atribui a Júlio César: *Os covardes morrem muitas vezes antes de sua morte. O valente experimenta a morte somente uma vez.*

Sua responsabilidade pela luta assassina em busca do poder depois de sua morte não pode ser atribuída à personalidade do líder. Ao contrário, seus ideais eram elevados para o tempo em que viveu, e está provado que reprimia em seus oficiais graduados a falta de escrúpulo e a traição que apareceram quando não estavam mais sob sua influência. Se podemos culpá-lo de alguma coisa, será por não ter feito um bom casamento dinástico e ter um herdeiro, antes de ir para a Ásia. Se tivesse deixado um filho de treze ou quatorze anos, os macedônios jamais pensariam em outro pretendente.

Desta forma, a história antiga da Macedônia demonstra que seus sucessores simplesmente reverteram ao padrão ancestral das lutas tribais e entre famílias para conquistar o trono, com a diferença de que Alexandre havia fornecido a eles o mundo como palco dessas lutas.

Os atos de violência descritos neste livro são todos históricos. Na verdade, para não prejudicar a continuidade, foi necessário omitir vários assassinatos de pessoas importantes, sendo o mais notável o de Cleópatra. Depois da morte de Perdicas, ela viveu discretamente em Sardes até os 46 anos, recusando o pedido de casamento de Cassandro. Em 308 a.C., provavelmente por puro tédio, ela ofereceu sua mão a Ptolomeu. É pouco provável que aquele governante prudente quisesse repetir a aventura precipitada de Perdicas, mas ele concordou com o casamento, e Cleópatra preparou-se para partir para o Egito. Antígono foi informado desses planos e, temendo um obstáculo aos seus objetivos dinásticos, mandou que as damas de companhia a assassinassem, executando-as depois pelo crime.

Píton aliou-se a Antígono, mas tornou-se poderoso em Média e aparentemente planejava uma revolta. Antígono o matou também.

Seleuco sobreviveu a Ptolomeu (era bem mais novo) e invadiu a Grécia com quase oitenta anos para se apossar do trono da Macedônia. Foi morto por um pretendente rival.

Arístono, na época da capitulação de Olímpia a Cassandro, era comandante da guarnição em Anfípole. Cassandro o atraiu para fora, prometendo proteção e mandou matá-lo.

Pausânias diz de Cassandro: *Mas ele também não teve final feliz. A hidropisia tomou conta do seu corpo, e os vermes saíam dele quando ainda estava vivo. Filipe, seu filho mais velho, logo depois de subir ao trono, apanhou uma doença e morreu. Antípatro, o segundo filho, assassinou a mãe, Tessalônica, filha de Filipe e de Nicasépolis, acusando-a de gostar mais do filho caçula, Alexandre.* Ele continua contando que Alexandro matou o irmão Antípatro e foi morto por Demétrio. Essa eliminação de toda a linhagem de Cassandro soa como uma vingança das Fúrias numa tragédia grega.

Antígono lutou durante anos para conquistar o império de Alexandre, até Ptolomeu, Seleuco e Cassandro formarem uma aliança defensiva, matando-o na batalha de Ipso, na Frígia, antes que o filho, Demétrio, leal ao pai até o fim, pudesse socorrê-lo.

A carreira notável de Demétrio não pode ser sumarizada numa nota. Um homem brilhante, encantador, volátil e pródigo, depois de feitos notáveis, como a conquista do trono da Macedônia, foi capturado por Seleuco, em cuja custódia generosa morreu por excesso de bebida.

O estranho fenômeno da integridade do corpo de Alexandre é histórico. Na era cristã, isso seria considerado prova de santidade, mas na época de Alexandre não existia essa tradição para atrair os hagiógrafos e, concedendo um pouco de exagero, não parece que tenha ocorrido algo de anormal, o que o grande calor da Macedônia tornou mais notável. A explicação mais provável, naturalmente, é que a morte clínica tenha ocorrido muito depois do que julgaram os que o viram morrer, mas é evidente que alguém deve ter cuidado do corpo, protegendo-o das moscas; provavelmente um dos eunucos do palácio, que não tinha nenhuma ligação com as lutas dinásticas.

Os oito oficiais-comandantes de Alexandre formavam o que era chamada de guarda pessoal. É uma tradução literal do grego, mas seria errado supor que estavam constantemente guardando sua pessoa. Muitos deles tinham comandos militares importantes. Sendo assim, são descritos como oficiais do estado-maior na lista de "Personagens Principais". O título de *Somatophylax*, ou guarda pessoal, provavelmente tem raízes antigas na história da Macedônia.

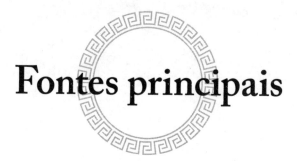

# Fontes principais

QUINTOCÚRCIO, VOLUME X, PARA EVENTOS OCORRIDOS IMEDIATAMENTE após a morte de Alexandre. Em seguida, Diodoro da Sicília, volumes XVIII e XIX. A fonte de Diodoro para esse período é muito boa: Jerônimo da Kardia, que acompanhou a sorte, primeiro de Êumenes e mais tarde, de Antígono, e estava muito próximo de muitos dos eventos que descreve.

# TRILOGIA COMPLETA

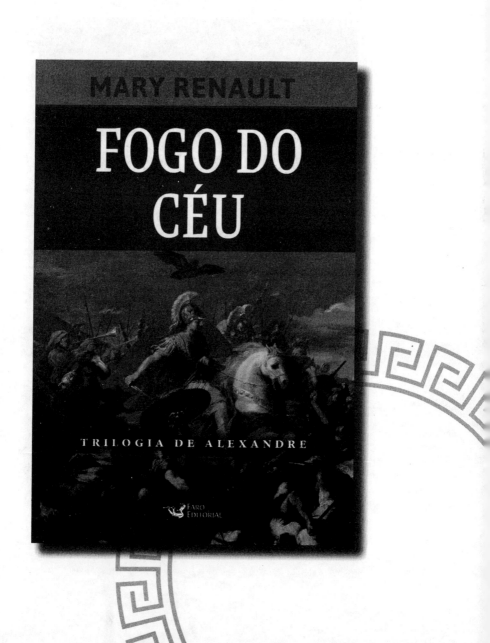

**ASSINE NOSSA NEWSLETTER E RECEBA INFORMAÇÕES DE TODOS OS LANÇAMENTOS**

www.faroeditorial.com.br

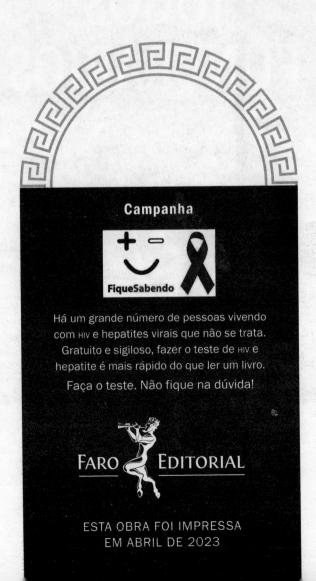